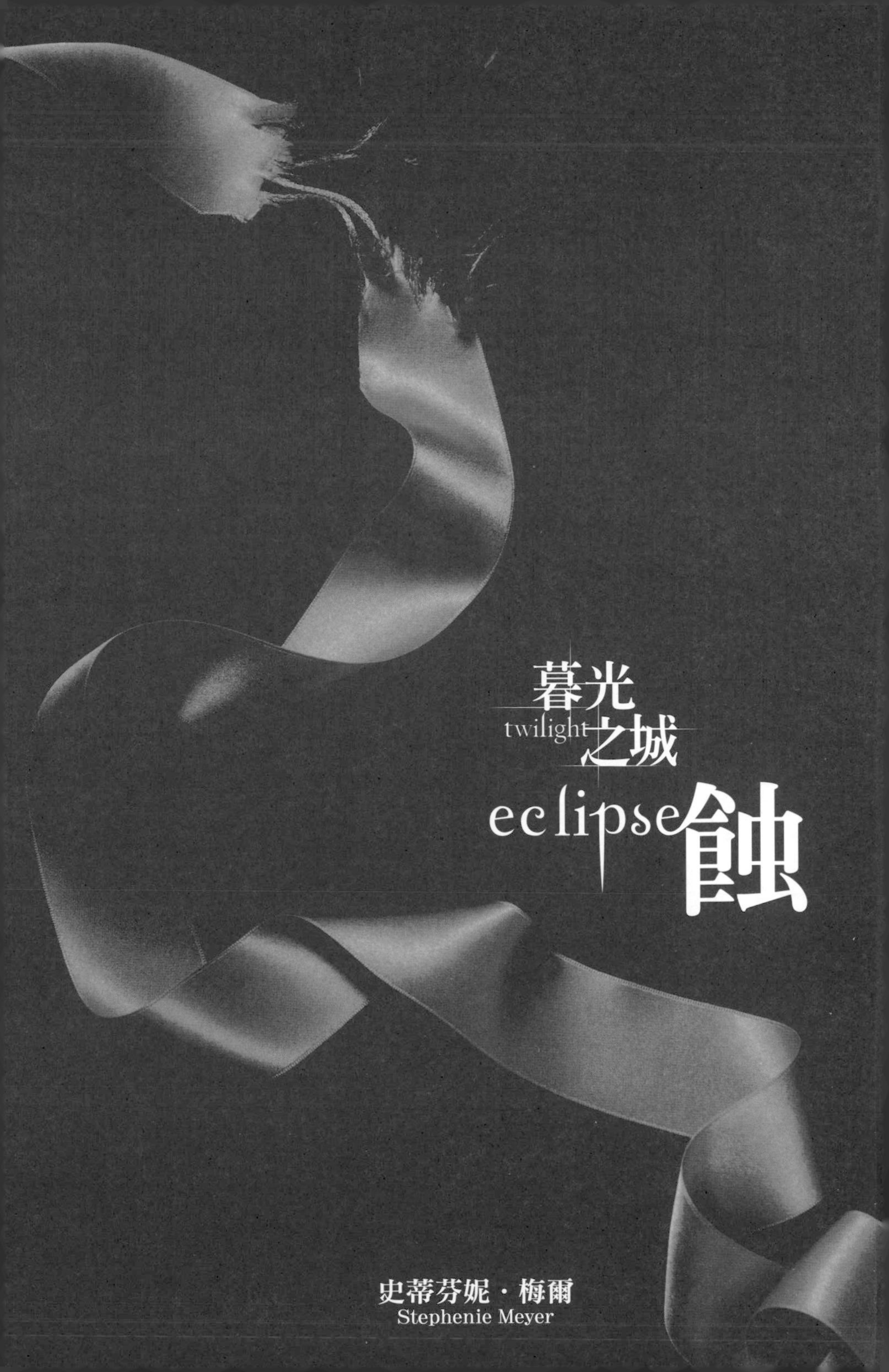
暮光
twilight之城
eclipse蝕
史蒂芬妮・梅爾
Stephenie Meyer

To my Chinese readers,

I never imagined that my books would reach such an international audience. I want to thank everybody for their support and hope they enjoy *The Twilight Saga!*

Steph

致中文版讀者，

我未曾想過我的書能夠遠渡重洋到大家手上，誠摯的感謝大家的支持，同時也希望大家能夠藉由閱讀《暮光之城》系列得到樂趣！

史蒂芬妮

獻給我的丈夫，潘丘，你的耐心、愛、友誼及幽默，以及，同意外出吃飯。
還有我的孩子們，加布、賽斯和艾利，讓我體驗至死不渝的愛。

冰與火

人言，世界將毀滅於火
亦言，將毀滅於冰
依我對慾望的體會
我贊成是火
但若世界得毀滅兩次
我想，以我對仇恨的體悟
足以訴說冰冷的毀滅力量
亦同樣可觀
不遑多讓

佛洛斯特（美國著名詩人）

目錄

preface

我們所有的欺敵計畫完全徒勞無功。

我看著他為保護我做出準備，但心中感到一陣冰冷。他因專注而緊繃，絲毫沒有遲疑，儘管他被迫以寡擊眾。我知道我們無法期待援助來臨——在此時此刻，他的家人正為生存而戰，正如他為我們而戰。

我有機會知道那一場戰鬥的結果嗎？知道誰是贏家，誰是輸家？我能夠活到那個時候嗎？機會看來不大。

狂野的黑色眸子，如此強烈地渴望我的死亡，仔細觀察著我的保護者可能分心的瞬間。那一刻，我必死無疑。

此時，遠遠的冰冷森林中，傳來一隻狼的號叫聲。

chapter 1

最後通牒

「妳知道，
讓妳在沒有保護的情況下跟狼人在一起是不可能的，貝拉。
而我們家人中，
若有任何一人越界進入他們的土地，
都算是破壞協定。
妳要我們雙方開戰嗎？」

貝拉，

~~我不知道妳為什麼要讓查理帶紙條給比利 好像我們還是國小二年級似的 如果我想和妳說話 我~~
會回話的

~~妳已經做出選擇了 好嗎？妳不能兩邊都要 當~~
~~「死敵」這兩個字 到底哪一部分對妳來說太複雜 而讓妳無法~~
~~聽著 我知道我是個混蛋 但這實在是沒有辦法~~
~~我們沒法再做朋友了 當妳所有時間都和一群~~
~~我愈想妳 情況就愈糟 所以請不要再寫來了~~

是的，我也想妳，很想很想妳。但這並不會改變任何事。抱歉。

雅各

我的指頭沿著紙上的字一行行走過，感覺得出他用力書寫的凹痕，用力到都快將紙畫破了。我能想像他在寫這些話時的情景——他潦草的字跡畫出這些憤怒的字句，還有當他寫錯話時重重的畫線，他那太大的手也許曾將筆給折斷，那也說明了紙上四散的墨跡。我彷彿能看見，沮喪的他，兩道濃密的黑眉擠在一起，前額滿是皺紋。如果當時我在，我可能會笑出來。**別害自己腦出血喔**，**雅各**，我會這樣告訴他，**有話就說吧**。

但當我一讀再讀這張我早就背起來的紙條時，笑是我最不可能做出來的事。我懇求的紙條——從查理轉交給比利，再轉交給他，就像他說的，像個小學生似的——他的回答，也在我意料之中。在我打開之前，我就知道他會怎麼說了。

讓我震驚的是，這些刪除線是如此令我感到受傷——彷彿那些字句帶著銳利割人的邊緣。不只如此，每個憤怒的起頭，背後都潛藏著一片深沉的傷心，雅各的痛苦，比我自己的痛楚，更深地重創我。

當我陷入沉思時，一陣明顯的燒焦味道從廚房傳來。在別的地方，煮飯的人不是我這件事情，多半不會讓人驚恐；但是在我們家，這卻是個緊急事件。

我將這張早已皺巴巴的紙條塞進後口袋內，然後當機立斷奔跑下樓，及時趕到廚房。

查理放入微波爐內的義大利麵醬罐，剛剛轉了第一圈，我用力拉開門將它拿出來。

「我做錯什麼了嗎？」查理追問。

「你應該先取下蓋子的，爸，金屬不能微波。」我邊說邊轉開蓋子，將一半的醬汁倒進碗中，然後把碗放進微波爐內，再把肉醬罐放回冰箱。我重新定好時間，再按下開關。

查理抿著唇，看著我一連串的調整。「那我麵弄對了嗎？」

我看著爐上的平底鍋——原來這才是驚動我的燒焦味的來源。「得攪拌一下。」我溫和的說，然後找出一根湯匙，試著將已經黏在鍋底的麵團攪散。

查理嘆口氣。

「這是怎麼回事？」我問他。

他將雙手環在胸前，怒目注視著後窗外綿綿的雨勢。「聽不懂妳在說什麼？」他咕噥著說。

我大感困惑。查理下廚煮飯？這麼彆扭的態度是怎麼回事？愛德華又還沒到。通常我爸會將這種表現保留起來對付我男朋友，盡他可能地用態度或姿勢表達出「不歡迎你來」的訊息。查理的努力其實是多餘的——我爸不用表示，愛德華也知道他在想什麼。

男朋友這個字眼所帶來的熟悉緊張感，讓我一邊攪拌麵團，一邊忍不住咬著臉頰內側。這個字眼不太正確，一點都不正確。我需要找一個更能表達永恆承諾的字眼……但在日常的會話中用到例如命中注定或是命運之類的字眼，聽起來都不太真實。

愛德華心裡有另一個定義他身分的字，那個字才是讓我感到緊張的原因。我一想到那個字，便不自覺地咬著唇。

未婚夫。呃。我顫抖著甩開這個念頭。

「這是怎麼回事？你什麼時候開始煮起晚餐了？」我邊問查理邊攪拌，義大利麵團在滾水中浮浮沉沉。

「或者我應該說，試著煮晚餐？」

查理聳聳肩。「沒有法律規定我不能在自己家中煮東西。」

「這你最清楚了。」我回嘴，邊笑著斜眼瞄他皮夾克上的警徽。

「哈。說得好。」他脫下夾克，好像我這一眼正好提醒了他，然後將夾克掛在專掛他配備的勾架上。他的槍套已經掛好——這幾週來，他不認為自己需要帶槍上班。在華盛頓州福克斯這樣的小鎮，這一陣子沒有什麼驚擾鎮民的失蹤事件，陰雨綿綿的森林中，已經不再有巨大神祕的狼群蹤跡……

我靜默的戳著麵團，我想過一會，查理自然會主動開口告訴我讓他心煩的原因。我爸不是多話的男人，他如此費心想為我烹煮一頓晚餐，讓我非得坐下來，無異是告訴我，他心中有些特別的話想告訴我。

我習慣性的瞄一眼鐘——那是我在這個時間每隔幾分鐘就會做的事，只要再熬不到半小時，他就會出現了。

下午是我每天最難熬的時候，自從我前任的摯友（也是狼人），雅各・佈雷克，洩露出我偷偷騎機車這件事後——他之所以想出這個出賣我的主意，完全是為了讓我被禁足，這樣我就無法和我的男朋友（同時也是吸血鬼）愛德華・庫倫在一起。現在，愛德華只能在每天七點到九點半之間來探訪我，也只能待在我家屋內，在我爸始終不會累的怒目監視之下。

和之前因為我不告而別失蹤三天，外加一次懸崖跳水的輕微禁足相比，這次的懲罰嚴重多了。

當然，我還是會在學校見到愛德華，因為學校是查理完全無能為力的地方。還有，愛德華幾乎每夜都在我房內，只不過查理並不知情。愛德華能不出一聲，輕易地攀爬進入我二樓窗戶的本事，幾乎跟他能得知查理心思的本事一樣好用。

雖然午後是我唯一沒和愛德華在一起的時光，但這樣已足夠讓我焦躁不安，覺得時間總是過得太緩慢。但是，我忍受著這樣的懲罰，並沒有抱怨，因為第一，我知道這是我自找的，還有另一點，此刻我不忍心藉由搬出去住來傷害我爸，因為，一個恐怕是永久的分離已經懸在我的未來，幾乎觸手可及，而查理卻一無所知。

爸咕噥著哼了一聲，在餐桌前坐下，隨手打開潮濕的報紙，隨即嘖嘖有聲的批評了起來。

「我不知道你幹麼要看報紙，爸，那只會讓你發火。」

他不理我，只是對著手中的報紙發出怨言。「這就是為什麼人們會想住在小鎮裡。真是瘋狂！」

「大城市又有什麼錯？」

「西雅圖現在成了全國性的謀殺之都。過去兩週內有五樁未破的兇殺案，妳能想像住在那邊的生活嗎？」

「我想鳳凰城在兇殺案排行榜上應該排名更高，爸，我曾經住過那種大城市。」一直到我搬到他這個安全的小鎮之前，我都不曾——連稍微接近都沒有——成為謀殺案中的受害者，然而目前我卻列名在幾個追殺排行榜上……我顫抖的手使得湯匙在我手中抖動，水都顫動起來了。

「嗯，給我再多錢我也不要住在那種地方。」查理說。

我放棄拯救晚餐的行動，開始盛盤，我得用牛排刀才能將一部分的麵團切下來給查理和自己，他用羞愧的神情看著我動作。查理將他那一盤麵灑滿醬料，然後張口大嚼，我也盡可能把麵團淋滿醬料，想學他那樣，然而卻提不起半點興致。我們沉默的吃了好一會，查理還是讀著新聞，所以我拿起早就看得滾瓜爛熟的《咆哮山莊》，那是今早吃早餐時留在廚房的，試著讓自己神遊在世紀初的英格蘭，等他主動開口。

我看到希思克利夫回來那一段時，查理清清喉嚨，將報紙丟在地上。

「妳說得沒錯，我煮晚餐是有原因的。」他邊說邊揮舞著叉子對付黏稠的麵。「我想跟妳談談。」

我把書放在一旁，已經翻爛到沒有支撐力的書脊啪地平攤在桌上。「你只要開口就行了。」

他點點頭，兩道眉毛全擠在一起。「是呀，下次我會記得的。我想，接手妳煮晚餐的工作，會讓妳比較軟化。」

我笑了。「有效——你的煮飯技巧讓我軟得像棉花糖一樣。你需要什麼呢，爸？」

「嗯，是跟雅各有關。」

我覺得自己的臉變得冷酷。「他怎麼了？」我從僵硬的唇硬擠出話來。

「放輕鬆，貝拉。我知道妳還在為他告密這件事生他的氣，但雅各這麼做是對的，他很負責任。」

「負責任，」我翻了翻白眼，譏諷的重複。「是喔。好吧，他怎麼了？」

這個問題早已經在我心中重複問了無數次，重要之至。**他怎麼了？**我該怎麼面對他？我的前任最佳好友現在變成……我的敵人？我畏縮了一下。

查理的表情突然變得怪異。「別生我的氣好嗎？」

「生氣？」

「嗯，也和愛德華有關。」

我瞇起眼。

查理聲音變得粗啞。「我讓他進屋子裡了不是嗎？」

「是的，」我承認。「只限很短的時間。當然，你不妨考慮偶爾也讓我出去一小段時間，」我繼續說——當然只是開玩笑的，我知道自己整個學年都被禁足。「我這一陣子都很乖。」

「嗯，這正是我要說的……」然後，出乎我意料之外，查理竟然瞇起眼來笑了，那一瞬間，他看起來似乎年輕了二十歲。

他的笑容讓我腦中隱隱靈光一閃，但我反應得很慢。「我被你弄糊塗了，爸。我們是在談雅各、愛德華、還是我被禁足的事？」

他的笑容消失了。「三者都是。」

「這三者有什麼相關？」我小心翼翼的問。

「好吧。」他嘆口氣，像投降一樣高舉雙手。「我在想，因為妳的表現良好，應該獲得假釋。身為青少年，妳的表現滿出乎我意料之外，妳並沒有吵鬧。」

我高興的揚起雙眉，聲音也變得高亢。「說真的？我自由了？」

這是怎麼回事？我都已經死了這條心，接受待在屋子裡被禁足的事實，直到我真正搬出去為止。而且愛德華也沒有察覺到查理有任何的動搖……

查理舉起一根手指。「有條件的。」

我的熱切消退了，咕噥道：「真是吸引人啊。」

「貝拉，應該說這是請求而不是命令，好嗎？妳自由了，但我希望妳在運用這自由時，能……公平一些。」

「這是什麼意思？」

他又嘆氣。「我知道妳對把時間全花在愛德華身上感到心滿意足……」

「我也花時間和艾利絲在一起。」我抗議。愛德華的姊姊不受拜訪時間限制，她可以隨她高興地進出家裡，查理被她收得服服貼貼。

「這倒是，」他說：「但除了庫倫家外，妳還有其他的朋友，貝拉。或者說，妳以前有其他朋友。」

我們互瞪著彼此好久。

「妳上次跟安琪拉・韋柏說話是什麼時候？」他把話丟過來。

「星期五午餐時。」我馬上回答。

在愛德華回來之前，我學校的朋友分成兩群。我喜歡將這兩群分成好人組與壞人組——用我們和他們來區分也行。好人組包含安琪拉及她固定交往的男友班・錢尼，還有麥克・紐頓，這三人都大方的原諒我在愛德華離開後瘋狂的行徑。蘿倫・馬洛里是那一群壞人組的核心，還有其他人也都幾乎在那一組，包含我在福克斯交的第一個朋友潔西卡・史丹利，似乎都持續地進行反貝拉行動。

當愛德華回到學校後，這條分割線變得更明顯。

愛德華的歸來傷害了麥克對我的友誼，但安琪拉還是一如往常的忠誠，班則跟隨她。儘管多數人天生就對庫倫家感到恐懼，但安琪拉每天午餐時，都忠貞的坐在艾利絲旁邊。經過幾週後，安琪拉看起來甚至很自在。只要有機會讓他們發揮魅力，一般人很難不被庫倫家的人迷倒。

「在學校之外呢？」查理問，將我的注意力拉回來。

「我在學校之外不會見到任何人，爸，我被禁足了，記得嗎？安琪拉有男朋友，她總是和班在一起。如果我真的自由了，」我補了句，加重懷疑的語氣。「可能我們能來個雙組約會。」

「好吧。但……」他有點猶豫。「妳和小各以前常在一起，現在──」

我打斷他。「你能不能說重點，爸？你的條件──究竟是什麼？」

「我不認為妳該為了男朋友，拋棄妳所有的朋友，貝拉。」他以堅定的語氣說：「這樣並不好，如果妳讓其他人加入，我認為妳的生活會有更佳的平衡。去年九月發生的事……」

我忍不住顫抖畏縮了一下。

「嗯，」他防衛的說：「如果妳不要老是跟愛德華在一起，多點時間和別人相處，也許就不會那樣了。」

「還是會一模一樣。」我低聲喃喃自語。

「可能會，可能不會。」

「重點是？」我提醒他。

「用妳的新自由去見見妳其他的朋友，維持平衡。」

我緩緩點點頭。「平衡是好的。我有多少明確的自由時間？」

他做個鬼臉，搖搖頭。「我不想讓事情太複雜，只要別忘了妳朋友……」

這原本就是我掙扎的兩難問題。我的朋友，為了他們的安全，我打算畢業後就消失在他們眼前。那最佳的行動方案是什麼？當我還做得到的時候，盡量跟他們在一起？還是開始試著分開，好讓他們漸漸習慣？我偏向第二案。

「……特別是雅各。」在我還沒完全想通之前，查理又補充。

這比他之前的要求更讓我為難。我花了好一會找出適合的字眼。「雅各可能……有困難。」

「佈雷克家幾乎就像是我們家人，貝拉，」他又變得堅定和慈愛。「而且雅各一直是妳非常非常好的朋友。」

「我知道。」

「那妳一點也不想他嗎？」查理沮喪的問。

我突然覺得哽咽，得清兩次喉嚨才有辦法開口。「是的，我想念他。」我承認，但還是低著頭。「我很想他。」

「那為什麼會有困難？」

這不是件我擁有權力可以隨意說明的事。這與一般人的認知抵觸——像我及查理這樣的人類——是不該知道充滿著神話人物和怪獸的祕密世界真的存在我們身邊。我知道這個世界，也因為這樣惹上不少麻煩，但我不想讓查理也惹上同樣的麻煩。

「和雅各……有點衝突，」我緩緩的說：「我是說，和友誼有關的衝突。對小各來說只有友誼似乎不夠。」我刻意避開雖然是事實卻無關緊要的細節。跟雅各那群狼人發自內心痛恨愛德華的吸血鬼家庭——連帶對我也有意見，因為我全心全意想加入吸血鬼家族的行列——比起來，那些細節太不重要了。這不是那種我寫張條子給他就能解決的事，但是他又拒絕回我電話；再加上那幾個吸血鬼對於我想親自去找狼人的計畫，偏偏又很有意見。

「讓愛德華有個良性的競爭不是很好嗎？」查理的聲調帶著諷刺。

我不爽的看著他。「沒有競爭。」

「妳這樣躲著他，會傷害小各的感情，他會寧願當妳的朋友，而非誰都不是。」

喔，現在變成是我躲著他是吧？

「我很確定小各一點都不想做朋友。」這個字眼灼傷我的口。「你怎麼會有這樣的想法？」

這下子查理有點糗。「可能是因為今天和比利……」

「你和比利像三姑六婆一樣八卦。」我抱怨，不爽的用叉子猛戳盤中的麵團。

「比利擔心雅各，」查理說：「小各現在不好受……他很沮喪。」

我不由自主地瑟縮，但雙眼還是盯著麵團。

「而且以前妳和小各在一起時總是很快樂。」查理嘆氣道。

「我現在很快樂。」我咬牙切齒的怒聲說。

我說的話，和我的語氣完全相反，這點的確打破了此時的緊張僵局。查理噗一聲笑了出來，我也跟著笑了。

「好吧，好吧，」我同意，「平衡一下。」

「找雅各一起。」他堅持。

「我會努力。」

「好。找出平衡，貝拉。喔，對了，妳有一些信，」查理相當精明的結束了這個話題，「我放在爐子旁。」

我沒動，所有的思緒全繞著雅各的名字糾結成一團。我猜多半是些垃圾郵件，我昨天才收到媽寄的一個包裹，不可能有其他東西。

查理推開椅子，伸伸懶腰站起來，將餐盤放進水槽內，還沒打開水龍頭將盤子浸濕前，就先將一封厚厚的信丟給我。信件滑過桌子，撞上我的手肘才停下來。

「呃，謝了。」我低聲說，對他的急迫感到迷惑。然後我看到信封上的回信地址，是阿拉斯加大學東南分校寄來的。「真快。我以為我也錯過這一家的截止日期。」

查理低聲輕笑。

我翻到信封背面，然後瞪著他。「開過了。」

「我很好奇。」

「我很震驚，警長，這是聯邦重罪。」

「得了，快看吧。」

我拿出信件和一份折好的課程表。

「恭喜，」我還沒看，他就說了：「妳的第一個大學錄取通知。」

「謝了，爸。」

「該來談談學費，我存了一些錢——」

「嘿嘿，不行。我才不會動你的退休金呢，爸，我自己存了學費。」雖然所剩不多——但現在不宜說太多。

查理皺眉。「有些學校很貴的，貝拉，我想幫忙。妳不應該因為便宜就去念阿拉斯加大學。」

那其實一點都不便宜，但是夠遠，同時朱諾——阿拉斯加首府，平均一年有三百二十一天都是多雲的陰天。距離是我選擇學校的前提，氣候則是愛德華的考量。

「我付得起。再說，還有一些補助津貼之類的可以申請，很容易就能貸款。」我希望這樣的唬弄不至於太過明顯，對於申請補助或是貸款，我根本還沒去尋找資料。

「那……」查理欲言又止的別過頭。

「怎麼了？」

「沒有。我只是……」他皺眉。「只是好奇……愛德華明年的計畫是什麼？」

「喔。」

「是什麼呢？」

三聲短暫的敲門聲救了我。查理翻翻白眼，我連忙起身。

「來了！」我大聲喊，查理則低聲喃喃一些類似「走開」之類的話語。我不理他，走出去替愛德華開門。

我用力拉開大門——急切得有些可笑——他就在那邊，專屬我的奇蹟。

時間並未讓我對他俊美的臉龐免疫，我很確定自己永遠無法習慣他的一切。我的雙眼描繪著他雪白的臉龐、方正堅毅的下巴、飽滿的唇線——現在正對我彎彎的翹起一個微笑，挺直的鼻梁、顴骨銳利的角度、光滑寬廣如大理石般的額頭——有一部分被他因淋濕而糾結的紅棕色頭髮給遮住了……

我把他的雙眸留到最後，因為我知道，當我望入他的雙眼，會立即迷失，無法思考。他的雙眼很大，眼眸是流金般的溫暖色澤，被濃密烏黑的長睫毛環繞。望著他的雙眼，總讓我覺得驚奇——好像我全身的骨頭都酥軟了。我整個人飄飄然，但可能完全是因為我根本忘了要呼吸。每次都這樣。

那是一張全世界任何一位男模特兒都會希望用靈魂交換的臉龐。當然，這也許正是要付出的代價：靈魂。

不！我不相信，連想到都覺得內疚，但也很開心——我經常為這一點感到高興，因為我是唯一一個免疫於愛德華的讀心術的人。

我朝他伸出手，當他冰冷的手握住我時，我輕嘆一聲。他的碰觸，讓我出奇的放鬆，好像我原本處在疼痛中，而疼痛突然間停止了似的。

「嗨。」我為自己突兀的招呼方式朝他一笑。

他抬起我們交握著的雙手，用手背輕拂我的臉頰。「下午過得如何？」

「度日如年。」

「我也是。」

他拉起我的手腕貼住他臉龐，我們的雙手還是交握在一起。他閉上雙眼，鼻子撫觸著我手腕內部的肌膚，淡淡的笑了。就像他之前所形容的，享受盛宴上佳釀的芬芳卻抗拒不飲。

我知道對他來說，我血液的味道比其他人的血都還要甜美，如水跟酒那樣天差地遠，我的血液就像擺在酗酒者眼前的美酒——所產生的那股火燒般的渴會造成他真正的疼痛。但如今他似乎不像以前那樣逃避了。我只能隱隱想像，他這簡單行為背後需要付出的艱難心力。

見他必須如此費力，讓我感到悲傷。我只能安慰自己，再過不久，就不需要讓他如此痛苦了。

我聽見查理走過來的聲音，踩著重重的腳步聲，顯示他對訪客的不歡迎。愛德華雙眼馬上睜開，垂下我們的手，但我們還是雙手互握。

「晚安，查理。」愛德華的舉止總是無可挑剔，雖然查理對他的態度不配受到這樣的禮貌對待。

查理哼地回應，然後雙手環抱胸前站在那裡，他近來把身為人父的監督責任表現到了極致。

「我帶來另一些申請表。」愛德華拿出另一個鼓鼓的牛皮信封，小指上勾了一卷郵票，看起來像戴著戒指。

我呻吟了一聲。還有哪家大學他還沒強迫我填寫申請表？他是從哪找到這些漏洞讓學校還肯接受我的申請？一般申請期限早都過了。

他笑得好像他能聽見我腦中所想的念頭，一定是我的表情洩露的。「還有一些沒過期的，也有少數地方願意破例。」

我能想像得到這些例外背後的動機，還有其中牽涉到的龐大金錢。

我的表情引得愛德華笑了。

「來吧。」他拖著我走向廚房。

查理氣惱地跟在我們身後，雖然他對今晚這樣的事情沒什麼好抱怨的。他每天都煩著我，要我決定念大學的事。

我很快清理桌面，愛德華則將這些數量驚人的表格井然有序的理好。當我將《咆哮山莊》拿到流理臺上時，愛德華挑了挑眉。我知道他在想什麼，但他還來不及說出來，查理就開口了。

「說到大學申請表，愛德華，」查理的語氣更不高興了。他避免直呼愛德華的名字，當他必須說時，只會使他的壞心情變得更糟。「貝拉和我剛談到明年的計畫。你已經決定好去念哪一所學校了嗎？」

愛德華朝查理笑笑，他的聲音很友善。「還沒。我已經收到幾所大學的錄取通知，但我還在考慮。」

「哪幾所大學接受了你的申請？」查理追問。

「錫拉丘茲大學（註1）……哈佛……達特茅斯……還有，我今天剛收到阿拉斯加大學東南分校的入學通知。」愛德華微微轉過臉，這樣剛好能對我眨一下眼。我努力忍住偷笑。

「哈佛……達特茅斯？」查理喃喃自語，語調中掩飾不住他的敬畏。「這真是很……真不得了。不過，阿拉斯加大學……當你能念長春藤聯盟時，你不會真的考慮去那邊吧？我是說，你父親會希望你……」

註1　錫拉丘茲大學（Syracuse University），位於美國紐約州雪城，又稱雪城大學。

「無論我念哪一所大學，卡萊爾都能接受。」愛德華沉著地告訴他。

「嗯哼。」

「愛德華，你猜怎麼著？」我用輕快的聲調配合他說。

「什麼事，貝拉？」

我指指流理臺上的厚信封。「我也收到阿拉斯加大學給我的錄取通知。」

「恭喜！」他露出大大的笑容。「真巧。」

查理瞇起眼，他的眼神游移在我倆之間。「好吧，」一會後他喃喃地說：「我要去看球賽了，貝拉。九點半。」

這是他慣常的退場台詞。

「呃，爸！你還記得剛才我們討論過的……關於我的自由？」

他嘆口氣。「好吧，十點半。要上學的日子裡，妳還是有門禁。」

「貝拉不用禁足了？」愛德華問。雖然我知道他並不是真的驚訝，但他聲調中那種突然聽見的驚喜，連我都找不出破綻。

「有條件的，」查理咬牙切齒的說明：「你有什麼意見？」

我皺眉看著我爸，但他沒看我。

「很高興知道這一點，」愛德華說：「艾利絲一直想找逛街的伴，我相信貝拉也會想進城走走。」他朝我笑笑。

但查理突然漲紅了臉，不高興的大叫：「不！」

「爸！怎麼了？」

他費力地開口。「我不准妳去西雅圖。」

「嗯？」

「我跟妳說過報上的事，有某種幫派在西雅圖以殺戮為樂，我要妳離得遠遠的，行嗎？」

我翻翻白眼。「爸，我被閃電打到的機率，都比我某天在西雅圖——」

「不，你是對的，查理。」愛德華打斷我的話：「我並不是指西雅圖。老實說，我想的是波特蘭，我當然也不希望貝拉去西雅圖，當然不能去。」

我不敢置信的看著他，但他手中拿著查理的報紙，正專心看著頭版。

他一定是試著想緩和我父親的情緒。當我跟愛德華或艾利絲在一起的時候，就算是最致命的人類，也不可能傷到我分毫，我會身處危險之中的想法實在是太可笑了。

這招有效。查理瞪著愛德華好一會，然後聳聳肩。「行。」接著走往客廳——有點匆忙，但也可能是他不想錯過球賽。

我等到電視打開的聲音傳來才說話，這樣查理就不會聽見我們的談話。

「搞什麼——」我準備開口質問。

「等一下，」愛德華還是看著報紙，並沒有抬頭看我。他邊專注看著新聞，邊將第一份申請表推過桌面給我。「我認為妳能把之前寫過的答案再次利用，問題都一樣。」

查理一定是還在偷聽。我嘆口氣，然後開始填寫制式的問題：姓名、地址、社會福利號碼。過了幾分鐘後，我抬頭看，但愛德華正沉思地望向窗外。我低頭繼續填寫時，第一次注意到這份申請表上的校名。

我哼了一聲，推開表格。

「貝拉？」

「愛德華，別鬧了，達特茅斯？」

愛德華拿起被我推開的申請表，再次溫柔地放在我面前。「我想妳會喜歡新罕布夏的，」他說：「有全套適合我的夜間課程，對熱愛健行的人來說，森林的位置也很方便，有很多的野生動物。」他又露出那明知我無法抵抗的迷人笑容。

我深呼吸。

「我會要妳還我錢的，如果這樣能讓妳高興的話，」他承諾。「如果妳堅持，我還可以收妳利息。」

「說得好像我不用花大筆錢賄賂就進得去似的。還是這也是貸款的一部分？捐了一棟新的庫倫圖書館？呃。我們為什麼又再次討論這個話題？」

「能不能請妳把表格填完，貝拉？去申請又不會讓妳少塊肉。」

我下巴一緊。「你知道嗎，我不認為我想填。」

我伸出手要拿申請表，打算好好揉成一團丟進垃圾桶，但文件已經不見了。我瞪著空空的桌面好一會，然後看向愛德華。他剛才根本動也沒動，但申請表可能早已經被他收進外套內了。

「你在幹麼？」我追問。

「我替妳簽名會比妳自己簽來得好，反正妳已經寫好自傳與讀書計畫了。」

「你知道，你熱心過頭了。」我低聲說，以免查理並沒有專心在看球賽。「我真的不希望再填任何申請表了。阿拉斯加大學已經接受我的申請，我也大概付得起第一學期的學費。這是遠離大家最好的藉口，沒必要浪費更多錢，無論是誰的錢。」

他臉上出現一絲痛苦的神情。「貝拉——」

「別說了。我同意申請只是為了查理，但我們倆心知肚明，我秋天不會去念任何一所大學，也不會去任何靠近人類的地方。」

我對初為吸血鬼新鮮人的瞭解很少。愛德華幾乎不告訴我任何事，這不是他喜歡的談話主題，但我知道不美好。自我控制顯然是種有待學習的技巧，正常上學則是絕無可能之事。

「我以為時間還沒決定，」愛德華輕柔的提醒我。「妳可以享受一兩個學期。還有很多人類的體驗妳沒經歷過。」

「我可以之後再體驗。」

「之後就不是人類體驗了。不會有第二次的人類生活，貝拉。」

我嘆口氣。「愛德華，對於時間的選擇你得更講理些，一旦有什麼失誤，事情會變得很危險。」

「目前還沒有危險。」他堅持。

我瞪著他。沒有危險？當然，只不過是有個殘酷成性的吸血鬼試圖宰了我為她的伴侶之死復仇，還打算用緩慢折磨的方法執行我的死刑。誰擔心維多利亞？還有，對了，佛杜里——吸血鬼的貴族世家，有一小隊吸血鬼戰士——他們堅持在不久的將來，我的心得停止跳動，若不是成為吸血鬼就是成為死人，因為人類不被允許得知他們的存在。好吧，完全沒理由恐慌。

雖然有艾利絲監視著——愛德華依賴她異常準確的預見未來的異能力，能給我們提前警告，但心存僥倖仍舊是件蠢事。

此外，這場吵嘴我已經贏了。我變身的日期早就設定好在我畢業後，只剩幾週。

我一想到時間所剩不多，胃就突然一揪。當然，這樣的改變是必須的，因為那將是我實現願望的關鍵；除了這個之外，世界上沒有任何能打動我的東西。但我也深刻意識到查理此刻坐在客廳享受球賽，就像其他夜晚一樣。還有母親芮妮，雖然遠在陽光充沛的佛羅里達，還是懇求我能在暑假過去陪她及她的新婚丈夫一起度過海灘時光。還有雅各，他不像我雙親，一旦我消失去某所遠地大學就讀之後，他馬上就會知道幕後真正的原因。雖然查理和芮妮久了之後不免起疑，雖然我可以用一些藉口如旅費太貴、功課太重，或是生病等理由拖延回家，但雅各會知道真相。

有那麼片刻，一想到雅各那種嫌惡表情，比其他痛苦都還折磨我。

「貝拉，」愛德華看出我的苦惱，神情悲悽地低聲說：「不急。我不會讓任何人傷害妳的。妳可以慢慢來。」

「我想快一點，」我低聲說，無力的笑笑，試圖用玩笑的口吻說：「我也想變成一個怪物。」

他咬著牙關，切齒的說：「妳不知道自己在說什麼。」突然，他將潮濕的報紙啪的一聲丟在我倆中間的桌面上。手指比著頭版的標題：

死亡人數攀升
警方擔憂幫派活動

「這有什麼關係？」

「怪物不是開玩笑的，貝拉。」

我再次看著標題，然後移回他冷硬的神情。「是……吸血鬼做的？」我低聲問。

他的笑不帶幽默，聲音又低又冷酷。「貝拉，妳會很驚訝，有多少人類的恐怖新聞是我們這一族所做出的行為。當妳知道怎麼辨識時，就很容易看出來。這裡面的資訊說明了有一個新生的吸血鬼在西雅圖橫行。嗜血、狂野、不受控制——我們曾經都是這樣。」

我的眼光再次落在報上，避開他的眼神。

「我們觀察這件事好幾週了。一切的徵兆都在這裡——離奇的消失、永遠發生在夜間、死狀悽慘的屍體、缺乏證據……是的，是一個新手幹的。似乎沒人出面為這個新手負責……」他深呼吸。「嗯，這不是我們的問題。若不是他離我們居住的地區這麼近，我們甚至不會注意到這個情況。就像我說的，這一直都在發生。怪物存在的結果就是這些可怕的後果。」

我努力不去看報上的名字，但這些名字自動躍入眼中，好像它們被粗黑體強調似的。有五個人死於非命，家人正在服喪。抽象的想著謀殺這件事，跟讀著這些名字，感受全然不同。穆琳・加德納、傑佛瑞・坎伯、葛瑞絲・萊茲、蜜雪兒・歐康諾、羅納德・艾爾布克。這些人曾經擁有雙親及孩子、朋友與寵物，擁有工作、希望、計畫、回憶和未來……

「我的情況不會是這樣，」我的聲音很低，一半是對自己說：「你不會讓我變成這樣的。我們會生活在南極洲。」

愛德華哼笑了一聲，打破了緊張的氣氛。「企鵝，好極了。」

我緊張的笑出聲，把報紙推到地上，這樣我就不用再看到那些名字，報紙砰地落在地板上。當然愛德華已經考慮到獵食的可能。他和他「吃素」的家人，都承諾要保護人類，喜好以大型肉食動物做為食物，滿足他們的飲食需求。「那麼就按原本的計畫去阿拉斯加。只是要比朱諾更遠——有大量灰熊的地方。」

「好多了，」他承認。「還有北極熊，非常兇猛。狼也很大隻。」

我張開嘴，幾乎快喘不過氣來。

「怎麼了？」他問。我還沒回過神，他就已經瞭解了，整個身體變得僵硬。

「喔。請別介意我提到狼的事，如果這個想法冒犯了妳。」他的聲音很僵硬、拘謹，肩膀緊繃著。

「他曾是我最好的朋友，愛德華，」我低聲說，很難過這已經變成了過去式。「當然這主意讓我不舒服。」

「請原諒我的無心之過，」他還是很拘謹。「我不應該提起這話題的。」

「沒事了。」我看著自己的雙手，緊緊交握成拳貼著桌子。

我們沉默了好一會，然後他冰冷的手指觸及我的下巴，輕輕抬起我的臉。他的表情更溫柔了。

「抱歉。真心的。」

「我知道。我知道這是不一樣的事情，我不應該有這樣的反應。只是……在你來之前我已經想起雅各了。」我猶豫了一下。當我說出雅各的名字時，他金黃色的雙眸似乎變暗了。我的聲音轉成辯解，作為對他的神情的回應。「查理說小各不太好過。他正在傷痛中……都是我的錯。」

「妳沒做錯任何事，貝拉。」

我深吸一口氣。「我得讓情況變好一點，愛德華，我欠他的。這也是查理的條件，總之——」

我邊說，他的神情也跟著改變，又變得冷硬，像雕像一樣。

「妳知道，讓妳在沒有保護的情況下跟狼人在一起是不可能的，貝拉。而我們家人中，若有任何一人越界進入他們的土地，都算是破壞協定。妳要我們雙方開戰嗎？」

「當然不要！」

「那就沒必要繼續討論了。」他放下手，轉開視線，腦中搜尋著可改變的話題。他的雙眼凝視著我身後，臉上露出微笑，雖然眼神依舊審慎。

「我很高興查理決定讓妳出門——妳真的需要去逛逛書店。我不敢相信妳又在看《咆哮山莊》，妳應該都會背了吧？」

「不是每個人都有過目不忘的記憶力。」我簡單的回答。

「無論有沒有過目不忘的記憶力，我不知道妳為什麼這麼喜歡這本書。主角都是一堆可怕的傢伙，彼此互相毀滅對方的生活。我真不懂，為什麼希思克利夫和凱西，竟然能像羅密歐與茱麗葉，或《傲慢與偏見》裡的伊麗莎白・貝納和達西先生同樣被列為絕配。那不是愛情故事，是恨的故事。」

「你對經典小說有偏見。」我嗤之以鼻。

「可能是因為我對古人不感到希奇。」他笑笑，對於成功讓我分心感到滿意。「老實說，妳幹麼一再重複看？」他的雙眼現在充滿了真正的興趣，再一次試圖想解開我大腦那令人費解的運作模式。他將手伸過桌子，捧起我的臉。「到底是哪裡吸引妳？」

他真摯的好奇打動了我。「我不知道。」我說，他的凝視並非故意，卻讓我無法思考，我努力想專注於思索。「我想，是必然性。沒有什麼能讓他們分開，無論是她的任性、他的邪惡，甚至死亡，到最後……」

他一邊想著我說的話，神情充滿思索。過一會後，他又露出挑逗的笑容。「我還是認為，若他們其中一人具有值得救贖的人格特質的話，這故事會更棒。」

「我想這可能正是問題所在，」我不同意。「他們的愛正是他們唯一值得救贖的地方。」

「我希望妳有比——和如此……有害之人陷入熱戀更好的品味。」

「現在才擔心我愛上誰有點來不及了，」我指出。「但就算沒有警告，我還是處理得很好。」

他靜靜的笑笑。「我很高興妳這樣想。」

「好吧，我希望你夠聰明，知道該怎麼避開自私的人。凱薩琳才是一切麻煩的核心，不是希思克利夫。」

「我會更警戒的。」他承諾。

我嘆口氣。他真是讓我分心的高手。

我將雙手疊在他手上，拉起他雙手貼住我的臉。「我得去見雅各。」

他閉起眼。「不。」

「這真的一點都不危險，」我再次懇求他。「我以前常整天都在拉布席和他們那一群在一起，什麼事都沒發生。」

但我隱藏了一點沒說，我的聲音在說到最後一句時支吾起來，因為我知道自己在說謊──並不是什麼都沒發生。我腦中閃過一頭巨大的灰狼對我露出利牙，低伏下身準備躍起的記憶，我的掌心冒汗，呼應著回憶所帶來的恐慌。

愛德華聽見我急促的心跳聲，點點頭，好像我的謊言已經大聲說出來似的。「狼人很不穩定。有時候，周遭的人會因此受傷。有時候，會因此而死。」

我想否認，但另一個影像阻止我辯駁。我腦中浮現艾蜜莉・楊曾經美麗的臉龐，如今被三條從右眼角直畫下來的深色疤痕給毀了，使她的唇永遠扭曲成一副苦著臉的樣子。

他等著我找回聲音開口，冷酷得知自己的勝利。

「你不瞭解他們。」我低聲說。

「我比妳更瞭解他們，貝拉，上次事件發生時，我在場。」

「上一次？」

「大約七十年前，我們曾經和狼人們起了衝突……當時我們才剛在荷奎安安頓下來，而艾利絲和賈斯柏還沒加入我們。我們人數比他們多，但若不是卡萊爾，我們無法避免雙方開戰。卡萊爾說服埃夫萊姆・佈雷克，我們兩族共存是可能的，最後我們訂定了休戰協定。」

雅各曾祖父的名字令我大吃一驚。

「我們以為狼人的血統，已經隨著埃夫萊姆的去世而斷絕，」愛德華低喃著說，聽來似乎在自言自語。「以為能讓他們變身的突變基因已經失落了……」他沒將話說完，責難地看著我。「妳的壞運氣似乎變得越來越有影響力了。妳知道嗎，妳對所有致命事物的吸引力，竟然強到足以讓已經滅絕的犬科突變怪物捲土重生，變成一大群。如果我們可以把妳的運氣裝在瓶子裡的話，我們手中就等於有一個大規模的毀滅性武器。」

我不理會他的嘲笑，注意力被他的假設吸引，他是認真的嗎？「但是誘發他們重新出現的人並不是我，你不知道嗎？」

「知道什麼？」

「我的壞運跟這一點都沒有關係。狼人會再度出現，是因為吸血鬼回來了。」

愛德華瞪著我，因為驚訝而全身僵住。

「雅各告訴我，你家人的出現引發了這一切。我以為你已經知道……」

他瞇起眼。「他們這樣認為嗎？」

「愛德華，看看事實。七十年前，你們來到這裡，狼人出現。現在你們回來了，狼人又再度出現。你真的認為這是巧合嗎？」

他眨眨眼，怒視的眼神放鬆了。「卡萊爾會對這個理論感興趣的。」

「理論。」我嗤之以鼻。

他無言了好一會，看著窗外的雨，我想像著他正在仔細思量事實——他家人的存在，喚醒這些當地人變成巨犬。

「有趣，但不一定相關，」過了一會後他低聲說：「情況還是沒變。」

我知道他的意思：不得有狼人朋友。

我知道我對愛德華得有耐心。他不是個不講理的人，只是他不瞭解。他不知道我欠雅各・佈雷克有多少——要不是他，我不知道已經死了幾次了，而且很可能也早就瘋了。

我不想和任何人討論過去那段空白的時光，特別不想和愛德華談。他之所以離開，完全是為了我好，他想要拯救我的靈魂。我不認為他應該為他不在時我做出的這一切愚蠢的事，或是我忍受的痛苦，負上全責。

但他認為他該負責。

所以我的用字遣詞必須非常小心。

我起身，繞過桌子。他張開雙臂迎接我，抱我坐到他膝上，窩進他冰冷如石的懷抱裡。我邊說話，邊看著他的手。

「請好好聽我說。這不是偶爾一時興起突然去拜訪一位老朋友而已，雅各深陷在痛苦中。」這個字眼讓我幾乎說不下去。「我不能不幫助他——當他需要我的時候，我不能在此時放棄他，不能因為他已經不全然是人類……好吧，當我的行為舉止也不大像個正常人類時……是他陪著我。你不知道那是種什麼樣的生活……」我猶豫了一下。愛德華環著我的雙臂僵住了，雙手握成拳頭，青筋畢露。「要不是雅各伸出援手幫助我……我不確定你回來時看到的我會是什麼樣子。我欠他太多，愛德華。」

我小心的抬起頭望著他。他閉著眼，下巴緊繃。

「我永遠無法原諒自己離開妳，」他低聲說：「就算我再活十萬年。」

我舉起手貼著他冰冷的臉，等著，直到他嘆口氣，張開雙眼。

「你只是想做對的事。我很確定，這樣的想法對任何人來說都有效，除了我之外。此外，你現在在這裡，這才是最重要的。」

「如果我從未離開過，就不需要讓妳冒生命危險去安慰一隻**狗**。」

我畏縮了一下。我已經習慣雅各用那些貶抑的字眼形容他——吸血蟲、水蛭、寄生蟲之類……但貶抑的字眼由愛德華迷人的聲音說出來，不知怎麼的，聽起來更傷人。

「我不知道該如何解釋清楚，」愛德華的聲音很淒涼。「我想這聽起來很殘酷，但我之前差一點失去妳。想到有可能失去妳，我知道那種感覺。我不允許任何危險的事發生。」

「你得信任我。我不會有事的。」

他的神情又滿是痛苦。「拜託，貝拉。」他低語。

我凝望著他突然間燃燒起來的金色雙眸。「拜託什麼？」

「為了我，拜託。請盡一切努力讓妳自己平安。我也會盡我所能，但我會感謝妳的配合。」

「我會的。」我低聲說。

「妳知道妳對我有多重要嗎？知道我有多愛妳嗎？」他將我抱得更緊，緊緊貼著他堅硬的胸口，將我的頭抵在他下巴下。

我將唇貼上他雪般冰冷的頸子。「我知道自己有多愛你。」我回答。

「妳是用一棵小樹來比擬一片森林。」

我翻翻白眼，但他不會看見。「不可能。」

他親吻我頭頂，嘆口氣。

「不准去見狼人。」

「這點我無法讓步，我得去見雅各。」

「那我一定會阻止妳。」

他的語氣聽來完全充滿自信，似乎這對他不是個問題。

我確定他是對的。

「我們走著瞧吧，」我虛張聲勢。「他還是我的朋友。」

我能感覺雅各寫的字條在我口袋裡，好像這張字條突然重了十磅。我彷彿能聽見他的聲音說出字條上的每個字，他似乎也同意愛德華的看法——這是現實中永遠不會發生的事。

但這並不會改變任何事。抱歉。

chapter 2

迴避

我緊閉雙唇不發一語，拔出鑰匙，僵硬的爬下車。

「如果妳今晚不想見我，就關上窗戶。我會懂的。」

在我重重關上門前，他輕聲說道。

當西班牙文課下課後，我走向餐廳時，竟覺得有股莫名的雀躍，這不單只是因為和我牽手的人，是地球上最迷人的人，雖然這也是一部分的原因。

可能是因為知道自己服刑期滿，我又是個自由的女人了。

也可能根本和我無關。可能是因為整個校園都充滿著自由的氛圍。學期快結束了，特別是對三年級生而言，空氣中瀰漫著的興奮氣息更是明顯。

自由幾乎觸手可及，可以感受得到，跡象隨處可見。餐廳牆面貼滿海報，連垃圾桶都像穿了裙子般地圍上了一圈彩色的宣傳單：提醒大家要購買畢業紀念冊、班級紀念戒指和邀請卡等等的傳單，還有告訴大家登記畢業禮袍、禮帽、流蘇的截止日期的通知單，低年級學生多采多姿的班聯會競選文宣，還有用玫瑰花冠裝飾著的畢業舞會廣告。盛會就在本週末，但我嚴肅的要愛德華保證，這次絕不會帶我去參加。畢竟，我已經有過那樣子人類的經驗了。

我相信，一定是我自己的自由，讓我今天心情如此雀躍。通常學期結束並不會讓我感到像其他同學那樣的快樂。老實說，任何時候我一想到畢業，就有一種緊張到反胃的噁心感覺。我試著不去想。

但很難不注意到無所不在的畢業資訊。

「妳的畢業典禮邀請卡寄出去了嗎？」當愛德華和我坐進平時常坐的餐桌後，安琪拉問我。她將一頭淺棕色秀髮綁成鬆鬆的馬尾，而不是像平常那樣放下來，雙眼中充滿微微的興奮。

艾利絲和班已經坐在安琪拉兩邊，班正在看漫畫書，他的眼鏡滑落鼻頭。艾利絲打量著我身上無趣的牛仔褲和T恤，讓我有些不自在。可能她在計畫另一場美容大計。我嘆口氣。我對時尚不以為意的態度一直讓她看不過去，如果我允許，她一定會很開心的每天替我打扮，可能一天還要換好幾次，把我當成特大號的立體紙娃娃。

「還沒，」我回答安琪拉。「老實說，一點意義都沒有。芮妮早就知道我什麼時候要畢業，除了她以外，又沒有別人要來。」

「妳呢，艾利絲？」

艾利絲笑了。「都弄好了。」

「妳真幸運，」安琪拉嘆氣。「我媽有幾百位堂兄妹，她希望我能手寫每一封邀請卡，我都快得手腕關節炎了。現在已經不能再拖了，但是我一想到要做就害怕。」

「我來幫妳，」我自願。「如果妳不介意我拙劣的筆跡。」

查理會喜歡的。從我眼角，我看到愛德華的微笑，他一定也會喜歡。我並沒和狼人在一起，但卻滿足了查理的條件。

安琪拉看來鬆了一口氣。「妳真好。妳要我什麼時候到妳家都行。」

「老實說，我比較想去妳家，如果可以的話——我已經待夠了我家。查理昨晚已經解除了禁足令。」我邊宣布這個好消息邊笑。

「真的？」安琪拉問，淡淡的興奮點亮了她永遠溫柔的棕色雙眸。「我以為妳說妳會被禁足一輩子。」

「我比妳還驚訝。我以為至少要等到畢業後他才會讓我自由。」

「嗯，這太好了，貝拉！我們得出去慶祝。」

「妳不知道這主意聽起來有多棒。」

「我們該做什麼？」艾利絲打趣問，她的神情因為眾多的可能性而充滿光采。艾利絲的主意通常對我來說都有點誇張，我從她眼中就能猜到，她打算做點誇張的事發洩一下。

「無論妳在想什麼，艾利絲，我懷疑我是否真有那麼自由。」

「自由就是自由，不是嗎？」她堅持。

「我很確定還是有限制的，例如，我得乖乖待在美國境內。」

安琪拉和班都笑了，但艾利絲扮了個鬼臉，感覺她真的感到失望。

「那今晚我們要做什麼？」她堅持的追問。

「什麼都不做。聽著，我們先低調點過幾天，確定他是認真的。明天還要上課，平常日我最好還是表現得乖一點。」

「那我們週末再慶祝。」艾利絲的熱切完全掩蓋不住。

「當然。」我說，希望這樣能安撫她。我知道自己不可能去做太奇怪的事，對付查理得慢慢來，讓他有機會知道我有多值得信任和成熟，這樣我才能要得更多。

安琪拉和艾利絲開始討論可慶祝的方式，班也將漫畫書放在一旁加入談話。我的注意力被分散，很驚訝地發現，我重獲自由這個主題突然間不像片刻之前那麼讓人愉快。他們談到要去安吉拉斯港或荷奎安玩，我開始覺得有點不高興。

沒花多久時間，我就知道自己心神不寧的原因了。

自從上次在我家屋外的森林邊，和雅各•佈雷克說了再見之後，我的腦中就被一個反覆不斷、令人不安的影像折磨不已。那個影像三不五時就會出現在我腦海，就像吵人的鬧鐘，被設定成每半小時就叫一次似的，我滿腦子都是雅各充滿痛苦神情的臉。那是我對他的最後印象。

如今這樣的惱人影像又浮現在我眼前。而我也終於知道，為什麼我對我的自由不滿意了，因為它並不完整。

當然，我可以自由的去任何我想去的地方，除了拉布席；我可以做任何想做的事，除了去見雅各。我坐在桌旁皺起眉。一定有些灰色地帶。

「艾利絲？艾利絲？」

安琪拉的聲音讓我回神。她的手在艾利絲空白僵住的臉前揮舞著。艾利絲這種表情我之前看過，這種表情使一股驚恐自動竄過我的身體。她空洞的眼神告訴我，她又看見某些和環繞在我們四周的餐廳非常不同的景象，而那些景象真實無比。有事情要發生了，有事情很快就要發生了。我的臉頓時變得毫無血色。

然後愛德華笑了，非常自然放鬆的笑聲。安琪拉和班朝他望去，但我雙眼還是盯著艾利絲。她突然跳起來，好像有人在桌子下踢了她一腳似的。

「午睡時間已經到了呀，艾利絲？」愛德華打趣的問。

艾利絲又恢復了。「抱歉，我剛才神遊去了，我猜。」

「白日夢也比再上兩小時課好。」班說。

艾利絲再度投入談話，還比之前更興奮，演得有點太過頭了。我看到她雙眼望向愛德華，但只有一下子，然後在其他人還沒注意到之前，她的眼神又轉回安琪拉身上。愛德華很安靜，漫不經心地把玩我的頭髮。

我焦慮的等著詢問愛德華的機會出現，究竟艾利絲在異象中看到什麼？但整個下午連與他獨處一分鐘的機會都沒有。

我覺得很奇怪，他似乎是故意的。午餐後，愛德華放慢腳步配合班的步伐，談著一些我知道他早就做完的功課。然後在課與課之間的下課空檔，總是有第三者在場，過去我們通常能有幾分鐘的兩人時光。當最後一堂課的下課鐘聲響起，在所有的同學裡面，愛德華竟然還主動找麥克・紐頓攀談，而且跟著麥克往停車場走去。我跟在他們後面，讓愛德華牽著我。

我聽著麥克回答愛德華那顯得異常友善的詢問，心中感到困惑。聽起來似乎麥克有汽車方面的問題。

「……但我才剛換過電池。」麥克雙眼望著前方，然後又小心轉向愛德華。他和我一樣大為不解。

「可能是線路問題？」愛德華說。

「可能吧。我對車子真的一點都不瞭解，」麥克承認。「我得找人幫我看看，但我請不起都靈來幫我修理。」

我張開口想建議我的技工，然後又閉上嘴。我的技工這幾天都很忙，忙著以巨狼的身形東奔西跑。

「我略知一二，能幫你看看，如果你願意的話。」愛德華提議。「但先讓我載艾利絲和貝拉回家。」

麥克和我都張大嘴看著愛德華。

「呃……謝了，」麥克回過神後含糊答道：「但我得先工作，也許改天。」

「當然。」

「再見。」麥克坐進他車內，難以置信的搖搖頭。

愛德華的富豪汽車停在離麥克的車只有兩輛車距離的地方，艾利絲已經坐在車內等了。

「這是怎麼回事？」當愛德華替我打開前座的車門時，我低聲問。

「只是想幫忙。」愛德華回答。

然後等在後座的艾利絲，快速的開口。

「你的修車技術又不好，愛德華。可能你該請羅絲莉今晚先去看看，這樣等麥克真的請你幫忙時，你才不會丟臉。不過，如果是羅絲莉出現來幫忙的話，他的表情一定會很好玩。但既然羅絲莉應該遠在東岸念大學，我猜這主意並不算好，太糟了。雖然我猜想，應付麥克的車，你的本事應該夠用。你只有在面對上好的義大利跑車，要對其內部做更精緻的調整時，才會覺得所知不足。談到義大利和我之前偷的跑車，你還欠我一輛黃色的保時捷，我可不想等到聖誕節才……」

一兩分鐘之後，我便聽而不聞了，讓她快速的聲音變成背景般的嗡嗡聲，自己沉浸在私人的天地裡。我認為，這顯然是愛德華想避免我發問的伎倆。行。反正他一定有機會單獨與我在一起的，只是遲早的問題。

愛德華似乎也瞭解這一點。他將車停在通往庫倫家車道的路口，讓艾利絲下車，像平常一樣，雖然此時，就算他將車開到門口，親自陪她進去，我也不會驚訝。

艾利絲邊下車，邊眼神凌厲的給他一眼。愛德華似乎不當回事。

「待會見。」他說，然後在令人難以察覺的瞬間，輕輕的點了下頭。

艾利絲轉身馬上消失在樹叢間。

他將車調頭，開回福克斯，不發一語。我等著，心想不知道他會不會先開口說明。但他沒有，這點讓我感到緊張。艾利絲今天午餐時究竟看到什麼？是某種他不願意讓我知道的事？我試圖找出理由，為什麼他要保守祕密？可能在我問他之前，得先做好心理準備。無論是什麼事，我不想驚慌失措，而讓他認為我無法處理。

所以我們兩人都不發一語，直到我們開到查理屋前。

「今晚功課不多。」他說。

「嗯。」我同意。

「妳認為我被允許進屋內嗎？」

「當你載我去學校時，查理似乎沒有反對。」

但我很確定，當查理回家發現愛德華在屋內時，他應該會很快就生氣繃起臉。可能我該做點特別的菜當作晚餐。

走進屋內，我直接上樓，愛德華跟著我。他懶洋洋的躺到我床上，凝視著窗外，對我的急躁似乎不以為意。

我扔下包包，打開電腦。有一封我媽的郵件還沒回，得先處理，當我拖延太久時，她就會開始恐慌。我等著這台老舊的電腦暖機，手指頭不耐的敲打著桌面，焦慮又不成音節。

隨即他的手指覆上我的，握緊，制止我。

「我們今天有一點沒耐心喔？」他低聲說。

我抬起頭，想說些諷刺的話，但他的臉比我預期的離我還要近。金色的雙眸悶燃著，離我好近，冰冷的呼吸吹撫在我微張的唇上。我的舌尖能品嘗到他的氣息。

我完全忘記該怎麼詼諧的回應。我連自己的名字都快想不起來。

他不讓我有機會恢復。

如果按照我的心願，我會將大部分的時間用來親吻愛德華。我生命中沒有任何事能比得上親吻他冰冷的唇，他的唇像大理石般堅硬，卻又如此溫柔的在我唇上移動。

但我不常遂其所願。

因此，當他的手指插入我髮中，捧穩我的臉貼近他時，我有些驚訝。我的雙臂繞到他頸後抱緊，真希望自己能強壯一點，壯到能將他永遠囚禁在此處。他一手滑向我背後，將我更貼緊他堅石般的胸膛。雖然透過他的毛衣，他冰冷的肌膚還是讓我顫抖，那是愉悅、快樂的顫抖，喜悅，但他的反應是逐漸鬆手。

我知道我只有大約三秒鐘的時間，然後他就會嘆氣並靈巧的掙脫我，說一些關於我們在這個下午裡已經讓我的生命冒了多少危險之類的話。但我利用這僅有的幾秒，朝他貼得更近，讓自己全身貼著他的身軀。我的舌尖追索著他下唇的弧線，他的唇線如此完美光滑，好像拋光過，那味道——

他拉開我的臉，輕鬆的掙脫我的擁抱，他可能不知道我已經使盡全力。

他從喉嚨內低聲輕笑。儘管他依然嚴格地克制著自己，他的雙眼還是因為興奮而變得如此明亮。

「呃，貝拉。」他嘆氣。

「我該說我很抱歉，但我一點也不。」

「我應該為妳的不抱歉感到抱歉，但我也不。也許我該回去坐在床上。」

我暈眩的吸口氣。「如果你認為這是必須的。」

他壞壞的笑笑，鬆開他對我的擁抱。

我搖了好幾下頭，想理清思緒，然後轉回電腦——已經開機成功在嗡嗡叫了。好吧，不是嗡嗡叫，而是在哀號。

「幫我跟芮妮問好。」

「當然。」

我快速看著芮妮的郵件，不時因為她做的一些蠢事搖頭不已。我第一次看時，覺得又好笑又驚恐。我媽這個人就是這樣，非得到自己穿上了降落傘背包和教練綁在一起，才會想起她有嚴重的懼高症。我對費爾感到有點生氣，他成為她丈夫已經快兩年，竟然還會讓這樣的事情發生。是我就會把她照顧得更好，我比較瞭解她。

但妳最後還是得讓他們自己生活，我提醒自己。妳得讓他們過自己的生活……

我之前大部分的生活都用於照顧芮妮，耐心的引導她遠離瘋狂的計畫，並且耐心的忍受我無法說服她別做的那些事。我一直很溺愛我媽，被她逗樂，雖然這對她來說有些降低身分。我看著她做錯事的後果，自己私下笑話她——沒大腦的芮妮。

我跟我媽是很不一樣的人。我總是有自己的想法，總是小心翼翼。我是負責的那一個，是家中的大人。這是我對自己的看法。也是我記憶中的自己。

隨著愛德華的親吻激起的血液激流，仍舊在我腦中洶湧，我忍不住想到我媽這一生中最大的錯。愚蠢又浪漫，高中一畢業就嫁給一個她還不太瞭解的男人，接著一年後生下我。她一直告訴我她不後悔，我是她這一生中最好的禮物。但她一而再再而三的告誡我，聰明的人要嚴肅的看待婚姻。成熟的人會念完大學，展開事業，而不是一頭栽進戀愛。不過她知道我永遠不會像當年的她一樣，那麼傻傻的、土裡土氣的、不顧一切的……

我咬緊牙，試著專心回信給她。

然後我看到她最後那一段，才想起來為什麼我之前會沒回信給她。

妳好久沒提起雅各了，她寫道。他最近如何？

我確定一定是查理要她寫的。

我嘆口氣，很快的打字，不到兩句就回答完她的問題了。

雅各很好，我猜。我沒見到他，他多數時間都和他那群朋友待在拉布席。

我苦笑，加上愛德華對她的問候，然後寄出。

我不知道愛德華沉默的站在我身後，直到我關上電腦，轉身離開書桌時才發現。我正打算罵他幹麼在我身後偷看，卻發現他的注意力並不在我身上。他正在打量一個扁平的黑盒子，從主體方盒子往外擴散的金屬絲線彎彎曲曲的，這東西看起來不怎麼完好。幾秒鐘後，我才認出那是艾密特、羅絲莉，還有賈斯柏在我去年生日時，送給我的生日禮物——汽車音響。我已經忘了所有的生日禮物，它們如今被埋在一堆蒙上了厚厚灰塵的東西底下，就在衣櫃旁邊的地板上。

「妳把這東西怎麼了？」他用驚恐的聲音問。

「我拆不下來。」

「所以妳就用蠻力？」

「你知道我不擅長使用工具。我又不是故意的。」

他搖搖頭，臉上像戴了一副人造的悲劇面具。「妳毀了這玩意。」

我聳聳肩。「好吧。」

「如果他們看到的話，會傷心的，」他說：「還好妳都得待在家裡，我得在他們注意到之前，買個新的。」

「謝了，但我不需要時髦的音響。」

「我又不是為了妳才打算去買的。」

我嘆口氣。

「去年妳沒好好享受到妳的生日禮物。」他用不高興的聲音說。突然間，他用一張長方形的厚紙在當扇子搧風。

我沒回答，怕自己顫抖的聲音會洩露我的恐懼。我災難性的十八歲生日帶來想像不到的後果，是我不想再回憶的，我很驚訝他會提起。他應該比我更敏感。

「妳知道這些快要過期了嗎？」他問，將那一張紙遞向我。那是另一個禮物，是艾思蜜和卡萊爾合送給我的機票，好讓我能去佛羅里達看芮妮。

我深吸口氣，然後用死板的聲音說：「不知道。老實說，我幾乎把一切都忘了。」

他的神情，充滿小心翼翼的光彩和自信，然而當他繼續說時，找不出一絲絲深切的感情。「好吧，我們還有時間。妳已經自由了……既然妳拒絕跟我去參加舞會，我們本週又沒有計畫，」他做個鬼臉。「為什麼不拿來慶祝妳的自由？」

我倒吸一口氣。「去佛羅里達？」

「妳自己說過只要在美國境內都沒問題的。」

我瞪著他，充滿猜疑，想知道究竟是怎麼回事。

「怎樣？」他追問。「我們到底要不要去看芮妮？」

「查理不會肯的。」

「查理不會拒絕讓妳去看妳媽的。她還是妳的主要監護人。」

「沒有人監護我。我是成人了。」

他給我一個光彩奪目的笑容。「沒錯。」

我很快的思考，決定不值得為這事跟查理吵。查理會氣瘋的，不是因為我要去看芮妮，而是因為愛德華要跟我一起去。查理會好幾個月不跟我說話，而我最後可能又會被禁足。最好別提。可能再過幾週，把這當成畢業禮物跟他要求。

但此時，想到馬上就可以去看我媽，而不是幾週以後，這念頭很難讓我抗拒。我已經好久沒看到芮妮了。而且我很久沒在愉快的情況下見她。上一次我在鳳凰城見到她時，我躺在醫院的床上。再上一次她來這裡時，我幾乎處於封閉狀態。這兩次留給她的都不是什麼好記憶。

可能，如果她看到我和愛德華在一起有多快樂，她會要查理鬆手。

當我自己進行分析時，愛德華研究我的神情。

我嘆口氣。「不要這個週末。」

「為什麼不？」

「我不想跟查理吵。不能在他原諒我之後馬上和他吵。」

他的眉毛全擠在一起。「我認為這個週末去正好。」他低聲說。

我搖搖頭。「再找時間。」

「妳不是唯一一個被關在這房子裡的人，妳知道的。」他皺眉看著我。

我的猜疑又回來了。這種行為一點都不像他。他一直是不可思議的無私，我知道自己被寵壞了。

「你可以去任何想去的地方。」我說。

「沒有妳，任何地方我都覺得無趣。」

他這誇張的話讓我翻翻白眼。

「我是說真的。」他說。

「出遠門的事情我們一步一步慢慢來好嗎？例如，我們可以先去安吉拉斯港看場電影……」

他呻吟。「算了，我們以後再說。」

「那就別談了。」

他聳聳肩。

「那好吧，換個話題。」我說，我差點忘了今天下午的擔憂——這是他的目的嗎？「艾利絲今天午餐時究竟看到什麼？」

我邊說，雙眼堅定的盯著他的臉，打量他的反應。

他的表情很平靜，金黃色雙眸微微變得嚴肅了些。「她看到賈斯柏在一個奇怪的地方，西南方某處，她認為，靠近他之前的……家族。但他沒說過他會回去。」他嘆口氣。「這讓她很擔心。」

「喔。」我一點都沒想到會是這樣的事。但當然，艾利絲會注意察看賈斯柏的未來。他是她的靈魂伴侶，她真正的另一半，雖然他們並沒有像羅絲莉及艾密特那樣炫耀他倆之間的感情。「你為什麼不早點跟我說？」

「我不知道妳注意到了，」他說：「可能不怎麼重要。」

我的想像力真是失控到悲哀的地步。我把一個完美正常的下午，扭曲到了看起來像是愛德華異乎尋常的把事情瞞著我。我真該去做心理治療。

我們下樓寫功課，以防查理提早回家。愛德華沒多久就寫完了，我費力的寫微積分，直到該做晚餐。愛德華來幫忙我，卻不時對生肉等材料皺眉頭，人類的食物令他感到有些噁心。我依照祖母的食譜準備做酸奶牛肉（註2），因為我想討好查理。我並不喜歡這道菜，但這能讓查理高興。

當查理回到家時，心情似乎已經很好。他對愛德華也不像平日那樣無禮。愛德華像平常一樣並沒跟我們一起吃。前廳傳來晚間新聞的聲音，但我猜他應該沒有在看。

吃完了三大碗之後，查理將腳抬起來放在空椅上，雙手交叉胸前，滿足的看著鼓脹的肚子。

「真好吃，貝拉。」

「我很高興你喜歡。工作如何？」之前他吃得太專心，沒空跟我說話。

「有點無聊。嗯，是非常無聊。馬克和我下午都在玩牌。」他咧嘴一笑說：「我贏了，十九比七。然後

註2　酸奶牛肉（stroganoff），俄羅斯料理，把炒過的牛肉跟洋蔥及磨菇加上酸奶油醬汁一起調理。

我跟比利講了好一會兒電話。」

我試著維持平靜的表情。「他還好嗎？」

「很好，很好。關節炎讓他不舒服。」

「喔，那真是太糟了。」

「是呀。他邀請我們這個週末去看他。他想邀克利爾沃特和烏利兩家人一起，有點像是來場季後賽派對……」

「嗯。」是我最聰明的回應。除此之外我還能說什麼？我知道就算在父親的監視下，我還是不能去參加狼人派對。我不知道愛德華對於查理老愛去拉布席會不會感到困擾。還是他認為，既然查理多半時間是和比利這個人類在一起，所以查理就不會有危險？

我起身收拾碗盤，並沒看查理。我將碗盤放進水槽內，開始放水。愛德華沉默的出現，抓起擦碗布。

查理嘆口氣，暫時放棄，雖然我想，當只有我們兩人時，他應該會再次提起這個主意。他起身往客廳走去看球賽，像往常一樣。

「查理？」愛德華用交談的語調開口。

查理正走出廚房，停了下來。「嗯？」

「貝拉是否告訴過你，我父母親送了她一張機票，是她去年的生日禮物，讓她能去看芮妮？」

我原本正在擦洗的盤子從我手中滑落，擦過流理臺邊緣，大聲哐噹地掉在地板上。雖然沒有破，但濺得整個廚房跟我們三人一身的肥皂水。查理似乎沒注意到。

「貝拉？」他用震驚的聲音說。

我雙眼盯著盤子，彎身撿起來。「是的，他們送了。」

查理大聲的吞嚥，然後瞇起眼睛，轉身面對愛德華。「不，她從未提過。」

「嗯。」愛德華低聲說。

「你提起這事，有什麼原因嗎？」查理用僵硬的聲音問。

愛德華聳聳肩。「它們快要過期了。我想，如果貝拉沒使用這個禮物的話，艾思蜜心裡可能會很難過，雖然她嘴上不會說。」

我不敢置信的看著愛德華。

查理想了一下。「貝拉，去見妳媽也許是個好主意，她一定會很高興的。我很驚訝妳一直沒說。」

「我忘了。」我承認。

他皺眉。「妳忘了有人送妳機票？」

「嗯。」我含糊的應了一聲，轉身繼續洗碗。

「我注意到你說，『它們』快要過期了，愛德華，」查理繼續說：「你父母親給了她幾張機票？」

「一張給她……一張給我。」

這次從我手中滑落的盤子跌進水槽裡，所以響聲沒剛才那麼驚人。我能聽見父親用力的呼吸聲。我的臉龐因為生氣和懊惱漲得通紅。愛德華為什麼要這樣做？我瞪著水槽裡的泡泡，慌了起來。

「絕對不准。」查理突然間憤怒不已，大聲喊著。

「為什麼？」愛德華問，他的聲音充滿了無辜與驚訝。「你剛才也說，去見她母親是個不錯的主意。」

查理不理他。「妳哪兒也不准跟他去，ㄚ頭！」他大喊。

我猛轉過身，看見他的手指著我。憤怒之情讓我不由自主馬上脫口而出。

「我不是小孩，爸。我也已經沒被禁足了，記得嗎？」

「沒錯，但妳又被禁足了，從現在起。」

「什麼理由？」

「因為我說禁就禁。」

「我需要提醒你我已經是成年人了嗎，查理？」

「這是我家，妳要遵守我的規定！」

我的憤怒瞪視變得冷酷。「如果這是你要的。你要我今晚就搬出去嗎？還是我能有幾天打包的時間？」

查理漲紅了臉。我馬上為了打出這張威力過強的王牌而感到內疚。

我深呼吸，試著讓自己理性些。「當我做錯事時，我沒有抱怨你的處罰。爸，但我不能忍受你的偏見。」

他氣急敗壞地說了幾句，但實在是語無倫次。

「聽著，我知道你很清楚，我有權在這個週末去看媽。你不會告訴我，如果我是跟艾利絲或是安琪拉去的話，你會反對這個主意吧？」

「她們是女生。」他哼了一聲，點點頭。

「如果我和雅各一起去，你有問題嗎？」

我之所以提起這個名字，是因為我知道查理喜歡雅各，但我很快就希望自己沒說這個名字。愛德華猛地咬緊牙關，聲音大到人人可聞。

我父親掙扎讓自己平靜，然後才回答。「是的，」他用毫無說服力的聲音說：「那會讓我不安。」

「你真是一個差勁的說謊家，爸。」

「貝拉——」

「我又不是要去拉斯維加斯當秀場女郎。我只是要去看媽，」我提醒他。「她和你一樣是我的合法雙親。」

他丟給我一個令人畏縮的眼神。

「你是在暗指媽沒有能力照顧我嗎？」

我話中威脅性的暗示讓查理不禁退縮。

「你最好希望我永遠不要在她面前提起這點。」我說。

「妳最好不要，」他警告。「這件事讓我很不高興，貝拉。」

「你有什麼理由好不高興的。」

他翻翻白眼。但我知道這場暴風雨算是過去了。

我轉身，拉開水槽塞子。「我已經做完功課了，你也吃完晚餐了，碗都洗好了，我又沒被禁足，我要出去，我會在十點半前回來。」

「妳要去哪？」他的臉原本已經恢復正常，現在又漲紅了。

「我不知道，」我承認。「不過我會待在方圓十哩內。行嗎？」

他咕噥些話，像是不同意，但隨即走出房間。自然的，我一吵贏，就馬上感到內疚。

「我們要出去嗎？」愛德華問，他聲音很低但很興奮。

我轉身瞪著他。「是的。我想我得和你私下談談。」

他看起來不怎麼擔心，但我想他心知肚明。

我等到我們安全地坐上他的車後才開口。

「那是怎麼回事？」我盤問。

「我知道妳想去見妳媽，貝拉——妳在夢中都會喊她的名字。我想妳很擔心。」

「我有嗎？」

他點點頭。「但是，很顯然，妳膽小到不敢跟查理提，所以我只好代妳求情。」

「求情？你根本是把我推入火坑。」

他翻翻白眼。「我不認為妳有危險。」

「我告訴過你，我不想和查理吵。」

「沒人說妳得用吵的。」

我怒視著他。「只要他一霸道，我就會忍不住跟他吵，我自然的青少年反應讓我無法自制。」

他竊笑。「好，但又不是我的錯。」

我瞪著他，充滿懷疑。他似乎沒注意到。他望著擋風玻璃前方的臉色很平靜。事情不對勁，但我不知道是怎麼回事。可能又是我的想像力，像今天下午一樣胡思亂想。

「你這麼熱心的想讓我週末去佛羅里達，和比利家的派對有關嗎？」

他下巴一緊。「一點都沒有。無論妳在地球上的哪裡，妳就是不能去。」

就像查理剛才一樣，威脅不乖的孩子。我咬緊牙，免得自己脫口而出。我也不想和愛德華吵。

愛德華嘆口氣，當他再度開口，他的聲音又變得迷人溫柔。「那妳今晚要做什麼？」他問。

「我們能不能去你家？我好久沒見到艾思蜜了。」

他笑了。「她會喜歡的。特別是當她聽見我們週末的計畫後。」

我無可奈何地嘆了口氣。

就像我答應的，我們並沒待到很晚。當我們將車停在屋前，我一點都不驚訝的看見燈還亮著，我知道查理在等著吼我。

「你最好別進來，」我說：「只會讓事情更糟。」

「他現在心情很平靜。」愛德華打趣的說。他的表情讓我猜疑，我是不是錯過什麼玩笑。他嘴角微微抖了一下，努力忍住笑容。

「晚點見。」我悶悶不樂的低聲說。

他笑了，親吻我頭頂。「等查理打呼我就回來。」

當我進屋時，電視開得很大聲。我想過是否該從他身邊溜上樓。

「妳能不能來一下，貝拉？」查理大叫，我只好打消原本的念頭。

我不情不願地走向距離我五步遠的老爸。

「什麼事？爸。」

「妳今晚過得好嗎？」他異常的冷靜。我試圖找出他話中真正的意圖，然後才回答。

「是的。」我猶豫的說。

「妳做了什麼？」

我聳聳肩。「和艾利絲及賈斯柏在一起。愛德華下棋贏了艾利絲，然後換我跟賈斯柏玩。他痛宰我。」

我笑了。愛德華和艾利絲下棋是我看過最有趣的事。兩人坐著動也不動，瞪著棋盤。艾利絲能夠預見他要下的棋步，而愛德華則用讀心術看穿她的心思。多數時候他們兩人都在腦中對決。我認為他們各走了兩個兵，艾利絲突然彈掉她的國王——投降。前後只花了三分鐘。

查理按下靜音，不尋常的舉動。

「聽著，有些事我得說。」他皺眉，看起來非常不自在。

我坐著沒動，等著。他眼神迎上我，才一秒就轉開望著地板。然後一直沒開口。

「什麼事，爸？」

他嘆口氣。「我不是很會處理這樣的事。我不知道該怎麼開口……」

我等著。

「好吧，貝拉。是這樣的。」他從沙發起身，在客廳內前後踱步，從頭到尾盯著自己的腳。「妳和愛德華似乎是認真的，但有些事妳得小心。我知道妳是成年人，但妳還很年輕，貝拉。有很多重要的事妳得知道，當妳……當事情涉及妳身體……」

「喔，拜託，拜託別講！」我跳了起來，懇求他。「請告訴我，你不會是打算跟我談性教育吧，查理。」

他盯著地板。「我是妳父親。我有責任。記得，我和妳一樣尷尬。」

「我不認為你會有我尷尬。總之，媽在十年前就跟我談過了。你可以不用談。」

「十年前妳還沒有男朋友。」他不情願的低聲說。我知道他根本不想繼續這個話題。我們都站了起來，看著地板，不敢對望。

「我不認為基本的東西有什麼改變。」我低聲說，臉像他一樣紅。這段對話的煎熬比打落十八層地獄還慘。一想到愛德華早已知道會有這些對話，就更糟了。難怪他在車中會那麼的自得其樂。

「只要告訴我，你們兩個是負責的成年人。」查理懇求，顯然希望地板裂個大洞能讓他掉下去。

「別擔心，爸。事情不是你所想的那樣。」

「我不是不信任妳，貝拉，但我知道妳不會跟我談任何這一方面的事，妳知道我也不想聽。我會試著開明些。我知道時代不同了。」

我尷尬的笑笑。「時代或許不同了，但愛德華還是很老派。你一點都不用擔心。」

查理嘆口氣。「他當然是。」他低聲說。

「呃！」我呻吟。「我真希望你沒強迫我把這話說出來，爸。真的，但是……我……我還是處女，目前也還不打算改變這個情況。」

我們都不禁退縮，但然後查理的臉色放鬆了。他似乎相信我。

「我現在能上床睡覺了嗎，爸？拜託。」

「再一分鐘。」他說。

「呃，拜託，爸，算我求你。」

「尷尬部分已經結束了，我保證。」他說。

我很快的看他一眼，感激的發現他看起來輕鬆多了，他的臉色已經恢復正常，也再度坐回沙發上，放鬆的嘆口氣，終於不必再談尷尬的性議題了。

「又怎麼了？」

「我只是想知道，平衡的事妳會怎麼進行。」

「喔，我想，進行得很好。我今天和安琪拉說好了，我要幫她寫畢業邀請函。就我們兩個女生。」

「這真好。那小各呢？」

我嘆口氣。「我還沒找出方法，爸。」

「繼續試，貝拉。我知道妳會做對的事，妳是個善良的人。」

太好了。所以如果我沒想出方法改善跟雅各之間的關係，那我就是惡人囉？這真是不公平。

「沒問題，沒問題。」我同意。這自動的反應幾乎讓我笑了出來，這是我跟雅各學到的。我甚至用了他平常用來應付他老爸的安撫語氣。

查理笑了，取消靜音，電視的聲音再次響起。他癱在沙發上，很高興今晚有所成就。我看得出來，他會再看一會兒球賽。

「晚安，貝拉。」

「明早見！」我轉身上樓。

愛德華早走了，他要等查理睡著後才會出現，他可能在外頭狩獵或做什麼來打發時間，所以我不用急著更衣入睡。我不想一個人，但我也不想下樓和我爸在一起，以免他又想起之前尚未提到的性教育相關主題，我一想到又顫抖不已。

拜查理之賜，我現在既緊繃又焦慮。我的功課已經寫完了，我沒心情讀任何的東西，也不想聽音樂。我想打電話給芮妮告訴她我打算去看她，但我想起佛羅里達和這邊有三小時時差，她可能已經睡了。

我可以打給安琪拉，我想。

但突然間，我知道了，我想說話的對象並不是安琪拉；我需要說話的對象並不是她。

我茫然的看著漆黑的窗外，咬著唇。我不知道自己花了多久時間站在那兒衡量這事的正負面——做對的事去找雅各，再次去見我最好的朋友，做一個善良的人，而負面結果則是愛德華會生我的氣。可能這花了我十分鐘吧。久得足以決定正面比較站得住腳，而非負面。愛德華唯一關切的是我的安全，我知道這真的不是問題。

打電話沒有幫助，從愛德華回來後，雅各就不接我電話，也不肯回電。再說，我得去見他，我要再次看到他的微笑，他平常的笑容。我需要忘記上次討厭的記憶——他臉上痛苦扭曲的神情——得換個新的，這樣我的心才能平靜。

我大概還有一小時的時間。在愛德華察覺我不在之前，我可以很快的跑去拉布席然後再回來。雖然現在已經超過我的宵禁時間，但當愛德華沒和我在一起時，查理真的會在乎時間嗎？只有一個方法能知道。

我抓起外套，一邊匆匆穿上，一邊下樓。

查理抬起頭，充滿狐疑。

「如果我今晚去見小各可以嗎？」我屏息問他。「不會很久的。」

我一說出小各的名字，查理的表情就放鬆了，一臉滿意的笑容。他似乎一點都不驚訝他剛才的說教那麼快就生效。「當然，孩子。沒問題。愛待多久都行。」

「謝了，爸。」我邊衝出門邊說。

當我跑向卡車時，我覺得自己像逃亡一樣，好幾次都忍不住回頭張望，但夜如此漆黑，什麼都看不見。我在黑夜中得伸手在車身上摸來摸去才找到車門把手。

我雙眼一邊適應黑暗，一邊用鑰匙發動引擎。我用力轉動到左邊，但沒聽見熟悉的吼叫聲，引擎卡答一聲沒反應。我試了又試還是一樣。

然後我眼角有個身影動了一下，我嚇得跳了起來。

「老天！」當我發現車內不是只有我一人時，我嚇得幾乎喘不過氣來。

愛德華坐著動也不動，像黑暗中一尊隱約的白色雕像，只有雙手在動，他手中一再把玩一個神祕的黑色物體，他看著那個東西開口。

「艾利絲打電話告訴我。」他低聲說。

艾利絲！該死！我都忘了，她會知道我的計畫。他一定吩咐過她盯著我。

「五分鐘前，當妳未來的影像突然消失時，她很緊張。」

我雙眼本來就已經因為驚訝睜得很大，現在更大了。

「因為她看不見狼人，妳知道的，」他用同樣低的聲音解釋。「妳忘了嗎？每當妳決定將妳的命運與他們有所交集時，妳就會消失。妳不知道這一點，但我知道。妳能不能試著瞭解為什麼這讓我如此焦慮？艾利絲看見妳消失，她甚至不知道妳在不在家中。妳的未來不見了，就像他們一樣。」

「我們不知道為什麼會這樣。可能是因為他們有種天生的防禦力？」他說話的樣子好像在自言自語，但還是看著他手裡我的卡車零件。「但似乎又不全然是那樣，因為我還是能讀到他們的念頭。至少，我知道佈雷克的。卡萊爾的理論認為，這是因為他們的生活被他們的變身能力控制。那比較像是非自願的反應，而不是一個決定。完全無法預測，並且全然改變他們的一切。當他們的形體由這個變成那個的瞬間，他們就變得不存在了。未來無法約束他們……」

我動也不動的聽著他的話。

「上學時間到時，我會將妳的車修好，讓妳到時想開就可以開。」過一會後，他向我保證。

我緊閉雙唇不發一語，拔出鑰匙，僵硬的爬下車。

「如果妳今晚不想見我，就關上窗戶。我會懂的。」在我重重關上門前，他輕聲說道。

我恨恨的踏進屋內，甩上門。

「怎麼了？」查理從沙發上追問。

「車子發不動。」我大吼。

「要我去看看嗎？」

「不了。我早上再試。」

「要不要用我的車？」

我不應該開他的警車。查理一定是迫切希望我能去拉布席——像我一樣的想。

「不了，我累了，」我抱怨道：「晚安。」

我氣呼呼的爬上樓，馬上走到窗前，將金屬窗框用力關上，力道大到連玻璃都為之震動。

我瞪著漆黑的窗外好一會。等到窗子的震動完全平息，我嘆口氣，盡可能的將窗戶開大。

chapter 3

動機

「我想……我想他是打來查……」

我低聲說：「查問同時確認，我還是人類。」

愛德華整個人一僵，

我耳中聽見他的低吼。

厚重的雲層遮住太陽，說不出到底日落了沒有。經過漫長的飛航，一路往西逐日，好像它在天空裡沒有移動似的，特別令人困惑，時間似乎古怪的反覆。我驚訝地看見從森林中露出的第一棟建築物，告訴我，我快到家了。

「妳一直沒說話，」愛德華發現了。「飛航令妳不舒服嗎？」

「不，我沒事。」

「妳因為離開而難過嗎？」

「應該說是放鬆而不是難過，我想。」

他挑起一邊眉毛，看著我。我知道這沒用，雖然我討厭承認，沒必要要他雙眼盯著前方的道路。

「在某些方面，芮妮更……比查理更具有先見之明。讓我提心吊膽。」

愛德華笑了。「妳母親有顆有趣的心。像孩子一樣，但相當具有洞察力。她看事情的角度和其他人不同。」

洞察力。這樣形容我媽的確很適合——當她專心時。多數時候，芮妮都被她自己的生活所迷惑，不會注意到其他的。但這個週末她把相當多的注意力放在我身上。

費爾在忙，他指導的高中棒球隊有比賽——只跟我和愛德華相處，更磨利了芮妮的注意力。一旦見面後的擁抱和喜悅退去後，芮妮就開始盯著我們。隨著她的觀察的演進，她那大大的藍眼睛，一開始是困惑，接著則轉為關切。

今天早上，我們沿著海灘散步。她想向我們展現她新家那邊所有的美麗事物，我想，她還是希望那裡美麗的太陽能引誘我離開福克斯。她也想單獨和我談談，這很容易安排。愛德華佯稱有期末報告要寫，好讓自己白天時能待在屋內。

在我腦中，那段對話又重新上演……

芮妮和我沿著人行道輕鬆漫步，試著走在每隔十來步便有一棵的棕櫚樹的樹蔭範圍下。雖然還很早，但已經很熱。空氣中充滿濕氣，讓我的肺費力的呼吸。

「貝拉？」我媽問，當她說話時，視線越過沙灘，落在輕輕起伏的海浪上。

「什麼事，媽？」

她嘆口氣，沒有看著我的雙眼。「我很擔心……」

「怎麼了？」我問，這次很焦慮。「我能做什麼？」

「不是我。」她搖搖頭。「我是擔心妳……和愛德華。」

芮妮總算看著我，當她說出他的名字時，她的神情充滿抱歉。

「喔。」我低語，強迫自己看著一對慢跑經過我們身邊的人，他們的衣服都濕透了。

「你們兩個比我想的還認真。」她繼續說。

我皺眉，腦中很快的回想這兩天的狀況。至少在她面前，愛德華和我幾乎沒有碰一下對方。我不知道芮妮是不是也要給我來段負責任之類的訓話。我不介意談像查理提出的那樣的主題，至少跟母親談比較不會尷尬。畢竟過去十年來，是我不停的提醒她對這種事要負責任。

「有些事……當你們兩個在一起時有點奇怪，」她低聲說，前額在她擔憂的雙眼上方擠成一團。「他看妳的樣子……極其……保護性，好像隨時準備好要撲到妳前方為妳擋住子彈似的。」

我笑了，雖然我還是無法轉過眼面對她的凝視。「這樣不好嗎？」

「不，」她皺著眉，苦思著找尋合適的字眼。「只是不同。他對妳的感情很強烈……很小心。我覺得自己並不瞭解你們之間的關係。好像有些祕密我不知道……」

「我覺得是妳自己亂想，媽。」我說得很快，努力維持輕快的語氣。但我的胃一陣起伏。我忘了我媽的觀察力。她對世事單純的看法，能屏除雜訊，讓她精確的掌握事情的真相。這以前從來就不是問題。直到現在，我以前也從未有什麼祕密會不告訴她。

「不是只有他，」她防備的說：「我希望妳能看看妳在他身邊的樣子。」

「妳是什麼意思？」

「妳動作的樣子——妳想都沒想就以他為中心。當他動，就算只是一小步，妳也會同時調整妳自己的位置。好像磁鐵或是地心引力。妳就像是……一顆衛星，或之類的。我從未看過這樣的情形。」

她頓了頓，望著地面。

「別告訴我，」我打趣的說，強迫自己微笑。「妳又在看靈異小說了，是嗎？還是什麼科幻小說？」

芮妮臉紅了。「才不是這樣。」

「有什麼好看的嗎？」

「嗯，是有一本——但跟這沒什麼關係，我們現在談的是妳。」

「妳應該看看羅曼史小說就好了，媽，妳知道自己有多容易被嚇到。」

她笑了起來，「我有點傻是嗎？」

我差點不知該如何回答。芮妮很容易受影響，有時這是好事，因為她很多念頭都不實際。但當我發現，她這麼快就對我顧左右而言他的伎倆分心，就讓我感到痛苦，特別是她這次說的完全準確。

她抬起頭，我控制自己的表情。

「不傻——做媽的都這樣。」

她笑了。然後比著前方綿延的白色沙灘，通往藍色大海。

「這一切不值得讓妳搬回來跟我這個傻老媽一起住嗎？」

我用手誇張的假裝擦拭額頭的汗，然後擰乾頭髮。

「妳會習慣這些濕氣。」她說。

「妳也可以習慣雨。」我說。

她好玩地用手肘頂了我一下，然後牽著我的手，走回她的停車處。

除了她對我的擔心之外，她似乎很高興、很滿足。她用含情脈脈的眼神看著費爾，這讓人安心。當然她的生活很充實很滿意。當然她並不怎麼想念我，就算現在……

愛德華冰冷的手指撫過我臉頰。我抬起頭，眨眨眼，回神過來。他靠過來親吻我的前額。

「我們到家了，睡美人。該醒了。」

我們已經停在查理屋前。陽台燈亮著，他的警車停在車道上。正當我看著屋子，看見客廳的窗簾動了一下，射出一道黃色燈光照在黑色草坪上。

我嘆口氣。當然查理在等我。

愛德華一定想起同樣的事情，因為他表情一僵，繞過來替我開門時雙眼遙遠。

「有多糟？」我問。

「查理不難處理。」愛德華保證。他的聲音雖然迷人但不幽默。「他想妳。」

我懷疑的瞇起眼。如果是這樣，那為什麼愛德華的神情緊張得像要打仗似的？

我的袋子很小，但他堅持替我背進屋內。查理已經打開門等著我們。

「歡迎回家，孩子！」查理的大叫聲聽起來是真心的。「傑克遜維如何？」

「潮濕，而且蟲子很多。」

「所以芮妮沒有慫恿妳去念佛羅里達大學？」

「她有試。但我比較喜歡喝水而不是呼吸潮濕的天氣。」

查理雙眼不情願的轉向愛德華。「你玩得還愉快嗎？」

「是的。」愛德華的聲音很真誠。「芮妮很熱誠。」

「這……很好。很高興你們玩得很愉快。」查理不理愛德華，將我往前一拉，給我一個意外的擁抱。

「真感人。」我對著他耳朵低聲說。

他大聲的笑了。「我真的很想妳，貝拉。妳不在的時候東西真難吃。」

「我來處理。」當他鬆開我後，我說。

「妳可以先打電話給雅各嗎？從今天早上六點起，每隔五分鐘他就打來煩我。我答應他，妳一回到家就會回電給他。」

我不用看愛德華也知道他整個人僵住了，在我身邊變得冰冷。難怪他這麼緊張。

「雅各要跟我說話？」

「而且很急。他不肯跟我說是什麼事，只說很重要。」

電話又響了，刺耳催命。

「肯定又是他，我敢賭我下個月的薪水。」查理喃喃地說。

「我來接。」我匆匆走向廚房。

愛德華跟在我身後，查理則自顧自的去客廳。

電話還在響，我一把接起，並且轉身面對著牆壁。「哈囉？」

「妳回來了。」雅各說。

他熟悉嘶啞的聲音，讓我湧起一股渴望。所有的記憶都衝上腦海，糾纏在一起——散落在岩石海灘的浮木、用塑膠簾圍起的車庫、紙袋內不冰的汽水、小屋內的雙人小沙發。他深黑眼眸內的笑意、大手握著我時的暖意、一口白牙的閃光及黝黑的肌膚、臉上不時咧開的大大笑容，就像打開一扇祕密之門的鑰匙，只有親人才能進入。

好像思鄉病，那地方和這個人，都是我在那段黑暗歲月時的避風港。

我清清喉嚨回答：「是的。」

「妳為什麼沒回電給我？」雅各追問。

他那憤怒的聲調馬上讓我不爽。「因為我才剛進屋子，你的電話打斷了查理正告訴我你來過電話。」

「喔，抱歉。」

「沒關係。說正事，你幹麼這樣騷擾查理？」

「我得和妳談談。」

「好。我想也是。說吧。」

一陣沉默。

「妳明天會去學校嗎？」

我皺起眉，不知道這問題是怎麼回事。「當然。幹麼不去？」

「我不知道。只是好奇。」

又一陣沉默。

「你到底要說什麼？小各。」

他猶豫了一下。「沒什麼大事，我想……聽聽妳的聲音。」

「是的，我知道。我很高興你打電話來，小各。我……」但我不知道該怎麼說。我很想告訴他我現在就出發去拉布席——但我不能這樣說。

「我得掛了。」他突然說。

「什麼？」

「我會再跟妳談，好嗎？」

「但小各——」

他掛斷了。我不敢置信的聽著嘟嘟的斷訊聲。

「還真簡短。」我自言自語。

「還好嗎？」愛德華問。他的聲音又低又小心。

我緩緩轉身面對他。他的臉色完美的平靜——完全沒有破綻。

「我不知道。我不知道是怎麼回事。」雅各這樣騷擾查理一整天，只為了問我明天會不會去學校，這一點都不合理。如果他想聽我的聲音，那他為什麼這麼快掛斷？

「連妳都猜不出來，那我更是不曉得了。」愛德華說，嘴角流露出一絲笑意。

「嗯。」我咕噥。這是真的。我很熟悉小各，應該不用多久就能猜出他的動機。

我的思緒飛馳到數哩遠——想著通往拉布席的十五哩路——邊在冰箱內尋找材料，看該為查理煮什麼樣的晚餐。愛德華靠在流理臺旁，我隱隱覺得他盯著我看，但來不及去管他會看到什麼。

學校的事似乎是關鍵，這是小各問的唯一一個問題。他一定有答案，不然他就不用這樣鍥而不捨的騷擾查理。

我是否出席究竟跟他有什麼關係？

我試著找出邏輯。試著從雅各的觀點來看，如果我明天沒去上課，會有什麼問題？查理會怪我，都快畢業了還缺課，但我說服他，一個週五不會破壞我的成績。小各更不會關心這一方面。

我腦中想不出任何原因。可能我忽略了某些明顯的資訊。

過去三天有什麼改變，對雅各這麼重要，讓他打破一直不接我電話的慣例，願意聯絡我？這三天能造成什麼不同？

我僵在廚房裡。一袋冷凍漢堡從我凍僵的手指間滑落。過了好一會我才發現它並沒掉到地板上發出碰的一聲。

愛德華接住，將漢堡放回流理臺上。他雙臂已經環住我，唇貼著我的耳朵。

「怎麼了？」

我搖搖頭，暈眩。

三天能改變一切。

最近我不是才在想要念大學有多不可能嗎？為了餘生與愛德華同在，我得歷經三天痛苦的轉變期，解脫我的凡人身分。而且在這三天過後，我將永遠受制於自身的嗜血飢渴……

查理告訴比利，我消失了三天嗎？所以比利直接推論嗎？雅各真的是打算問我還是不是人類嗎？要確定狼人協定沒被打破——庫倫家沒有人敢咬人類……咬，不是殺……

但他真的認為，如果發生的話，我還會回到查理家嗎？

愛德華搖晃我。「貝拉？」他現在是真的焦慮了。

「我想……我想他是打來查……」我低聲說：「查問同時確認，我還是人類。」

愛德華整個人一僵，我耳中聽見他的低吼。

「我們得離開，」我說：「在變身之前。這樣才不會破壞協定。我們將永遠不能回來。」

他的雙臂緊緊抱著我。「我知道。」

「呃。」查理在我們身後大聲的清清喉嚨。

我跳了起來，然後掙脫愛德華的環抱，臉又紅又燙。愛德華又靠回流理臺，雙眼透露出緊張，我看得出他眼中的擔憂和憤怒。

「如果妳不想煮晚飯，那我打電話訂披薩。」查理暗示。

「不，沒事。我已經在準備了。」

「好吧。」查理說。他靠著門柱，雙手交疊。

我嘆口氣，開始動手，不理會我的觀眾。

「如果我要求妳做一些事，妳會信任我嗎？」愛德華問，輕柔的聲音中充滿焦慮。

此時我們已經快到學校了。原本愛德華很放鬆，會開玩笑。但現在突然間他雙手又緊張的握著方向盤，他的指關節緊繃，費力避免將方向盤捏成碎片。

我看著他焦慮的神情，他的眼神很遙遠，好像他在聆聽遠處的聲音。

看到他的緊張，讓我的脈搏加速，但我小心的回答。

「看情況。」

我們已經停在停車場了。

「我就是擔心妳會這樣說。」

「你要我做什麼，愛德華？」

「我要妳待在車內。」他又回復平常那樣，邊關上引擎邊說：「我要妳在車內等著，直到我回來。」

「但……為什麼？」

這時我看到他。很難不看到他。在學生群中，他的個子高人一等，就算他沒靠在那輛違規停在人行道的摩托車上。

「喔。」

雅各的臉色很平和，像戴著面具。我很瞭解，當他決心要掌握住他的情緒時，他就會這樣，讓他能自制。這讓他看起來很像山姆，狼人中最年長的。也是奎魯特狼群（印第安保留區）的首領。但雅各恐怕永遠學不會山姆始終散發著的完美的沉著。

我已經忘了他這樣的臉色讓我有多不舒服。雖然我在庫倫家離開又回來的那段期間，我已經和山姆很熟，甚至有點喜歡他，但當雅各模仿山姆的神情時，我仍舊無法揮去那股憤怒感。這是一張陌生的臉。當他這樣時，他不是我的雅各。

「妳昨晚做出錯誤的結論，」愛德華低聲說：「他問起學校，是因為他知道我會載妳來。他想找個安全的地方和我談談。一個有目擊者的地方。」

所以我昨晚誤會雅各的動機，忽略了一些資訊。這正是問題。像是天底下有什麼事情會讓雅各想和愛德華談談。

「我不要待在車子裡面。」我說。

愛德華輕聲呻吟。「妳當然不會肯，好吧，我們趕快解決。」

當我們手牽著手走向雅各時，他的臉色很難看。

我還注意到其他人，我同學的臉。我注意到，當他們看見雅各七呎高的身軀，高壯得一點都不像十六歲半的少年時，一臉驚訝的神情。我看見他們的雙眼掃視他身上繃緊的黑色T恤——短袖，雖然今天特別的冷——他粗糙破爛沾滿油汙的牛仔褲，還有他倚靠的那輛黑色機車。大家的眼光並不會在他臉上逗留太久，因為他的神情讓大家很快就將目光轉開。我注意到每個人都離他遠遠的，讓出空間給他，他面前的空位沒有人敢經過。

帶著驚愕，我瞭解到雅各對大家來說，是個危險的人。多奇怪。

愛德華停在離雅各幾碼遠處，我知道，讓我離狼人這麼近，他很不安。他將手稍微往後抽了一些，將我半拉到他的身子後面。

「你可以打電話給我們。」愛德華用鋼鐵般的聲音說。

「抱歉，」雅各回答，臉色扭曲成冷笑。「我的速撥鍵上沒有血蛭的電話。」

「你當然可以在貝拉家找到我。」

雅各下巴一緊，眉毛全擠在一起。他沒有回答。

「這不是談話的好地方，雅各。我們不能晚點談嗎？」

「當然，當然，我可以下課後去拜訪你的墓穴，」雅各嘲諷的說：「現在有什麼不對嗎？」

愛德華刻意的張望四周，雙眼停留在那些勉強能聽見我們對話範圍內的目擊者身上。少數人猶豫在人行道另一頭，雙眼充滿期望。好像他們希望可能接下來能目睹一場大戰似的，好讓無聊的星期一早上有點新鮮事。我看見泰勒・克羅利輕推奧斯汀・馬克，他們原本正走向教室，現在都同時停下腳步。

「我已經知道你要說什麼了，」愛德華提醒雅各，他的聲音好低，連我都幾乎聽不見。「話帶到了。我們已經收到警告。」

愛德華低頭看我一眼，眼中充滿憂慮。

「警告？」我茫然的問。「你在說什麼？」

「你沒告訴她？」雅各問，雙眼不敢置信的睜得大大的。「怎麼，你擔心她會選擇我們這一邊？」

「請別提了，雅各。」愛德華用平靜的聲音說。

「為什麼？」雅各挑釁。

我困惑的皺眉。「我不知道什麼？愛德華？」

愛德華只是瞪著雅各，好像沒聽見我的問題。

「小各？」

雅各朝我挑起眉。「他沒告訴妳，他那位大哥上個星期六晚上跨越界線了嗎？」他問，聲調中充滿嘲諷。然後雙眼轉回愛德華身上。「保羅完全情有可原……」

「那是無人的土地！」愛德華嗤之以鼻。

「才不是！」

雅各的憤怒很明顯。他雙手發抖，搖搖頭，深深吸吐兩次。

「艾密特和保羅？」我低語。保羅是最常和雅各玩在一起的兄弟。他是另一個很容易就失去控制變身成狼的傢伙，我腦中突然浮現一隻大灰狼的影像。「發生什麼事了？他們開打了嗎？」我的聲音因為驚慌而高亢。「為什麼？保羅受傷了嗎？」

「沒有開打，」愛德華平靜的對我說：「也沒人受傷。別焦慮。」

雅各用懷疑的眼神看著我們。「你什麼都沒告訴她是嗎？這是你帶她離開的原因嗎？這樣她就不會知道——」

「馬上離開。」愛德華打斷他的話，他的臉色突然變得很嚇人，是真正的可怕。那一刻，他似乎……像一個吸血鬼。他用邪惡、毫不掩飾的憎惡瞪著雅各。

雅各抬了抬眉毛，但沒任何其他動作。「你為什麼沒告訴她？」

有好長一會兒，他們注視彼此，不發一語。更多學生在泰勒和奧斯汀身後，我看見麥克在班旁邊——麥克一手搭著班的肩頭，好像拉住他要他別過來。

在一片死寂中，我突然拼湊出所有細節。

有些事愛德華不想讓我知道。

有些事雅各不會瞞著我。

有些事讓庫倫家和狼人間都在森林內，危險的向彼此逼近。

有些事讓愛德華堅持帶我從西飛到東。

是上週艾利絲看見的景象——一個愛德華沒有對我說實話的景象。

一些我等待的事。一些我知道會再發生，雖然我會希望它永遠不要發生的事。事情永遠都不會完結，對嗎？

我聽見急劇的喘氣聲從我口中傳出，但我無法控制自己。好像學校正在下沉，好像發生地震了，但我知道，這都只是我自己劇烈的顫抖所造成的幻象。

「她回來找我了。」我結結巴巴的說。

除非我死，不然維多利亞是不會放棄的。她會重複同樣的模式，佯攻、逃跑，佯攻、逃跑——直到她找出我那些保護者的破綻。

可能我很幸運。可能佛杜里會先來找我——至少，他們會痛快的宰了我。

愛德華緊抱著我貼在他身側，調整他身體的角度，讓自己仍舊擋在我和雅各之間，焦慮的手撫著我的臉。「沒事了，」他對我低聲說：「沒事的。我絕對不會讓她靠近妳的，沒事了。」

然後他瞪著雅各。「這回答了你的問題了嗎，雜種狗？」

「你不認為貝拉有權利知道？」雅各挑釁。「這是她的生活。」

愛德華的聲音壓得很低，即使是一吋吋往前擠的泰勒也聽不見他的聲音。「既然她不會有危險，幹麼讓她擔心受怕？」

「擔心受怕也比被騙好。」

我試著穩住自己的情緒，但我雙眼都是淚。我兩眼間彷彿看見——看見維多利亞的臉，她的雙唇往後扯開露出利齒，她血紅的眼珠因為著迷於她的復仇而閃爍晶亮；她認為愛德華要為她的愛人詹姆斯的死負責，除非她也奪去他的愛人，否則她絕不會停止。

愛德華用指尖輕柔地拭去我頰上的淚。

「你真的認為傷害她比保護她好嗎？」他低聲問。

「她比你想的堅強，」雅各說：「她曾經歷過更糟的。」

突然，雅各的表情變了，他用古怪、思索的表情看著愛德華，他瞇起眼，好像他腦中在思索一個困難的數學問題。

我覺得愛德華畏縮了。我抬起頭看他，他的臉在痛苦中扭曲。那一瞬間，我想起我們在義大利的午後，在佛杜里的可怕堡壘內，珍用她的超能力折磨愛德華，用她的思緒折磨他……

這記憶讓我猛地脫離了幾近歇斯底里的情緒，把所有事情都搞清楚了。我寧願維多利亞殺死我幾百次，都不願看見愛德華再次受到那樣的苦。

「真有趣。」雅各看著愛德華的臉大笑著說。

愛德華退縮，但努力恢復平靜的神情。他並未將眼中的痛苦藏得很好。

我睜大眼來回掃視，從愛德華的痛苦表情到雅各的輕蔑。

「你對他做了什麼？」我氣憤的問。

「沒事，貝拉。」愛德華安靜的告訴我。「雅各只是記憶力很好，就這樣而已。」

雅各咧嘴一笑，愛德華又畏縮了一下。

「住手！不管你在幹什麼！」

「當然，如果妳要我停的話，」雅各聳聳肩。「如果他不喜歡我記得的這些事，那是他自己的問題。」

我瞪著他，他調皮的對我笑笑——好像孩子被逮到在做明知他不該做的事，卻又曉得逮到他的人不會懲罰他。

「校長要過來勸離逗留在校園的人了，」愛德華低聲對我說：「我們去上英文課吧，貝拉，這樣妳才不會捲入。」

「他實在是過度保護，不是嗎？」雅各只對著我說：「有一點小麻煩才能讓生活有趣。讓我猜猜，妳也不被允許過有趣的生活是嗎？」

愛德華怒視著他，雙唇往後扯開，微微露出了牙齒。

「閉嘴，雅各。」我說。

雅各笑了。「這聽起來像是回答『沒錯』。嘿，如果妳想再過些像樣的生活的話，妳可以來找我。我車庫裡還有妳的摩托車。」

這讓我分心。「你應該賣掉。你答應查理你會賣掉的。」若我沒有替小各求情——畢竟，他花了好幾週的心力在兩輛機車上，他應該獲得一些回饋——查理會將機車扔進大垃圾箱，可能還會放把火把垃圾箱都給燒了。

「是，沒錯。好像我會做似的。那車是妳的，不是我的。總之，我還留著，看妳要不要。」

記憶中的那個微笑，突然從他嘴角顯現。

「小各……」

他靠向前，臉色現在很真誠，原先的冷嘲熱諷不見了。「我認為我之前可能錯了，妳知道的，關於能不能做朋友這件事。或許我們能找出方法，在那條界線的我這一邊。來見我。」

我清清楚楚的意識到愛德華，他的手臂仍保護性地環抱著我，像雕像般動也不動。我很快看一眼他的臉——神情平靜、耐心。

「我，呃，不知道，小各。」

雅各完全拋棄掉了充滿敵意的神情。好像他忘了愛德華還在這，或是他決定假裝他不在這裡。「我每天都很想妳，貝拉。沒有妳一切都不一樣。」

「我知道，我很抱歉，小各，我只是……」

他搖搖頭，嘆口氣。「我知道。沒關係的，對吧？我猜我會熬過去的。誰需要朋友？」他咧嘴一笑，試著虛張聲勢，假裝不痛心。

雅各的遭遇很容易激發我的保護本能。這一點都不理性——雅各在體格體能上一點都不需要保護，我也無法給他。但我的手臂，在愛德華的壓制下，渴望伸向他，環抱住他粗壯溫暖的腰，他的身軀靜靜的向我保證一種接受和舒服的感受。

愛德華保護著我的手臂如今卻變成了限制。

「好吧，得上課了，」我們身後傳來嚴格的聲音。「快走，克羅利先生。」

「得去上課了，小各。」我低語，我一認出是校長的聲音就感到焦慮。雅各念的是奎魯特的學校，但可能還是會因為侵入校園之類的而惹上麻煩。

愛德華鬆開我，牽著我的手，再次把我拉到他身後。

格林先生推開觀眾們，他的眉毛下垂，像烏雲，壓在他那對小眼睛上。

「我說的是真的，」他威脅，「等我轉身，誰還站在這邊的，就留校察看。」

他話還沒說完，觀眾就馬上跑光了。

「呃，庫倫先生。有問題嗎？」

「完全沒有，格林先生。我們正要去教室。」

「很好。我似乎不認識你朋友。」格林先生怒視著雅各。「你是這裡的新學生嗎？」

格林的眼神打量著雅各，我看得出，他眼中的看法和其他人一樣：危險。一個麻煩人物。

「不是。」雅各回答，寬闊的唇上要笑不笑的。

「那我想你應該馬上離開校園，年輕人，在我叫警察來之前。」

雅各原本半笑不笑的神情，馬上變成一個大大的笑臉，我知道，他想到查理出現在這邊逮捕他的模樣。他笑得太誇張、太譏諷而令我難以滿意。那不是我期待看到的真誠笑容。

雅各說：「是的，先生。」然後敬個禮，跨上機車，就在人行道上發動，引擎轟隆隆怒吼著，輪胎隨著他急轉彎時發出刺耳的尖叫。沒一下子，雅各就消失在視線之外。

格林先生咬著牙，看著這樣的表演。

「庫倫先生，我希望你能告訴你的朋友別再任意闖入校園。」

「他不是我的朋友，格林先生，但我會把警告帶到。」

格林先生抿著唇。愛德華完美的分數和無懈可擊的記錄，在格林先生衡量這事件上清楚占著重要地位。「我知道了。如果你擔心任何麻煩，我很樂意——」

「不需要擔心，格林先生。不會有麻煩的。」

「我希望是這樣。好吧，該上課了，妳也是，史旺小姐。」

愛德華點點頭，拉我快步走向英文課教室。

「妳真的沒事，可以去上課嗎？」當我們走過校長身邊之後，他低聲問。

「是的。」我也低聲回答他，但不確定是不是謊言。

無論我現在覺得好不好，都不是此刻最重要的事。我得馬上和愛德華談談，但英文課不是我腦中想談話的理想地點。

然而格林先生就在我們身後，沒有其他選擇。

我們到教室已經有點晚了，所以很快的入座。伯特先生正在念佛洛斯特的詩，他不理會我們的遲到，不讓我們打斷他的朗誦。

我從筆記本上撕下一張白紙，開始寫，感謝我的激動，我的筆跡比平常還難認。

怎麼回事？告訴我一切。還有，別唬我，拜託。

我將紙條硬推給愛德華。他嘆口氣，然後開始寫。他的字很工整，是他自己特有的字體。他將紙條遞回來給我，花的時間比我還短。

艾莉絲看見維多利亞回來了。我帶妳離開小鎮只是一個預防措施——她絕不會有機會出現在妳周圍。艾密特和賈斯柏差點抓到她，但維多利亞似乎有某種逃躲的直覺。她逃到奎魯特邊界，好像她看過地圖知道界限在哪似的。艾莉絲的能力對奎魯特邊界另一邊不管用。老實說，要不是我們出現在邊界上，奎魯特那一群有可能已經抓到她了。大灰狼以爲艾密特越過邊界，他出面防禦，羅絲莉當然會反擊，於是所有人都放棄追擊維多利亞，衝出來保護同伴。卡萊爾和賈斯柏在大家動手前讓事情平息下來，但那時，維多利亞已經不見了。就是這樣。

我皺眉看著紙上的字。所有人都在，艾密特、賈斯柏、艾莉絲、羅絲莉和卡萊爾，甚至可能還有艾思蜜，雖然他沒提到她。然後還有保羅及全部奎魯特的狼人。可能很容易就會開戰。我未來的家人和我的老朋友互相對打。任何人都可能受傷，我想像狼人可能比較會陷入危險，但一想到個子嬌小的艾莉絲抵抗大狼，相互廝殺……

我忍不住發抖。

小心地，我用橡皮擦將整段擦掉，然後寫下：

查理呢？她有可能會攻擊他。

我還沒寫完，愛德華就搖搖頭，顯然不認為查理會有危險。他伸出手，但我不理會，繼續寫。

你不知道她在想什麼，因為你不在這裡。佛羅里達這主意挺糟的。

他從我手底下抽走紙。

我不會讓妳一個人走。有妳這樣的運氣，連飛機的黑盒子都會摔得粉碎。

這不是我的意思，我沒想過沒有他而自己一個人去。我是想說，我們應該待在一起。但我被他的回答岔開話題，有點被激怒，好像我不能平安飛越國土而不害飛機墜機似的。真是可笑。

就算我的倒楣運真的害飛機摔下來，那你會怎麼辦？

飛機爲什麼會掉下來？

他努力忍著笑。

正副機長都喝醉了。

很簡單，我會開飛機。

當然他會開。我咬著唇，繼續試。

兩個引擎都爆開，我們急劇盤旋墜向地面。

我會等我們墜到接近地面時，好好抓住妳，踢破機殼，跳出去。然後我會帶妳跑回失事現場，裝成頭昏眼花跌跌撞撞的，我們就會成爲歷史上最幸運的空難生還者。

我瞪著他，說不出話來。

「怎麼了？」他輕聲問。

我敬畏的搖搖頭。「沒事。」

我擦掉這些分心的對白，又寫了一行。

你下一次要告訴我。

我知道一定會有下一次。這模式會一直發生，直到有人死亡為止。

愛德華望著我的雙眼好久好久。我不知道我現在的神情——只覺得冰冷，所以血液還沒回流到我臉頰。我的眼睫毛還是濕的。

他嘆口氣，然後點點頭。

謝謝。

我手中的紙突然不見。我抬起頭，驚訝的眨眨眼，伯特先生站在走道旁。

「有什麼你想跟大家分享的嗎？庫倫先生。」

愛德華故作無辜的抬起頭，遞出他檔案夾中最上面的一張紙。「我的筆記？」他的聲音聽起來很困惑。

伯特先生看著筆記，毫無疑問，都是他朗誦的課文的內容，於是他皺眉走開。

＊＊＊

之後，在微積分課，我唯一沒和愛德華同上的課程，我聽見了八卦。

「我賭那個印第安大個子。」有人說。

我抬起頭看到泰勒、麥克、奧斯汀和班在交頭接耳。

「是喔，」麥克低聲說：「你看見雅各那小子的個子嗎？我想他可以打贏庫倫。」這主意似乎讓麥克很高興。

「我不認為，」班不同意。「愛德華有某種力量。他總是很……充滿自信。我覺得他能照顧自己。」

「我的看法跟班一樣，」泰勒同意。「再說，如果有其他孩子惹毛愛德華，你知道他的那些大哥們會出手。」

「你最近有沒有去拉布席？」麥克問。「蘿倫和我幾週前去了那邊的海灘，相信我，雅各的朋友塊頭都和他一樣大。」

「哈，」泰勒說：「可惜什麼事情也沒有發生，我們永遠不會知道結果會怎樣。」

「我覺得事情還沒結束，」奧斯汀說：「說不定我們還有機會看到好戲。」

麥克笑了。「還有誰想賭？」

「十元賭雅各。」奧斯汀馬上說。

「十元賭庫倫。」泰勒插話。

「十元賭愛德華。」班同意。

「雅各。」麥克說。

「嗨，你們知道這到底是怎麼回事嗎？」奧斯汀好奇。「這可能會影響賭局。」

「我猜得到。」麥克說，然後他和班及泰勒同時往我這裡很快看了一眼。

從他們的表情，他們都沒發現我在聽得見他們對話的距離內。他們很快別過頭，收起桌上的紙。

「我還是賭雅各。」麥克低聲的說。

chapter 4

自然

當我們散步時，
我覺得自己像是變了個人，
變回曾經跟雅各在一起的那個我。
一個年紀小一點、
比較不負責任的人。

我這一週的每一天都過得很糟。

我知道基本上什麼都沒有改變。好吧，維多利亞是沒有放棄，但難道我沒想過她會回來嗎？她再度出現只不過是證明我早已經知道的事，沒理由產生新的驚恐。

理論上，沒理由驚恐成這樣——只是說的比做的容易。

再幾週就畢業了，但我心想，這樣毫無防備、可口的坐以待斃，等著下一次的災難來臨，是否有點蠢。當人類似乎太危險了——簡直是求麻煩上門。像我這樣的人，根本不該是人類。有我這種壞運氣的人，不應該如此無助。

但沒有人要聽我的意見。

卡萊爾說：「我們有七個，貝拉。有艾利絲當我們的千里眼，我不認為維多利亞能做什麼出乎我們意料的事。我想這很重要，因為查理的緣故，我們要守住原本的計畫。」

艾思蜜說：「妳知道我們不會讓妳出事的，親愛的。請不要焦慮。」然後她親吻我額頭。

艾密特也說：「我真的很高興愛德華沒殺死妳。有妳在一起，一切都好玩多了。」

羅絲莉只是瞪著他。

艾利絲翻翻白眼然後說：「我很受傷耶。妳不是真的在擔心這個吧？」

「如果這事不重要，為什麼愛德華要把我拖去佛羅里達？」我追問。

「妳沒注意到嗎？貝拉，愛德華只是有點反應過度。」

賈斯柏默默地施展他控制情緒的能力，安撫我的驚慌和緊張。我覺得又獲得了保障，並讓他們說服我不再苦苦哀求要變身。

當然，當愛德華和我一走出屋子，那種平靜感就消失了。

所以大家一致同意，我應該忘記有一個危險的吸血鬼在追蹤我，想要我死，專心過我自己的日子。我朝這個方向努力。但驚人的是，除了我身在具有生命危險的種族名單上之外，還有其他的事讓我倍感壓力……

因為愛德華的反應是所有的事情中最讓人沮喪的。

「這是妳和卡萊爾的事，」他說：「當然，妳知道，任何時候，只要妳願意，我都能親自幫妳進行。不過，妳知道我的條件。」他像天使般對我微笑。

呃，我是知道他的條件。愛德華答應過，任何時候只要我想要改變，他都能改變我，只要我先嫁給他。

有時我不知道他是否是假裝他無法讀我的心，要不然他怎麼能那麼容易就設定一個我無法接受的條件？這個條件讓我卻步。

總而言之，這一週很糟，而今天是最糟的。

當愛德華不在時，總是很糟。艾利絲看見這個週末不會有什麼特別的事發生，所以我堅持他得和他的兄弟們出去狩獵。我知道狩獵這附近容易上手的獵物會讓他覺得無趣。

「好好去玩，」我告訴他。「幫我打幾隻大山獅。」

我絕對不會對他承認，當他離開我時，我有多難熬——他的離開，把那些遭受遺棄的惡夢重新帶回給我。一旦他知道，會讓他更驚恐，他將永遠不會離開我，即使理由是最切身的需要。就像之前一開始，當他剛從義大利回來時，他金色的雙眸變成黑色，忍受著遠超過他原本已經必須忍受的飢渴之苦。所以我裝出勇敢的臉，任何時候當艾密特及賈斯柏要出門時，便趕他跟他們一起去。

但我想他看穿了我。有一點點。因為今天早上，有張紙條留在我的枕頭邊。

我很快就會回來，快得讓妳來不及想我。照顧好我的心——我把它留下來和妳在一起。

所以現在，我有一個無事可做的週六，只有我在紐頓商店的早班工作能讓我分散注意力。還有，當然，艾利絲令我欣慰的承諾。

「我會在離家最近的地方狩獵，只有十五分鐘遠，如果妳需要我的話。我會注意不讓妳出事的。」

講白一點就是：不要因為愛德華不在，就去找些有的沒的事做。

艾利絲能像愛德華一樣摸上我的卡車。

我試著正面思考。下班之後，我計畫去幫安琪拉寫她的邀請卡，這樣能讓我排遣時間。還有查理，因為愛德華不在而心情大好，所以我可能也可以同時享受他的好心情。艾利絲晚上可以和我在一起，只要我裝出可憐樣問她的話。然後明天，愛德華就回來了。我就熬過來了。

不想早得不像話去工作，我慢慢吃著早餐，一口一口慢慢吃。然後，當我洗好碗時，我將冰箱上的磁鐵排成完美的直線。可能我得了強迫症。

最後兩片磁鐵——圓形黑色，是我最喜歡的，因為它們可以夾住十張紙在冰箱上都不會掉下來——完全不和我合作。它們的磁性相反，每次我想將它們兩個排在一起，另一個就會跳開來。

不知為何——可能是懸宕的焦躁，這真的讓我生氣了。為什麼它們不能好好相處？愚蠢的倔強。我不斷將它們排在一起，好像我期望它們能突然間放棄對抗。我可以放掉其中一個，但這樣感覺像是我輸了。最後，我對自己比對磁鐵更感到火大，我將它們從冰箱上拔下，擺在一起用雙手握緊。這要費一點力，它們頑強地抗拒，但我強迫它們貼在一起。

「瞧，」我大聲說——跟毫無生命的物體講話，這不是什麼好現象。「這一點都不可怕，不是嗎？」

我站在那裡，覺得自己像個蠢蛋，不知道該不該承認，剛才的所作所為違反科學原理。然後，我嘆著氣，將磁鐵放回冰箱面板上，彼此間隔一呎排放。

「不需要這麼堅持。」我低聲說。

還是太早，但我決定該出門了，免得那些沒有生命的東西開始反過來找我談話。

當我到達紐頓商店時，麥克在拖地，他正有條不紊地把走道一一拖乾淨，他母親則在安排新的陳列。我抵達時他們正在爭吵，吵到不知道我已經到了。

「那是泰勒唯一能去的時間，」麥克抱怨。「妳說畢業後——」

「你還是得等，」紐頓太太厲聲說：「你和泰勒可以找點別的事做。你不能去西雅圖，直到警方遏止正在發生的不管什麼事為止。我知道貝絲・克羅利也告訴泰勒一樣的話，所以不要裝得一副我是壞人的樣子——喔，早安，貝拉，」當她發現我後，連忙對我打招呼，迅速把語調變得輕快。「妳來早了。」

凱倫・紐頓是我在這間戶外用品店工作時，最不想請教的人。她完美的淺金色秀髮總是梳成滑順的髮髻挽在腦後，指甲總是讓專業美甲師打理得很完美，從她的細帶高跟涼鞋露出來的腳指甲也一樣——在紐頓戶外用品店那一長排登山靴中，是沒有這種高跟鞋的。

「沒塞車。」我邊說笑，邊抓過櫃檯底下那件醜斃了的螢光橘背心穿上。我很驚訝紐頓太太對西雅圖的看法和查理一樣。我原本還以為爸他太誇張了。

「嗯，呃。」紐頓太太猶豫了一下，不安的把玩著她原本放在收銀機旁的一堆傳單。

我穿背心的手突然停下來，我知道這眼神的意思。

當我告知紐頓家，我接下來這個暑假不會再繼續打工——事實上，等於是在旺季時拋棄他們——因此，他們便著手訓練凱蒂・馬歇爾來接替我的工作。他們無法同時請兩個人，所以當今天看來不會有什麼生意時……

「我本來要打電話給妳，」紐頓太太繼續說：「我想今天不會有什麼生意要招呼，麥克和我就能處理。我很抱歉讓妳起個大早又開車過來。」

在平常日，我可能會因為這樣的結果高興不已。但今天……不怎麼高興。

「好吧。」我嘆口氣，肩垮下來。我該去哪？

「這不公平，媽，」麥克說：「如果貝拉想上班——」

「沒關係的，紐頓太太。真的，麥克。我還有畢業考要準備，以及一堆……」他們本來已經在吵了，我不想再成為他們家人失和的原因。

「謝了，貝拉。麥克，你錯過第四走道了。呃，貝拉，妳介意幫我把這些傳單丟到外面的垃圾桶嗎？我跟發傳單的那個女孩說我會將它們放在櫃檯上，但這裡真的沒有地方可以擺了。」

「當然，沒問題。」我脫下背心，然後將傳單夾在腋下，朝外走進毛毛細雨裡。

垃圾桶就在紐頓商店旁，旁邊則是員工停車處。我拖著腳步，耍脾氣地踢著地上的碎石。就在我正要將明亮的黃色傳單丟進垃圾桶時，標題的粗黑字體突然吸引我的目光。有一個字特別讓我注意。

我看著大寫字體，雙手抓著傳單。喉嚨像有個疙瘩堵住似的。

拯救奧林匹克狼

在標題下，栩栩如生的筆觸畫著一頭狼在冷杉木前，昂首向月號叫。這張圖片讓我倉皇失措，這頭狼悲傷的姿勢讓牠看起來有種孤獨淒涼的神情。好像牠悲悽的號哭。

接著我便衝向我的卡車，傳單還捏在我手中。

十五分鐘，我只有這麼多的時間，但應該來得及，只要十五分鐘就能到拉布席。我確定在我抵達鎮上之前，只要開幾分鐘就能越過那條界線。

我卡車順利的發動。

艾利絲無法預見我的行動，因為我沒有事先計畫。一個突然的決定，這正是關鍵！只要我動作夠快，我應該能利用這個機會。

匆忙中我將淋濕的傳單往旁邊一丟，它們攤開散落在乘客座上，一團鮮明的混亂——只見到無數的大寫標題，無數個黑色號叫的狼影圖形躍然紙上，跟鮮黃的紙形成強烈對比。

我疾駛在濕淋淋的高速公路上，將雨刷開到最大，不理會引擎的怒吼聲。時速五十五哩已經是我這輛老車的最大極限，我希望來得及。

我不知道他們所約定的邊界線在哪，但當我通過拉布席鎮外第一間屋子後，我開始覺得比較安全一點。這一定已經超過艾利絲被允許涉足之地。

等今天下午到安琪拉家後，我會打電話給她。我合理的想，這樣她會知道我沒事。沒理由讓她瞎操心。她不必對我發火——等愛德華回來後，他的怒火足夠我們兩個消受的。

當我將卡車煞停在熟悉的褪色紅屋前時，它已經氣喘如牛了。我瞪著這小小的、曾經是我的避風港的地方，那塊疙瘩又把我的喉嚨給塞住了。上次我來這裡，是好久以前的事了。

我引擎還沒熄火，雅各已經站在門口，臉上充滿震驚。

在引擎關上的突然沉寂中，我聽見他的喘息聲。

「貝拉？」

「嗨，小各！」

「貝拉！」他大喊，我期待已久的笑容出現在他臉上，好像陽光衝破烏雲。黝黑的肌膚下，一口白齒閃亮。「我不敢相信！」

他跑向卡車，幾乎是用拉的把我抱下車，然後我們倆都跳上跳下像個孩子似的。

「妳怎麼來的？」

「我偷跑來！」

「真棒！」

「嗨，貝拉！」比利推著輪椅來到屋外，想知道這陣騷動是怎麼回事。

「嗨，比——」

我才開口，肺中的空氣就被擠光了——雅各一把抱起我，大熊般的擁抱，緊到我無法呼吸，他抱著我轉圈圈。

「哇，真高興在這裡看到妳！」

「無法……呼吸。」我喘著氣說。

他大笑，放我下來。

「歡迎回來，貝拉。」他大笑著說。他說這話的方式，聽起來像是：**歡迎回家**。

我們開始散步，興奮到沒法待在屋內。雅各邊走邊跳，我得提醒他好幾次，我的腿並沒有十呎長。

當我們散步時，我覺得自己像是變了個人，變回曾經跟雅各在一起的那個我。一個年紀小一點、比較不負責任的人。一個有時候會毫無理由做出一些傻事的人。

我們前面幾個熱切的談話內容都是關於像：我們最近如何、做了些什麼、我有多久沒來、為什麼又來了等等。當我猶豫的告訴他關於狼的傳單時，他轟然大笑的聲音在林間迴盪不止。

就在那時，我們緩步從容地走過商店後面，穿過環繞著一號海灘的濃密灌木，我們終於談到最困難的部分。我們早晚得談談我們長久分開的理由，我看著好友臉上的神情，逐漸又變成了我已太過熟悉的那副又硬又苦的面具。

「所以事情是怎麼樣？」雅各一邊問我，一邊太過用力地踢開一塊擋在他面前的浮木，木頭滾過沙灘然後撞在岩石上。「我是說，自從上一次我們……嗯……在那之前，妳知道……」他費力尋找合適的字眼，深呼吸，再試一次。「我是指……一切就回到他離開前那樣？妳就這樣原諒他？」

我也深吸一口氣。「沒什麼原不原諒的。」

我想跳過這一段，背叛、指控，但我知道我們一定得談談，我們才能繼續。

雅各的臉皺成一團，好像吃到檸檬一樣。「去年九月那個晚上，我希望山姆在森林中發現妳時，能照張相，那會是最好的證據。」

「又沒有人需要受審判。」

「可能某人應該要。」

「如果你知道原因，你就不會怪他離開。」

他瞪著我好一會。「好吧，」他冷冷地挑戰說：「說給我聽。」

他的敵意讓我武裝——不加思索的氣惱——他這樣生我的氣讓我感到痛心，也讓我想起那個淒涼的午後。很久以前，在山姆的命令下——他告訴我，我們不能再當朋友。我花了好一會才讓自己平靜下來。

「愛德華去年秋天離開我，是因為他不認為我應該再跟吸血鬼在一起。他認為他的離開，對我有益。」

雅各露出懷疑的神色。他花了一分鐘整理思緒。無論他原本打算說什麼，顯然都已經不適合了。我很高興他不知道刺激愛德華做出這個決定的背後原因。但我只能自己想像，如果他知道賈斯柏曾出手攻擊過我，他可能的想法。

「但他回來了，不是嗎？」雅各自言自語。「可惜他沒能堅持這個決定。」

「如果你還記得的話，是我去把他找回來的。」

雅各瞪著我好一會，然後轉開目光。他的神情放鬆了些，聲音也平靜多了。他又開口。

「這倒是真的。但我不懂，發生了什麼事？」

我有點猶豫，咬著唇。

「是一個祕密嗎？」他聲音中有種奚落的語氣。「所以不允許妳告訴我？」

「不，」我頓聲說：「只是一個很長的故事。」

雅各笑了，自信滿滿地轉身走向海灘，料想我一定會跟上。

當雅各有這樣的表現時，和他在一起就變得不有趣了。我雖然自動跟在他身後，卻不確定自己是不是該轉身離開。但當我回家後，我就得面對艾利絲……我想我應該不用急著回去。

雅各走向一根巨大、熟悉的浮木——那是一整棵樹，還連著樹根，已經褪色變白，半埋在沙灘內，這是我們的樹。

雅各在這張天然的長椅上坐下後，拍拍旁邊，要我坐在他身旁。

「我不介意聽長故事。有很刺激嗎？」

我翻翻白眼坐下。「是有些驚險。」我說。

「沒有驚險就不夠恐怖。」

「恐怖！」我嗤之以鼻。「你要聽，還是你要打斷我，說些評斷我朋友的無理言語？」

他假裝把嘴鎖起，然後將那把看不見的鑰匙丟向背後。我想忍住笑，但失敗了。

「我先從你已經知道的部分說起。」我決定後，先在腦中組織故事，才開口。

雅各舉起手。

「問吧。」

「很好，」他說：「當時發生的事，我並不瞭解。」

「嗯，好吧。那有點複雜，所以注意聽。你知道艾利絲能預見事情？」

我姑且將他皺眉不悅的表情——狼人對於吸血鬼真的擁有天賦超能力這件事並不感到興奮——當作他回答「是」，於是我繼續說明我是如何一路追到義大利，最後拯救了愛德華。

我盡可能將故事簡潔地交代——只告訴他重點而略過細節。我努力觀察雅各的反應，但當我解釋到，愛德華聽見我死了時，艾利絲如何在腦中看到愛德華的自殺計畫，他的臉色像謎一樣讓我猜不出來。有時雅各似乎陷入沉思，我不確定他有沒有在聽，他只打斷過我一次。

「那個會算命的吸血鬼看不見我們？」他臉上的神情既激烈又興奮。「真的？太棒了！」

我咬緊牙，我們沉默的坐著，他的神情期盼著我繼續說下去。我怒目看著他，直到他瞭解他錯了。

「喔喔，」他說：「抱歉！」他再次作勢鎖上嘴。

當我談到佛杜里時，他的反應很容易瞭解。他咬緊牙關，手臂上浮起雞皮疙瘩，鼻孔賁張。我沒說出細節，只告訴他是愛德華說服他們讓我們離開，並沒有對雅各洩露出我們許下的承諾，或是我們期望的訪客。雅各不需要知道我的惡夢。

「現在你知道整個故事了，」我說出結論。「所以該換你說了。我和我媽在一起那個週末發生了什麼事？」我知道雅各會比愛德華告訴我更多細節。他不擔心嚇壞我。

雅各傾身向前，馬上變得活潑起來。「安柏瑞、奎爾和我，在那個星期六晚上，三人一組，就像平常那樣在巡邏。突然間不知從哪——砰！」他伸出手，誇張地模仿爆炸的樣子。「就在那邊，一個新的痕跡，不到十五分鐘前留下的。山姆要我們等他，但我不知道妳離開了，我不知道妳的嗜血人有沒有顧著妳，所以我們全速追她，但她在我們還沒抓到她之前就越過協定的邊界線。我們分散開來沿著邊界線守候，希望她會再轉回來。我跟妳說，那真令人沮喪。」他搖搖頭，他的髮——他當初加入狼人幫時原本的短髮現在已經漸漸長長了，髮絲飛揚在他眼前。「我們最後跑到太遠的南方。庫倫家把她趕回來我們這一邊，離我們守候之處偏北不到幾哩遠。要是我們早知道該等在哪裡，就能設下完美的埋伏了。」

他搖搖頭，苦笑。「那時一切都很混亂。山姆和其他人搶在我們之前遇到她，但她在邊界線遊走，而那一整群吸血鬼就在邊界線的另一邊。那個大個子，叫什麼名字來著——」

「艾密特。」

「對，就是他。他撲向她，但紅髮女的動作更快！他只差她身後幾步，飛撲了個空，卻差點撞上保羅。所以保羅……妳知道的。」

「是呀。」

「保羅失去他的自制力。我不能說我怪他——大個子吸血鬼朝他撲上來，他馬上躍起反擊——嘿，別用這種眼神看我，吸血鬼在我們的土地上耶。」

我試著裝出平靜的神情，好讓他繼續說。我的指甲因為聽這故事的壓力不停戳著掌心，雖然我已經知道事件的結果是和平收場。

「總之，保羅撲空，大個子又回到他那一邊去了。但那時，呃，那個金髮的……」雅各的表情有點滑稽，混合了噁心和不情願的欽佩，邊努力想找出合適的字眼來形容愛德華的姊姊。

「羅絲莉。」

「隨便啦。她整個發火了，所以山姆和我連忙衝上去支援保羅，守住他的側翼。然後他們的首領和另一個金髮的男子——」

「卡萊爾和賈斯柏。」

他給我一個惱怒的眼色。「妳知道我不在乎。總之，卡萊爾和山姆談，要讓事情平息。然後很奇怪的，所有人馬上就都冷靜下來了。那是妳跟我講過的那個傢伙幹的，玩弄我們的情緒。但雖然我們知道是他做的，我們就是不能不平靜。」

「是，我知道那種感覺。」

「真的很煩，就是那種感覺。只是要等到之後才覺得煩。」他憤怒的搖搖頭。「所以山姆和吸血鬼頭目同意，優先處理維多利亞，於是我們再次開始追蹤她。卡萊爾給我們定下界線，因此我們能互不越界追蹤她的氣味，但她逃到馬卡區北邊的懸崖，就在界線環抱好幾哩海岸線的地方，再次跳進水中逃走。大個子和讓人平靜的那個，想得到許可，好跨過界線去追她，但當然我們說不准。」

「很好。我是說，你們當時有點蠢，但我很高興。艾密特本來就不是個很小心的人，保羅可能會受傷。」

雅各輕蔑的哼了一聲，表示不同意。「所以妳的吸血鬼告訴妳，是我們毫無理由的攻擊他們，而他那一群完全是無辜——」

「不，」我打斷他，「愛德華告訴我的故事和你說的一模一樣，只是沒那麼仔細。」

「嗯。」雅各咬著牙說，然後他彎身從我們腳邊無數鵝卵石中撿起一塊，隨意一扔就讓石頭飛越數百公尺落入海灣中。「嗯，她會回來的，我猜。我們一定會逮到她的。」

我顫抖，當然她會回來。下次愛德華真的會告訴我嗎？我不確定。我得留意艾利絲，找出重複出現的模式……

雅各似乎沒注意到我的反應。他的神情充滿沉思，望著前方的海浪，寬闊的唇緊緊抿著。

「你在想什麼？」沉默了好久之後我問。

「我在想妳告訴我的事。關於那算命吸血鬼看到妳從懸崖跳下，以為妳自殺，然後事情完全失控……妳知道嗎，如果妳能等我，像妳原本該做的那樣，那那個嗜——艾利絲就不會看到妳跳，一切就都不會改變。我們可能現在還在我家車庫，就像那些星期六一樣。福克斯就不會再有吸血鬼，而妳和我……」他沒把話說完，又陷入沉思中。

他說的話讓我不知所措，好像如果福克斯沒有吸血鬼，真的是好事一樁。我的心因他形容的那副空洞的景象而不規則的猛烈跳動。

「愛德華一定會回來的。」

「妳確定嗎？」他問，我一說出愛德華的名字，他的口吻就變得好鬥。

「分開……並沒有使我們兩個都過得更好。」

他想說些什麼，看他的表情，應該是些憤怒的話，但他及時止住，深吸口氣，才再開口。

「妳知道山姆生妳的氣嗎？」

「我？」我一下子沒聽懂。「喔。我知道了。他認為如果我不在，他們就不會在這裡。」

「不，不是這個。」

「那是為什麼？」

雅各彎身撿起另一塊石頭，在手上翻轉，雙眼注視著黑色石頭，低聲開口。

「當山姆看到……妳一開始的情形，當比利告訴他們，查理有多擔心妳無法恢復，還有當妳跳下懸崖……」

我做個鬼臉。沒有人想讓我忘記那段日子。

雅各雙眼盯住我。「他以為妳跟他一樣，是全世界最有理由厭惡庫倫家的人。山姆覺得有點……遭到背叛，因為妳讓他們回到妳的生活，好像他們從未傷害過妳似的。」

我才不相信這麼想的人只有山姆而已。我聲音中的諷刺這回是針對他們兩個。

「你可以告訴山姆去——」

「妳看那裡。」雅各打斷我，伸手指向天空中的一隻鷹，正從不可思議的高處筆直衝向海洋表面。在最後一刻牠煞住，只讓牠的爪子畫破水面，只有剎那之間，然後牠就飛走了，奮力鼓動雙翅以負擔爪下擄獲的大魚。

「妳到處都能看到這樣的景象，」雅各說，他的聲音突然間變得遙遠。「自然定有它的規則——獵人與被獵，是生命無窮盡的生死循環。」

我不瞭解他這番關於自然道理的說教有什麼目的，我猜，他只是想藉機改變話題，但他隨即低頭看著我，眼中充滿譏諷的情緒。

「可是，妳不會看見那條魚去親那隻老鷹。妳從來沒看見這一點。」他露出嘲諷的笑容說。

我也勉強的回他一笑。雖然剛才那股酸澀的譏諷仍在我口中。「說不定魚兒會想試試。」我提醒他。「很難說魚兒是怎麼想的。而且老鷹是種漂亮的鳥，你知道的。」

「所以是這個原因嗎？」他的聲音突然變得尖銳。「漂亮？」

「別傻了，雅各。」

「那麼，是錢嗎？」他堅持。

「這話真客氣，」我低語，從浮木長椅上起身。「你為我考慮得如此周到，讓我受寵若驚。」我轉過身背對著他，邁開步子。

「呃，別生氣。」他馬上跟在我身後，抓住我手腕，將我轉過身來。「我是認真的！我想瞭解，可是我完全摸不著頭緒。」

他的眉毛因為生氣而糾結在一起，在憤怒的陰影下雙眸顯得漆黑。

「我愛他。不是因為他的俊美或者富有！」我對雅各吐出這些話。「我寧可他既不帥又不有錢，至少那樣還能稍微拉近一點點我們之間天差地遠的距離——因為他仍是我見過最迷人、最不自私、聰明、正直的人。我當然愛他。這有多難懂？」

「根本無法理解。」

「那請說明，雅各。」我語帶諷刺。「既然我是錯的。那麼一個人愛上另一個人的合法、正當理由是什麼？」

「我想最好的起始點是在跟妳一樣的物種當中選擇。這通常有用。」

「嗯，這爛透了！」我厲聲說：「我猜，那我終究只能跟麥克・紐頓在一起。」

雅各畏縮退卻，咬著唇。我知道我的話傷了他，但我氣壞了，一點都不覺得抱歉。他放開我手腕，將雙手交叉胸前，轉過身背對著我，瞪視著海洋。

「我是人類。」他低語，聲音幾乎聽不見。

「你不是和麥克一樣的人類，」我冷酷地繼續說：「你真的認為這是最重要的考慮因素嗎？」

「那不一樣，」雅各還是望著灰色海水。「我沒有選擇要成為這樣。」

我不敢置信的笑出來。「你認為愛德華是自己選的嗎？他和你一樣不知道自己發生了什麼事。這不是他自己去要來的。」

雅各迅速的搖搖頭。

「你知道嗎，雅各，你真的超自以為是的，更何況你自己就是個百分之百的狼人。」

「這不一樣。」雅各怒瞪著我重複說。

「我看不出哪裡不一樣。你應該可以更加瞭解庫倫一家人的。你根本不知道他們有多麼好——徹底的好人，雅各。」

他眉皺得更深。「他們不應該存在。他們的存在違反自然。」

我瞪著他，好久好久，不敢相信的挑起一邊的眉毛。過了一會他才發現。

「怎麼了？」

「說到不自然……」我暗示。

「貝拉，」他的聲音低沉，很不一樣，更成熟。我發現他的聲音聽起來突然間比我還老成。像父執輩或老師。「我是生而如此。這個部分一直存在於我的體內，我的家族，還有我們整個部落——而保護部落正是我們之所以存在的理由。」

「再說——」他低頭看著我。黑色的雙眸看不出情緒。「我還是人類。」

他牽起我的手，壓在他火熱的胸口。透過他的T恤，我仍舊能感覺到我掌心下他穩定的心跳聲。

「正常人無法像你那樣隨手扛起摩托車亂扔。」

他微微苦笑。「正常人看到鬼怪會逃開，貝拉。我也沒說自己是正常的。我只是說我是人類。」

和雅各生氣沒什麼用。我忍不住笑了起來，邊將手抽離他胸口。

「你看起來是滿像個人類的。」我說：「此刻。」

「我覺得像人類。」他看著我，視而不見，臉色很恍惚。他的下唇顫抖，牙關愈咬愈緊。

「喔，小各。」我低語，朝他伸出手。

這正是我來的原因。這正是為什麼我願意承擔當我回去之後等著我的任何後果。因為，在那些憤怒與諷刺的表相底下，雅各很痛苦。就像現在，他眼中的痛苦清晰可見。我不知道該怎麼幫忙他，但我知道我得試。這不只是因為我欠他。而是因為他的痛苦也令我傷痛。雅各已經成為我的一部分，如今，這是不會改變的了。

chapter 5

命定

「山姆很愛利雅，
但當他看見艾蜜莉後，
一切都不重要了。
有時候……
我們真的不知道為什麼……
但我們就是那樣子找到我們的伴侶。」

「你還好嗎？小各？查理說你這段時間很不好受……現在沒有比較好嗎？」

他溫暖的手包握住我的。「還不差。」他說，但他的雙眼迴避著我的目光。

他緩緩走回浮木樹幹旁，看著地上各種顏色都有的鵝卵石，將我拉到他身邊。我在我們的樹幹上坐下。但他卻坐在潮濕的石地上，而不是我身邊。我心想也許他認為這樣比較容易隱藏他的神情。他還是牽著我的手。

我開始滔滔不絕地說話打破沉默。「離我上次來這裡已經過了好久，我可能錯過一堆事了。山姆和艾蜜莉最近如何？還有安柏瑞？奎爾——」話說到一半我突然收住，想起雅各的朋友奎爾，曾經是一個敏感的話題。

「喔，奎爾。」雅各嘆口氣。

所以一定發生了什麼事——奎爾一定加入狼群了。

「我很抱歉。」我結巴地說。

出乎我意料之外，雅各竟然輕蔑地哼了一聲。「不用對他感到抱歉。」

「你這是什麼意思？」

「奎爾不需要同情。剛好相反——他渾身是勁，興奮死了。」

我一點都想不通。其他三個狼人都因為朋友得分享他們那種命運而感到沮喪。「啥？」

雅各把頭往後仰起看著我。笑笑，翻翻白眼。

「奎爾認為發生在他身上的事，是他這輩子最酷的事。一部分是因為他終於知道究竟是怎麼回事。他很高興他的朋友又回來了——成為大家的一分子。」雅各又嘲諷地說：「不該驚訝，我猜。奎爾就是這樣。」

「他喜歡？」

「老實說……他們多數都喜歡，」雅各緩緩地承認。「絕對有好的一面——速度、自由、力量……家人的感覺……只有山姆和我才真的懷有某種痛苦。山姆很早之前就已經熬過來了。所以現在只有我還是哭寶寶。」雅各自嘲的笑笑。

有好多事我想知道。「你和山姆有什麼不同？山姆發生了什麼事？他的問題是什麼？」這些問題一連串脫口而出，中間連讓人回答的空隙也沒有，雅各又笑了。

「長故事。」

「我剛才告訴你一個長故事了。再說，我又不急著回去。」我說，但我一想到自己給自己招來的麻煩，就不禁做個鬼臉。

他迅速抬頭看我，聽出我話中有話。「他會生妳的氣嗎？」

「是的，」我承認。「當我去做一些他認為……冒險的事時，他會很生氣。」

「像是和狼人一起。」

「是的。」

雅各聳聳肩。「那就別回去。我可以睡沙發。」

「這真是好主意，」我抱怨著說：「因為這樣他一定就會來找我了。」

雅各僵住，然後淒涼的笑笑。「他會嗎？」

「如果他擔心我受傷或出了什麼事——可能。」

「我的主意始終聽起來比較好。」

「拜託，小各。這真的讓我很煩。」

「怎麼了？」

「你們兩個隨時準備好要宰了對方！」我抱怨。「讓我快瘋了。你們為什麼不能文明些？」

「他準備殺我？」雅各帶著冷酷的笑容問，對我的憤怒一點都不在意。

「不像你那樣！」我知道我在大吼。「至少他在這件事情上比較成熟。他知道傷害你就等於是傷害我——所以他永遠不會這麼做。但你卻一點都不在意！」

「是呀，沒錯。」雅各喃喃說：「我確定他是和平主義者。」

「呃！」我抽出被他牽住的手，推開他的頭，然後把腳縮上來，膝蓋貼著胸口，用雙臂環住膝頭。

我怒視著地平線，很生氣。

雅各安靜了幾分鐘。最後，他起身，坐在我旁邊，用手臂環住我肩頭。我甩開。

「抱歉，」他低聲的說：「我會試著乖一點。」

我沒回答。

「妳還是想知道山姆的事嗎？」他說。

我聳肩。

「像我說的，這故事很長。也很……奇怪。我們的新生活有太多新奇的事。我連一半都還沒告訴妳，沒時間。山姆的事——嗯，我不知道我能否解釋得很清楚。」

他說的話引起我的好奇心，儘管我還是很氣惱。

「我在聽。」我生硬的說。

從我眼角，我看到他臉上揚起竊笑。

「山姆比我們其餘的人都更不好受。因為他是第一個，又只有他一個，沒有人能告訴他究竟發生了什麼事。山姆的祖父在他出生前就死了，他父親從來都不在，沒有人在他身邊注意到那些跡象。第一次發生時

——第一次變身時——他以為自己瘋了。他花了兩週才平靜下來，然後變身回來。那是妳來福克斯之前，所以妳應該不記得。山姆的母親和利雅・克利爾沃特，請森林巡守員去找他，還有警方，人們以為他發生意外了……」

「利雅？」我有點驚訝。利雅是哈利的女兒，聽見她的名字，讓我不自覺感到可憐。哈利・克利爾沃特，是查理一輩子的好友，去年春天因為心臟病去世了。

他的聲音也變了，變得更沉重。「是的。利雅和山姆在高中時便是情侶，他們兩人開始約會時，她才讀高一。當他失蹤時，她簡直快瘋了。」

「但他和艾蜜莉——」

「我會說到的——那是故事的一部分。」他緩緩吸氣，然後猛地吐出。

我想我真傻，竟然會以為山姆在與艾蜜莉戀愛之前，從未與別人戀愛過。多數人會在他們的一生中不時戀愛、失戀許多次。只因為我看過山姆和艾蜜莉在一起的樣子，我無法想像他和別人在一起。他看她的樣子……嗯，讓我想起，有時候我會在愛德華眼中看見的一種神情——當他看著我時。

「後來山姆回來了，」雅各說：「但他不肯告訴任何人他究竟去哪了。謠言四起——多半都是他變壞了之類的。然後山姆遇上奎爾的祖父，在一天午後，老奎爾・亞德瑞來拜訪烏利太太，山姆和他握手，老奎爾嚇得差點中風。」雅各停下來大笑。

「為什麼？」

雅各將手放在我臉頰，轉過我的臉好直視他，他靠向我，他的臉離我只有幾吋遠，他掌心的熱度灼熱我的肌膚，好像他在發高燒。

「喔，對喔。」我說。當我的臉與他如此靠近，讓我很不自在，他的手如此灼熱地貼著我的肌膚。「山姆發燒了。」

雅各又笑了。「山姆的手燙得像是剛從火爐裡拿出來。」

他靠得很近。我能感受到他溫暖的吐息。我佯裝若無其事的舉起手來，將他的手拉離開我的臉，但將我的手指與他的交握，這樣才不會傷了他的感情。他笑笑，往後退，清楚洞悉我的意圖。

「所以亞德瑞先生直接去找其他的長老，」雅各繼續說：「他們是活著的人當中還知道、還記得的。亞德瑞先生、比利、哈利都看過他們祖父變身。當老奎爾告訴他們後，他們祕密的會見山姆，向他解說。

當他瞭解後就容易多了——他不再是一個人。他們知道他不可能是唯一一個因為庫倫家的歸返而受到影響的人——」他說到庫倫二字時，不自覺地帶著苦恨，「但其他人都還不夠大。所以山姆等著我們其他人加入他……」

「庫倫家完全不知情，」我低聲說：「他們不知道這邊還有狼人存在。他們不知道他們回來會改變你們。」

「這並沒有改變這個事實。」

「提醒我別看你的缺點。」

「妳認為我應該跟妳一樣心胸寬大嗎？並非每個人都是聖人跟烈士。」

「成熟點，雅各。該長大了。」

「我希望我可以。」他低聲喃喃自語。

我瞪著他。想知道他為什麼這樣反應。「怎麼了？」

雅各笑。「這是我提的眾多奇怪事情之一……」

「你……無法……長大？」我茫然的說：「你是什麼？不會老……？這不是開玩笑吧？」

「不是。」他既認真又無奈地說。

我覺得血液湧上臉龐。淚——憤怒的眼淚——在我眼眶中打轉。我用力咬緊牙，力氣大到可以聽見刺耳的碾磨聲。

「貝拉？我說錯了什麼？」

我站起來，雙手握成拳頭，整個人抖個不停。

「你．不．會．老！」我咬著牙吼道。

雅各溫柔的拉著我手臂，想讓我坐下。「我們都不會。妳怎麼了？」

「為什麼只有我會變老？我每一天都在變老！」我雙手揮向天空，幾乎想尖叫。一部分的我知道自己正在模仿查理式的爆發，但氣惱贏過我的理性。「該死！這是什麼世界？沒有公平嗎？」

「放輕鬆點，貝拉。」

「閉嘴，雅各。閉嘴。這真的是太不公平了！」

「妳真的跺腳了？我以為只有電視上的女生才會這樣做。」

我低低發出咆哮聲。

「這沒像妳想像的那麼糟。坐下讓我解釋。」

「我要站著。」

他翻翻白眼。「好吧，隨便妳。但聽著，總有一天……我會老。」

「說清楚。」

他拍拍樹幹。我怒瞪他一會，但還是坐下。我的脾氣突然就結束了，像剛才發作一樣，來得快去得也快，我已經平靜下來，瞭解到自己太蠢了。

「當我們有足夠的控制力放棄……」雅各說：「當我們停止變身一段長時間後，我們就會再變老。但不容易。」他搖搖頭，顯然自己也不太相信。「要花很長的時間去學習那種自制力，我想。就算山姆都還做不到。加上現在又有一大群吸血鬼在這裡，當然更是雪上加霜。當我們族群需要被保護時，我們根本不敢去想放棄變身的事。但妳不該這樣就大發雷霆，把整件事扭曲到另一個方向去，因為我早就已經比妳老了，至少，在身體上。」

「你是什麼意思？」

「看著我，貝拉。我看起來像十六歲嗎？」

我很快上下打量他龐大的身軀，試著不帶偏見的評估。「是不怎麼像。」

「是一點也不像。當我狼人的基因被驅動後，我的身體便在幾個月內完全長成成人，那是忽然加速的成長。」他做個鬼臉。「身體上，我可能接近二十五歲之類的。所以妳不需要因為妳比我大而生氣，我至少比妳大七歲。」

二十五歲。我腦中閃過這個數字。但我想起他說的加速成長——我想起來，我看著他在我眼前加速長高的樣子。我記得他一天天變得不一樣……我搖搖頭，感到暈眩。

「所以，妳到底要不要聽山姆的事？還是妳要為我無法控制的事對我尖叫連連？」

我深吸口氣。「抱歉。我對年齡的話題很敏感。完全按到我的死穴。」

雅各的目光變得嚴肅，似乎在決定該怎麼措詞。

既然我不想談到敏感的部分——我未來的計畫，或是我的計畫可能引發雙方協定破裂，所以我馬上提醒他。「在山姆瞭解原因，同時有了比利、哈利、亞德瑞的幫助之後，你說事情就不再那麼辛苦了。像你說的，有酷的部分……」我猶豫著簡短的問。「為什麼山姆那麼討厭他們？為什麼他希望我討厭他們？」

雅各嘆口氣。「這正是最奇怪的部分。」

「我是怪事專家。」

「是的。我知道。」他先笑了，之後才繼續說：「所以，妳說的其實沒錯。山姆知道怎麼回事後，一切似乎都很好。在許多方面，他恢復原有的生活，嗯，不算正常，但好多了。」然後雅各表情更緊繃，像是有什麼痛苦的事要發生了。「但山姆不能告訴利雅，我們不能告訴任何不必要知道的人。他和她在一起也不安全，所以他騙她，就像我之前對妳那樣。利雅很生氣，因為他不肯告訴她怎麼回事——像是他去了哪，他晚上去了哪邊，為什麼他總是疲憊——但他們還是想法子解決了。他們努力以赴。他們真的很相愛。」

「她發現了？是這樣嗎？」

他搖搖頭。「不，這不是問題。某個週末，她的表妹，艾蜜莉．楊，從馬卡保留區過來這邊拜訪她。」

我喘不過氣來，「艾蜜莉是利雅的表妹？」

「遠房表親，但兩人很熟。當她們還是孩子時，兩人像姊妹一樣。」

「這真是……可怕。山姆怎麼能……」我沒把話說完，搖著頭。

「別太快下斷語。沒有人告訴過妳……妳有沒有聽過『命定』？」

「命定？」我重複這不熟悉的字眼。「沒聽過，是什麼意思？」

「這是我們要處理的奇異事情之一。不是每個人都會有。事實上，是很罕見的例外，不是常態。山姆那時候已經聽過所有這些傳說了，我們一直以為那些故事是傳說。他聽過命定，但他沒想過……」

「是什麼？」我追問。

雅各雙眼轉向海洋。「山姆很愛利雅，但當他看見艾蜜莉後，一切都不重要了。有時候……我們真的不知道為什麼……但我們就是那樣子找到我們的伴侶。」他眼神轉回我身上，臉色漲紅。「我是說……我們的心靈伴侶。」

「什麼方法？一見鍾情？」我輕聲竊笑。

雅各沒笑。漆黑的眼眸顯然很不高興我的反應。「比那還強，更無法抗拒。」

「抱歉，」我咕噥。「你是認真的，是嗎？」

「是的，我是。」

「一見鍾情？但更強？」我的語氣還是充滿懷疑，他聽得出來。

「這不好解釋。但無所謂。」他聳聳肩。「妳想知道為什麼山姆討厭吸血鬼，因為吸血鬼讓他改變，讓他討厭自己，這就是原因。他傷了利雅的心，他想信守對她說過的承諾，卻完全食言。每天他都在她眼中看到指控，知道她是對的。」

他突然住口，好像他說了不該說的話。

「艾蜜莉怎麼面對這事？如果她和利雅真的那麼親？」山姆和艾蜜莉是真的屬於彼此，就像兩片拼圖，其中一片正是另一片形狀的互補。但是，艾蜜莉是怎麼克服他屬於另一個人的事實？她的姊妹耶。

「一開始，她很生氣。但很難抗拒那種程度的承諾和愛慕。」雅各嘆口氣。「然後，山姆告訴她一切。當你發現你的另一半後，沒有任何法則可以限制你。妳知道她是怎麼受傷的？」

「是的。」福克斯的版本是她被熊攻擊。但我知道其中的祕密。

狼人很不穩定，愛德華說過，**周遭的人會因此受傷**。

「嗯，夠怪了的，那也使他們解決了一切的問題。山姆嚇壞了，為自己做的事自責不已，厭惡自己所造成的後果……如果衝到巴士前讓自己被輾成重傷，會讓她好過些，他可能會那麼做。他可能做出任何事來，只為了逃避他造成的後果。他嚇壞了……然後，反而是她在安慰他，之後……」

雅各沒說完他的想法，我知道後面太過私密。

「可憐的艾蜜莉，」我低語。「可憐的山姆，可憐的利雅……」

「是的，利雅是最可憐的一個，」他同意。「她假裝勇敢。她將會是他們的伴娘。」

我轉過頭，看著海洋上崎嶇的岩石，好像突然斷掉的手指，林立在港口緣線的南方，我試著瞭解這一切。我知道他看著我的臉，等著我說話。

「這也發生在你身上嗎？」我最後問，還是看著遠方。「一見鍾情的事？」

「不，」他輕快的說：「只有山姆和賈德。」

「嗯。」我說，試著有禮貌些。但我鬆了一口氣。我試著對自己解釋自己的反應。我認為，我只是為他沒有宣稱我們兩個之間也有那種神祕狼人的情況而感到高興。我們的關係已經夠讓人困惑了，我不需要更多的超現實，我已經有夠多的超現實要處理了。

他很安靜，沉默讓人有點尷尬。我的直覺告訴我，我不想知道他在想什麼。

「賈德是怎麼解決的？」我打破沉默。

「沒那麼戲劇性。學校裡有個女生，坐在他旁邊坐了一年，但他從未看她第二眼。接著，當他變身後，他再次看到她，眼睛就再也沒轉離她了。不過金倒是樂壞了，她早就迷戀上賈德。在她的日記裡，她早已幫自己冠上了賈德的姓。」他嘲諷的笑出來。

我皺眉。「賈德告訴你的嗎？他不應該這樣做。」

雅各咬著唇。「我猜我不應該笑。但還是很好笑。」

「這是哪門子的心靈伴侶啊？」

他嘆口氣。「賈德不是故意告訴我們的。我已經告訴過妳這一部分，記得嗎？」

「喔，是的。你們可以聽見彼此的想法，但只有當你們是狼人時，是嗎？」

「是的。就像妳的嗜血人。」他怒視著我說。

「愛德華。」我糾正他。

「隨便，隨便，這正是為什麼我會知道山姆這麼多的事。如果他有選擇，他不會想告訴我們這些。老實說，這也是我們都討厭的。」那種苦恨之情在他聲音中突然濃烈、銳利了起來。「那真是糟透了。沒有隱私，沒有祕密。一切你感到羞愧的事，都攤在大家眼前。」他聳聳肩。

「聽起來很可怕。」我低聲說。

「當我們需要協調時，很有幫助。」他不情願的說：「在罕見的狀況下，當有吸血鬼跨到我們地界時——追捕羅倫特那回挺有趣的。如果庫倫那群沒在上週六闖過來擋我們的路……呸！」他怒吼。「我們可以逮到她的。」他的手握成憤怒的拳。

我退縮。我雖然擔心賈斯柏或艾密特會受傷，但一想到雅各要跟維多利亞對抗，同樣讓我感到驚慌。艾密特和賈斯柏是我所能想像得到，最不可能被摧毀的東西。而雅各還是一個溫暖、相當人性的人。凡人。我腦中想著雅各面對維多利亞，她亮紅的髮迎風飛舞，纏繞著她凶猛而狡猾的古怪臉色……不自覺打了個冷顫。

雅各帶著好奇的表情看著我。「但一直以來對妳不也是這樣嗎？他聽得見妳腦海中的想法？」

「喔，不。愛德華聽不見我想的念頭，雖然他希望他能。」

雅各露出困惑的神情。

「他聽不見我的思緒。」我解釋。我的聲音有點沾沾自喜。「我是他唯一的例外。我們不知道為什麼會這樣。」

「真怪。」雅各說。

「是呀。」我的自喜消退。「可能表示我腦子有點問題。」我承認。

「我已經知道妳腦子有問題了。」雅各喃喃說。

「謝了。」

太陽突然衝破烏雲，一個我沒料到的驚喜，我得瞇起眼，才能對抗海水的反光。所有東西的顏色都變了──海浪從灰色變成藍色，樹從暗橄欖色變成翠綠色，彩虹的卵石像珠寶一樣閃耀。

我們都瞇起眼好一會，讓眼睛習慣。只有海浪的聲音──浪打在防波堤上，以及石頭隨著浪頭摩擦的低聲，和海鷗高亢的叫聲。周圍相當安寧。

雅各朝我靠近，這樣他可以傾身靠著我手臂。他很溫暖。一分鐘後，我脫下外套，身旁的他，清清喉嚨發出心滿意足的聲音，然後將他的臉頰貼在我頭頂。我能感受到太陽照熱了我的肌膚，雖然不像雅各一樣溫暖，我懶懶的想著，要多久我才會曬傷。

心不在焉地，我轉動右手的側面，看見陽光照在詹姆斯留下的傷疤，映照出閃爍的光芒。

「妳在想什麼？」他低聲問。

「太陽。」

「嗯。很舒服。」

「你在想什麼？」我問。

他竊笑。「我想起妳帶我去看的恐怖電影。還有麥克．紐頓吐得亂七八糟。」

我也笑了，驚訝時間還改變了記憶。那一度曾是壓力，讓我困惑。那一夜之後改變了好多……現在我能笑了。那是雅各發現到他的傳承真相之前，和我在一起的最後一夜。最後的人類記憶，現在成了奇怪的快樂記憶。

「我很懷念，」雅各說：「以前很簡單……沒那麼複雜。我很高興我的記憶力很好。」

他的話讓我想起一件事，他也感覺到我身體突然變得緊張。

「怎麼了？」他問。

「關於你的好記憶力……」我退離他，這樣我才能看到他的臉。此時，他臉上充滿困惑的神情。「你介意告訴我，週一早上你做了什麼嗎？你想的事讓愛德華很困擾。」困擾不是最適合的字眼，但我想要一個答案，所以我想最好不要用太嚴肅的字。

雅各臉色一亮，一開始不懂，然後他笑了。「我在想妳。他不喜歡是嗎？」

「我？跟我有什麼關係？」

雅各笑了，但這次的笑聲帶著冷硬。「我在回想那一晚山姆發現妳時，妳的樣子，我在他腦中看過，就像我也在場似的。妳知道嗎？那個記憶一直讓山姆難以忘懷。然後我回想妳來我家的第一次。我敢說妳也不知道妳那時有多糟，貝拉。妳過了好幾週才看起來比較有點人樣。我記得妳總是用手臂環抱著自己，想把自己拼湊起來……」雅各畏縮，然後搖搖頭。「當我想起妳有多麼悲傷痛苦，我也不好受，而且這又不是我的錯。所以我猜他會覺得更難受。我想他應該看看他做了什麼好事。」

我搥打他的肩膀，害我手都痛了。「雅各·佈雷克，你再這樣給我試試看！答應我你永遠不會再犯。」

「門都沒有。我已經好幾個月沒這麼快樂過了。」

「就當作是幫幫我，小各——」

「喔，得了，貝拉。我還會再看到他嗎？我才不想。」

我站起來，當我邁步要走，他抓住我。我想要掙脫。

「我要走了，雅各。」

「不，不要走，」他抗議，雙手緊緊抓著我。「我很抱歉，那……好吧，我不會再做了。保證。」

我嘆口氣。「謝了，小各。」

「來吧，我們得回我家了。」他急切的說。

「老實說，我想我真的得走了。安琪拉・韋柏在等我，我也不想讓艾利絲太擔心。」

「但妳才剛來！」

「感覺像是。」我同意。我抬頭瞥了一眼已越過天頂的太陽。時間怎麼過得那麼快？

他擠起眉。「我不知道何時才能再見到妳。」他用受傷的聲音說。

「下一次他離開時，我會再來的。」我衝動的答應他。

「離開？」雅各翻翻白眼。「這樣形容他做的事還真好聽。噁心的獵食者。」

「如果你不能口氣乖一點，我就不會再回來了！」我威脅他，想掙脫被他牽住的手，但他不肯放。

「別生氣，」他咧嘴笑。「只是自然反應。」

「如果我要再回來，你就得讓事情有條理些，好嗎？」

他等著我說明。

「瞧，」我解釋。「我不介意誰是吸血鬼誰是狼人。這不相干。你是雅各，他是愛德華，我是貝拉。就這樣。」

他微微瞇起眼。「但我是狼人，」他不情願的說：「他是吸血鬼。」後面這句語帶嫌惡。

「而我是處女座的！」我大喊，氣死了。

他揚起眉，以小心的眼神打量我的表情。最後，他聳聳肩。

「如果妳真的能用那樣的角度看……」

「我可以。我確實這樣看。」

「好吧。就是貝拉和雅各。沒有奇怪脾氣的處女座。」他對我笑，溫暖、熟悉的笑容，是我想念已久的。我也覺得自己不由自主地回應他一個大大的笑臉。

「我真的很想你，小各。」我衝動的承認。

「我也是。」他的笑容更大更開心了。雙眼高興、清澈，憤怒與苦恨已經消失。「比妳知道的還想。妳會很快再來嗎？」

「一有機會就來。」我保證。

chapter 6

中立地帶

但我要你知道——
你們這種愚蠢的世敵情況，
我不要介入。
我是中立地帶，我是瑞士。
我拒絕被你們這兩種神話般的生物
搞出來的邊界線之類的事情影響。

當我開車回家時，對於陽光下反射著水光的濕路並沒怎麼注意。我沉浸在雅各告訴我的大量訊息裡，想理出頭緒，整理出合理的邏輯。儘管他一口氣說了很多事情，但我還是覺得輕鬆了許多。看到雅各的笑容，兩人彼此分享各自的祕密……雖然沒讓事情變得完美，但至少讓情況好轉了些。我來這一趟是對的。雅各需要我。我邊想邊瞇著眼張望，而且這一趟顯然也並不危險。

突然，他就出現了，不知是打哪冒出來的。前一分鐘，我的後照鏡內除了明亮的公路，其他什麼都沒有，下一分鐘，就有一輛映著豔陽閃亮的銀色富豪，緊跟在我車後。

「噢，該死。」我不由得抱怨。

我考慮將車停在路邊。但我太膽小，不敢現在就面對他。我得先想好該怎麼說……最好選查理也在身邊的時候，讓他來當緩衝。至少這樣一來可以強迫他將嗓門降低。

富豪車緊跟在我後面，我雙眼直盯著前方的路。

我真是個徹頭徹尾的膽小鬼，我直接開往安琪拉家，完全不敢看他，我覺得鏡子都快被他的目光燒出洞來了。

他緊跟著我，直到我將車停在韋柏家前的路邊。他並沒停車，而是繼續開走，我一直沒敢抬頭，不想看他臉上的表情。當他消失在我的視線範圍後，我馬上直衝到安琪拉家門口。

我才剛敲第一下，班就應門了，好像他本來就站在門邊等候似的。

「嗨，貝拉。」他驚訝的說。

「嗨，班。呃，安琪拉在嗎？」我一邊猜測莫非安琪拉忘記了我們的計畫，一邊為自己也許得提早回家的念頭畏縮不已。

「在。」班回答的同時，就聽見安琪拉大喊「貝拉！」的聲音，她人馬上出現在樓梯口。

接著我們同時聽見有車子開近的聲音，班朝外頭張望，這聲音並沒嚇著我——引擎噗噗地停下來，接著聽見大聲的逆火碰碰聲。這不像富豪車的低沉顫動音。這一定是班在等的客人。

「奧斯汀來了。」班說話時，安琪拉已走到他旁邊。

街上響起喇叭聲。

「晚點見，」班說：「我已經開始想妳了。」

他一手繞過安琪拉頸子，將她的臉拉低與他同高，這樣他才能熱情的親吻她。一會後，奧斯汀的喇叭聲又響起。

「再見，小安！愛妳！」班匆匆走過我身邊，一邊大喊。

安琪拉陶醉在他的甜言蜜語裡，雙頰微紅，過了一會兒才回過神來，朝他倆揮手，直到班和奧斯汀都看不見為止。然後她才轉向我，不好意思的笑笑。

「感謝妳過來幫忙，貝拉，」她說：「我是真心的。不只是因為妳拯救了我快得肌腱炎的手，妳還讓我能有兩小時不用忍受一部既沒情節又超白目的功夫電影。」她放鬆的嘆口氣。

「很高興能幫妳忙。」我現在比較沒那麼緊張，也比較能正常平順的呼吸了。這裡感覺很平常。安琪拉這種輕鬆平凡的普通生活反倒給我一種安慰。很高興知道別人家的生活還是正常的。

我跟著安琪拉上樓到她房間。她邊走邊踢開玩具。屋內不尋常的安靜。

「妳家人呢？」

「我父母親帶雙胞胎去安吉拉斯港參加一場生日派對。我真的不敢相信，妳竟然真的會來幫我忙。連班都假裝他手痛了。」她做個鬼臉。

「我一點都不介意。」我說，然後我走進安琪拉的房間，看見一大疊等待我寫的信封。

「喔。」我驚呼一聲。安琪拉轉過身，用滿是抱歉的眼神看著我。我現在知道為什麼她一直拖延不寫，以及班推說手痛的原因了。

「我原本以為妳只是誇張呢。」我承認。

「我也希望是。妳確定妳想寫？」

「來吧，我有一整天的時間。」

安琪拉將這一大疊信封分成兩半，然後將她母親的通訊錄放在她書桌上，擺在我們倆中間。接著好一會，我們倆都很專心書寫，只聽見我們的筆在紙上沙沙作響的聲音。

「愛德華今晚要做什麼？」幾分鐘之後她問。

我的筆突然重重地戳在手邊正在寫的信封上。「到艾密特家過週末。他們**應該**是去健行了。」

「妳說得好像妳不確定似的。」

我聳聳肩。

「妳真幸運，愛德華有兄弟可以和他一起去健行露營。如果班不跟奧斯汀一起混的話，我真不知道該怎麼辦。」

「是呀，戶外活動不適合我，我也不可能跟得上他們。」

安琪拉笑了。「我也喜歡待在室內。」

她又專心在她那一疊，寫了幾分鐘。我也又寫了四份。和安琪拉在一起時，不會感覺有壓力得說些有的沒的，好填滿空白的時間。就像查理一樣，她也不會因為一時的沉默而覺得尷尬。

但是，和查理一樣，她的觀察力有時也很厲害。

「怎麼了嗎？」此時她低聲問：「妳……似乎很焦慮。」

我笑笑。「有這麼明顯嗎？」

「還好。」

她可能是說謊，想讓我好過些。

「如果妳不想談，可以不說，」她向我保證。「如果說出來有幫助的話，就說給我聽吧。」

我本來要說——**謝謝，但算了**。畢竟，有太多祕密我得保守。我沒法跟任何人類形容我的祕密，這違反規則。

但是，有種奇怪、突然的衝動，找人談一談正是我想要做的。我想跟一個正常的人類女生談談。我想要發發牢騷，就像其他的青少女一樣。我希望我的問題能有那麼簡單。如果有非吸血鬼及狼人以外的人，提供局外人的觀點也不錯。一個沒有先入為主偏見的人。

「我不會多管閒事的。」安琪拉笑著保證，低頭猛寫地址。

「不，」我說：「妳是對的。我是在焦慮。是……愛德華。」

「怎麼了？」

和安琪拉談話真容易。當她問這樣的問題時，我知道，她並非出於好奇或八卦，不像潔西卡。她是真的關心我為何沮喪。

「喔，他在生我的氣。」

「真難想像，」她說：「他為什麼生氣？」

我嘆口氣。「妳記得雅各・佈雷克嗎？」

「嗯。」她說。

「嗯。」

「他嫉妒？」

「不，不是**嫉妒**……」我應該閉嘴的。這根本沒法解釋清楚，但我就是想談談，我不知道我這麼渴望來一場和普通人類的談話。「愛德華認為雅各是……壞影響，我想。有點……危險。妳知道我過去幾個月惹了一些麻煩……想到仍舊覺得瘋狂。」

我很驚訝安琪拉竟然搖頭。

「怎麼了？」我問。

「貝拉，我看過雅各・佈雷克看妳的神情，我敢說真正的問題是嫉妒。」

「我和雅各之間不是那樣的。」

「對妳來說可能不是，但對雅各來說……」

我皺眉。「雅各知道我的感覺，我告訴他一切了。」

「愛德華也是人，貝拉。他的反應跟其他男孩沒什麼兩樣。」

我苦著臉，對她這個看法我無話可答。

她拍拍我的手。「他會熬過來的。」

「我希望。小各正在經歷一些困難的情況，他需要我。」

「妳和雅各真的很親近，是嗎？」

「像家人。」我同意。

「可是愛德華不喜歡他……這一定很難。我不知道如果是班，他會怎麼處理？」她說。

我苦笑。「可能就像其他男生一樣。」

她笑了。「可能。」

然後她改變話題。安琪拉不是好打聽型的，她似乎知道我不想——不能——再談下去。

「我昨天收到宿舍分配了，不用懷疑，是校園中最遠的那一棟。」

「班知道他要住哪了嗎？」

「校園中最近的一棟。他真走運。妳呢？妳決定去哪了嗎？」

我低下頭，專心用我鬼畫符的筆跡猛寫。這一瞬間，安琪拉和班一起去念華盛頓大學這件事讓我心煩意亂。他們幾個月後就要去西雅圖了。他們會安全嗎？那新生狂野的吸血鬼屆時會已經轉移陣地了嗎？在那之後，會有一個新的地方——其他的城市，出現像恐怖電影般的頭條新聞嗎？

而那新的頭條會是因為我嗎？

我想要甩開這念頭，因此一會後才有辦法回答她的問題。「我想是阿拉斯加大學，位在朱諾。」

我聽得出她聲音中的驚訝。「阿拉斯加？喔，真的嗎？我是說，那很好呀。我以為妳想去……溫暖一點的地方。」

我笑笑，還是盯著信封。「是呀，福克斯的確改變了我對生活的看法。」

「那愛德華呢？」

雖然他的名字讓我的胃一陣翻攪，但我仍舊抬起頭，對她笑笑。「阿拉斯加對愛德華來說不算冷。」

她回我一笑。「當然不會。」然後她嘆口氣。「好遠。妳不能常回來，我會想妳的。妳會寄 E-mail 給我嗎？」

一股悲傷的情緒突然襲向我，可能此時和安琪拉這麼親近是錯誤的。但如果失去與她親近的最後機會，不是更讓人悲傷嗎？我甩開這些不愉快的念頭，這樣才能用打趣的口吻回答她的問題。

「如果我弄完這些之後手還能打字的話。」我朝那一疊信封點點頭。

我們都笑了，接下來聊天就容易多了，像是課程、主修等等，我們邊聊邊寫剩下的信封——只要避免去想還剩下多少就好了。總之，今天還有更要緊的事需要擔心。

最後我幫她把所有信封都貼好郵票。對要離開，我實在有點怕。

「妳的手如何？」她問。

我伸伸手指。「我想……總有一天會痊癒的。」

樓下門鈴響起，我們都抬起頭。

「小安？」班大喊。

我想擠出笑容，但唇顫抖不已。「我想我該走了。」

「妳不用走。雖然他可能要開始跟我聊電影的……細節。」

「查理或許會擔心，不知道我去哪了。」

「謝謝妳幫忙。」

「我做得很開心，老實說。我們下次該做些類似的事。有些姊妹淘時間真不錯。」

「一定。」

有人輕敲房門。

「進來，班。」安琪拉說。

我起身，伸伸懶腰。

「嗨，貝拉！妳活下來了。」班先問候我，隨即接替我的位置，走到安琪拉身邊。他看著我們的成果。「做得好。可惜沒留點給我做。我可以……」他沒把話說完，然後情緒變得興奮。「小安，我不敢相信妳錯過這個！棒極了。最後那場對打——招式真的太不可思議了！那個主角——嗯，妳得自己去看才知道我說的意思——」

安琪拉翻翻白眼。

「學校見。」我緊張的笑笑說。

她嘆口氣。「再見。」

我提心吊膽的走向我的卡車，但街上空無一人。開回家的路上，我不時焦慮的張望照後鏡，但沒見到銀色富豪車的蹤跡。

他的車也沒有停在屋前——儘管這不代表什麼。

「貝拉？」當我打開前門時，查理大喊。

「嗨，爸。」

我發現他在客廳，坐在電視機前。

「今天過得如何？」

「很好。」我說。最好全部都告訴他——也許他早就從比利那邊聽說一切了。再說，告訴他還能讓他高興。「他們不需要我上班，所以我去了拉布席。」

他的神情不怎麼驚訝，果然比利已經告訴他了。

「雅各如何？」查理問，那是種假裝平靜的聲音。

「很好。」我漫不經心的回答。

「妳去了韋柏家？」

「是呀，我們寫完她所有的邀請函。」

「很好。」查理高興的咧開一個大笑。他對我出奇的專心，尤其此刻電視上正在播放他最愛看的比賽。

「我很高興妳今天花時間和妳的朋友在一起。」

「我也是。」

我慢慢的往廚房走，想找些事做。不幸的是，查理已經洗好他的午餐餐具。我站了幾分鐘，看著陽光投影在地板上的陰影，知道自己無法再拖下去。

「我要去念書了。」我悶悶不樂的說完後，往樓上走。

「晚點見。」查理在我身後大喊。

如果我還活著的話，我在心中對自己說。

我小心關上臥室門，才轉身面對房間。

當然他已經在我房內了。他靠在我對面的牆上，站在敞開窗戶旁的陰影中。臉色很難看，姿勢散發出緊張氣息，不發一語怒視著我。

我畏縮地等待著連串的斥責，但什麼都沒有發生。他只是繼續瞪著我，可能是太生氣而說不出話來。

「嗨。」最後我忍不住開口說。

他的臉就像石頭刻成的一樣硬。我在腦中從一數到一百，他的神情還是沒有改變。

「呃……我還活著。」我開口。

他由胸口傳出一陣怒吼，但表情沒有改變。

「沒出事。」我聳一下肩，堅決地說。

他動了。他閉上雙眼，用右手揉捏著鼻梁。

「貝拉，」他低聲說：「妳知不知道我今天差一點就跨越邊界？打破協定，去找妳？妳知道這是什麼意思嗎？」

我驚呼一聲，他睜開眼，雙眸像夜一樣又冷又黑。

「你不行！」我說得太大聲了。然後我調整聲量免得被查理聽見，但我真的很想大喊。「愛德華，他們會用一切藉口開戰。他們會愛死這一切，你不能破壞規定。」

「可能他們不是唯一喜歡開戰的。」

「你不准先犯規，」我頓聲說：「你們立的協定——你得遵守。」

「如果他傷了妳——」

「夠了！」我打斷他。「不用擔心這一點，雅各並不危險。」

「貝拉，」他翻翻白眼。「妳對危險的判斷能力並不怎麼強。」

「我知道我不用擔心雅各。你也是。」

他咬牙切齒，雙手在身旁兩側握成拳。他還是靠著牆站，我討厭我們之間有這樣的距離。

我深吸口氣，走向他。當我用雙手環抱住他時，他動也不動。對照旁邊敞開的窗所透進的午後陽光的暖意，他的肌膚更顯得冰冷。而他似乎也像是被冰住了，整個人凝住不動。

「我很抱歉讓你焦慮了。」我低聲喃喃道。

他嘆口氣，略微放鬆了些。用雙臂環抱我的腰身。

「焦慮完全不足以形容，」他輕柔地喃喃低語。「真是漫長的一天。」

「你不應該知道的，」我提醒他。「我以為你外出獵食會更久些。」

我抬起頭望著他的臉龐，以及他充滿防備的眼神。剛剛因為緊張，我沒怎麼注意，直到此刻我才發覺他那對眼眸如此漆黑，而且瞳孔旁的虹膜也變成了飢渴的深紫色。我不高興的皺起眉頭。

「當艾利絲看見妳的身影消失時，我立刻就趕回來。」他解釋。

「你不應該回來的，現在你又要再離開了。」我眉頭皺得更深了。

「我可以等。」

「這太可笑了。我是說，她沒法看見我和雅各在一起，但你應該知道——」

「但我不知道，」他打斷我。「妳不能期望我會讓妳——」

「喔，是的，我會，」我打斷他。「這正是我期望的——」

「這不會再發生。」

「沒錯！因為你下次不會像這樣反應過度。」

「因為不會有下一次。」

「我知道有時候你得離開，就算我不喜歡——」

「這不一樣，我沒有拿自己的小命去冒險。」

「我也沒有。」

「狼人就是危險。」

「我不同意。」

「沒有討論的空間，貝拉。」

「我也是。」

他雙手又握成拳狀壓在我的背上，我可以感覺得出來。

我想都沒想就脫口而出。「這真的是跟我的安全有關嗎？」

「妳這是什麼意思？」他追問。

「你不……」此刻，安琪拉的理論似乎比之前更傻。但我克制不了這念頭。「我是說，你不會是嫉妒吧？」

他揚起一邊眉毛。「我有嗎？」

「認真點。」

「放鬆——我是認真的。」

我狐疑的皺起眉。「還是……其他原因？什麼吸血鬼和狼人永遠都是敵人的鬼話？還是因為男性荷爾蒙刺激——」

他雙眸燃燒。「這完全只是為了妳，我只關心妳的安全。」

他雙眸中的黑色火焰說明他的真誠不容懷疑。

「好吧，」我嘆氣。「我相信你。但我要你知道——你們這種愚蠢的世敵情況，我不要介入。我是中立地帶，我是瑞士。我拒絕被你們這兩種神話般的生物搞出來的邊界線之類的事情影響。雅各是家人，你是……嗯，不能說你是我這一生中的愛，因為我希望能愛你更久。只要我存在，你就是我的愛。我不在乎誰是狼人誰是吸血鬼。就算安琪拉變成女巫，她也能加入這場派對。」

他瞇起雙眼，沉默的望著我。

「中立地帶。」我強調的重複。

他朝我皺眉，然後嘆氣。「貝拉……」他開口欲言又止，像聞到噁心味道那樣皺起鼻頭。

「又怎麼了？」

「嗯……無意冒犯，但妳聞起來像一隻狗。」他告訴我。

然後他壞壞的笑了——為此，我知道這場口角算是結束了，至少現在暫時打住了。

愛德華得再找時間進行他沒完成的獵食之旅，因此他將會在星期五晚上和賈斯柏、艾密特及卡萊爾離開，要去北加州某個有山獅麻煩的保留區獵食。

我們對於狼人這件事並未達成共識。但我對打電話給小各這件事，一點都不覺得內疚——在愛德華開銀色富豪回家，之後再從我窗戶進來前的那段空檔——我告訴小各，我會在這個星期六晚上再去見他。這不算偷偷去。愛德華知道我的感覺。如果他又弄壞我的卡車，那我會叫雅各來接我。福克斯是中立的，就像瑞士——像我一樣。

因此當我週四下班，富豪車內等著我的是艾利絲而不是愛德華，我一開始一點都沒覺得不對勁。副駕駛座的門敞開著，我沒聽過的音樂傳出的低音，讓車門框都為之震動。

「嗨，艾利絲，」我邊坐上車邊大喊，好蓋過音樂聲。「妳弟呢？」

她跟著音樂自顧自的唱著，聲音比旋律還高八度，但卻和音樂複雜和諧的交織在一起。她對我點點頭，不理會我的問題，仍舊專注在音樂中。

我關上車門，用手罩住雙耳。她笑了，將音量轉小至像背景音樂。然後她馬上就發動車子，催動油門。

「怎麼了？」我問，開始覺得有點不安。「愛德華呢？」

她聳聳肩。「他們提早離開了。」

「喔。」我試著隱藏聲音中突然湧起的失望。如果他提早離開，表示他會提早回來，我這樣告訴自己。

「所有的男生都出門了，我們來場睡衣派對吧！」她用歌唱般的顫音宣布。

「睡衣派對？」我重複這幾個字，真正的起疑了。

「妳不興奮嗎？」她得意洋洋的說。

我望著她生氣盎然的雙眸好久好久。

「妳要綁架我，是嗎？」

她笑著點點頭。「一直到週六。艾思蜜跟查理說好了，妳會和我一起待上兩晚，我明天會開車載妳上學，然後接妳放學。」

我轉過頭望著窗外，咬緊牙關。

「抱歉，」艾利絲說，但聲音中一點歉意也沒有。「他賄賂我。」

「怎麼說？」我咬緊牙，嘶聲說。

「保時捷。和我在義大利偷的那輛一模一樣。」她快樂的輕嘆。「我不應該開那輛車在福克斯晃，但如果妳要，我們可以試試看，從這到洛杉磯要多久——我敢說，可以在午夜前就讓妳回來。」

我深吸口氣。「我想不了。」我嘆息，壓制著顫意。

我們很快就到了，一如既往的飛快。艾利絲將車停在車庫，我很快看看車庫內的車子。艾密特的大吉普在，羅絲莉的紅色敞篷車也在，在這兩輛車中間，正是閃亮的淺黃色保時捷跑車。

艾利絲優雅地跳下車，用手沿著她受賄得來的愛車車身輕撫。「很美吧？」

「全世界最美的，」我咕噥回答，不敢置信。「他送妳這輛車，就為了要妳把我綁架兩天？」

艾利絲做個鬼臉。

一會後，我突然懂了，我驚恐的喘著氣。「他要妳在他每次離開時，都綁架我？」

她點點頭。

我大力甩上車門，腳步重重的走向屋子。她優雅的走在我身邊，還是絲毫不以為意的樣子。

「艾利絲，妳不覺得這樣有點控制得過頭了嗎？是不是有點精神異常了？」

「不算是，」她用力吸氣。「妳似乎不瞭解一個年輕的狼人有多危險。特別是當我看不見他們時。愛德華無法得知妳是否平安，妳不應該這麼魯莽。」

我用酸溜溜的語氣回答。「是是，一個吸血鬼睡衣派對就是安全行為的極致。」

艾利絲笑了。「我會讓妳享受腳趾美容等一切的活動。」她承諾。

除了違反我的意志這點之外，這不算太壞。艾思蜜買了義大利菜——從安吉拉斯港買來的，很好吃——艾利絲準備了我最喜歡的電影。就連羅絲莉都在，雖然安靜得有點像背景人物。艾利絲還堅持修腳，我不知道她是不是依照一張清單在進行——可能她是參考某部喜劇片的情節。

「妳打算熬到多晚？」當我的修腳完成，腳指甲塗上閃亮的紅色指甲油後，她問。我不怎麼高興的心情完全沒有影響到她的熱情。

「我不打算熬夜，我們明早還有課。」

她嘟起嘴。

「我要睡哪裡？」我打量著沙發，似乎有點短。「妳就不能讓我回家，然後待在我家監視我嗎？」

「這樣哪算睡衣派對？」艾利絲像被激怒似的搖搖頭。「妳睡愛德華的房間。」

我嘆氣。他的黑色皮沙發比這一張長。老實說，他房間的金色地毯也夠厚，也許睡他房間地板也不錯。

「至少讓我回家拿我的東西行嗎？」

她笑了。「已經處理好了。」

「我可以用妳的電話嗎？」

「查理知道妳在哪。」

「我不是要打給查理。」我皺眉。「顯然，我有些計畫得取消。」

「喔。」她很謹慎的想了想。「我不確定能不能……」

「艾利絲！」我大聲的哀求。「拜託啦。」

「好啦，好啦，」她說，從房間掠出去，但馬上就回來了，手中拿著手機。「他並沒有特別禁止……」她邊將手機交給我，邊自己喃喃自語。

我撥打雅各的號碼，希望他今晚沒有和朋友出去。很幸運——雅各接起電話。

「哈囉？」

「嗨，小各，是我。」艾利絲無表情的雙眸看著我好一會，然後才轉身，坐到沙發上，坐在羅絲莉和艾思蜜中間。

「嗨，貝拉，」雅各說，突然變得小心翼翼。「怎麼了？」

「不算好事。我這個星期六不能過去了。」

雅各沉默了一會。「愚蠢的嗜血人，」他最後總算低聲說：「我以為他離開了。當他不在時，妳不能有自己的生活嗎？還是他把妳鎖在棺材裡了？」

我笑了。

「我不認為這很好笑。」

「我笑是因為你算是說對了，」我告訴他。「但他星期六會在，所以沒差。」

「他會在福克斯獵食嗎？」雅各挖苦的說。

「不，」我不讓自己被他激怒，我沒像他那麼生氣。「他提早走了。」

「喔，這個，嘿，那現在過來！」他的聲音突然充滿熱切。「又不晚。還是我去查理那裡？」

「我也希望。但我不在查理家。」我酸溜溜的說：「我現在有點像囚犯。」

他沉默了一會兒，聽懂了意思，然後咆哮著說：「我們過去救妳出來。」他用平板的聲音保證，且自動轉成「我們」這個複數名詞。

我背脊一涼，但我用輕快打趣的聲調回答。「很吸引人。我被折磨過了——艾利絲招待我做腳趾修甲美容。」

他又咆哮。

「別這樣。他們只是想讓我安全。」

「我是說真的。」

「我知道這很傻，但他們的內心是為我好的。」

「他們的心！」他譏諷。

「抱歉星期六不能去，」我道歉。「我得上床睡覺了。」——睡沙發，我立刻在腦中糾正自己——「但我很快會再打給你的。」

「妳確定他們會讓妳打？」他用刻薄的語氣說。

「不確定。」我嘆氣。「晚安，小各。」

「再見。」

艾利絲突然就出現在我身邊，她伸出手要接過電話，但是我又撥了一通電話，而且她看見了我撥的號碼。

「我不認為他有帶手機。」她說。

「我會留話。」

電話響了四聲，接著是嗶聲，沒有問候語。

「你有麻煩了，」我緩緩的說，每一個字都用力強調。「超級大麻煩。憤怒的大灰熊跟那在家等你的比起來，都顯得溫馴。」

我掛斷電話，將手機交到她等候的掌心。「好了。」

她笑。「這人質綁架的事真好玩。」

「我要去睡了。」我宣布，朝樓梯口走去。艾利絲尾隨著我。

「艾利絲，」我嘆著氣說：「我不會溜出去的。一旦我有這個計畫，妳會看見，然後如果我做了，妳會逮到我。」

「我只是要告訴妳，妳的東西在哪而已。」她用無辜的語氣說。

愛德華的房間是三樓走廊盡頭那一間，就算以前我對這間大宅還不熟的時候，也不大會弄錯。但當我打開燈後，我有點茫然，我開錯門了嗎？

艾利絲咯咯笑了。

是同一個房間，我很快就發現了，但傢俱的位置重新安排過。沙發被推到北邊的牆面旁，音響也被挪到了那一大片ＣＤ牆前──讓這房間能有空間放進一張大床，這張床就在房間的正中央。

南邊的大片玻璃牆像鏡面一樣，反映出屋內的景物，使得室內空間看起來有兩倍大。

整體搭配得很好──暗金色床罩，只比牆面還亮一些些；鐵製的黑色床框有著精美複雜的花樣；金屬雕刻的玫瑰花沿著高高的四根床柱往上蜿蜒攀爬，在床頂形成宛若天篷花架的情景。我的睡衣折得整整齊齊的放在床尾，旁邊則是我的盥洗包。

「這是怎麼回事？」我氣急敗壞的問。

「妳不會真的以為他會讓妳睡沙發吧？」

我邊走向前抓起放在床上屬於我的用品，邊喃喃咒罵了幾句。

「我讓妳有點私人空間，」艾利絲笑了。「明早見。」

我刷好牙，換好衣服，抓起大床上一個蓬鬆的羽毛枕，拖著金色被子走向沙發。我知道我很傻，但我不在乎。以保時捷做為賄賂、房內沒人睡的大床——全都讓我氣壞了。我關上燈，蜷臥在沙發上，心想，也許我會氣得睡不著。

燈暗了之後，玻璃牆不再那麼像鏡子，也不再讓房間看起來有兩倍大。窗外皎潔的月光照亮了天上的雲朵。隨著我雙眼逐漸適應月色，我看見樹頂上散布著白色月光，映照在河面上閃閃發亮。我看著這銀色的月夜，等著睡意襲來。

門上傳來一聲輕敲。

「有事嗎，艾利絲？」我嘶聲問，帶著辯護的語氣，因為腦中已經浮現她看見我睡沙發而不是床後可能有的興味盎然的反應。

「是我，」羅絲莉輕柔地說，將門略略打開，剛好夠讓我能透過銀色月光看見她完美的臉龐。「我能進來嗎？」

chapter 7

不快樂的結局

我倒在街上等死，很冷，而且疼痛難當，
我很驚訝自己居然還覺得冷很難受。
接著下雪了，我不瞭解自己為什麼還沒死。
我不耐煩的等著死亡來臨，
這樣痛苦就能結束，
為什麼會拖了那麼久……

羅絲莉在門口猶豫不決，她美麗令人屏息的臉龐上是不確定的神情。

「當然，」我的聲音因為驚訝而高八度。「請進。」

我起身，坐在沙發另一邊，讓出空位給她。我的胃因為這位不喜歡我加入這個大家庭的吸血鬼的出現而為之緊張，她沉默地走進來坐在我身邊。我試著想找出她來找我的原因，但我腦中一片空白。

「妳介意和我談一會嗎？」她問：「我沒有吵醒妳吧？」她雙眼望向沒有棉被的大床，接著轉向我睡的沙發。

「不，我還沒睡。當然，我們可以談談。」我不知道她是否也聽出來我聲音中明顯的擔憂。

她微微一笑，笑聲像是悅耳的鈴音。「他不常拋下妳獨自一人，」她說：「我想我最好把握這個機會。」

她打算說什麼？竟然不能當著愛德華的面說。我雙手抓著被角扭來擰去。

「請不要以為我是個糟糕的干預者。」羅絲莉說，她的聲音很溫柔，像是懇求。她將雙手交疊在膝頭，說話時，低頭看著自己的雙手。「我相信，過去那段時間，我一定深深的傷害了妳的感情，我不想再那樣做了。」

「別擔心，羅絲莉。我沒受傷。怎麼了？」

她又笑了，聽起來有點糗。「我接下來會試著告訴妳，為什麼我認為妳應該維持人類——為什麼我是妳的話，我會選擇做人類。」

「喔。」

我聲音中震驚的語氣惹得她笑了，然後她嘆口氣。

「愛德華是否曾告訴妳這是怎麼發生的？」她比著自己曲線玲瓏的永恆軀體。

我緩緩點點頭，突然鬱悶起來。「他說和上一次在安吉拉斯港時，差點發生在我身上的事類似，只是那時沒有人救妳。」這段回憶讓我顫慄。

「他真的只是這樣告訴妳嗎？」她問。

「是的，」我的聲音因為困惑而茫然。「還有別的隱情嗎？」

她抬頭看著我笑了，神情更加嚴厲，更苦澀——但仍舊美麗。

「是的，」她說：「還有。」

我等著，但她望著窗外，似乎想讓自己平靜下來。

「妳想聽我的故事嗎？貝拉。不是什麼快樂結局——但我們誰有？如果我們有快樂結局，我們現在都在墳墓裡了。」

我點點頭，但她語氣中的激烈有點嚇到我。

「我住在一個和妳不同的世界，貝拉，我的人類世界是一個單純多了的地方。那是一九三三年，當時我十八歲，長得很美麗，我的生活很完美。」

她還是望著窗外銀色的雲層，臉上表情彷彿去到了遠方。

「我的父母親是標準的中產階級，父親在銀行有份穩定的工作。現在，我可以明白那是一件他很自鳴得意的事——他認為他的成功是天分及努力工作的報酬，而並不認為是幸運，因此我也這樣認為。在我家，經濟大蕭條一點都不是問題，只是某種惱人的謠言。當然我看過窮人，那些比較不幸運的人。但是父親給我一種觀點，那些窮人的問題都是他們自找的。

我母親打理家裡——還有照顧我和兩個弟弟——將家裡打理得一塵不染整潔有序。我不但是她最重要的，也是她最疼愛的。我當時並不瞭解，但我一直隱隱感覺得出，我父母親對於他們已擁有的並不滿足，雖然已經比其他人好很多，然而他們還想要更多。他們想晉身上流社會——攀附權貴，我想妳可以這麼形容他們。我的美貌，就像是上天賜給他們的禮物，他們看到我自己都不自覺的潛力。

他們不滿足，但我不一樣，我很滿足。我很高興我就是我，就是羅絲莉・海爾。從我十二歲起，所到之處，都能取悅男性的目光。當我的女性朋友觸摸我的頭髮時，她們會發出嫉妒的嘆息，這些都讓我感到高興。我也很高興我的母親為我感到驕傲，我的父親喜歡幫我購買美麗的衣物。

我知道自己要什麼，而且似乎是要什麼就有什麼。我希望被愛，受崇拜。我想要有場花團錦簇的盛大婚禮，邀請城內所有的人都來觀禮，看我挽著我父親的手臂走上紅毯，希望大家都認為我是他們看過最美麗的新娘。受人讚美羨慕，對我來說，就像空氣一樣無所不在，貝拉。我又傻又膚淺，但我很滿足。」她笑了，對她給自己的評價感到好笑。

「受到雙親的影響，我也想要生活中的物質享受。我想要有一棟大房子，有高雅的傢俱，有人替我打掃，有現代化的廚房，有人替我煮飯。就像我說的，膚淺。年輕，相當膚淺。而且我看不出有任何理由，會讓我得不到我想要的這些東西。

我想要的東西中，只有少數是比較有意義的，其中有一件是最特別的。我最最要好的一位女性朋友，名叫薇拉。她很早就出嫁了，只有十七歲。她嫁的對象，是我的雙親永遠不可能為我考慮的——一位木匠。一年後，她生了一個兒子，一個美麗的小男孩，有著小酒窩，一頭黑色鬈髮。那是在我人生中，我第一次真正感到嫉妒。」

她用那對深不可測的雙眸看著我。「那是不同的時代。我和妳一樣大，但我已經準備好了，我渴望有自己的孩子，我要有自己的房子，要有一個丈夫，當他下班回到家時，會親吻我——就像薇拉那樣。只是我腦海中想的是跟他們很不一樣的屋子……」

我很難想像羅絲莉所認知的那個世界。對我來說，她的故事聽起來比較像童話，而不是歷史。帶著微微的震驚，我瞭解到，那個世界一定很接近愛德華身為人類時所經歷的，一個他在其中成長過的時代。此時羅絲莉靜默的坐著，沒有繼續往下說，我心中默默想著，就像羅絲莉現在告訴我的這個世界我難以理解，會不會對他來說，我的世界也同樣讓他難以理解呢？

羅絲莉嘆口氣，當她再次開口，她的聲音變得不同，那股渴望的語氣消失了。

「在羅徹斯特，有一個貴族世家──姓『金』的家族，真是夠諷刺的了。羅伊斯．金擁有我父親所工作的銀行，還有城內幾乎所有獲利的企業。他的兒子，羅伊斯．金二世──」當她說出這個名字時，連嘴唇都為之扭曲，像是咬牙切齒般地說出來──「第一次見到我時，他正要接手那家銀行，因此他開始管理幾個不同的職位。兩天後，我母親『恰巧』忘記送午餐到我父親公司。當時我大為不解，為何只是要去銀行一趟，卻堅持我得穿上那件白色薄紗外衣，還大費周章地綰起頭髮。」羅絲莉的笑聲很苦澀。

「我沒注意到羅伊斯特別注視著我──因為我早已習慣所有的人都在看我。但那一晚，第一束玫瑰花送到了。之後每一晚，在他追求我的期間，他都會送一束玫瑰花給我。那時候，我的房間內全都是花。當我走出家門時，整個人聞起來就像玫瑰花一樣。

羅伊斯也很英俊。他的髮色比我的淺，一對淺藍色的眼眸。他說我的眼珠像紫羅蘭，從那之後，玫瑰花束內就會伴隨著紫羅蘭花。

我雙親相當贊同──這麼說實在是太婉轉了。這正是他們夢寐以求的，而羅伊斯似乎也是我**過去**夢想的一切。童話故事中的王子，前來迎接，把我變為公主。這就是我要的一切，我不可能再期望更多。我才認識他不到兩個月，我們就訂婚了。

我們並未花很多時間相處。羅伊斯告訴我，他在工作上承擔許多責任，此外，當我們在一起時，他喜歡人們看著我們的目光，看我依偎在他身旁。我也喜歡這樣。我們參加許多派對、舞會，穿美麗的衣服。

當妳成為金家人後，每個地方都歡迎妳，鋪上紅地毯歡迎妳。

我們打算訂婚不久後就結婚。計畫要舉行一個盛大鋪張的婚禮——這正是我所想要的一切。我完完全全的快樂，當我前去拜訪薇拉時，我已經不再嫉妒。我想像著我的金髮孩子在金家大宅的大草坪上玩樂的景象。我反而可憐她。」

羅絲莉突然住口，緊咬著牙關。我頓時從她的故事中抽離，瞭解到她就快要說到她的可怕故事了。就像她說的，不是快樂的結局。我心想，是否這正是她比家中其他人還要更悽苦的原因——因為就在她渴望的一切即將到手時，她的人類生活卻被硬生生切斷。

「那一晚我和薇拉在一起。」羅絲莉低語。她臉龐像大理石一樣光滑，也一樣堅硬。「她的兒子小亨利真的很可愛，他的笑容、酒窩——他才剛學會坐。當我離開時，薇拉陪我走到門邊，送我離開，她手中抱著兒子，丈夫站在她身邊，摟著她的腰。當他以為我沒注意時，他親吻她臉頰。這情景讓我不安。當羅伊斯親吻我時，不太一樣——不知怎地，我們不像他倆那麼甜蜜……我將這念頭甩開。羅伊斯是我的王子，有一天，我會是皇后。」

在月光下看不出來，但她的臉色似乎更加慘白。

「街上很暗，街燈已經點起。我不知道已經這麼晚了。」她現在的低語幾乎聽不見。「也很冷，以四月尾來說算相當冷。離婚禮不到一週，當我匆匆趕回家時，只擔心婚禮那天的天氣——我還清楚記得。我記得那一夜所有的細節。我苦苦的一直想著……在一開始，我滿腦子只想著這件事。這是為什麼我到現在還記得的原因，而其他那些愉快的回憶都已經完全被遺忘了……」

她嘆息，又開始低語。「是的，我在擔心天氣……我不想將婚禮改到室內……在離家不到幾條街時，我聽見他們的聲音。一群男子，在一盞破裂的路燈下大聲喧笑，全都喝醉了。我真希望當時有打電話給父親，要他來保護我回去，但因為距離不遠，那樣做似乎很傻。然後他大叫我的名字——『羅絲！』他大喊，其他人傻傻的跟著大笑。

我沒注意到這些酒醉男子都衣著華貴，那是羅伊斯和他的一些朋友，都是一些有錢人家的小孩。『這就是我的羅絲！』羅伊斯大喊，朝那群人大笑，聽起來很蠢。『妳來晚了。我們很冷，妳讓我們等太久了。』

我以前從未看他喝酒，只有三不五時在派對上敬酒時他才喝。他告訴我，他不喜歡香檳，我不知道他其實是喜歡更烈的酒。

那群人裡有一位新朋友——是一位朋友的朋友，來自亞特蘭大。羅伊斯得意洋洋的大喊：『我是怎麼告訴你的，約翰！』他抓住我的手臂，拉我靠近他。『她是不是比你們喬治亞州的女孩兒都還美？』

那個名叫約翰的男子，有一頭黑髮和古銅色的肌膚。他打量著我，好像我是他買的馬兒似的。然後他緩緩、慢聲慢氣的說：『很難說，她現在衣著完整。』

他們都笑了，羅伊斯也笑了。

突然間，羅伊斯將我的外套從我肩上扯了下來——那是他送我的禮物——連扣子都被他扯掉，散落在街上。

『讓他看看妳的模樣，羅絲！』他又再次大笑，然後扯掉我的帽子。帽子上的別針勾住我的頭髮，我痛得大喊——聽見我痛苦的喊叫，他們似乎覺得很樂……」

羅絲莉突然看著我，好像之前她忘記我在這裡。我很確定我的臉色像她一樣慘白——不然就是青綠。

「接下來發生的事，我就不說給妳聽了，」她平靜的說：「他們將我遺棄在街上，當他們腳步踉蹌的離開時，還大笑不止。他們以為我死了，所以取笑羅伊斯，說他該去找個新的新娘，而他大笑說他得先忍一忍。我倒在街上等死，很冷，而且疼痛難當，我很驚訝自己居然還覺得冷很難受。接著下雪了，我不瞭解自己為什麼還沒死。我不耐煩的等著死亡來臨，這樣痛苦就能結束，為什麼會拖了那麼久……

然後，卡萊爾發現了我。他聞到血的味道，因此過來調查。我記得當他檢查我的狀況，想拯救我時，我有點生氣。我一直不喜歡庫倫醫生、他老婆及他弟弟——那時候愛德華假裝是他弟弟。因為他們全都比我漂亮，這讓我不高興，特別是男生還這麼漂亮。但他們不太和人來往，所以我只看過他們一兩次。

當他將我從地上抱起來，帶著我奔跑時，我以為我已經死了——因為他的速度——我感覺自己彷彿在飛。但因為疼痛沒有停止，所以我驚恐不已……

然後我來到一個明亮的房間內，屋內很溫暖。我逐漸昏沉，當我的疼痛慢慢消退後，我很感激，但突然間，有個尖銳的東西刺傷了我，在我的喉嚨、手腕、腳踝。我震驚的尖叫，以為他把我帶來這裡，是為了要更進一步的凌虐我。接著火般的感覺燒遍我全身，我什麼都不在乎了，我求他殺了我。當艾思蜜和愛德華回家後，我也求他們倆殺了我。卡萊爾坐在我旁邊，他握住我的手，告訴我他很抱歉，但他保證一切很快就會結束。他告訴我一切，我斷斷續續地聽著。他告訴我他是什麼身分，告訴我，我將變成什麼樣子。我並不相信他。每當我尖叫，他就再次道歉。

愛德華不太高興。我記得自己聽見他們討論我。我有時會停止尖叫，因為尖叫其實並無法減輕我的痛苦。

『你在想什麼？卡萊爾。』愛德華問：『羅絲莉・海爾？』」羅絲莉模仿愛德華氣惱的聲調，像得不得了。

「我不喜歡他念我名字的口氣，好像我有什麼錯似的。

『我不能這樣讓她死，』卡萊爾靜靜的說：『那樣太過分了——太可怕，也太可惜。』

『我知道。』愛德華說，我認為他的聲調聽起來很輕蔑，這讓我生氣。那時我並不知道，他的確能聽見卡萊爾所想的事情。

『那樣太可惜了，我不能這樣丟下她。』卡萊爾低聲的又說一次。

『你當然不能。』艾思蜜也同意。

『人總免不了一死，』愛德華用僵硬的聲音提醒他。『你不覺得她有點太好認了嗎？金家人會提供高額賞金開始尋人——而且根本不會有人懷疑是那個惡魔幹的。』他咆哮著。

他們似乎知道是羅伊斯下的手，這一點讓我覺得很高興。

當時我並不知道轉化的過程已即將結束——我變得愈來愈強壯，這也是為什麼我能夠更專心聽他們說話的原因，痛楚開始從我指尖消退。

『那我們要拿她怎麼辦？』愛德華以厭煩的語氣說——至少當時我聽起來的感覺是如此。

卡萊爾嘆口氣。『當然是由她決定。她也許想走她自己的路。』

他之前講的我已經信了大半，現在他這麼說，嚇壞了我。我知道我的生命已經結束了，我已經沒有退路。我不敢想像孤獨一人的情形……

痛楚最後終於全部消退，他們再次向我解釋我的情形。這一次我相信了。我覺得飢渴，感覺我的肌膚變得堅硬，我看見自己血紅的雙眼。像我這樣膚淺的人，當我第一次在鏡中看見自己此時的影像時，我覺得好些了。儘管雙眼血紅，我還是自己見過最漂亮的生物。」她自嘲的笑笑。「過了好一陣子，我才開始責怪自己的美貌帶給我的悲慘命運——讓我看見美貌是個詛咒。希望我曾是……嗯，不醜、但正常就好。像薇拉那樣，那麼我就可能可以嫁給真心愛我的人，有美麗的寶寶，那才是一直以來我真正要的。這樣的要求似乎一點都不過分。」

她陷入沉思好一會。我狐疑她是否又忘記我的存在，但接著她對我笑笑，神情突然轉變成勝利的喜悅。

「妳知道，我的記錄幾乎和卡萊爾一樣乾淨。」她告訴我。「比艾思蜜還好，比愛德華好一千倍——我從未嚐過人血。」她驕傲的宣布。

她瞭解我臉上為何出現困惑不解的神情，我心裡在想，為什麼說她的記錄是**幾乎**一樣乾淨。

「我是真的殺死過五個人，」她用滿足的聲音告訴我。「如果妳能說他們是人的話。但我小心的沒有讓他們的血濺出來——我知道我無法抵抗血的誘惑，我不希望他們的血玷汙我的身體！

我將羅伊斯留到最後，希望他聽到朋友的死訊之後，他會瞭解，並且知道在前面等著他的是什麼。我希望那樣的恐懼會讓他死得更難受。我想這招生效了。當我找上他的時候，他躲藏在一間無窗的房間內，房間的大門，像銀行金庫門一樣厚重，而且還有武裝警衛守在屋外，喔喔——應該算是殺了七個。」她糾正自己。

「我忘了他的警衛——那只花了我一秒。我有點過度的戲劇化，老實說，有點孩子氣。我為這場合去偷了件白紗禮服來穿。當他看見我時，嚇得高聲尖叫。那一晚他尖叫個不停。將他留到最後真是一個好主意——讓我更容易控制自己，慢慢的進行——」

她突然住口，低頭看我一眼。「我很抱歉。」她用懊惱的聲音說：「我嚇壞妳了，是嗎？」

「我沒事。」我說謊。

「我太激動了。」

「別擔心。」

「我很驚訝愛德華沒告訴妳這些。」

「他不喜歡說別人的故事——他覺得這樣就背叛了對方的信任，因為他聽見的，比別人願意讓他聽見的，要多太多了。」

她笑著搖搖頭。「我可能該更讚賞他。他真的是位很正直的人，不是嗎？」

「我想是的。」

「我看得出來。」然後她又嘆了口氣。「我對妳也不太公平是嗎，貝拉？他有告訴妳原因嗎？還是太機密了？」

「他說，因為我是人類。他說，對妳而言，有局外人知道這件事，讓妳很不好受。」

羅絲莉銀鈴般的笑聲打斷我。「現在我真的覺得內疚。他真的對我太好太好，我不值得他對我那麼好。」

她笑起來時，似乎比較溫暖，好像她放下一些防備，那些防備，在之前她每次看到我時都刻刻存在。「那小子真是會說謊啊。」她又笑了。

「他說謊？」我問，突然間變得小心翼翼。

「嗯，這個說法可能太強烈了。他只是沒告訴妳整個故事罷了。他告訴妳的是真的，而且現在看比之前更真確。但是，在那時候……」她住口，緊張的輕笑。「有點糗。妳瞧，一開始，我的嫉妒是因為他要妳而不要我。」

她說的話讓我全身湧起害怕的顫慄。坐在銀色月光下，她比我能想像的一切東西都還要美麗，我根本比不上羅絲莉。

「但妳愛的是艾密特……」我咕噥著說。

她搖搖頭，被我逗樂了。「我對愛德華也不是那種感覺，貝拉。我從未——我對他的愛是姊弟之情，但我第一次聽見他談我的時候，他就惹毛我了。不過，妳得瞭解……我太習慣人們都渴望我，但愛德華對我一點興趣也沒有。這讓我沮喪，一開始甚至讓我覺得備受冒犯。但他一直誰都不要，所以後來我也就不在意了。就算當我們第一次在德納利見到譚雅家族——全都是女性！——愛德華也一點都不感興趣。直到他遇見妳。」她用困惑的眼神看著我。我有點心不在焉。我想著愛德華、譚雅和所有那些女性這件事，我的唇緊抿成一直線。

「不是說妳不漂亮，貝拉，」她誤解了我的表情。「只是說，他認為妳比我更適合他。而我虛榮到對此很在意。」

「但妳說『一開始』，這現在已經不會……再讓妳不安了吧？我是說，我們兩個都知道，妳是全世界最漂亮的。」

我說完後忍不住笑出來——這太明顯了。羅絲莉何嘗需要別人的保證，這真奇怪。

羅絲莉也笑了。「謝了，貝拉。是的，這並沒有再讓我感到不安。愛德華本來就有點古怪。」她又笑了。

「但妳還是不喜歡我。」我低聲說。

她的笑容不見了。「我很抱歉。」

我們沉默的坐了好一會，而她似乎也沒有開口的打算。

「妳可以告訴我原因嗎？我是不是做了什麼……？」她之所以生氣，是因為我害她的家人——特別是她的艾密特陷入險境嗎？這些日子以來，先是詹姆斯，現在還有維多利亞……

「不，妳沒做什麼，」她喃喃地說：「至少現在還沒。」

我困惑不解地盯著她。

「妳看不出來嗎，貝拉。」她的聲音突然比之前訴說自己悲慘遭遇時更激昂。「妳已經有了一切。妳前方有一整個人生——我要的一切。但妳卻打算棄之而去。妳看不出來，我願意拿一切交換變成妳嗎？妳擁有我沒有的選擇，妳卻做出錯誤的抉擇！」

我被她狂熱的表情嚇得瑟縮後退。我發現自己張大了嘴，趕緊閉起來。

她瞪著我好久好久，然後，她雙眼中的狂熱才慢慢消退。突然間，她又尷尬起來。

「我本來以為我可以冷靜的進行，」她搖搖頭，似乎被自己剛才突然湧現的情緒弄得暈眩似的。「只是現在似乎比以前還要困難，因為當時我只是出於自負虛榮而已。」

她沉默地望著月亮。過了好一會，我才有勇氣打斷她白日夢般的凝視。

「如果我選擇仍舊當人類，妳會比較喜歡我嗎？」

她轉回身對著我，雙唇扭曲，似乎想擠出笑容。「可能。」

「不過，妳確實擁有某種妳要的快樂結局，」我提醒她。「妳有艾密特了。」

「我只得到一半。」她咧嘴而笑。「妳知道我從一頭攻擊艾密特的熊口下救了他的小命，帶他回到卡萊爾家。但妳猜，為什麼我阻止那頭熊吃他？」

我搖搖頭。

「因為黑色的鬈髮……當他臉龐痛苦的扭曲時，他的酒窩仍舊清楚可見……有種奇特的純真，和這大男人的臉很不相稱……他讓我想起薇拉的兒子小亨利。我不要他死——甚至於，雖然我討厭這種生活，但我仍舊自私的請求卡萊爾為了我改變他。

我比我應得的還要幸運。如果我真的知道自己，知道該要求什麼，那艾密特的確是我所能要求的一切，他正是我這種人需要的那種男子。還有，奇怪的是，他也需要我。這部分的配合，比我所能希望的還要好。但永遠只有我們兩個，我永遠無法坐在門口讓皓首蒼顏的他陪在我身邊，身旁兒孫環繞。」

她現在的笑容很和善。「妳一定覺得這聽起來有點怪，是嗎？在某種程度上，妳比當時十八歲的我還要成熟。但在其他方面……有許多事，也許妳從未認真思考過。妳還太年輕，不知道妳十年、十五年後要的是什麼——還太年輕，不該未加思索就決定放棄一切。妳不該草率地決定永恆的事情，貝拉。」她拍拍我的頭，但那個姿勢不會讓人覺得高傲。

我嘆息。

「請多想一想。一旦做了，就不能回頭。艾思蜜將我們當成她孩子的替代品……艾利絲不記得她身為人類時的記憶，所以她不會想念……但妳會記得的。妳這樣真的放棄太多。」

但我得到的回報更多。我沒有大聲的說出來。「謝謝，羅絲莉。很高興能瞭解……更瞭解妳。」

「我很抱歉之前對妳那麼殘忍。」她笑笑。「從現在起我會努力對妳好一點。」

我也回她一笑。

我們還不算是朋友，但我很確信，她已經不再討厭我了。

「我該讓妳睡覺了。」羅絲莉雙眼瞄著大床，雙唇抽動。「我知道，妳因為他將妳關在這裡而感到沮喪。但當他回來時，別讓他太不好受。他對妳的愛，比妳知道的還深。不能在妳身邊守護著妳，令他感到害怕。」她閉上嘴起身，步履輕盈的走向門口。

「晚安，貝拉。」她邊關上門邊說。

「晚安，羅絲莉。」一秒後我才回答。

之後我過了好久才睡著。

當我真的睡著後，我作了惡夢。我在一條黑暗、冰冷的石路上爬行，天空飄著細雪，我爬過的路面遺留著血跡。一個幽靈般的天使，身穿長長的白衣，以忿恨的眼神看著我匍匐前進。

第二天早上，艾利絲開車載我上學，我壞脾氣的望著擋風玻璃前方。我沒睡夠，讓我被監禁的氣惱更加嚴重。

「今晚我們去奧林匹亞市或之類的地方，」她答應我。「一定會很有趣的，對嗎？」

「妳幹麼不乾脆將我鎖在地下室算了，」我建議，「用不著這些甜言蜜語。」

艾利絲皺起眉頭。「他會把保時捷拿回去的。看來我做得不夠好，妳應該要覺得高興才對呀。」

「這不是妳的錯。」我結結巴巴的說，真不敢相信自己竟然會覺得內疚。「我們午餐見。」

我步履艱難地走向英文課。愛德華不在，今天一定很難熬。我氣呼呼的過完第一堂課，但我知道，這樣的態度對事情一點幫助都沒有。

當下課鈴聲響起，我不怎麼熱切的起身。麥克站在門邊，幫我拉開門等著我。

「愛德華去健行了？」當我們一同走出教室，走進細雨中，他用聊天的口吻問我。

「是呀。」

「妳今晚想做些什麼嗎？」

他怎麼還是這麼充滿希望？

「不了。我得參加一場睡衣派對。」我抱怨著。他用奇怪的眼神看著我，衡量我的情緒。

「妳跟誰——」

我們身後的停車場傳來一陣爆發的轟隆聲，打斷了他的話。人行道上所有人都轉頭看，不可置信的看見一輛吵雜的黑色摩托車在水泥地邊緣猛地煞住，尖聲刺耳，引擎還在隆隆作響。

雅各急切地朝我揮手。

「跑，貝拉！」他的大喊聲蓋過引擎聲。

我愣住好一會才弄懂。

我很快看看麥克，知道自己時間不多。

要到什麼程度，艾利絲才會在公眾面前制止我？

「我很不舒服，要先回家，好嗎？」我告訴麥克，我的聲音突然充滿興奮。

「好吧。」他咕噥。

我很快親一下麥克臉頰。「謝了，麥克。我欠你一次。」我邊說邊奮力跑。

雅各催動引擎，咧嘴笑了。我跳上摩托車後座，用手臂緊緊環住他的腰。

我看見艾利絲在餐廳旁整個人愣住了，她雙眼閃爍著盛怒，唇噘起，露出美齒。

我給她一個懇求的眼神。

然後我們很快駛過柏油路面，快得我的胃好像掉在身後似的。

「抓緊！」雅各大喊。

我將臉藏在他背後，他加速騎上高速公路。我知道，等我們抵達奎魯特邊界線後他就會減速，我只要抱緊到那時候就行了。我沉默又熱切的祈禱，期盼艾利絲不會跟上來，還有查理不會剛好看到我……

當我們接近安全區時非常明顯，摩托車減速了，雅各挺直身軀，大笑大聲呼嘯。我張開眼。

「我們做到了。」他大喊。「逃獄挺不賴的吧？」

「好主意，小各。」

「我記得妳說過那個通靈的血蛭沒法看見我要做的事。我很高興妳沒想到——不然她不會讓妳去學校的。」

「這正是我連想都沒想的原因。」

他勝利的大笑。「妳今天要做什麼？」

「什麼都行！」我也大笑著回應。自由的感覺真好。

chapter 8
情緒

他們只有一個選擇，
如果他們打算反對我們的話。
我們也有同樣的選擇，
如果他們破壞協定的話，
就是攻擊、開戰。

結果我們又去了海灘，漫無目的的閒晃。雅各對於拯救我這件事還是頗為自豪。

「妳認為他們會過來找妳？」他的口吻滿懷希望。

「不會，」我很確定。「不過他們今晚應該會對我大發雷霆。」

他撿起一塊石頭，拋向海洋。「那就別回去。」他再次建議。

「查理會喜歡這樣的。」我挖苦的說。

「我敢說他不會介意。」

我沒回答。雅各可能是對的，這讓我更用力的咬緊牙齒。查理公然偏愛我奎魯特的朋友，這一點並不公平。我不知道，一旦他曉得要在吸血鬼及狼人間做出選擇的話，他是否還會有同樣的感覺。

「最近你們那群人有沒有什麼八卦？」我淡淡地問。

雅各差點滑倒，他用震驚的眼神盯著我看。

「怎麼了？我只是開玩笑。」

「喔。」他別開頭。

我等著他再度往前走，但他似乎陷入沉思。

「真有八卦？」我好奇的問。

雅各輕聲笑了一下。「我都快忘了那種不是所有人都知道你腦中每件事的感覺了。那種能在腦海裡擁有一個安靜私密的地方的感覺。」

我們沿著岩石海岸安靜的走了一會。

「所以是怎麼回事？」我最後還是開口問。「你腦中所有人都已經知道了的？」

他猶豫了一下，好像不確定他該告訴我多少。然後他嘆口氣說，「奎爾的命定也發生了，這是第三個，我們其餘的人都開始擔心。可能這比傳說還來得平常……」他皺眉，然後轉身看著我，不發一語凝視著我的眼睛，眉毛因為專心而皺在一起。

「你在看什麼？」我有點害羞。

他嘆口氣。「沒什麼。」

雅各又開始走。想都沒想，他就伸出手牽住我的。我們沉默地跨過岩石。

我想著，我們倆這樣手牽著手在海灘上漫步，一定很像情侶，也好奇我是否該反對他這樣子。但我和雅各在一起時，他一直都這樣……沒有理由現在刻意去改變。

「為什麼奎爾的命定是個八卦？」當我覺得他似乎不打算談時，我主動開口問：「是因為他是最新加入的嗎？」

「和那個沒有關係。」

「那是什麼問題？」

「是有關另一個傳說。我不知道我們要何時才會不再驚訝那些傳說全都是真的。」他對自己喃喃低語。

「你要告訴我嗎？還是我得自己猜？」

「妳絕對猜不到。是這樣的，如妳所知，奎爾一直到最近才加入我們，之前有好一陣子沒和我們在一起，所以他不常去艾蜜莉家。」

「奎爾的命定也是艾蜜莉？」

「不！我說過妳猜不到的。有一天，艾蜜莉的兩個外甥女過來看她……奎爾見到了克萊兒……」

他沒繼續說。

我想了一會後說：「艾蜜莉不希望她姪女和狼人在一起？這有點虛偽。」

但我能瞭解為什麼她會有這樣的感覺。我又想起破壞她容貌的長疤痕，傷疤一直延伸到右手臂。山姆只不過失去控制一次，那次他站得離她太近。只發生過一次就這樣子了……我看過當山姆望著艾蜜莉，看見自己造成的後果時，他眼中浮現的痛苦。我能瞭解為什麼艾蜜莉想保護她姪女，不要步她後塵。

「妳可不可以不要再猜了？妳想的差得遠了。艾蜜莉不介意那個，只是，嗯，太早了。」

「你說太早是什麼意思？」

雅各瞇起眼打量我。「先別妄下斷語好嗎？」

我認真的點點頭。

「克萊兒只有兩歲。」雅各告訴我。

開始下雨了，當雨打在我臉上時，我猛烈的眨眼。

雅各沉默地等著。他沒穿外套，像平常一樣，雨打在他的黑色T恤上，留下一個個深色印記，雨水沿著他蓬亂的髮流下來。他面無表情的看著我。

「奎爾……命定的對象是……一個兩歲女娃？」我最後總算開口。

「事情就是發生了。」雅各聳聳肩。他彎身撿起另一塊石頭，拋進海灣。「跟傳說所講的一樣。」

「但她還是個娃娃。」我抗議。

他用饒有興味的眼神看著我。「奎爾不會變老，」他提醒我，話聲中有股酸溜溜的語氣。「他只是得耐心等個十幾二十年。」

「我……不知道該說什麼。」

我很努力試著不要批評，但是說真的，我嚇壞了。從我發現他們並沒有殺死我原本以為的那些登山客後，跟狼人有關的事從來不曾讓我感覺不安——直到現在。

「妳妄下判斷了，」他指控我。「我從妳臉上看得出來。」

「抱歉，」我低語。「但這真的很詭異。」

「不是那樣的，妳想偏了。」雅各為他朋友辯解，突然間變得激烈。「透過奎爾的雙眼，我明白那是個什麼情況。對奎爾來說，事情跟浪漫毫無關係，起碼現在沒有。」他深吸口氣，感覺很沮喪。「很難描述。不像一見鍾情，真的。比較像是……地心引力的牽引。當你看見她，突然間，不再是地球的引力抓住你，而是她。除了她，一切都變得不重要了。你會為她做任何事，為她扮演任何角色……你成為任何她需要你成為的，無論是當她的保護者、愛人、朋友，或哥哥。」

「奎爾會成為全世界任何孩子所曾期望最棒、最慈祥的大哥哥。全世界沒有任何一個幼童，能像那個女娃一樣，受到最周全的照顧。還有，等她大一點，需要朋友時，他也會是最瞭解她、最值得她信賴，最可靠的人。還有，等她完全成年後，他們就會像山姆及艾蜜莉一樣幸福。」當他說出山姆的名字時，他最後的話語中有股奇怪、苦澀的語氣。

「克萊兒沒有選擇嗎？」

「當然有。但是她為什麼會不選擇他？他會是她的最佳伴侶，彷彿他是只為她設計出來的。」

我們沉默地走了一會，直到我停下來，撿起石頭丟向大海。不過它在離岸邊幾公尺的地方就掉下來了。雅各為此大笑。

「我們不可能都異常的強壯。」我低語。

他嘆口氣。

「你認為，這什麼時候會發生在你身上？」我平靜的問。

他用單調的語氣馬上回答。「永遠不會。」

「這不是你能控制的事，不是嗎？」

他沉默了好一會。我們走的速度不知不覺變慢了，幾乎像是原地踏步。

「應該是沒有辦法的，」他承認。「但你得先見到她——那個對你有意義的人。」

「所以你認為，如果你還沒見到她，就表示她還未存在？」我懷疑的問。「雅各，你只看過一小部分的世界——甚至比我還少。」

「沒錯，我是沒有，」他以低沉的聲音說，突然用銳利的眼神看著我的臉。「但我永遠也看不到其他的人，貝拉，我只看到妳。即使我閉上眼，或是試著要看見其他的事物，我仍然只看見妳。問問奎爾或安柏瑞，這快把他們搞瘋了。」

我垂眼盯著岩石。

我們已經停下腳步。只聽見海浪沖刷著海岸的聲音。在浪潮聲中，我聽不見雨聲。

「可能我該回家了。」我低語。

「不！」他反對，驚訝我竟然會做出這個結論。

我抬起頭再次看著他，他的眼神充滿焦慮。

「妳有一整天不是嗎？那嗜血的傢伙又還沒回家。」

我怒視著他。

「無意冒犯。」他很快的說。

「是的，我是有一整天。但是，小各……」

他伸出雙手。「抱歉，」他道歉。「我不會再這樣了，我就只當雅各。」

我嘆口氣。「但如果你這樣想……」

「不要擔心我，」他堅持，同時裝出高興的笑容，不過有點太過頭了。「我知道自己在幹什麼。只要告訴我，我沒有讓妳不高興。」

「我不知道……」

「別這樣，貝拉。我們回家去，騎我們的摩托車。妳得定期騎騎摩托車，才能讓它運作良好。」

「我真的不認為我被允許。」

「要誰的許可？查理還是那個嗜——他？」

「兩個都要。」

雅各露出了屬於我的那個笑容，使他突然間又是我想念的那個雅各了，充滿朝氣又溫暖。

我忍不住也回他一笑。

雨變小了，變成毛毛雨。

「我不會告訴任何人的。」他保證。

「除了你的每一位朋友之外。」

他嚴肅地搖搖頭，舉起右手。「我保證不去想。」

我笑了。「萬一我受傷了，是因為我不小心絆倒。」

「隨便妳要怎麼說。」

我們繞著拉布席鎮後的路騎摩托車，直到雨使得地面太泥濘，而且雅各堅持他不快點吃些東西的話就要昏倒了才決定停止。當我們回到他家，比利歡迎我，好像我的突然出現一點都無所謂，就像我不過是和朋友混一天打發時間一樣，一點都不複雜。我們吃了雅各做的三明治後，又去他的車庫，我幫他清潔機車。我好幾個月沒來這裡了——自從愛德華回來後——但這一點並不重要。這不過是另一段在車庫的午後時光。

「這真好，」當他從雜貨袋中拿出溫汽水時，我說：「我想念這個地方。」

他笑了，看看周圍及架在我們頭頂上的塑膠布棚。「是呀，我能瞭解。跟泰姬瑪哈陵一樣輝煌壯麗，而且沒有萬里跋涉到印度的不方便和花費。」

「敬華盛頓的小泰姬瑪哈陵。」我握著汽水罐，開口打趣著。

他舉起汽水罐和我的輕碰。

「妳還記得上次的情人節嗎？我想那是妳在這裡的最後一次——我是說，當事情還很……正常時的最後一次。」

我笑了。「我當然記得。為了一盒心形糖果，我交換成為終生僕役。這種事我當然會記得。」

他朝我笑笑。「沒錯。嗯，僕役。我得想想怎樣好好利用。」然後他嘆口氣。「感覺像是好幾年前的事了，另一個年代，一個快樂的年代。」

我無法同意他的說法。現在才是我的快樂年代。但我驚訝的瞭解到，我有多想念那些發生在我黑暗時期的事情。我望著外面陰鬱的森林，又下雨了，但在這小小的車庫內，坐在雅各旁邊很溫暖，他就像火爐似的。

他用手指撫過我的手。「事情真的改變了。」

「是呀，」我說，然後我伸出手，拍拍我摩托車的後輪胎。「查理本來是喜歡我的。我希望比利不會告訴他今天我們騎機車的事……」我咬著唇。

「他不會的。他沒有查理那麼容易大驚小怪。嘿，我一直沒有為摩托車的事正式道歉，我真的很抱歉上次向查理告密，我真希望我沒說。」

我翻翻白眼。「我也是。」

「我真的，真的很抱歉。」

他充滿希望的眼神望著我，潮濕糾纏的黑髮黏在他充滿懇求神情的臉上。

「喔，好吧！我原諒你。」

「謝謝，貝拉。」

我們相互笑笑，然後他的臉色又變得愁眉苦臉。

「妳知道那一天，當我帶摩托車過去……我原本想問妳一些事的。」他緩緩的說。「但也……不想問。」

我整個人僵住——一種對壓力的反應。那是我跟愛德華學來的。

「妳是因為生我的氣，才那麼倔強，還是妳是認真的？」他低聲問。

「關於什麼？」我也低聲回應，雖然我知道他的意思。

他怒視著我。「妳知道的。當妳說這不關我的事時……如果，如果他咬了妳。」他瑟縮地說出那個咬字。

「小各……」我覺得無法吞嚥。我說不出話來。

他閉上眼，深呼吸。「妳是認真的。」

他微微發抖，還是閉著眼。

「是的。」我低語。

雅各深呼吸，又緩又深。「我猜我早知道這答案了。」

我看著他的臉，等他張開眼。

「妳知道這是什麼意思嗎？」他突然追問。「妳確實明白，對嗎？如果他們破壞協定，將會發生什麼事？」

「我們會先離開。」我很小聲的說。

他雙眼猛地張開，黑色眼眸充滿憤怒與痛苦。「協約沒有地理上的限制，貝拉。我們的祖先之所以同意維持和平，是因為庫倫家發誓他們與眾不同，他們不會危及人類。他們承諾永遠不會殺人或是改變任何人。如果他們違背諾言，協定就失效，他們和其他吸血鬼就沒有不同。一旦這事定案，當我們再度發現他們後——」

「但，雅各，你不是已經破壞協定了嗎？」我抓住這個機會。「協定中有一部分不是規定你不能跟別人提起吸血鬼的事嗎？但你告訴我了。這不是表示協約沒有意義嗎？」

雅各不喜歡我提醒他，他眼中的痛苦更深，變得充滿憎恨。「沒錯，我是破壞了協定——在我相信之前。我很確定他們知道這一點。」他不悅地怒瞪著我的前額，不願望進我羞愧的雙眼。「但不能因為這樣就讓他們橫行無阻。錯的就是錯的。他們只有一個選擇，如果他們打算反對我們的話。我們也有同樣的選擇，如果他們破壞協定的話，就是攻擊、開戰。」

他說話的語氣似乎這一天必然會發生。我全身顫抖。

「小各，不一定要這樣。」

他咬緊牙關。「只有這條路。」

在他的這個宣告後，靜默變成一片死寂。

「你永遠不會原諒我，雅各？」我低語。我一說出口，就後悔不已。我不想聽他的回答。

「那時妳已經不是貝拉了，」他告訴我。「我的朋友不存在了。沒什麼原不原諒的。」

「聽起來像是不。」我低聲說。

我們互望著彼此，好像此刻永無盡頭。

「那，這是再見嗎？小各。」

他很快地眨眼，原本兇殘的神情因為驚訝而融化。「為什麼？我們還有幾年。我們不能當朋友到那時候嗎？」

「幾年？不，小各，沒有幾年。」我搖搖頭，苦澀的笑笑。「應該說只剩幾週。」

我沒料想到他的反應。

他突然站起來，手中的汽水罐瞬間砰地爆開，汽水四濺，噴得我一身濕，好像有人用長水管灑水似的。

「小各！」我想抱怨，但我沒聽見他的回答，靜默中，我才發現他全身因為憤怒而抖個不停。他狂野的對我怒目相向，胸口傳出咆哮聲。

我僵住，嚇壞了，無法移動。

他還在抖動，愈來愈快，看起來他似乎整個人都在顫動。他的身軀開始模糊……

然後雅各咬緊牙，咆哮聲停止了。他閉緊雙眼集中精神，顫抖緩緩消退，到最後只剩他的雙手還在抖。

「幾週？」雅各用單調的聲音說。

我不知該怎麼回答，整個人還是動彈不得。

他張開雙眼，似乎已經沒那麼生氣了。

「再過幾週，他就要把妳變成一個骯髒下流的吸血鬼！」雅各咬牙切齒的說。

愣住的我不知該怎麼回話，只能無言的點點頭。

他紅褐色肌膚下的臉色變得青綠。

「這是當然的，小各，」我沉默了好一會才有辦法開口，低聲的說：「他十七歲，雅各，而我馬上就要十九歲了。再說，有什麼好等的？他正是我要的。我還能怎麼做？」

我其實並不需要他回答。

他突然像連珠炮似的說話。「做什麼都行，什麼都行，死了還比較好。我寧願妳死！」

我覺得他的話好像一巴掌打在我臉上，讓我痛心極了。

就這樣，當痛苦傳遍我全身，我自己的脾氣也衝了上來。

「說不定你夠好運，」我陰鬱的說，顫抖蹣跚的站了起來。「可能我回家的路上就會被卡車撞死。」

我抓著我的摩托車，推出去，外面下著雨。我經過他身邊時，他沒動。當我把車推到那條滿是泥巴的小徑後，我爬上摩托車，發動。後輪胎捲噴出大量的泥沙，噴向車庫，我希望這些泥沙能噴到他。

我加速騎上濕滑的高速公路，朝庫倫家而去，整個人濕透了。風使得打在肌膚上的雨變得更冷。我才騎到半路，牙齒已經不停的打顫。

摩托車在華盛頓州不怎麼實用，有機會的話，我得盡快把這玩意賣掉。

我將摩托車推進庫倫家的大車庫，並不驚訝看見艾利絲正在等我，她坐在保時捷的頂篷上。

艾利絲拍拍光亮的黃色車身，嘆氣道：「我甚至還沒機會開出去。」

「對不起。」我顫抖著說。

「妳看起來需要來個熱水澡。」她說，隨即跳了下來。

「是呀。」

她噘起嘴，小心研究我的神情。「妳想談談嗎？」

「不。」

她同意的點點頭，但她的雙眼仍舊充滿好奇。

「妳今晚想去奧林匹亞嗎？」

「不太想。我不能回家嗎？」

她做個鬼臉。

「別介意，艾利絲，」我說：「如果能讓妳輕鬆些，我就留下來。」

「謝了。」她放鬆地嘆息。

這一晚我提早上床，還是蜷臥在他的沙發上。

當我醒來時，夜仍舊很黑。我渾身無力，但我知道還不到清晨。我閉上眼，伸展伸展身子，翻來覆去。過了好一會我才發現，我這樣翻滾應該會讓我從沙發上掉下去，但我睡得很舒適。

我翻到正面，想看清楚。今夜比昨晚還黑——雲層太厚，沒有月光。

「抱歉，」他輕柔的低聲說，低得像是黑暗的一部分。「我不是故意吵醒妳的。」

我一下繃緊，等著怒氣爆發——他的和我的——但他黑暗的房內一片寧靜平和。我幾乎能在空氣中嘗到重逢的甜蜜，一種與他呼吸散發出的香味不同的香氣；當我倆分開時，空虛留下一種事後嘗起來苦澀的氣味，我一直沒注意，直到這苦澀被挪去。

我們兩人中間現在沒有隔閡。這片寂靜充滿和平——不像暴風雨前的寧靜，反而像是沒有暴風雨要來的清新的夜。

我不在乎自己是否要生他的氣。我不在乎自己是否要生任何人的氣。我朝他伸出手，在黑暗中找到他的手，讓自己依偎過去貼緊著他。他雙臂環抱著我，將我摟在他胸前。我的唇尋找著，沿著他的喉嚨、到他的下巴，直到找到他的唇為止。

愛德華輕柔的吻著我好一會，然後他笑了。

「我已經準備好面對比發怒的灰熊更可怕的東西，結果卻是這樣？我應該更常惹妳生氣才是。」

「給我一分鐘準備。」我打趣，再次親吻他。

「妳要我等多久都行。」他抵著我的唇低語，手指纏繞著我的髮。

我的呼吸變得急促。「可能要等到早上。」

「隨妳高興。」

「歡迎回家，」當他冰冷的唇壓在我的咽喉上時，我說：「我很高興你回來了。」

「這是一件很好的事。」

「嗯哼。」我同意，我的手臂緊緊環抱著他的頸子。

他的手沿著我的手肘，緩緩朝手臂下方游移，掃過我的肋骨，到我的腰，順著我的臀部，往下到大腿，滑到我的膝蓋。他停了一會，然後再撫摸我的小腿。他突然抬起我的腿，夾住他臀部。

我停止呼吸。這不是他平常會允許我做的事。儘管他的手很冷，我卻突然覺得一股暖意。他的唇游移到我喉嚨的凹陷處。

「無意惹妳提早生氣，」他低聲說：「但妳介意告訴我，妳為什麼不願意睡這張床嗎？」

我還來不及回答，也還沒聽懂他的意思，他就翻到旁邊，拉我躺在他上面。他雙手捧著我的臉，昂首向上，這樣他的唇正好能抵住我喉嚨。我呼吸得很大聲——有點糗，但我現在沒心情害羞。

「床？」他又問一次。「我想這張床很舒服。」

「這沒必要。」我勉強喘著氣說。

他將我的臉拉向他，我的唇自動貼向他的。這次他緩緩地翻過身，直到變成他在我上面。他很小心的撐起自己，所以我完全沒感覺到他的重量，但我知道他冰冷如石的身軀緊貼著我的。我的心砰砰地跳得好大聲，幾乎讓我聽不見他輕輕的笑聲。

「這有待爭論，」他不同意。「要在沙發上這樣做，有點困難。」

像冰一樣冷，他的舌輕柔的沿著我的唇線游移。

我覺得暈頭轉向——可能是吸氣太快造成的。

「你改變想法了嗎？」我喘著氣問。可能他重新評估過他那些小心謹慎的規則。可能這張床比我原本猜想的，更有重要的意義。我等著他回答的片刻，心狂跳到幾乎會痛。

愛德華嘆口氣，翻過身子，讓我們並肩躺著。

「別傻了，貝拉。」他說，聲音中有種強烈的反對——很清楚，他知道我的意思。「我只是想讓妳知道，妳不喜歡的這張床自有其好處。別想太多。」

「來不及了。」我喃喃地說。「我喜歡這張床。」我補了句。

「很好，」我聽得出他話中的笑意，他親吻我前額。「我也喜歡。」

「但我還是認為這是不必要的，」我繼續說：「如果我們沒有打算太過火，要這張床幹麼？」

他又嘆氣。「第一百次，貝拉——這太危險。」

「我喜歡危險。」我堅持。

「我知道。」他聲音中有股苦澀的語氣，我知道他看見車庫內的摩托車了。

「我來告訴你什麼叫危險，」我說得很快，免得他抓到機會討論新話題。「我總有一天會全身冒火自燃——你只能怪你自己。」

他把我推開。

「你在幹什麼？」我抗議，緊黏住他。

「保護妳遠離火源，如果這對妳來說太過頭……」

「我能處理的。」我堅持。

他讓我蠕動鑽回他臂彎裡。

「很抱歉我給妳錯誤的印象，」他說：「我不想讓妳不高興。這樣不好。」

「老實說，這樣非常，非常好。」

他深吸口氣。「妳累了嗎？我應該讓妳睡覺。」

「不，我不要睡。我不介意你再給我一個錯誤的印象。」

「這可能不是個好主意。妳不是唯一一個會想過頭的人。」

「是的，我是。」我咕噥著發牢騷。

他笑了。「妳一點都不懂，貝拉。當妳這麼渴望破壞我的自制力時，對事情一點幫助也沒有。」

「我才不要為這點道歉呢。」

「那我道歉行嗎？」

「為什麼事？」

「妳生我的氣，記得嗎？」

「喔，那個呀。」

「我很抱歉，我錯了。當我看見妳安全的在這裡，很容易就能以正確的觀點看事情。」他雙臂緊緊環抱著我。「當我要離開妳時，我有點發狂。以後我不會再跑這麼遠了。不值得。」

我笑了。「那你有沒有找到山獅？」

「是的，我有，老實說。但這樣的焦慮還是不值得。我很抱歉我要艾利絲把妳囚禁在這裡。那真是個壞主意。」

「是的。」我同意。

「我不會再這樣做了。」

「好吧，」我輕鬆的說，他已經被原諒了。「但睡衣派對也有好處……」我更緊密地依偎著他，將我的唇印在他鎖骨間的凹陷上。「你隨時可以綁架我，讓我當你的人質。」

「嗯，」他嘆息。「我贊成。」

「那現在換我了？」

「換妳？」他聲音很困惑。

「換我道歉。」

「妳做了什麼要道歉？」

「你不生我的氣？」我茫然的問。

「不。」

聽起來他似乎是真心的。

我覺得自己的雙眉都揪在一起。「你回家後沒見到艾利絲？」

「有呀——怎麼了？」

「你會把她的保時捷拿回去嗎？」

「當然不會。那是禮物。」

我希望自己能看到他的表情。他的聲音聽起來好像我侮辱了他似的。

「你不知道我做了什麼嗎？」我問，對他顯然不在意這點開始感到迷惑。

我感覺他聳聳肩。「我對妳做的所有事情都感興趣——但除非妳想說，否則妳可以不說。」

「但我去了拉布席。」

「我知道。」

「我還蹺課。」

「我也是。」

我朝他聲音的方向瞪視著，用我的手指輕撫他的臉，想知道他的情緒。「你這樣的容忍是怎麼回事？」我追問。

他嘆氣。

「我決定妳是對的。我之前的問題是我……對狼人的偏見高於一切。我得試著更講理些，相信妳的判斷。如果妳說妳很安全，那我會相信妳。」

「哇。」

「還有……最重要的……我不要讓這樣的事擋在我們中間。」

我將頭靠著他胸口，閉上雙眼，完全滿足。

「那，」他以隨意的語氣喃喃說。「妳計畫會很快再去拉布席嗎？」

我沒回答。他的問題讓我想起雅各的話，我喉頭突然一緊。

他誤會我的沉默，還有我身體的緊繃。

「我問，只是想知道如何安排自己的計畫，」他很快地解釋。「我不希望妳覺得因為我無所事事的等妳，害妳要急著回來。」

「不，」我說，我的聲音連自己都覺得奇怪。「我沒計畫要回去。」

「喔。妳不用為了我這樣做。」

「我想我已經成為不受歡迎的人物了。」我低聲說。

「怎麼，妳輾死誰家的貓嗎？」他語氣輕快的問。我知道他不想強迫我說出來，但我聽得出他語氣背後的好奇心。

「不，」我深吸口氣，然後很快的結結巴巴的解釋。「我以為雅各會瞭解……我沒想到他會驚訝。」

當我猶豫著該怎麼說時，愛德華等著。

「他沒想到……會那麼快發生。」

「喔。」愛德華平靜的說。

「他說他寧願我死掉。」我的聲音因為那個死字而說不下去。

有好一會兒愛德華太過靜止了，他在控制自己的反應，不想讓我知道。

然後他溫柔的將我擁緊靠著他胸口。「我很抱歉。」

「我以為你會高興。」我低聲說。

「對傷害了妳的事，我怎麼高興得起來？」他對著我的髮喃喃地說。「我不認為，貝拉。」

我嘆息，放鬆下來，讓自己舒適地貼著他如石的身軀。但他又一動也不動了，緥緊著。

「怎麼了？」我問。

「沒事。」

「你可以告訴我的。」

他停了一會。「可能會讓妳生氣。」

「我還是想知道。」

他嘆口氣。「我真的很想因為他這樣對妳說話而宰了他。我想要宰了他。」

我苦笑。「我想你能這樣自我控制，算是好事。」

「我可以溜去。」他沉思的說。

「如果你想失去控制，我有一個更好的方法。」我探向他的臉，想要拉高自己的身子去親吻他。他緊緊抱住我，想制止我。

他嘆氣。「我一定永遠都得是負責任的那個人嗎？」

我在黑暗中做個鬼臉笑了。「我可以負責任幾分鐘……或是幾小時。」

「晚安，貝拉。」

「等等，我還有事想要問你。」

「什麼事？」

「我昨晚跟羅絲莉談過……」

他全身緊繃。「是的。當我回來時，她也在想這件事。她要妳好好想一想，是嗎？」

他的聲音很焦慮，我知道，他以為我想談談那些羅絲莉勸我維持人類身分的理由。但我感興趣的是更重要的事。

「她告訴我一些……你和家人住在德納利的事。」

他一時間沒回應。我這開場白讓他感到驚訝。「嗯，然後？」

「他提到一些女的吸血鬼……還有你。」

他沒回答，我等了好久。

「別擔心，」那長久的靜默讓人不自在，於是我開口。「她告訴我你不……對她們不感興趣。但我只是好奇，你知道的，如果她們其中有哪一個，我是說，對你表示感興趣。」

他還是沒說話。

「哪一個？」我問，試著裝出隨意聊天的口吻，但不太成功。「還是不只一個？」

沒有回答。我真希望我能看見他的臉，這樣我才能猜猜他沉默的原因。

「艾利絲會告訴我的，」我說。「我現在就去問她。」

他雙臂一緊，我動彈不得。

「很晚了，」他說。他聲音中有種新的語氣。有點緊張，可能還有點糗。「再說，我想艾利絲已經出去……」

「那真可惜，」我猜。「真的很可惜，不是嗎？」我開始慌，隨著我想到那些我從來不知道自己會有的美麗吸血鬼對手，心就跳得飛快。

「冷靜，貝拉，」他親吻我鼻尖。「妳太荒謬了。」

「真的嗎？那為什麼你不想告訴我？」

「因為沒什麼好說的。妳太誇大這一部分了。」

「哪一個？」我堅持。

他嘆息。「譚雅是有表示一些興趣。我讓她知道，以很有禮貌的紳士風度，告訴她我無法回報給她同樣的興趣。故事結束。」

我盡量維持聲音平穩。「告訴我一些——譚雅長得什麼模樣？」

「像我們一樣——蒼白的肌膚、金色眼珠。」他回答得太快了。

「當然，一定也是超美的。」

我感覺得出他聳聳肩。

「我想，以人類的眼光算是。」他的聲音沒有不同。「妳知道嗎？」

「知道什麼？」我的聲音很任性。

他的唇貼著我耳朵，冰冷的吐息呵得我有點癢。「我比較喜歡深髮色的女生。」

「她是金髮。瞭解了。」

「淺莓金，完全不是我愛的那一型。」

我想了一會，試著要專心，因為他的唇緩緩遊走在我臉頰、往下到喉嚨、又回到上面。他這樣做了三次後，我才開口。

「我想那就沒事了。」我決定了。

「嗯哼，」他抵著我的肌膚低語。「妳吃醋時真的很可愛。讓人驚訝地充滿樂趣。」

我對面前的黑暗露出不悅的神情。

「很晚了，」他再說一次，喃喃低語，幾乎像是輕唱，他的聲音比絲還柔滑。「睡吧，我的貝拉。有個好夢。妳是唯一進入我心房的人。我的心永遠都是妳的。睡吧，我唯一的愛。」

他開始哼著他為我作的搖籃曲，我知道我早晚會睡著，所以我閉上眼，更緊密地依偎著他胸口。

chapter 9

目標

「有人來過這裡。」

他將我拉到廚房後方，在我耳邊低聲說，

他的聲音很緊張；

洗衣機轟隆隆的運作著，很難聽見他說的話。

「我發誓沒有狼人——」我開口想辯解。

「不是他們，」他很快的打斷我，搖搖頭。

「是我們這一類的。」

今天早上，艾利絲送我回家，以便讓查理認為我剛從睡衣派對回來。不用多久，愛德華就會出現，如同表面上大家知道的——從「健行」之旅歸來。所有這些假裝開始令我疲憊，我一定不會想人類生活中的這個部分。

當查理聽見我甩上車門的聲音，從前窗張望。他朝艾利絲揮揮手，然後走到門口替我開門。

「妳玩得開心嗎？」查理問。

「當然，很棒。很……少女。」

我背著我的東西走進屋內，將東西扔在樓梯口，晃到廚房找點心吃。

「妳有留言。」查理在我背後大喊。

在廚房流理臺上，平底鍋前靠著一張顯眼的電話留言。

雅各來電，查理寫著。

他說他不是故意的，他很抱歉。他要妳打電話給他。行行好，給他一次機會。他似乎很沮喪。

我做個鬼臉。查理不常對我的留言發表意見。

雅各愛怎麼樣就怎麼樣，想沮喪就沮喪，我才不想跟他說話呢。反正根據我最後聽到的消息，他們也不准敵方來電話。如果雅各比較希望我死，那也許他應該習慣沒有我的日子。

我的胃口都沒了，向後轉，想把我的東西收好。

「妳不打電話給雅各嗎？」查理靠在客廳牆邊，看我收拾東西。

「不。」

我往樓上走。

「這樣的行為不太好，貝拉，」他說：「寬恕是種美德。」

「不關你的事。」我咬牙切齒的說。太小聲了，他應該沒聽見。

我知道髒衣服應該已經堆得老高，因此當我放好牙膏，將髒衣服丟進洗衣籃後，我走到查理房間拆下他的床單，然後將他的床單扔在樓梯口，接著去拆自己的。

我站在床邊，歪著頭想著。

我的枕頭呢？我在房內轉一圈巡視著，沒有枕頭的蹤影。我注意到房間看起來整齊得奇怪。我的灰色運動衫不是扔在床尾的矮床柱上嗎？還有，我敢說，搖椅後面應該有一雙髒襪子，以及一件紅上衣，是我兩天前的早上試穿過的，但後來覺得穿那樣去學校有點太招搖，就把它隨手掛在扶手上……我再次轉身張望。我的洗衣籃不是空的，但也不算滿，不像我想的那樣。

難道查理有洗衣服嗎？這不太像他。

「爸，你有洗衣服嗎？」我在房間裡朝外面大喊。

「嗯，沒有，」他也大喊著回我，聲音聽起來很內疚。「妳要我洗嗎？」

「不，我來就行了。你有到我房間找什麼東西嗎？」

「沒有。怎麼了？」

「我找不到……一件襯衫……」

「我沒進過妳房間。」

然後我想起來，艾利絲曾經來這替我拿東西。我沒注意到，她還拿走我的枕頭……可能因為我沒有去睡那張床。看起來她似乎是邊找邊替我收拾。我一想到自己的懶散就不禁臉紅。

但那件紅襯衫並不算髒，我打算把它從洗衣籃內撈出來。

我以為應該會在洗衣籃裡那一堆衣服上面一點找到，但是並沒有。我找過全部的衣物後，還是找不到。我知道我可能有點偏執，但好像有些東西不見了，或者比想像的還更多，籃子裡還堆不到半滿。

我拆下床單，走向洗衣間，半路順便將查理的也帶走。洗衣機是空的，然後我檢查烘衣機，心想也許艾利絲很周到的替我扔進去了，我有點希望能在裡面找到洗過待烘的衣服，但還是沒有。我皺眉，大感不解。

「妳找到妳要的了嗎？」查理大喊。

「還沒。」

我走回房間搜尋床下，除了滿是灰塵的小兔子玩偶之外，沒有別的。我再打開衣櫃檢查，可能我將那件紅色上衣收在哪但我自己忘了。

門鈴響時，我終於決定放棄，可能是愛德華來了。

「門。」當我從查理身邊走過時，他對我說。

「我來，爸。」

我將門拉開，臉上帶著大大的笑容。

門外愛德華金色的雙眸睜得大大的，鼻孔賁張，雙唇往後扯開露出牙齒。

「愛德華？」當我看到他的表情時，聲音因為震驚而高聲喊了出來。「怎麼——」

他將手指豎在我唇上。「給我兩秒，」他低聲說：「別動。」

我僵在門旁，他……就不見了。他動作如此之快，連查理都沒看到他經過。

我還來不及恢復平靜數到二，他就已經回來了。他手臂環著我的腰，拉著我走向廚房，雙眼巡視著屋內。他拉著我緊偎著他，好像要保護我不受什麼東西傷害似的。我朝查理坐的沙發處瞄了一眼，但他故意不理會我們。

「有人來過這裡。」他將我拉到廚房後方，在我耳邊低聲說，他的聲音很緊張；洗衣機轟隆隆的運作著，很難聽見他說的話。

「我發誓沒有狼人——」我開口想辯解。

「不是他們，」他很快的打斷我，搖搖頭。「是我們這一類的。」

他的語氣很清楚，不是指他的家人。

我變得面無血色。

「維多利亞？」我喘不過氣來。

「以我聞到的味道來說，應該不是。」

「佛杜里家的人？」我猜。

「可能。」

「什麼時候？」

「這正是為什麼我認為可能是他們的原因——就在不久之前，應該是今天早上，當查理還沉睡時。無論來的是誰，並沒動他。所以一定是為了別的目的。」

「來找我。」

他沒回答，全身僵住，像座雕像。

「你們倆在那邊竊竊私語些什麼？」查理懷疑的問，手上抱著空的爆米花碗，從轉角出現。

我臉一綠。一個吸血鬼在查理沉睡時，到我家找我。驚恐襲遍全身，鎖住我的喉嚨，我無法回話，只是驚恐的看著他。

查理神情一變。突然，他笑了。「如果你們兩個是在吵架……嗯，別讓我打斷你們。」帶著笑容，他將碗放在水槽內，慢步走出廚房。

「我們走。」愛德華以低沉堅定的聲音說。

「但是查理怎麼辦？」恐懼壓迫著我的胸口，讓我無法呼吸。

他想了兩秒，接著電話就出現在他手上。

「艾密特。」他對接電話的人低聲說。他說得好快，我根本聽不懂他說的內容。不到半分鐘他就說完了，然後他拉我往大門走。

「艾密特和賈斯柏正在來這的路上，」他感覺到我的抗拒，低聲對我解釋：「他們會搜尋森林，查理不會有事的。」

我讓他拖著我走，因為太驚恐，腦子一片空白。查理帶著得意的笑容，但看見我驚嚇的神情後，他的表情也變得困惑。愛德華在查理還來不及開口之前，就已將我拉出屋外。

「我們要去哪？」就算我們已經坐在車內，我還是忍不住降低音量。

「我們要去和艾利絲談談。」他的音量已經恢復正常，但聲音很嚴峻。

「你認為她可能看到什麼了？」

他瞇著眼，看著路面。「可能。」

在愛德華那通警告電話後，他們全都在等我。我彷彿走進一間博物館，所有人都動也不動，像是擺著不同焦慮姿勢的雕像。

「發生了什麼事？」我們一進門，愛德華就追問。我震驚的看見他怒視著艾利絲，雙手憤怒地握成拳。

艾利絲雙臂交叉，橫在胸前。只有嘴唇動作。「我不知道。我什麼都沒看見。」

「這怎麼可能？」他不滿的說。

「愛德華。」我平靜的斥責他。我不喜歡他這樣跟艾利絲說話。

卡萊爾以平靜的聲音打岔。「這不是精確的科學，愛德華。」

「他去過她的房間，艾利絲。他可能還在那邊——等著她。」

「我應該會看見的。」

愛德華被激怒似的高舉雙手。「真的嗎？妳確定？」

艾利絲回答的語氣非常冰冷。「你已經要我監看佛杜里的決定，監看維多利亞回來，監看貝拉每一步舉動。你還要增加什麼？我還得監看查理，還是貝拉的房間，還是她家，還是整條街都要？愛德華，如果我監看得太過頭，那些事情將會從轉換的間隙中漏掉的。」

「看起來是已經漏掉了。」愛德華不悅的說。

「她一點危險也沒有，所以我什麼都沒看到。」

「如果妳監看著義大利，為什麼妳沒看到他們派——」

「我不認為是他們，」艾利絲堅持。「我會看到的。」

「但讓查理活著，除了他們還可能是誰？」

我打了個冷顫。

「我不知道。」艾利絲說。

「多謝幫忙。」

「夠了，愛德華。」我低聲說。

他轉向我，神情還是勃然大怒，緊咬著牙。他怒視著我好一會，然後，突然，他吐出口氣，雙眼圓睜，下巴放鬆。

「妳是對的，貝拉。我很抱歉。」他看著艾利絲。「請原諒我，艾利絲，我不應該這樣對妳發洩。這真是不可寬恕。」

「我瞭解，」艾利絲安慰他。「這件事也讓我不高興。」

愛德華深吸口氣。「好吧，讓我們好好想想看。還有什麼可能？」

大家似乎都立刻「解凍」了。艾利絲放鬆，靠在椅背上。卡萊爾緩緩走向她，但他的眼神似乎注視遠方。艾思蜜坐在艾利絲面前的沙發上，曲起雙腳放在椅子上。只有羅絲莉還是動也不動，她背對著大家瞪著玻璃牆。

愛德華將我拉到沙發上，我坐在艾思蜜身旁，她轉身用手臂環抱著我。他則用雙手緊緊握住我的一隻手。

「維多利亞？」卡萊爾問。

愛德華搖搖頭。「不，我不認識那個味道。他可能是從佛杜里來的，是我沒見過的……」

艾利絲搖搖頭。「厄洛沒有派任何人來找她。如果有，我將會看到。我在等待。」

愛德華抬起頭。「妳在等正式命令？」

「你認為有人擅自行動？為什麼？」

「凱撒的主意。」愛德華推測，神情又變得緊繃。

「也可能是珍……」艾利絲說：「他們都有資源能派不認識的……」

愛德華臉一沉。「還有動機。」

「但這說不通，」艾思蜜說：「如果有人刻意要等貝拉，艾利絲會看見的。他——或她——並沒有打算傷害貝拉或查理。」

我聽見父親的名字，不禁為之瑟縮。

「沒事的，貝拉。」艾思蜜低語，撫著我的髮安慰我。

「但究竟是怎麼回事？」卡萊爾若有所思的說。

「過來看看，我是否還是人類？」我猜。

「可能。」卡萊爾說。

羅絲莉大聲嘆口氣，大得我都能聽見。她動了，她的臉充滿期望的看著廚房。愛德華，卻洩氣的看著同一個方向。

艾密特從廚房門衝進來，賈斯柏跟在他後面。

「都走了，幾個小時前，」艾密特很洩氣。「蹤跡先往東方，再往南，然後在岔路消失，應該是被車載走了。」

「真不幸，」愛德華低聲說：「如果他往西……嗯，就有機會讓那些狗展現一點他們的用處了。」

我退縮了一下，艾思蜜揉揉我肩頭。

賈斯柏看著卡萊爾。「我們都認不出是誰。但是這裡有樣東西。」他拿出一個綠色皺巴巴的東西。卡萊爾從他手中接過，舉在面前。他們倆換手時，我看出那是一片斷裂的蕨葉。「也許你知道這個氣味。」

「不，」卡萊爾說：「不熟悉。不是我見過的。」

「可能我們都找錯方向了，可能是巧合……」艾思蜜開口，但當她看見其他人懷疑的神情時，便改口解釋：「我說巧合，不是指一個陌生人剛巧隨機地進到貝拉家。我是說，可能有人好奇。我們的氣味一直圍繞著她。也許他是好奇，是什麼東西把我們吸引到那裡去？」

「那他為什麼不跟到這裡來？如果他好奇的話？」艾密特追問。

「你會，」艾思蜜露出溺愛的笑容說：「但是我們其他人通常不會這麼直接。我們家族很龐大——他或她可能嚇到了。但查理沒有受到傷害，這應該就不是敵人。」

只是好奇？就像詹姆斯和維多利亞一開始時只是好奇？想到維多利亞就讓我顫抖，但他們似乎很確定並不是她，這次不是，她似乎堅守著固定的模式。這次是別人，陌生人。

我慢慢的瞭解，這個世界上吸血鬼的數目，比我原先以為的還要龐大。有多少次無知的人們毫不知情地和吸血鬼相遇？有多少死亡，不以為意地被報導成犯罪或意外，卻是他們的飢渴造成的？當我最後終於加入後，這個新世界究竟會有多龐大？

一想到這不為人知的未來世界，我背脊都涼了。

庫倫家各自有不同的表情在仔細思考艾思蜜說的話。我看得出愛德華並不接受她的理論，卡萊爾則打算接受。

艾利絲抿著唇。「我不認為是這樣。時間太巧了……這個訪客相當小心，不做任何接觸。好像他或她知道我能看見……」

「他之所以不接觸，可能有別的理由。」艾思蜜提醒她。

「到底是誰，真的有關嗎？」我問：「正因為有人來找我……這個理由不就夠了嗎？我們不應該等到畢業。」

「不行，貝拉，」愛德華回答得很快。「沒那麼糟。如果妳真的有危險，我們會知道。」

「想想查理，」卡萊爾提醒我。「如果妳不見了，想想看他會有多難過。」

「我就是為查理著想！他是我最擔心的人。萬一我那個小訪客，昨夜正好一時飢渴呢？只要我和查理在一起，他就是目標。萬一他發生了什麼事，都是我的錯！」

「不會的，貝拉，」艾思蜜說，又拍拍我的髮。「查理沒有出事。我們只是要更小心。」

「更小心？」我不敢相信的問。

「會沒事的，貝拉。」艾利絲向我保證。愛德華輕輕捏了一下我的手。

我看得出來，看著他們美麗的臉龐，一個接一個，我知道，無論我說什麼，都改變不了他們的想法。

我們靜靜地開車回家。我很沮喪。這有違我的意願——我還是人類。

「妳不會有機會落單的，」當愛德華載我到查理家後，他說：「隨時都會有人看著妳。艾密特、艾利絲、賈斯柏……」

我嘆氣。「這真荒謬。他們會無聊死的，會無聊到想自己動手殺了我，只為了找些事來做。」

愛德華給我一個苦澀的眼神。「妳講得太誇張了，貝拉。」

當我們回家時，查理心情很好。他看得出我和愛德華之間緊張的氣氛，當然，是他誤會了。他臉上帶著笑容，看著我準備他的晚餐。愛德華藉口出去一下，我想他是去巡視。而查理特意等到他回來才宣布有留言給我。

「雅各又打來了。」當愛德華一進來，查理就說。我面無表情地將餐盤擺在他面前。

「是這樣嗎？」

查理皺眉。「別這麼小家子氣，貝拉。他似乎很消沉。」

「雅各付錢要你幫他說好話，還是你自願的？」

查理嘰嘰咕咕的對我說教，直到開始吃晚餐，他的叨念才停止。

雖然他不知道，但他的影響逐漸發酵。

我的生活如今有點像擲骰子遊戲——下一把會是最小的兩點嗎？萬一我真的出事呢？比起讓雅各為他自己說過的話內疚不已，這更糟吧。

但我不想在查理在的時候和他談，以至於我必須每字每句都很小心，以免說出不該說的話。想到這點，就讓我嫉妒雅各和比利的關係。當你沒有祕密要瞞著與你同住的人時，生活一定很容易。

所以我得等到早上。我今晚應該不會死，讓他再多內疚十二個小時也不會怎樣，可能對他還好一點。

當天晚上，當愛德華表面上離開後，我心想，不知今晚是誰在傾盆大雨中替我和查理戒護。我一想到可能是艾利絲或其他人，就覺得心情糟透了，但另一方面仍然覺得安心。我得承認這樣很好，知道自己並非孤獨一人。而且愛德華沒多久就回來了，破記錄的快。

他又唱搖籃曲哄我入睡——知道他陪著我——我一夜好眠。

清晨，我還沒起床，查理已經出門了，和副警長馬克去釣魚。我決定利用這段沒人監督的時間做點好事。

「我得讓雅各脫離愧疚。」吃完早餐後，我警告愛德華。

「我知道妳原諒他了，」他帶著輕鬆的笑容說：「一直懷著怨恨不是妳擅長的。」

我翻翻白眼，但很高興。看起來愛德華似乎已經對狼人這件事不在意了。

我沒看時鐘，直到我撥電話時才發現，這時候打有點早，我擔心可能會吵醒比利或雅各，但才響第一聲就有人接起電話，可見對方離電話不遠。

「哈囉。」一個遲鈍的聲音說。

「雅各？」

「貝拉？」他大喊。「喔，貝拉，我真抱歉！」他連珠炮似的想一口氣把話全說完。「我發誓我不是那個意思，我是個大白痴，我太生氣——但這不能當成藉口。這是我這一輩子說過最白痴的話，我很抱歉。請別生我的氣，拜託？終生僕役都行——只要妳原諒我。」

「我沒生氣，原諒你了。」

「謝謝。」他的呼吸很急促。「我真不敢相信自己那麼混帳。」

「別擔心了——我習慣了。」

他笑了，大大鬆一口氣。「過來見我，」他懇求。「我想補償妳。」

我皺眉。「怎麼樣補償？」

「妳要什麼都行。懸崖跳水？」他建議，同時又笑開了。

「喔，還真是好主意。」

「我會讓妳安全的，」他保證。「無論妳想做什麼。」

我瞄一眼愛德華。他臉色平靜，但我確定這不是個好時機。

「現在不行。」

「他又不怕我，不是嗎？」雅各的聲音不是苦澀，而是很難為情，這是第一次這樣。

「不是這個問題。是……嗯，比起青少年狼人，有其他問題更需要擔心……」我想用玩笑的口吻說話，但自己都騙不了自己。

「怎麼了？」他追問。

「嗯。」我不確定是否能告訴他。

愛德華伸出手想接過電話。我小心看著他的臉，他似乎夠平靜。

「貝拉？」雅各呼喚我。

愛德華嘆口氣，伸出的手更靠近我。

「你介意跟愛德華談談嗎？」我擔憂的問：「他想和你談談。」

好一會沒回答。

「好，」雅各最後同意。「聽起來很有趣。」

我將電話交給愛德華，希望他能瞭解我眼中的警告。

「哈囉，雅各。」愛德華的語調很禮貌。

一段無聲的停頓。我咬著唇，猜測雅各可能的回答。

「有人來過這裡——是我認不出的味道，」愛德華解釋。「你們有發現什麼新的蹤跡嗎？」

另一段暫停，但愛德華自顧自點點頭，表情一點也不驚訝。

「這是緊要關頭，雅各，我不會讓貝拉離開我的視線，除非我能放心。這無關你我——」

雅各似乎打斷他，我只聽得見話筒中傳來他嗡嗡的聲音。無論他說了什麼，都比之前還熱切，但我聽不到他實際說了什麼。

「你可能是對的——」愛德華開口，但雅各又打斷他，和他爭論。不過，至少兩人的口氣都不像在生氣。

「這是一個有趣的建議。我們願意重新安排，如果山姆同意的話。」

雅各的聲音現在更小聲了。我咬著大拇指的指甲，想從愛德華的表情猜出來。

「謝謝你。」愛德華回答。

然後雅各說了些什麼，愛德華臉上閃過一抹驚訝的神情。

「老實說，我計畫單獨去，」愛德華回答這個非預期的問題。「將她留給其他人來照顧。」

雅各的聲音高八度，對我來說，這聲音是試著要說服。

「我會客觀的考慮，」愛德華答應：「盡我所能地保持客觀。」

這次停頓的時間較短。

「這主意不壞。何時……不，可以。總之我想有機會自己追蹤這個線索。十分鐘……一定。」說完，愛德華將電話交給我。「貝拉？」

我緩緩接過，還是滿心困惑。

「這是怎麼回事？」我問雅各，聲音中帶著惱怒。我知道這很孩子氣，但我就是想這樣。

「一個休戰協定，我想。嗨，幫我個忙，」雅各建議。「說服妳的嗜血鬼，妳最安全的地方——特別是當他離開時——就是來保留區。我們能處理一切的。」

「這就是你想說服他的東西嗎？」

「是的，這才合理。可能的話，查理最好也離開，而且要盡快。」

「這要拜託比利。」這點我同意。我討厭害查理捲入這一片混亂中，全都是因我而起。「還有呢？」

「還有就是重新安排界線，這樣我們能追捕任何靠近福克斯的傢伙。我不確定山姆會不會同意，在他回來之前，我會盯著一切的。」

「你說你會盯著一切是什麼意思？」

「我是說，如果妳看見一頭狼在妳……家附近晃，請不要對牠開槍。」

「當然不會。但你真的不該做……危險的事。」

他哼了一聲。「別傻了，我能照顧自己。」

我嘆氣。

「我也會試著說服他，讓妳來這裡。他有偏見，別讓他用那些安全的大道理綁住妳。他跟我一樣明白，妳在這裡會很安全的。」

「我會記住的。」

「待會見。」雅各說。

「你要來嗎？」

「是呀，我要去看看妳那個訪客的味道，這樣萬一他回來，我們才能追蹤他。」

「小各，我真的不喜歡你去追蹤這個主意——」

「喔，拜託，貝拉。」雅各笑著打斷我，然後掛斷電話。

chapter 10

味道

「和吸血鬼打交道的壞處之一，」

雅各聳聳肩說：

「就是讓妳聞起來糟透了。

但各方比較起來，

這只是一個很微小的壞處。」

這真是很孩子氣。為什麼雅各要來，愛德華就得離開？我們的青少年期還沒過嗎？

「我本人對他沒有敵意，貝拉，但這樣對我們兩個都好。」愛德華倚在門邊告訴我。「我不會走遠，放心，妳不會有事的。」

「我不是擔心這個。」

他笑了，然後雙眼湧上一股狡黠。他把我拉得更貼近，將他的臉埋在我的髮內。當他吐氣時，我感覺得到他冰冷的呼吸滲進我的髮絲，讓我頸子都起了雞皮疙瘩。

「我馬上就回來。」他說，然後他放聲大笑，好像我剛說了一個好笑的笑話似的。

「有什麼好笑的？」

但愛德華只是對我一笑，沒回答便大步朝樹林跑去。

我抱怨著，接著去清潔廚房，然而水槽的水都還沒放滿，門鈴就響了。很難習慣沒開車雅各還能這麼快。為什麼所有人似乎都比我快……

「進來，小各！」我大喊。

我正專心把碗碟放進肥皂水中，而且我忘了如今雅各可以不出聲的動作，因此當他的聲音在我背後響起時，嚇了我一大跳。

「妳真的不鎖門嗎？喔，抱歉。」

他嚇得我將洗碗水濺得一身都是。

「反正我擔心的對象又不是鎖上門就能擋得住。」我邊用擦碗巾擦乾身上的水漬邊說。

「說得好。」他同意。

我轉身看著他，眼神充滿批評。「要你穿衣服真的那麼難嗎，雅各？」我問。再一次，他打著赤膊，只穿著一條舊牛仔短褲。私底下，我懷疑過他是否對自己的一身肌肉感到驕傲，所以不想藏起來。我得承認，他的身材很棒——但我從沒想過他是故意炫耀。「我是說，我知道你不冷，但還是應該穿。」

他舉起一隻手搔搔濕髮，髮絲戳到他的眼睛。

「這樣比較方便。」他解釋。

「方便什麼？」

他屈就似的笑笑。「要帶件短褲在身上已經很不容易了，更別說是一整套衣服。我看起來像什麼？背著東西到處跑的騾子嗎？」

我皺眉。「你在說什麼？雅各。」

他的表情有些優越，好像抓到我沒注意到什麼明顯的事似的。「當我變身時——我的衣服不會憑空出現和消失——我跑的時候還得帶著它們。原諒我想減輕負擔。」

我改變臉色，低聲承認：「我猜我沒想到這一點。」

他笑笑，指著一條黑色的皮繩，像一股紗線一樣細，在他左小腿下方繞了三圈，像條足鍊似的。我原本沒注意到，現在才發現他還打赤腳。「這不是趕流行——口中含條褲子趕路並不怎麼好受。」

我不知該怎麼回話。

他笑了。「我這樣打赤膊會讓妳不自在嗎？」

「不會。」

雅各又笑了，我轉身背對他，專心洗碗。我希望他知道我臉紅和他問的這個問題無關，而是因為我剛問了一個笨問題，覺得有點糗。

「嗯，我想我該開始工作了，」他嘆氣。「我不想讓他有藉口說我這邊太懈怠。」

「雅各，那不是你的工作——」

他舉起一隻手，不讓我說下去。「我是自願的。現在，那個侵入者的味道在哪最重？」

「我想，應該是我房間。」

他瞇起眼。對此他跟愛德華一樣不高興。

「我馬上回來。」

我有條不紊的洗著手上拿著的盤子。唯一的聲音是塑膠鬃毛刷在瓷盤上清潔的聲音。我試著想聽聽頂傳來的聲音，例如地板上走路的吱嘎聲，門的開關聲。但什麼聲音都沒有。我忽然發覺自己一直在洗同一個盤子，未免洗得太久了點。於是我試著專心在手邊的工作上。

「呼！」雅各突然出聲，就在我身後幾吋遠的地方，又嚇了我一跳。

「啊，小各，不要這樣！」

「抱歉。這裡——」雅各拿起毛巾，替我擦拭身上被水濺到的漬跡。「我會補償妳的。妳洗，我來沖跟擦乾。」

「好。」我將盤子遞給他。

「嗯，那味道很明顯。對了，妳房間很臭。」

「我會買些芳香劑。」

他笑了。

我洗，他擦，我們倆友善沉默的分工合作了好一會。

「我能問妳一些事嗎？」

我將另一個盤子遞給他。「看你要問什麼。」

「我不是想讓妳討厭——我是真的好奇。」雅各向我保證。

「好吧，說吧。」

他略略停頓。「那是什麼感覺——有個吸血鬼男朋友是什麼感覺？」

我翻翻白眼。「最棒的。」

「我是認真的。這想法不會讓妳不安嗎——不會嚇壞妳？」

「從來不會。」

他沉默地接過我手中的碗。我偷瞄一眼他的臉——他皺著眉，下唇突出。

「還有問題嗎？」我問。

他皺皺鼻子。「嗯……我好奇……妳是否……妳知道的，親吻過他？」

我笑了。「是的。」

他抖了一下。「噁。」

「人各有志。」我自言自語。

「妳不擔心他的毒牙？」

我猛打一下他的手臂，甩了他一身洗碗水。「少來了，雅各！你知道他沒有毒牙。」

「差不多啦。」他低聲說。

我緊咬著牙，超用力洗著一把剔骨刀。

「我能再問一個問題嗎？」當我將刀子遞給他時，他輕聲說：「一樣，只是好奇。」

「好吧。」我頓聲說。

他把刀子拿在手上，在水龍頭底下翻來覆去沖著。當他開口時，很像在低語。「妳說只剩幾週……那，到底是何時……？」他說不下去。

「畢業後。」我也低聲回答，小心翼翼的看著他的臉。這會讓他又生氣嗎？

「好快。」他閉著眼屏住氣說。聽起來不像是個問題，而像是悲嘆。他手臂肌肉緊繃，肩膀僵硬。

「哇！」他突然大喊。廚房裡本來很寂靜，他這聲大叫，將我嚇得跳起一呎高。

他的右手緊緊握成拳頭，握住那把刀子——他鬆開手，刀子落在流理臺上。他掌心有道又長又深的傷口，血沿著手指滴下來，落在地板上。

「該死，噢！」他抱怨。

我頭昏反胃，一手抓緊流理臺邊緣，邊用嘴巴深呼吸，強迫自己保持鎮定，這樣才能照顧他。

「喔，不，雅各！喔，該死！拿去，包住傷口！」我將擦碗布塞到他手中。他轉身避開我。

「沒事的，貝拉，不用擔心。」

頭暈目眩的我，覺得屋裡的東西好像開始微微晃動。

我又深吸口氣。「別擔心？你割傷手耶！」

他不理會我塞給他的擦碗巾，將受傷的掌心放在水龍頭下，用水沖洗傷口。水被染成紅色，我看得頭昏腦脹。

「貝拉。」他說。

我不敢看他的傷口，只能抬頭看著他的臉。他皺著眉頭，但表情很平靜。

「怎麼了？」

「妳看起來好像快要昏倒了，還咬著唇。別這樣，放鬆，深呼吸，我沒事的。」

我用嘴吸氣，放鬆牙關，不再緊咬下唇。「別逞強。」

他對我翻翻白眼。

「我們走。我開車載你去急診室。」我很確定我可以安全的開車，現在牆面至少已經不會晃了。

「不必。」小各關上水龍頭，拿起我手上的毛巾，用毛巾輕輕包住手。

「等等，」我抗議。「讓我看看。」我更用力的抓住流理臺，要讓自己站直，以免傷口又會讓我暈眩。

「妳什麼時候拿到醫學學位，怎麼沒告訴我？」

「讓我看一下，我才知道要不要載你去急診室。」

他假裝裝出一個討厭的神情。「拜託，不用啦。」

「如果你不讓我看你的傷口，那就一定有事。」

他深吸口氣，然後突然用力嘆出來。「好吧。」

他解開毛巾，當我伸出手要接過毛巾時，他卻將他的手放在我手上。

這花了我幾秒鐘的時間，我還將他的手翻過來，雖然我很確定他剛才割傷的是手掌心。我翻轉他的手，最後才找到一道醜陋的粉紅色隆起傷疤，是那個傷口留下的唯一痕跡。

「但……你剛還流……好多血。」

他抽回手，雙眼定定的看著我，眼中帶著憂鬱。

「我好得很快。」

「我想也是。」我誇張的說。

我剛才明明看到一道明顯的傷口，看到血流進水槽內。血的腥鹹味道差點害我腿軟，那應該要縫合的，結痂應該要花好幾天，然後要好幾週才會變成粉紅色的傷疤，像現在留在他掌心的那道。

他苦澀的笑了笑，握拳重搥自己的胸口。「狼人，記得嗎？」

他盯著我，過了很久。

「好吧。」我最後終於說。

我的表情惹他發笑。「我告訴過妳，而且妳也看過保羅的傷疤。」

我搖搖頭，彷彿這樣會比較清楚。「那有點不一樣，這是第一次親眼目睹。」

我跪下來，在水槽下的櫃子內找漂白水。然後將漂白水倒在一條髒抹布上，開始清潔地板。漂白水的嗆味讓我的頭不再那麼昏了。

「讓我清吧。」雅各說。

「我來。麻煩你將毛巾拿去丟在洗衣機裡，好嗎？」

當我確定地板已經沒有血的味道，只有漂白水的味道後，我起身，用漂白水清潔水槽的右邊。然後我走到食物儲藏室旁的洗衣間，倒滿一杯的漂白水，倒進洗衣機內，轉動開關。雅各看著我，臉上充滿不滿的神情。

「妳有強迫症嗎？」當我做完後，他問。

嗯。可能。但至少我這次有好藉口。「這裡有血的話，挺敏感的。我確定你瞭解。」

「喔。」他又皺皺鼻子。

「為什麼不讓他好過些？他現在已經夠辛苦的了。」

「當然，當然，為什麼不？」

我拉開塞子，讓水槽裡的髒水流光。

「我能問妳一個問題嗎？貝拉。」

我嘆口氣。

「那是什麼感覺——妳最好的朋友是一個狼人？」

我沒想到他會問出這個問題。我大聲笑了。

「這沒嚇壞妳嗎？」他催著我回答。

「不。當這狼人很好時，」我保留地說：「是最棒的。」

他咧開嘴笑得開懷，在黝黑肌膚的對比之下，牙齒更為閃亮。「謝了，貝拉。」他說，然後抓起我的手，將我拉近，給我一個幾乎無法呼吸的大力擁抱。

我還來不及反應，他就鬆開手臂退後一步。

「呃，」他皺起鼻子。「妳的頭髮聞起來比妳房間還臭。」

「抱歉。」我低聲說。突然間，我瞭解之前愛德華在我頭髮上吐氣後大笑的原因了。

「和吸血鬼打交道的壞處之一，」雅各聳聳肩說：「就是讓妳聞起來糟透了。但各方比較起來，這只是一個很微小的壞處。」

我朝他笑笑。「只有你覺得我臭，小各。」

他也笑了。「再見囉，貝拉。」

「你要走了？」

「他在等我離開，我聽得出他在外頭。」

「喔。」

「我得回去了，」他停頓一會。「等一下——嗨，妳今晚能來拉布席嗎？我們要舉行營火晚會。艾蜜莉也會在，妳可以見到金……我知道，奎爾也想見妳。他有點氣惱妳比他還早知道我們的事情。」

我笑了。我可以想像那有多讓奎爾懊惱——當時他完全不知道雅各和那群狼人朋友的事情。但我嘆口氣。「嗯，小各，我不確定。瞧，現在情況有點緊張……」

「得了，妳想有人能過得了我們——我們六個人這關嗎？」

當他結結巴巴說出這句話時，有種奇怪的停頓。我不知道他是否不敢大聲說出狼人這個字，就像我也無法說出吸血鬼這個字一樣。

他黑色的大眼睛充滿坦然的懇求。

「我會問問。」我不確定的說。

他清清喉嚨。「他現在是妳的看守人嗎？妳知道的，我上週看到一個新聞，關於過度控制，變態的青少年關係——」

「好了！」我打斷他，推他的手臂。「狼人該出去了！」

他笑了。「再見，貝拉。確定妳會請求他的**許可**。」

我還來不及找到東西扔他，他就咻的從後門出去了，我只能朝著空空的屋裡咆哮兩聲。

他走後沒一會兒，愛德華緩緩走進廚房，他紅褐色的髮絲上的雨滴，像鑽石一樣閃亮，眼神充滿警惕。

「你們兩個吵架了嗎？」他問。

「愛德華！」我衝向他。

「嗨，過來。」他笑著摟緊我。「妳是想害我分心嗎？這的確有效。」

「不，我沒和雅各吵架。怎麼了？」

「我不知道妳為什麼要刺他，雖然我並不反對。」他用下巴比著流理臺上的刀子。

「該死。我以為我都處理好了。」

我抽身離開他，將刀子放進水槽內，然後倒進漂白水。

「我沒刺他，」我邊弄邊說：「他忘了自己手上握著刀子。」

愛德華笑了。「這比我想的無趣多了。」

「乖一點。」

他從外套口袋拿出一個大信封袋，丟在流理臺上。「有妳的信。」

「好事嗎？」

「我想是。」

他的語氣讓我狐疑的瞇起眼。我走過去研究。

他將這比Ａ４稍大的信封袋對折，我將它攤平，驚訝於這封信沉甸甸的重量，並且閱讀著寄件地址。

「達特茅斯大學？這是開玩笑嗎？」

「我很確定這是入學通知。和我的那份一模一樣。」

「我的天呀，愛德華——你做了什麼？」

「我把妳的申請表寄出去了，就這樣。」

「我或許不是念達特茅斯的料，但是我還不至於笨到會相信你的鬼扯。」

「達特茅斯好像認為妳是念他們學校的料呢。」

我深呼吸，緩緩數到十。「他們真是太好心了。」我最後開口說：「但是，無論他們是否接受我，學費仍舊是問題。我付不起，我也不會讓你把足夠再買一輛跑車的錢拿來浪費，就為了讓我假裝明年要去念達特茅斯大學。」

「我不需要另一輛跑車，妳也不用假裝。」他低聲說。

「念一年大學又不會要了妳的命，說不定妳會很喜歡。想想看，貝拉。想一想查理和芮妮會有多高興……」

他迷人的嗓音，我還來不及阻擋，就在我腦海中勾勒出一幅動人的畫面。當然查理會驕傲極了——福克斯這個小鎮所有的人都會被他的興奮波及。芮妮會因為我的勝利高興到歇斯底里——雖然她一定會發誓她一點都不驚訝……

我想甩掉腦中的這些影像。「愛德華，我只擔心能活到畢業，更不必說這個暑假或下個學年。」

他又用手臂環住我。「沒有人能傷害妳，妳可以活一輩子。」

我嘆氣。「我明天會將銀行帳戶資料寄到阿拉斯加，我只需要這個藉口就夠了。因為那地方夠遠，查理在聖誕節前應該都不會期待看到我。我很確定到那時候，我應該可以想出其他的藉口。」我敷衍著他。「你知道的，這整件祕密和詐騙的事，有點痛苦。」

愛德華的神情變得剛硬。「會轉好的。過個幾十年，妳認識的人全死了以後，問題就解決了。」

我瑟縮不已。

「抱歉，這話很刺耳。」

我低頭看著大大的白色信封，但視而不見。「但你說的是真的。」

「如果我能解決這事，無論我們要處理的是什麼，妳能考慮等待嗎？」

「不。」

「還是那麼固執？」

「沒錯。」

洗衣機砰地一聲，然後幾聲轟隆後，停止運轉。

「笨機器。」我邊抽身離開他邊說，去將那條弄得機器不平衡的小毛巾鬆開，然後讓洗衣機再次運轉。

「這提醒了我，」我說：「你能不能問問艾利絲，她拿我衣服做什麼去了，當她清理我房間後，我到處都找不到。」

他困惑的望著我。「艾利絲清理妳房間？」

「是呀，我猜是她做的。當她挾持我當人質時，曾經過來這幫我拿睡衣和枕頭等東西。」我邊說邊瞪他。「她還把地上散落的東西都撿起來，我的襯衫、襪子，但我不知道她放到哪去了。」

愛德華還是困惑的看著我，一會後，他突然間變得嚴肅。

「妳何時知道東西不見的？」

「我從假睡衣派對回來後。怎麼了？」

「我不認為是艾利絲拿走那些東西。她沒拿妳的襯衫、枕頭。被拿走的東西，都是妳穿過的……妳摸過的……和睡過的？」

「是啊，怎麼了，愛德華？」

他表情很緊張。「因為那些東西有妳的味道。」

「喔！」

我們互望著彼此好久好久。

「我的訪客。」我喃喃說。

「他來收集線索……證據。證明他找到妳。」

「為什麼？」我低聲問。

「我不知道，貝拉，但我發誓我會弄清楚的。我會的。」

「我知道你會的。」我依著他胸口，靠著他，然後發現他口袋內的手機在震動。

他拿出手機，瞄一眼來電號碼。「正是我想談談的人。」他低聲說，然後打開手機說話。「卡萊爾，我——」他頓時住口，聽著對方說，他緊張的聽了好一會，然後回答：「我會去看看。聽著……」

他解釋我東西不見的事，但我從他這一邊的情況聽來，卡萊爾也不明白是怎麼回事。

「可能我該去……」愛德華沒把話說完，瞄了我一眼。「可能不用。別讓艾密特單獨行動，你知道他的。至少讓艾利絲監看著。我晚點會弄清楚。」

他關上電話。「報紙呢？」他問我。

「呃，我不確定，要幹麼？」

「我得看看。查理已經丟掉了嗎？」

「可能……」

愛德華不太高興。

他馬上又回來，髮上又多了一些閃耀如鑽的雨滴，手上拿著一張濕報紙。他將報紙攤在桌上，很快看著頭條新聞。他傾身向前，專注於他現在閱讀的主題，一根手指追蹤著他感興趣的部分。

「卡萊爾是對的……是的……太拖泥帶水了。年輕又瘋狂？還是一個死亡願望？」他自言自語低聲說。

我從他身後越過他肩頭偷看。

西雅圖時報的頭條：謀殺傳染持續——警方毫無線索。

那和查理幾週前抱怨過的內容大同小異——大城市內的暴力，使得西雅圖進入全國謀殺率的熱門排行榜。故事不太一樣，不過死亡人數持續攀升。

「情況變糟了。」我低聲說。

他皺眉。「整個失控了。這不可能是一個新生的吸血鬼幹的。怎麼回事？好像他們不知道佛杜里似的。

可是很有可能，我猜沒人對他們解釋過規則……那會是誰創造出他們的？」

「佛杜里？」我重複，忍不住打了個寒顫。

「這正是他們例行會去掃蕩的情況——以免這些威脅暴露出我們的存在。幾年前他們去亞特蘭大平息一片混亂，但沒像這次那麼糟。他們很快就會出面干涉的，很快，除非我們能找出方法來平息這個情況。我真的希望他們別在這個時候來西雅圖。一旦他們靠近……他們可能會決定來看看妳的情況。」

我再次打了個寒顫。「那我們能怎麼辦？」

「我們得知道更多才能做決定。可能，如果我們和這些年輕的談談，解釋規則，就能和平地解決。」他皺眉，好像他不認為這有機會。「等艾利絲看見是怎麼回事後，我們再行動……除非真的必要，不然我們不會介入。畢竟，這不是我們的責任。但還好我們有賈斯柏，」他對著自己補充。「如果我們想處理這些新人，他會有幫助。」

「賈斯柏？怎麼說？」

愛德華陰沉的笑了笑。「賈斯柏是年輕吸血鬼專家。」

「你說的專家是什麼意思？」

「妳得自己問他——那是他的故事。」

「真是一團亂。」我咕噥。

「沒錯，真有這種感覺，對吧？好像所有的事情全都一起找上我們了。」他嘆氣。「妳可曾想過，如果妳沒愛上我的話，妳的生活可能會容易些？」

「可能。但那就不叫生活了。」

「那是對我而言，」他安靜的修正。「現在，我想，」他露出一個諷刺的笑容。「妳有事情要問我嗎？」

我茫然的看著他。「我有嗎？」

「可能沒有。」他笑了。「我有種感覺，妳要獲得我的同意，今晚好去參加某種狼人晚會。」

「你又偷聽了？」

他笑了。「只有一點，最後面幾句而已。」

「嗯，我才不要問你。我想你的壓力已經夠多了。」

他伸手托住我下巴，捧起我的臉，這樣他能凝望我的雙眸。「妳想去嗎？」

「這不是什麼大事。別擔心。」

「妳不用我的同意，貝拉。我不是妳父親——感謝老天。可能妳應該問問查理。」

「但你知道查理一定會同意的。」

「比起其他人，我的確挺知道他可能的回答。沒錯。」

我看著他，想瞭解他要幹麼，試著壓下自己想去拉布席的渴望，這樣我的立場才不會因為自己的希望而搖擺不定。現在有那麼多嚇人和無法解釋的事發生，此時去跟一群白目的狼人玩樂似乎有點蠢。當然，那也正是我很想去的原因。我想逃開死亡的威脅，只要幾小時……恢復成那個孩子氣、不顧一切的貝拉，能和雅各高聲大笑，就算時間很短。但這都不重要。

「貝拉，」愛德華說。「我告訴過妳，我會講理，會信任妳的判斷。我說的是真的。如果妳信任狼人，那我就不會擔心他們。」

「哇。」我說，像我昨晚聽到時的反應一樣。

「而且雅各是對的——有一件事——那一群狼人應該足以保護妳一晚。」

「你確定？」

「當然。只是……」

我繃緊等著。

「我希望妳不會介意做些預防措施。讓我開車載妳去邊界，然後帶著手機，這樣我才知道何時該去接妳，好嗎？」

「這聽起……很合理。」

「好極了。」

他朝我笑笑，在他那對寶石般的雙眸中，我看不出一絲憂慮。

完全不出所料，查理對我去拉布席參加營火晚會的事一點意見都沒有。當我打電話給雅各告訴他這件事，他毫不忸怩地大聲歡呼，而且似乎迫不及待地接受了愛德華的安全措施——他答應在六點時在邊界與我們會面。

我決定了，經過簡短的自我爭辯，我不要賣掉我的摩托車。我要把車子帶回拉布席，那才是車子所該歸屬的地方，反正我已經不需要了……嗯。我會堅持要雅各收下，那是他付出勞力該有的收獲。他可以賣掉或是送給朋友。反正不關我的事。

今晚似乎是個好機會，將摩托車還到雅各的車庫。當我一想到最近的事，心情不禁鬱悶起來，每一天似乎都是最後的機會。我沒時間延遲任何計畫，無論計畫多小。

當我解釋我的計畫時，愛德華只是點點頭，但我認為，我在他雙眸中看到一絲驚愕。我知道他比查理還更不高興我騎摩托車這件事。

我跟他回家，去拿留在他車庫裡的摩托車。一直到我們開進車庫，我下了車，我才發現他那驚愕，並非是因為考量到我的安全。

在我的古董摩托車旁，有另一輛交通工具，使我的摩托車為之相形失色。說它也是一輛摩托車似乎有點不公平，因為和我那輛老舊的摩托車比起來，它似乎不應該屬於同一類。

那輛車又大又時髦，是銀色的——雖然不動的立在那裡——看起來卻是一副能風馳電掣似的。

「這是什麼？」

「沒什麼。」愛德華咕噥。

「看起來不像沒什麼。」

愛德華的表情很隨意，他似乎決定說出來。「嗯，我不知道妳是否會原諒妳的朋友，或是他是否會原諒妳。我也不知道妳是否還會想騎摩托車，因為聽起來妳好像真的很享受騎車這件事。我想我可以跟妳一起騎，如果妳想要的話。」他聳聳肩好似不在意。

我瞪著那輛漂亮的摩托車。在它旁邊，我的摩托車看起來像輛破爛的三輪車。我突然覺得這樣的對比，與我在愛德華身邊時挺類似的，一股悲傷的感覺不自覺湧上心頭。

「我會趕不上你。」我低語。

愛德華用手抬起我的下巴，托起我的臉，好讓自己能凝視我的雙眼。用一根手指，他想將我的唇往上推出一個笑容。

「我會維持和妳一樣的速度，貝拉。」

「這樣對你來說就沒那麼有趣了。」

「當然有趣，只要我們在一起。」

我咬著唇，好一會我的腦海都想像著他說的情形。「愛德華，當你想到我可能騎得太快，或失控之類的事情時，你會怎麼做？」

他猶豫了一會，顯然想找出正確的答案。我知道答案：他會在我撞到之前想辦法救我。然後他笑了。這笑容似乎毫不費力，除了他眼角還有一絲防備的警戒。

「這是妳和雅各一起做的事。現在我明白了。」

「沒什麼，我不會太過拖慢他的速度，你知道的。我可以試，我猜……」

我狐疑的看著銀色摩托車。

「別擔心，」愛德華說，然後他輕輕笑了。「我看到賈斯柏很喜歡它。也該是時候讓他找個新方法來旅遊。畢竟，艾利絲有她的保時捷。」

「愛德華，我——」

他用一個快速的吻打斷我。「我說別擔心。但妳可以替我做一件事嗎？」

「你要我做什麼都行。」我很快答應。

他放開我的臉，彎身在大摩托車的另一邊，撿起他原本藏在那裡的東西。

他起身時，拿著一個黑色但看不出形狀的物體，以及另一個紅色的東西，那我一眼就認出來了。

「拜託？」他問，露出那個壞壞的笑容，總是能瓦解我的抗拒。

我接過紅色安全帽，在手上掂掂重量。「我看起來會很呆。」

「不，妳看起來會很棒。棒得不會讓自己受傷。」他將那個黑色東西掛在手臂上，雙手捧起我的臉。「現在在我手中的這樣東西，失去它我將無法獨活。請妳好好照顧它。」

「好吧，這一個是什麼？」我懷疑地問。

他笑笑，抖開一件好像有什麼襯墊的衣服。「這是一件摩托車外套。我聽說飆車不太舒服，我自己是不知道啦。」

他遞給我。我深深嘆氣，將頭髮往後梳，戴上安全帽，然後穿上這件外套。他替我拉好拉鍊，唇邊帶著笑，往後退開一步。

我覺得自己好笨重。

「說實話，我有多好笑？」

他又往後退一步，抿著唇。

「嗯，這麼糟？」我喃喃說。

「不，不，貝拉。老實說……」他似乎努力想說出正確的形容詞。「妳看起來……很性感。」

我大聲笑了。「是喔。」

「真的很性感。」

「你會那樣說，是為了要我穿上它，」我說：「但好吧，你是對的，這樣比較好。」

他用手臂環著我，拉我依偎著他胸口。「妳這傻瓜。我想這也是妳的魅力之一。雖然，我承認，安全帽有點扣分。」

然後他摘下我的安全帽，這樣他才能吻我。

晚點，當愛德華載我去拉布席，我發現這前所未有的情況帶給我一種奇怪的熟悉感，我過了好一會才想起似曾相識之處。

「你知道這提醒了我什麼嗎？」我問：「就像我還是孩子時，芮妮送我到查理家過暑假。我覺得自己好像七歲。」

愛德華笑了。

我沒說得很大聲，但最大的不同處在於，當時芮妮和查理兩人的關係好多了。

大約到達拉布席的半路上，我們繞過轉角，發現雅各靠在一輛紅色福斯汽車旁，那是他自己用各種零件改裝的。雅各小心中立的表情，卻在看到我在前座向他揮手後，露出了笑容而破功。

愛德華將富豪車停在離他三十碼處。

「妳想回家時打電話給我，」他說：「我會在這裡等。」

「我不會太晚的。」我保證。

愛德華停好車，將摩托車從後行李廂扛下來——我很驚訝他做起來輕而易舉。不過話說回來，當你壯得能擋住一輛貨車時，扛起摩托車應該算是小事一樁。

雅各只是看著，並沒打算過來，他的笑容不見了，眼神看不出他的想法。

我將安全帽夾在腋下，把夾克丟在座位上。

「妳都帶了嗎？」愛德華問。

「沒問題的。」我向他保證。

他嘆口氣，傾身向我靠近。我轉過身揚起臉，等著他說再見，輕吻我臉頰，但出乎我的意料之外，愛德華用手臂緊緊環抱著我，給我一個比在車庫還要熱切的親吻——才一下子，我就無法呼吸了。

愛德華低聲笑著某事，然後鬆開我。

「再見，」他說：「我真的喜歡這件夾克。」

當我轉身要走向雅各時，我好像看見他眼中有股光芒閃過，而且是我不應該看見的。我說不出究竟是什麼，擔心？可能。也有一瞬間，我認為那是驚恐。但是也有可能如同以往，我只是想的太多了。

當我推著摩托車，朝那條吸血鬼與狼人的無形邊界走去見雅各時，我知道他還是盯著我的背影看。

「這是怎麼回事？」雅各朝我大喊，他的聲音很擔心，用謎般的神情看著摩托車。

「我想我應該將這東西歸還給它屬於的地方。」我告訴他。

他想了一會，然後臉上露出大大的笑容。

我知道我跨進狼人領土了，因為雅各從他車子旁，大步蹦跳朝我而來，三大步就拉近距離。他接過我的摩托車，踩下腳架停好車子，然後給我另一個大擁抱。

我聽見富豪車的引擎聲轟隆作響，連忙想掙脫。

「別鬧了，小各！」我快喘不過氣。

他笑著放開我。我轉身想揮手道別，但銀色車子已經消失在轉角處。

「好極了。」我說，聲音中充滿苦澀。

他佯裝無辜的睜著大眼。「怎麼了？」

「他肯讓我來已經很好了，你不應該這樣消耗你的好運。」

他又笑了，比之前還大聲──他覺得我說的話真的很好笑。我們一同走向他的小兔子，當他為我拉開車門時，我仍試著找出到底哪裡好笑。

「貝拉，」在他替我關上門時，他總算能開口說話──但還是笑個不停。「妳無法消耗妳沒有的東西。」

chapter 11

傳奇

「我們一直以為那些歷史只是傳說，」

他說：「那些我們起源的故事。

第一個就是魂靈戰士的故事。」

「那根熱狗你到底要不要吃？」保羅問雅各，雙眼盯著狼人們吃剩的最後一塊食物。

雅各背靠著我的膝蓋，把玩著那根熱狗。他將熱狗叉在一根拉直的衣架上燒烤，營火邊緣的火焰將熱狗表面燒灼出一個個的小泡泡。他嘆口氣，拍拍肚子。在他吞下第十根熱狗之後，接下去我就算不清楚了，更別提那超級大袋的薯片及兩公升裝的沙士，可是他的肚子仍舊很平坦。

「我猜，我飽得都快吐了，但我想我應該還吞得下去。但我根本不覺得這樣是享受。」他緩緩的說，同時還傷心的嘆氣。

儘管保羅吃的和雅各一樣多，但他雙手握成拳頭，怒視著雅各。

「真是的，」雅各笑了。「我是開玩笑的，保羅。拿去。」

他輕輕將叉在自製烤肉串上的熱狗朝營火圈的另一邊拋過去。我以為熱狗會落到地上，但保羅毫不困難的在最後一刹那接住了。

和這些手腳極度敏捷的人在一起，遲早會害我得個什麼情結的。

「謝了，老哥。」有了食物，保羅的脾氣馬上就平息了。

營火嗶嗶啵啵地燒著，火勢逐漸變小，然後突然爆起一陣火花，橘色火星襯亮黑色夜空。有趣的是，我根本沒注意到太陽已經下山了。這是今晚第一次，我想起現在究竟有多晚了——我完全失去時間感。

和我的奎魯特朋友在一起，比我想的還輕鬆。

當雅各和我將摩托車放入他家車庫時，他懊悔的承認安全帽是個好主意，他應該也要想到的；而我開始擔心和他一起出現在營火晚會的事，不知道這些狼人現在是否會認為我是叛徒。他們會因為雅各邀請我而生氣嗎？我會毀了晚會嗎？

但是當雅各牽著我走出森林，來到懸崖頂的會場時，會場的氣氛很隨意，很輕鬆。營火已經燒得很旺，比被烏雲遮住的太陽還明亮。

「嗨，吸血鬼女孩！」安柏瑞大聲歡迎我。奎爾跳起來跟我擊掌，親吻我的臉頰。當我和雅各一起坐下，坐在艾蜜莉和山姆旁邊的冰冷石地上後，她捏了捏我的手。

除了一些打趣的牢騷之外——多半是保羅說的——像是該把吸血鬼的臭味保持在下風處之類的，他們確實把我當作是屬於這個團體的一分子。

到場的人並不全都是孩子。比利也在，他輪椅所在的位置，似乎正是這一圈人的主位。在他旁邊，坐在一張草地折疊椅上，看起來相當虛弱的，是奎爾的白髮老祖父——老奎爾。查理好友哈利的遺孀，蘇・克利爾沃特，則坐在他另一邊的椅子上。她的兩個孩子利雅和賽斯也在，像我們其他人一樣坐在地上。這讓我大為吃驚，很顯然他們三人都是這團體的知情分子。從比利和老奎爾與蘇談話的內容聽來，似乎她將接替哈利在議會中的位置，所以這讓她的孩子自然成為拉布席這祕密會社的當然成員嗎？

利雅坐在山姆和艾蜜莉的對面，我心想這對她來說一定糟透了。她那張美麗的臉龐沒有流露出任何情感，雙眸一直盯著營火的火光。看著利雅毫無瑕疵的臉龐，我忍不住將她和艾蜜莉那張毀容的臉進行比較。既然她現在已經知道這兩人的真相，利雅對於艾蜜莉臉上的傷疤會有什麼看法？在她眼中，她會認為那就公平了嗎？

小賽斯・克利爾沃特已經不小了。他咧開大嘴發出高興的笑聲，瘦高的身子，讓我想起年輕時的雅各。這相似處讓我不禁笑了，然後又不禁嘆息。是否賽斯的人生也注定和其他男孩一樣將會徹底改變？是因為這樣的未來，因此他和他的家人才會出現在這裡嗎？

全部的人都在：山姆及他的艾蜜莉、保羅、安柏瑞、奎爾、賈德及金——他剛命定的女孩。

我對金的第一個感覺是，她是個好女孩，有點羞怯又不太起眼的女孩。她有張很寬的臉，主要是顴骨很寬，雙眼太小，使得顴骨更凸顯。她的鼻子和嘴巴，以傳統美麗的標準看來顯得稍大。在風幾乎沒停過的懸崖頂上，她黑直的秀髮看起來也不夠濃密。

這是我的第一印象。但看著賈德凝視著金幾個小時之後，我不再覺得這女孩很平凡了。

他看她的樣子！就像一個盲眼的男人第一次看見光線似的；宛如一個收藏家發現一件不為人知的達文西佳作；好像母親望著她新生嬰兒的臉龐。

他眼中的驚嘆，讓我用全新的目光看她——她的肌膚在火光下看起來像紅褐色的絲綢、她的唇形是完美的雙弧線、她的貝齒在雙唇的對比之下更是潔白、她的眼睫毛好長好長，當她往下看時，好像能撫過她臉頰。

當金迎上賈德充滿驚嘆的目光時，她的膚色似乎變得更深了，她的雙眼因為羞怯而低垂，但她的目光完全離不開他。

看著他們，我覺得我有點瞭解雅各之前告訴我關於命定的事——很難抗拒那種承諾和愛慕。

金現在貼著賈德的胸口，頻頻打盹，昏昏欲睡，他雙臂環抱著她。我想像她一定覺得非常溫暖。

「有點晚了。」我低聲對雅各說。

「還沒開始呢，」雅各也低聲回答我——雖然在場一半以上的人應該都聽見了。「最棒的部分才要開始。」

「最棒的是什麼？你活吞一整隻牛？」

雅各發出低沉嘶啞的笑聲。「不。那是最後的壓軸。我們聚會，不是為了吃掉一整週的食物的。總得有人出來做這些事，這是議會會議。奎爾是第一次參加，他還沒聽過故事。嗯，他是聽過啦，但這會是他第一次得知，原來那些故事都是真的。這會讓人更加密切注意。金、賽斯和利雅也都是第一次。」

「故事？」

雅各起身改坐在我身邊，我靠著一塊岩石，他用手臂環著我肩膀，以更低的聲量在我耳邊輕說。

「我們一直以為那些歷史只是傳說，」他說：「那些我們起源的故事。第一個就是魂靈戰士的故事。」

雅各輕柔的低語好像開場白。圍繞著悶燒營火的這個團體的氣氛突然一變。保羅和安柏瑞挺直身子坐正。賈德輕推金，將她輕柔地拉起，坐直身子。

艾蜜莉拿出一本筆記本和一枝筆，就像學生準備要聽一堂重要課程的模樣。山姆在她身邊略微轉身——這樣他才能面對老奎爾的方向，因為老先生的位置是在他的另一邊——我突然間瞭解，議會中的大長老並不是三位，而是四位。

利雅．克利爾沃特，她的臉龐仍舊美麗且木然，她閉上眼——不是因為她累，而是這樣能幫助她專心。她弟弟傾身熱切的看著老人。

火花砰裂，又爆出另一次煙火，火星點亮夜空。

比利清清喉嚨，用和他兒子低語差不多的低聲，以渾厚低沉的嗓音述說著故事。每個字都很精確，好像他打從心底知道這些故事，但充滿感情及微妙的韻律，宛若詩人對觀眾朗誦著作品。

「奎魯特一開始只有一小群人，」比利說：「我們現在還是一小群人，但我們永遠不會消失，這是因為我們的血液中永遠有著魔力。不是變身的魔力——那是之後才有的。一開始，我們是靈魂的戰士。」

過去，我從未察覺到比利．佈雷克的聲音帶著權威，直到現在我才明白這權威始終存在。

艾蜜莉的筆快速地在紙上書寫，她想跟上他說話的速度。

「在一開始，我們的部落在港灣落腳，並且變成了技術高超的造船工人和漁夫，但規模很小。這個港灣擁有大量魚群，引來了其他人覬覦這片土地，但是我們人數太少，無法守住全部的土地。一個較大的部落過來與我們為敵，我們只好駕船逃走。

卡海力哈不是第一位魂靈戰士，但我們不記得在他之前的故事。我們不知道第一位發現這個力量的人是誰，或者在之前的危機中是如何運用這個力量。在我們的歷史中，卡海力哈是第一位偉大的**魂靈族長**。在緊急時，卡海力哈用這股魔力保衛我們的土地。

他和他的戰士離開船——這裡指的不是他們的身體，而是他們的靈魂。他們的妻子看顧著他們的身體及浪潮，之後這些男人帶著他們的靈魂回到原本屬於我們的港灣。

他們無法實際碰觸到敵人的部落，但是他們有其他的方法。故事告訴我們，他們能吹起強風攻擊敵人的帳篷，他們能令風發出可怕的尖叫聲嚇壞敵人。故事還告訴我們，動物能看見魂靈戰士，並且瞭解他們的意思，動物也願意回應戰士的召喚。

卡海力哈帶著他的魂靈大軍，讓侵入者潰不成軍。這個侵略我們的部落，飼養了一大群狗，毛茸茸的大狗，是他們在寒冷的北方用來拖雪橇用的。魂靈戰士要求狗兒反抗主人，還召喚懸崖洞穴中巨大的蝙蝠群。他們利用尖叫的風聲令敵人困惑，並運用狗兒做為幫手。狗兒和蝙蝠都贏了。倖存者潰散，說我們的港灣是個受詛咒的地方。當魂靈戰士解除對狗兒的控制後，狗兒奔回野外。奎魯特戰士們回到他們的身體，與他們的妻子相見，凱旋而歸。

其他鄰近的部落，賀斯和馬卡族，和奎魯特簽署條約。他們不希望被我們的魔力傷害。我們和他們和平的相處。當敵人攻擊我們，魂靈戰士會擊退他們。

經過一代又一代，到了最後一任的魂靈族長——塔哈・阿基。他是知名的智者，也是和平愛好者。人們在他的照顧下，滿足美好的生活著。

但有一個男人，烏特拉帕，他不滿足。」

圍繞著火光的人群中傳來一陣低吼聲。我反應太慢，來不及看到是誰發出的。比利不理會這個聲音，繼續述說著傳說。

「烏特拉帕是塔哈・阿基領導的魂靈戰士成員中最強壯的一位——他是一個力量強大的男人，也是一個貪婪的男人。他認為人們應該運用所擁有的魔力來擴展土地，征服賀斯和馬卡族，建立一個帝國。

當他們成為魂靈戰士時，他們會知道彼此的想法。塔哈・阿基知道烏特拉帕的夢想，所以對烏特拉帕感到憤怒。他下令烏特拉帕離開部落，永遠不准使用他的力量。烏特拉帕是一個強壯的男子，但族長的魂靈戰士人數比他多。他沒有選擇，只得離開。這位憤怒的被逐者，躲在附近的森林中，等待向族長復仇的機會。

就算在和平的時代，魂靈戰士族長也滿懷警戒的保護子民。他們時常進入山上一個神聖的祕密場所。將自己的身體留下，然後獨自掃蕩森林和海岸，確定沒有威脅靠近。

有一天，當塔哈・阿基外出去執行這項勤務時，烏特拉帕跟蹤他。一開始，烏特拉帕只是單純的計畫要殺死族長，但這計畫有個缺點。魂靈戰士之後一定會想辦法找到他並殺了他，而且在他還來不及逃走之前就會被他們找到。當他躲藏在岩石後，看著族長準備離開身體時，他想到另一個主意。

塔哈・阿基將他的身體留在那個祕密之地，靈魂乘風一同飛翔，要替他的子民監視這片地區。烏特拉帕等著，等著族長的靈魂乘風離開到足夠的距離之外。

烏特拉帕一進入靈魂的世界，塔哈・阿基馬上就感應到他的存在，而且也馬上知道了烏特拉帕的謀殺計畫。他急速返回祕密之地，但就算乘著風還是不夠快，他無法拯救自己。當他返回時，他的身體已經不見了，只剩烏特拉帕的身體被丟棄在該地。但烏特拉帕並沒留給塔哈・阿基一線生機——他用塔哈・阿基的手割斷了自己身體的喉嚨。

塔哈・阿基跟著他的身體下山。他對著烏特拉帕怒吼，但烏特拉帕不理會，好像他只不過是陣風而已。

塔哈・阿基絕望的看著烏特拉帕接替他的位置，成為奎魯特的族長。前幾週，烏特拉帕什麼都沒做，只忙著確定所有人都相信他是塔哈・阿基。然後開始進行改變——烏特拉帕的第一道法令就是禁止任何戰士進入靈魂世界。他宣稱，他預見一個危險，但事實真相是他害怕。他知道塔哈・阿基在等待機會，要將這件事告訴魂靈戰士們。烏特拉帕也擔心一旦他自己進入靈魂世界，塔哈・阿基便會趁機回到自己的身體。但如此一來，他希望透過魂靈戰士大軍征服他族的美夢便破碎了，他只能想辦法讓自己滿足於統治部落。他成為一個負擔——他要求一些塔哈・阿基絕不會要求的特權，拒絕和他的戰士一同執勤，娶第二個年輕的小老婆，然後又娶了第三個，雖然塔哈・阿基的妻子還活著——這是部落前所未有的情況。塔哈・阿基憤怒無助的看著。

最後，塔哈・阿基甚至試圖殺害他的身體，好拯救被烏特拉帕統治的部落子民。他從山上帶來一頭發怒的狼，但烏特拉帕躲在他的戰士身後。當這頭狼殺死一位保護假族長的年輕人後，塔哈・阿基覺得很懊悔，於是他命令狼離開。

所有的故事都告訴我們，要成為魂靈戰士其實很不簡單。靈魂離開身體的過程其實是很恐怖的。這正是為何戰士們只有在必要時，才會使用這種力量。族長的孤獨之旅其實是一種負擔和一種犧牲。沒有形體，會造成沒有方向感、不自在、驚恐不已的情緒。而塔哈・阿基離開他的身體太久，到這時他已陷在一種痛苦不已的情況中。他覺得他是受到了懲罰——永遠無法到達他先祖等候他的終極之鄉，永遠陷在這虛無的折磨中。

當塔哈・阿基的靈體在森林中瘋狂痛苦地遊走時，那頭巨狼跟著塔哈・阿基。這頭狼很大，也很漂亮。塔哈・阿基突然嫉妒起這頭不會說話的動物。至少牠有形體、至少牠有生活。雖然牠身為動物，也比這可怕空洞的意識還要好。

然後塔哈・阿基有了一個主意，這主意改變了我們。他要求這頭巨狼給他一些空間，和他分享。狼順從了，塔哈・阿基進入狼的體內，既寬心又感激。這不是他原本身為人的身體，但比起空無所有的靈界好多了。

成為一體的人和狼，回到港灣的村莊。人們驚恐的逃跑，大聲呼喊請戰士來救命。戰士趕過來，以矛叉準備對付這頭狼。烏特拉帕當然是躲在安全的地方。

塔哈・阿基並沒有攻擊他的戰士們。他緩緩的從他們面前撤退，用他的雙眼想告訴他們，試圖對他的子民吠唱。戰士們逐漸瞭解這頭狼不是隻普通動物，有個靈體在影響這匹狼。一位較老的戰士，名叫尤特，決定違反假族長的命令，想跟這頭狼溝通。

當尤特一進入靈魂世界，塔哈・阿基就離開狼——那頭動物溫馴的等著他回來——和尤特溝通。尤特馬上就知道了真相，然後歡迎他真正的族長。

此時，烏特拉帕出來看看這頭狼是否已被制伏。當他看見尤特無生命的躺在地上，周圍是保護的戰士，他便知道發生了什麼事。他拔出刀子衝過去想在尤特還來不及回到體內之前先殺了他。

『叛徒！』他尖叫，戰士們不知該如何是好。族長禁止靈魂離體之旅，而族長也有權對違抗命令之人施以懲罰。

尤特跳回他的身體，但烏特拉帕已將刀子架在他喉嚨上，手摀住他的嘴。塔哈・阿基的年輕身體很強壯，而尤特的身體已然老弱。尤特什麼都來不及說，來不及警告其他人，就被烏特拉帕殺死了。

塔哈・阿基看著尤特的靈魂飄向終極之鄉，也是塔哈・阿基永遠都無法前去的安息之地。他覺得極其憤怒，這股憤怒的力量遠超過他曾有過的任何感覺。他再次進入狼的體內，決心要咬斷烏特拉帕的喉嚨。

但，當他跳進狼的體內時，最偉大的魔力發生了。」

「塔哈・阿基的憤怒是人類的憤怒。他對族人的愛及對這統治者的憎恨之大對狼的身體而言太浩大了，這種情緒太人類了。狼顫抖個不停——就在震驚的戰士及烏特拉帕的眼前——變身成為一個人。

這新的人類軀體看起來和塔哈・阿基一點都不像，反倒是太過健壯雄偉。他乃是塔哈・阿基的靈直接轉換成的形體。戰士們馬上就認出了他，因為他們曾經和塔哈・阿基的靈體併肩行動。

烏特拉帕想逃走，但塔哈・阿基的新生軀體內，擁有這頭狼的強大力量。他抓住這假族長，在他還來不及從這偷來的軀體逃走之前就殺了他。

當人們瞭解到真相後，人們興高采烈。塔哈・阿基很快將一切恢復秩序，再次和他的戰士們一同執勤，將年輕的小老婆送回原本的家庭。唯一不變的是，他也同樣禁止靈魂之旅。他知道大家都曉得偷身體這個想法了，若再進行靈魂之旅的話將會太危險，於是從此不再有魂靈戰士。

從那時起，塔哈・阿基隨時能在狼與人體間隨意變身。人們稱呼他為大狼塔哈・阿基，或者靈體之人塔哈・阿基。他領導部落相當多年，因為他一直沒變老。當危險的威脅靠近，他就變身為狼，抵抗或嚇退敵人，讓人們和平的生活。塔哈・阿基生了許多兒子，其中部分的兒子發現，當他們成年時，他們也能變身成為狼。但這樣的狼各個不同，因為他們是魂靈戰士之狼，他們內心的特色會反映在外部的形體上。」

「這正是山姆是黑色的原因，」奎爾低聲笑著說：「黑色的心，黑色的毛髮。」

我是如此著迷於故事之中，直到此時才震驚的回到現狀，看著圍繞著微弱營火的這一圈人。我又震驚的瞭解到，這一圈人全都是塔哈・阿基——無論隔了多少代——的孫輩。

營火砰裂的火星朝天際砰發，火星在夜空顫動舞動，變幻出幾乎可描述的形狀。

「你的巧克力色毛髮反映出什麼？」山姆低聲回答奎爾。「你很甜？」

比利不理會他倆的拌嘴。「有些兒孫成為像塔哈・阿基一樣的戰士，他們不再變老。其他那些不喜歡變身，拒絕加入狼人這一族，那些人開始變老。部落發現，一旦狼人決定放棄他們心靈之狼的戰士力量，他們就會和其他人一樣變老。塔哈・阿基很長壽，是一般人壽命的三倍長。他在前兩任老婆死後，娶了第三任——這時他才找到他真正摯愛的心靈伴侶。雖然他仍舊愛著先前兩位，但這次的感情完全不同。他決定放棄他變身成狼的力量，這樣才能與他的老婆白頭偕老，同歸天國。

這是我們魔力起源的故事，但不是故事的結局……」

比利看向老奎爾・亞德瑞，老奎爾坐在椅子上動動身子，虛弱的肩膀挺直。比利拿了瓶水喝了幾口，抹了下自己的前額。艾蜜莉的筆一直猛寫，沒有停下來過。

「這是魂靈戰士的故事，」老奎爾用衰弱的高音說：「接下來要說的是第三任妻子的犧牲。

在塔哈・阿基放棄了他的心靈之狼的力量後，過了許多年，那時他已經是個垂垂老者。北方有了麻煩，來自馬卡。那個部落中有幾個年輕女孩不見了，他們認為是鄰居的狼人幹的好事，因為他們害怕，同時不信任這些狼人。當狼人轉變成狼的形體時，他們能知道彼此的思想，就如同他們身為魂靈戰士的先祖一樣。他們知道不是他們幹的。塔哈・阿基想讓馬卡族長平靜下來，但他們太害怕了。塔哈・阿基不想開戰。他已經不再是個能夠領導族人的戰士了。他命令他的大兒子，塔哈・尉，在開戰之前找出真正的犯人。

塔哈・尉率領五位狼人在山區搜尋，想找到失蹤的馬卡女人的線索。他們偶然間碰到某種從未遇到過的東西，森林中有股奇怪甜美的味道，讓他們的鼻子像火燒一樣痛苦。」

我畏縮著更緊靠在雅各身邊。我看見他嘴角扭曲露出笑意，但他的手臂緊緊摟著我。

「他們不知道是什麼生物散發出那樣的味道，但他們追蹤著那氣味前去。」老奎爾繼續說。他顫抖的嗓音不像比利那樣威嚴，卻有種奇怪憤怒的急切感。隨著他話愈說愈快，我的脈搏也愈跳愈快。

「他們發現微弱的人類氣味，順著這蹤跡還找到人類的血。他們很確定這正是他們尋找的敵人。

這趟旅程讓他們走到遙遠的北方，因此塔哈・尉派出半組人馬，比較年輕的那幾個，回去部落，向塔哈・阿基報告。然而，塔哈・尉和他另外兩個兄弟沒有回來。

年輕的兄弟搜尋著兄長，但一無所獲。塔哈・阿基為他的兒子們服喪哀悼，他希望能為兒子的死去復仇，但他已經老了。他穿著喪服去見馬卡族長，告訴他一切。馬卡族長相信他的悲痛，兩個部落的緊張暫時告一段落。

一年後，兩個馬卡少女，在同一晚從自己的家中消失。馬卡人馬上請奎魯特狼人前來，狼人發現整個馬卡村莊都有著同樣甜美的臭味，於是狼人出發前去狩獵。這次出征，只有一位回來——他是亞哈・烏塔。塔哈・阿基第三個妻子的長子，也是這群狼人中最年輕的一位。他帶回來一樣東西，是奎魯特人從未見過的，一個奇怪、冰冷像石頭般殘碎的屍塊。那些有著塔哈・阿基血脈的兒孫，即使還沒有變身成狼人的，也能從這死亡的傢伙身上聞到辛辣的氣味。這就是馬卡族的敵人。

亞哈・烏塔形容事情的經過：他和他的兄弟發現這個傢伙，這東西看起來像人類，但硬得像花崗岩，他和那兩個馬卡女人在一起。其中一個女人已經死亡，蒼白無血的倒在地上。另一個在這傢伙的臂彎，他的唇咬著她的喉嚨。當他們聞到那令人厭惡的味道趕去時，原本她還活著，但當他們靠近時，那傢伙很快折斷她的頸子，將她無生命的屍體拋在地上。他蒼白的唇上沾滿她的血，雙眼閃耀著紅光。

亞哈・烏塔形容那傢伙兇猛強大的力量和速度。他一位兄弟低估了那傢伙的力量，很快便犧牲了。那傢伙將他兄弟撕成碎塊，像撕碎洋娃娃似的。亞哈・烏塔和他另一個弟兄更小心。他們一起合作，從兩側進攻那傢伙，要以智取。他們得發揮身為狼人最強的力量和速度，那是他們從未遭遇過的。那怪物像石頭一樣硬，像冰一樣冷。他們發現只有他們的利齒能摧毀他。當他們與那傢伙奮戰時，他們用牙齒一小塊一小塊的撕扯他的身體。

但那傢伙學得很快，馬上就發現他們的策略。他雙手抓住了亞哈・烏塔的兄弟，亞哈・烏塔發現那傢伙的喉嚨此時是個空隙，於是飛躍撲了過去。他的利齒咬下那傢伙的頭，但那傢伙的手還是繼續重創他兄弟。

亞哈・烏塔將那傢伙撕扯成無法辨認的碎塊，撕成一片一片的，絕望的想救他的兄弟。但來不及了，幸好最後，那怪物被摧毀了。

或說，他們如此以為。亞哈・烏塔將那傢伙臭味沖天的屍塊放在地上，讓長老們查看。一塊手部殘骸擺在那傢伙花崗岩般的手臂旁。當長老們用棍子戳著碎塊時，那兩塊碎屍塊碰在一起，而那隻手竟朝手臂的碎塊伸出，想將自己重組。

嚇壞了的長老們升起火想燒毀殘骸。令人窒息的濃煙，空氣中都是噁心的味道。當一切燒完只剩灰燼時，他們將灰燼裝成許多小袋，盡量將灰燼撒得遠遠的，有些撒進海洋內，有些撒進森林內，有些在懸崖洞穴內。塔哈・阿基將其中一袋掛在脖子上，因此，若那怪物再次試圖把自己再拼起來的話，他會有警覺。」

老奎爾停了一下，望著比利。比利將繞著他頸子的小皮繩拉出來。皮繩尾端有個小袋子，黑色的，看起來年代久遠。好幾個人不約而同地發出了驚訝的呼聲，我可能就是其中之一。

「人們把它叫做冷血人，喝血的人，人們恐懼的生活著，擔心還有更多的冷血人。人們只能依靠僅存的一位狼人保護者，亞哈・烏塔。

他們並沒有等很久。那傢伙有個伴，另一個吸血者，來到奎魯特區想要復仇。

故事說，那冷血女人是人們看過最美的生物。當她在清晨走進村莊，她看起來像黎明女神，太陽出來了，照射在她雪白的肌膚上發出閃爍的光芒，也照得她長到膝蓋、隨風飄動的金髮閃閃發光。她的臉美得讓人著迷，她漆黑的雙眸對比雪白的臉龐。有些人不自覺地跪下來膜拜她。

她以高亢刺耳的聲音詢問，那是人們從未聽過的語言。人們呆住了，不知該如何回答。在人群之中，只有一位小男孩是塔哈・阿基的血脈，其他人都不是。當他聞到她的味道，他緊抓住他母親，不停尖叫，說那味道害他鼻子很痛。有一位正要趕去議會的長老，聽見男孩的尖叫，知道來的這女人就是那種怪物，他大喊要人們快逃。於是她動手先殺了他。

共有二十位目擊者見到冷血女人來到，但只有兩個倖存者，因為她被血分心，停下來滿足口腹之慾。

亞哈・烏塔一聽到這個消息就立刻變身成狼，他要獨自去摧毀這吸血的人。塔哈・阿基，他的第三個妻子，他的兒子們，和他的長老都跟在他身後。

一開始他們沒找到那怪物，只看到她攻擊的證據。殘缺的屍體，有一些已經被吸光了血，散落在她走過的路面。然後他們聽見尖叫聲，匆匆趕去港灣。

一小撮奎魯特人跑上船想逃難。她像鯊魚一樣游在他們後方，用她那強大的力量，打破船頭。當船下沉時，她抓住那些想游走的人，折斷他們的頸項。

當她見到一頭巨狼站在岸邊時，她不顧那些逃走的游泳者。她往回游得很快，快得像個黑點直撲過來，滴著水滴，美豔動人，站在亞哈・烏塔面前。她用一根蒼白的手指指著他，用另一種沒人聽得懂的語言問他問題。亞哈・烏塔等著。

這是一場勢均力敵的戰鬥。她和她的伴侶不同，她並非是驍勇善戰的武士，但亞哈・烏塔只有一個人，眼見她的盛怒，沒人敢靠近去協助亞哈，引她分心。

當亞哈・烏塔失敗後，塔哈・阿基憤怒地咆哮。他一拐一拐的走向前，轉變成一頭年老白髮的狼。那頭狼已老，但仍舊是塔哈・阿基心靈之人，他的怒意讓他變得強壯。戰鬥又開始了。

塔哈・阿基第三個妻子親眼目睹她的兒子死亡。如今她的丈夫也在作戰，她知道他不可能贏，她之前在議會聽見目擊者說的屠殺內容。她也聽說過亞哈・烏塔的第一場勝利故事。她知道他兄弟分散注意力的手法救了他。

這第三位妻子從站在她身邊其中一位兒子的腰帶間拔出刀子。這些都是年輕的兒子，還沒成人，她知道萬一他們的父親失敗，他們必死無疑。

第三位妻子高舉利刃奔向那冷血女人。冷血女人笑了，並沒因為她的動作分心，仍舊專注與老狼作戰。她一點都不怕這虛弱的老女人或是刀子，因為刀子根本傷不了她的肌膚，她準備要對塔哈・阿基使出致命的一擊。

就在此時，這第三位妻子做了一件冷血女人沒想到的事。她衝過來跪在那冷血女人的腳前，將刀子刺進自己的心臟。

血滲透第三位妻子的手指，噴到冷血女人身上。吸血的人無法抗拒從第三位妻子身上流出的鮮血的魅力。出於本能，她轉向這垂死的女人，有那麼一秒鐘的時間，完全沉溺在飢渴中。

塔哈・阿基的利齒咬住了她的頸項。

戰鬥還沒結束，但塔哈・阿基不再是孤軍奮鬥。看見母親死亡，兩位年輕的兒子憤怒不已，憤怒引發他們心靈之狼的戰士力量，儘管他們還未成年，他們也變身為狼，和父親並肩作戰，消滅了那個生物。

塔哈・阿基未再返回部落。他一直沒變回人形。他躺在他第三個妻子身邊整整一天，若有任何人想接近她，他就大聲咆哮。最後他進入森林，再也沒回來過。

從那時此，冷血人引起的麻煩就很少見。塔哈・阿基的兒子守護部落，直到他們的兒子大得能接替父親的位置。一次通常不會超過三位狼人，這樣就夠了。偶爾有吸血人會出現在部落附近，但因為吸血人沒預料到會有狼人，所以很快就被狼人料理乾淨。有時狼人會死，但不是像第一次那樣毀滅性的死亡。狼人學會如何與吸血鬼作戰。將知識一代代傳承，從狼人的心靈傳到另一個狼人的心靈，魂魄傳遞給魂魄，父親傳給兒子。

隨時間經過，塔哈・阿基的後代子孫成年後也不再變成狼人。只有在重要的時刻，一旦冷血人靠近，狼人才會重現。冷血人總是單獨或兩人同行的出現，因此我們狼人的數量也還是很小一群。

當一大群吸血鬼來到此地，你們的曾祖父輩準備要與他們作戰。但那領導和埃夫萊姆・佈雷克會談，好像他只是一個人類，承諾永遠不會傷害奎魯特。他奇怪的黃眼珠讓他說的話看來似乎可信，他們和以前那些吸血的人似乎不同。相比之下，狼人的數目較少，對冷血人來說，實在沒有必要在勝券在握的狀況下提出協議。埃夫萊姆接受了。他們真的乖乖待在那一邊，雖然他們的存在似乎也引來更多的同類。」

「他們的數目也刺激了我們部落誕生有史以來數量最多的狼人，」老奎爾說，那一瞬間，他被鬆垮肌膚遮住的黑色雙眼似乎看著我。「當然，除了在塔哈・阿基的時代，」他說，然後嘆口氣。「因此，我們部落的子孫仍舊背負著這個重擔，將他們父執輩犧牲的故事流傳。」

眾人沉默了好一會。擁有魔力和傳奇的這些後代子孫們，隔著火光彼此互望著對方，眼神充滿悲傷。只有一個例外。

「負擔。」他低聲嘲諷的說。「我認為這很酷。」奎爾飽滿的下唇噘了起來。

隔著將滅的營火，賽斯・克利爾沃特——他睜大眼羨慕地望著這群身為部落保護者的弟兄們——同意的點著頭。

比利低聲輕笑，低沉長久的笑聲，那魔力似乎落入悶燒的餘火。突然間，大家又像是朋友了。賈德朝奎爾丟小石頭，當他嚇得跳起來，大家都笑了。我身邊傳來低低的談話、打罵笑鬧、聊天聲等。

利雅・克利爾沃特並沒有睜開眼。我好像看見她臉頰上有個晶亮的東西，應該是淚，但當我試著再仔細看的時候，已經不見了。

雅各和我都沒說話。他在我身邊動也不動，呼吸低沉平穩，我以為他快睡著了。

我的心跑到千年之外。我沒有在想亞哈・烏塔或其他狼人，或是美麗的冷血女人，我很容易就能在腦海中想像她的樣子。不，我想的是這群魔力子孫以外的人。我試著想像那拯救了整個部落的不知名女人的長相，那第三個妻子。

不過是一個人類女性，沒有特別的超能力。比起故事中其他的怪物，她的身體又衰弱又緩慢。但她是關鍵，解答。她救了她丈夫，她年輕的兒子，她的部落。

我真希望他們曾記下她的名字。

有人搖晃我手臂。

「哈囉，貝拉，」雅各在我耳邊說：「我們到了。」

我眨眨眼，有點困惑，因為火光似乎不見了。我望著，但只見一片漆黑，我試著想弄清楚自己在哪裡。我過了好一會才知道自己已經不在懸崖上。只剩雅各和我，他還是摟著我，但我已經沒坐在地上。

我是怎麼上了雅各的車的？

「喔，該死！」我發現自己竟然睡著了，嚇了一跳。「多晚？該死，那蠢電話呢？」我拍打著口袋，發狂的找，但沒找到。

「放心。還沒午夜。我已經幫妳打給他了。瞧——他在那邊等著呢。」

「午夜？」我傻傻的重複，還是很迷惘。我望著黑暗，當我認出黑暗中三十碼遠處的富豪車，我的心跳開始加速。我手伸向車門把。

「這裡。」雅各將一個小東西交到我另一隻手裡，是電話。

「你幫我打電話給愛德華？」

我雙眼已經適應了黑暗，看見雅各臉上閃過一絲笑容。「我想如果我先示好，就可以有更多時間和妳在一起。」

「謝了，小各，」我深深感動。「真的，謝謝你。也謝謝你今晚邀請我參加。這真的……」我說不下去。

「拜託，妳根本就睡著了，沒看到我生吞整隻牛。」他笑著說：「不，我真的很高興妳喜歡。這……我覺得很好，有妳和我在一起。」

「哇。真是了不起。」

漆黑的距離外有東西移動，在漆黑樹林的背景中有個蒼白像鬼一樣的東西。踱步？

「喔，真沒耐心，不是嗎？」雅各注意到我分心了。「去吧。但盡快再來，好嗎？」

「當然，小各。」我答應，打開車門。冷風吹過我的腿，讓我發抖。

「晚安，貝拉。什麼都別擔心——我今晚會看著妳的。」

我停下來，一隻腳踏在地上。「不，小各，你也該睡覺。我不會有事的。」

「當然，當然。」他說，但聽起來不太像是同意，只是應付應付我。

「晚安，小各。謝了。」

「晚安，貝拉。」當我衝向黑暗，他低聲說。

愛德華在邊界線迎接我。

「貝拉。」他說，聲音中聽得出大大鬆了一口氣，他雙臂緊緊環抱著我。

「嗨，抱歉我這麼晚。我睡著了，而且——」

「我知道，雅各解釋過了，」他朝車子走去，我在他身邊步履蹣跚。「妳累了嗎？我可以抱妳。」

「我沒事。」

「我們先讓妳回家上床睡覺。妳玩得開心嗎？」

「是呀——棒極了，愛德華。我希望你也在。我不知該怎麼說。小各的父親告訴我們一個古老的傳說，好像……好像魔法。」

「妳有機會要說給我聽。等妳睡夠以後。」

「我說不清楚的。」我說，然後打著大呵欠。

愛德華笑了。他為我打開車門，將我抱進去，幫我綁上安全帶。明亮的頭燈照著我們。我朝雅各揮揮手，但我不知道他是否看見。

這一晚——在我先經過查理這關之後，因為雅各已經打過電話給他，所以他並沒怎麼為難我——我並沒有直接上床，而是靠在敞開的窗邊等著愛德華回來。今晚的夜特別冷，幾乎像是冬天。我在颳風的懸崖上沒注意到，我回憶著，坐在雅各身邊和坐在營火旁似乎沒有不同。

冰冷的水滴落在我臉上，下雨了。

除了黑色三角錐狀的雲杉木在風中搖曳之外，什麼都看不見。但我張大眼，在風雨中找尋那個身影。一個蒼白的人影，從夜色中像鬼一樣行動……也可能是一頭巨大的狼的黑影……我眼力不好。

然後夜色中傳來聲音，就在我身邊。愛德華從我敞開的窗戶滑進來，他雙手比雨水還冷。

「雅各在外面嗎？」當愛德華用手臂環抱住我時，我顫抖著問。

「是的……在某處。艾思蜜正在回家的路上。」

我嘆息。「又濕又冷。這真傻。」我又抖著說。

他笑了。「只有妳才會冷，貝拉。」

我這一晚的夢也很冷，可能是因為我睡在愛德華的臂彎中。但我夢見我在外面的風雨中，風吹著我的髮，鞭打似的打在我臉上，讓我睜不開眼。我站在第一海灘的岩岸上，試著辨認那快速移動的黑影是什麼，但我只微微的看得出那黑影在岸邊。一開始，只有黑色和白色的身影，衝向對方，又優雅的分開。然後，好像月突然破雲而出，我看清一切。

羅絲莉，她秀髮濕濕的舞動，金色的髮垂到膝蓋，衝向一頭巨狼——牠的利齒閃著亮光——我馬上認出那是比利・佈雷克。

我立刻衝過去，但發現自己移動速度慢得令人沮喪。我想要朝他倆尖叫，告訴他們住手，但風吹走我的聲音，我無法出聲。我揮舞著手臂，希望他們注意到我。我手上的東西閃著光芒，我這才注意到我的右手並不是空的。

我握著一把又長又尖的刀子，是把古老銀色的刀子，上面沾染了古老、已經乾涸的黑色血跡。

刀子嚇壞我，我雙眼頓時睜大，看著我安靜漆黑的房間。我發現的第一件事，是我並非獨自一人。我轉身將臉埋在愛德華胸口，知道他肌膚甜美的味道會馬上把我的惡夢趕走。

「我吵醒妳了嗎？」他低聲問。有紙翻動的聲音，沙沙作響，還有微微的砰擊聲，好像有東西掉在木頭地板上。

「不是，」我喃喃說。滿足地鑽進他臂彎，讓他更緊的摟住我。「我作惡夢了。」

「妳要告訴我嗎？」

我搖搖頭。「太累了。可能明天早上吧，如果我還記得的話。」

我感覺到他沉靜的笑聲，整個人在震動。

「你在看什麼？」我咕噥說，並沒醒過來。

「咆哮山莊。」他說。

我充滿睡意的皺眉。「我以為你不喜歡這本書。」

「妳留在這裡，」他喃喃說，他輕柔的聲音讓我逐漸失去意識。「再說……我花愈多時間和妳在一起，似乎就更能理解人類的情緒。我發現我能同情希思克利夫了，這是我以前無法想像的。」

「嗯。」我嘆息。

他還說了些別的，低沉的聲音，但我已經睡著了。

第二天早上，拂曉的天色是珍珠灰，而且無風。愛德華問我作了什麼夢，但我記不起來。我只記得我很冷，我很高興當我醒來時他還在。他親吻我，好久好久，久的讓我的脈搏加速，接著他才準備回家更衣開車。

我很快更衣，沒多少可選。那個洗劫了我洗衣籃的傢伙害我的衣櫃也少了好些衣服。要不是我嚇壞了，我一定覺得很惱怒。

我下樓準備吃早餐，注意到我破舊的《咆哮山莊》掉在地板上，是昨晚愛德華鬆手掉下去的。書就攤開在他看的地方，像平常攤在我看的地方一樣。

我好奇的撿起來，想回憶他究竟說了什麼。好像是在這些人中，他同情希思克利夫之類的。這不可能，我一定是作夢了。

打開的頁面有四個字抓住我的雙眼，我低頭更仔細的閱讀這一段。那是希思克利夫說的，我很熟這一段。

從這點，妳就可以看出我們兩個對她的情感有多麼大的不同——如果我和他彼此交換位置，儘管我會恨他入骨，但哪怕一根手指頭我都不會動他。瞧妳，一副不相信的樣子，要是妳真的不相信，只能說妳太不瞭解我了。只要她還需要他，我就絕不會趕他走，而一旦她不再需要他了，我就會要了他的命——挖他的心，喝他的血。但在此之前，即使死神一步步走近我，我也絕不會傷他一根汗毛。

我雙眼緊盯著那四個字——「喝他的血」。

我整個人抖個不停。

是的，我一定是夢見了愛德華在說希思克利夫的好話。這一頁可能不是他看的那一頁，這本書落下去時，可能會翻開停在任何一頁。

chapter 12

時間

像這個最簡單的消息，今天的日期——

很顯然，

我一定是在潛意識中壓抑自己不去注意——

我一直焦躁的倒數這個日子的到來，

好像這就是我決定生死的日子。

「我已經預見……」艾利絲用預告的語氣說。

愛德華用手肘頂她肋骨，她成功的躲開。

「好吧。」她抱怨著。「是愛德華要我做的。但我真的預見到，如果我給妳個驚喜，妳會更難搞。」

下課後我們正要走到停車場，但她說的話我完全聽不懂。

「麻煩請說國語？」我要求。

「不要孩子氣，不可以發脾氣。」

「現在我可嚇到了。」

「就是妳──我是說我們──會有一個畢業派對。不是什麼了不起的盛會，沒什麼好擔心的。但我看見，如果我把它籌畫成一場驚喜派對，妳會被嚇壞。」當愛德華伸出手想弄亂她的頭髮，她優雅的避開。「愛德華說我非得告訴妳不可，但沒什麼大不了。我保證。」

我重重的嘆氣。「吵有用嗎？」

「沒有。」

「好吧，艾利絲，我會到場。但我一點都不會喜歡的。我保證。」

「還真配合。對了，我喜歡我的禮物，妳不用這樣的。」

「艾利絲，我沒有。」

「喔，我知道。但妳會送的。」

我驚慌的絞盡腦汁，想記起來我究竟有想過要送她什麼畢業禮物，竟然會被她預見到。

「真驚人，」愛德華喃喃說。「妳這個小東西怎麼可以這麼煩人？」

艾利絲笑了。「這是天分。」

「妳不能多等幾週再告訴我這件事嗎？」我耍脾氣的說：「現在我得想更久。」

艾利絲皺眉看著我。

「貝拉，」她緩緩的說：「妳知道今天星期幾嗎？」

「星期一？」

她翻翻白眼。「沒錯，是星期一……四號。」她抓住我手肘，將我身子半轉，指著貼在體育館大門上一張很大的黃色海報。上面以明顯的黑色字體標示著畢業典禮的日期。離今天只剩一週。

「是四號？六月？妳確定？」

他們倆都沒回答。艾利絲只是傷心地搖搖頭，假裝失望，而愛德華揚起眉毛。

「不可能！怎麼會這樣？」我試著在腦海中推算過去的日子，但算不出來這些日子究竟是過到哪兒去了。

我覺得好像有人踢我一腳害我跌了個空似的。充滿壓力、擔憂的那些日子……就在我不斷的煩惱時間的時候，我的時間就這樣流失了。我原本該好好用這段空檔整理自己的心情、訂出計畫的，但時間就這樣消逝。我沒有時間了。

而且我還沒準備好。

我不知道該怎麼辦。要怎麼跟查理和芮妮……和雅各……和人類生活說再見？

我的確知道我要什麼，但我突然間害怕起我要的東西。

理論上，我很渴望，急切的想用我的凡人之軀去交換不死之軀。畢竟，那是能和愛德華永遠在一起的關鍵。此外事實上，我也被一些已知和未知的人盯上了。我才不要無助又誘人地坐著什麼也不幹，等著他們其中之一逮著我。

理論上，這些都很合理。

實務上……我只知道怎麼當人類。我未知的未來，對我而言，是個巨大的黑色深淵，除非我跳下去，否則不會知道。

像這個最簡單的消息，今天的日期——很顯然，我一定是在潛意識中壓抑自己不去注意——我一直焦躁的倒數這個日子的到來，好像這就是我決定生死的日子。

在模模糊糊中，我隱隱知道愛德華為我打開車門等著我，艾利絲在後座吱吱喳喳的說話，還有雨打在擋風玻璃上的聲音。愛德華似乎知道我在神遊，他並沒有打斷我的空想。也可能他試過，但我沒注意到。

我們到達我家，愛德華帶我走到沙發，拉我坐下，他也坐在我旁邊。我視而不見地望著窗外，望著朦朧的細雨，想瞭解我那些決心都跑到哪去了。我現在為什麼驚慌？我早就知道這一天早晚會到來。為什麼看見它到來時還會嚇壞我？

我不知道他放任我沉默地看著窗外多久。但雨隨著夜幕降臨而看不見了，他終於也受不了。

他用冰冷的雙手捧起我的臉，金色的雙眸盯著我。

「在我快瘋了之前，妳能告訴我妳在想什麼嗎？」

我能跟他說什麼？說我是個膽小鬼？我搜索著合適的用語。

「妳嘴唇發白，貝拉，告訴我。」

我大大吐出一口氣。我這樣憋住呼吸多久了？

「那個日子讓人措手不及，」我低語。「只是這樣。」

他等著，臉上充滿擔憂和不解。

我試著解釋。「我不確定該怎麼做……該怎麼告訴查理……該說什麼……怎麼樣……」我說不下去。

「跟舞會無關？」

我皺眉。「不。但多謝你提醒我。」

雨更大了，他研究我的神情。

「妳還沒準備好。」他低聲說。

「我準備好了，」我馬上說謊，一個本能的反應。但我看得出來他看穿我的謊言，所以我深呼吸，說出真話。「我非變不可。」

「妳不需要做任何改變。」

當我開口說出我的理由時，我能感覺到自己眼中浮現的驚慌。「維多利亞、珍、凱撒，在我房間那個人……」

「正因為這樣，所以還要再等。」

「這實在沒道理，愛德華！」

他捧著我臉的手稍微施力，緩緩地深思熟慮地說給我聽。

「貝拉。我們任何一個人都沒有選擇的機會。妳看過改變後的情況……特別是羅絲莉。我們一直在努力，試著讓自己能和自己無法控制的那一部分和平相處。我不會讓這樣的事發生在妳身上。妳永遠有選擇的機會。」

「我已經做出我的選擇了。」

「妳不用因為這些事像把刀子架在妳脖子上，就做出這樣的選擇。我們會處理那些問題，我會照顧妳的。」他發誓。「當我們處理完那些事情，當沒有任何事情逼迫妳之後，那時妳可以再決定是否加入我，如果妳還是想要的話。但妳的決定不應該是因為妳害怕。妳不該是被迫加入的。」

「卡萊爾答應我的，」我喃喃說，習慣性的反對他。「就在畢業後。」

「要等到妳準備好才行，」他用堅定的聲音說。「而且絕不能是在妳受到威脅的情況下。」

我沒回答。我不想和他吵，此刻我自己似乎也不確定。

「好了，」他親吻我額頭。「沒什麼好擔心的。」

我不安地笑笑。「沒什麼，只是末日快到了而已。」

「相信我。」

「我相信。」

他還是看著我的臉，等著我放鬆。

「我能問你一些事嗎？」我說。

「問什麼都行。」

我有點猶豫，咬著唇，然後問出一個跟我擔心的事完全無關的問題。

「我到底送什麼禮給艾利絲當畢業禮物？」

他莞爾一笑。「好像我們兩個，妳送的都是音樂會的票——」

「沒錯！」我鬆了一口氣，差點笑出來。「在塔克馬的音樂會。我上週在報上看到廣告，我想你一定會喜歡的，因為你說他們的CD很棒。」

「這主意真好，謝謝妳。」

「我希望還沒賣光。」

「禮輕情意重。我知道的。」

我嘆氣。

「妳其實想問的不是這個。」他說。

我皺眉。「你真厲害。」

「我經常研究妳的表情。問吧。」

我閉上眼，靠著他，將我的臉藏在他胸前。「你不要我變成吸血鬼。」

「對，我不要。」他輕柔地說，然後他等了一下。「這不是一個問句。」一會後他敦促我說。

「嗯……我擔心的是……為什麼你會這樣想。」

「擔心？」他驚訝的重複我說的這個字。

「你能告訴我為什麼嗎？全部的真相，不要管我的感受？」

他猶豫了一下。「如果我回答妳的問題，妳之後可以解釋妳的問題嗎？」

我點點頭，還是將臉埋在他胸前。

他先深呼吸才回答。「妳可以過得更好，貝拉。我知道妳相信我有靈魂，但我對這點不是百分之百確信。而要讓妳冒這個險……」他緩緩搖搖頭。「要我允許這樣的事──讓妳變成像我這樣，只為了讓我永遠不會失去妳──是我所能想像到最自私的行為。雖然我自己很希望這件事成真。但對妳而言，我要妳擁有更多。這種讓步──讓我覺得像是罪犯。這將是我所做過最最自私的事，即使我會永遠活著。假如有任何方法能讓我為了妳變回人類──無論要什麼代價，我都願意。」

我坐著沒動，想著他說的話。

愛德華認為他自私。

我覺得自己緩緩笑了起來。

「嗯……你不是擔心你會不……當我變得不同後，你會不喜歡我──當我不再柔軟溫暖，我聞起來變得不同？你真的想要留住我，無論我變成什麼樣子？」

他猛地吐口氣。「妳在擔心我會不喜歡妳？」他追問。然後，我還來不及回答，他笑了。「貝拉，以一個挺有直覺的人來說，妳這樣算挺愚鈍的。」

我知道他認為我這樣想很傻，但我放心了。如果他真的要我，我就能熬過一切……不知怎地。自私突然聽起來是個美麗的字眼。

「我想妳不知道這樣對我來說有多輕鬆，貝拉，」他說，聲音中還是充滿幽默的情緒。「我可以不用時時刻刻注意著不要傷害妳，或是不小心殺了妳。當然，有些事我會想念的。像這個就是……」

他輕撫我的臉頰，凝望我雙眼，我覺得臉頰紅熱。他溫柔地笑了。

「還有妳的心跳聲，」他繼續說，更認真，但還是帶著笑意。「是我的世界中最深具意義的聲音。如今我與這聲音是如此合拍，我敢說，我能在數哩外就聽見它。但還有更好的，這個，」他說，雙手捧起我的臉。「妳。妳才是我想要擁有的。妳永遠是我的貝拉。差別只是妳會活得更久。」

我嘆口氣，滿足地閉上眼，在他的掌心下放鬆。

「現在妳可以回答我的問題了嗎？所有的真相，不要擔心傷害我的感情？」他問。

「當然。」我馬上回答，我驚訝地張大雙眼。他想知道什麼？

他緩緩的說。「妳不想成為我的妻子。」

我心跳暫停，然後猛烈跳動。我頸背冷汗直流，雙手發冷。

他等著，觀察我，聽著我的反應。

「這不是一個問句。」我最後低聲說。

他垂下眼，長睫毛在他顴骨上造成修長的陰影。他原本捧著我的臉，現在鬆開手，握起我冰冷的左手。他邊說邊把玩著我的手指。

「我就是煩惱，為什麼妳會有這樣的感覺。」

我試著吞嚥。「這也不是一個問句。」我低聲說。

「拜託，貝拉？」

「真相？」我問，只用嘴形沒發出聲音。

「當然，我承受得住的，無論是什麼。」

我深呼吸。「你會笑我的。」

他震驚的抬起雙眼看著我。「笑？我想不出這個可能。」

「你會的，」我喃喃說，然後我嘆口氣。蒼白的臉色因為懊惱變得緋紅。「好吧，行！我很確定你一定會覺得這是個大笑話，但是真的！只是……很……很糗！」我坦白，再次將我的臉藏在他胸前。

他沉默了一會。

「我聽不懂。」

我略略斜揚起頭，瞪他一眼，難為情的我用拳頭搥他。

「我不是那種女孩，愛德華。不是那種小鎮的鄉下人，因為懷孕在高中畢業後馬上就和男友結婚。你想人們會怎麼想？你知道現在是什麼世紀嗎？人們不會在十八歲就結婚，聰明、負責又成熟的人不會。我不要當那種女孩。我不是那樣的……」我沒把話說完，很沒勁。

愛德華思考著我說的話，臉上表情令人猜不透。

「就這樣？」他最後問。

我眨眨眼。「這樣還不夠？」

「不是因為……妳更渴望不朽而不是我？」

那時，雖然我原本以為他會笑，但突然間是我變得歇斯底里。

「愛德華！」我邊咯咯笑，邊大聲說：「拜託……我一直……認為……你……比我……聰明幾百倍！」

他用手臂環著我，我感覺得出他在跟我一起笑。

「愛德華，」我想辦法說得更清楚。「如果沒有你，永生對我一點都沒用。我不能一天沒有你。」

「嗯，這倒是讓人鬆了一口氣。」他說。

「但是……這沒改變任何事。」

「但還是很高興能知道。我確實瞭解妳的觀點，貝拉，真的。但我真的很希望妳能考慮一下我的想法。」

我現在冷靜多了，我點點頭，努力將原本皺著的眉頭放鬆。

當他看著我時，他流金般的黃色雙眸會催眠人。

「妳瞧，貝拉，我會一直是那個男孩，但在我的世界，我已經是個成年男子。我沒有尋找愛——不，我一點都不是渴望愛情的鬥士，除了他們推銷給徵召入伍的士兵看見戰爭的理想榮光之外，我什麼也不想要——但如果我找到……」他略微停頓，歪著頭。「我本來要說，如果我找到某人的話，但那樣是不夠的。如果我遇見了妳，我相信一定會知道該怎麼做。我是那個男孩，而他必定會——當我一發現妳就是我要的那個人時——單腳下跪，牽住妳的手，向妳求婚。執子之手，與子偕老。我想永遠與妳在一起，即使當時『永遠』對我的意義和現在並不相同。」

他露出那最讓我動心的笑容。

我雙眼睜的大大的看著他。

「呼吸，貝拉。」他笑著提醒我。

我呼吸。

「妳能瞭解我的情況嗎，貝拉，一點點就好。」

那一瞬間，我瞭解了。我看見自己身穿長裙高領蕾絲禮服，頭髮盤在頭上。我看見愛德華身穿時髦帥氣的西裝，手中拿著花束，和我一起坐在陽台的鞦韆旁。

我搖搖頭，吞嚥。我陷入《清秀佳人》書中的場景了。

「事情是，愛德華，」我用顫抖的聲音說，不敢說出問題這個字。「在我心中，結婚和永生既不是互斥，也不是互容的概念。既然我們現在活在我的世界，可能我們應該配合一下現代人的作法，如果你懂我的意思。」

「但另一方面，」他反對的說：「妳將來有無盡的時間。所以為什麼要讓某段時期的短暫禮俗影響妳的決定？」

我噘著唇。「請入境隨俗好嗎？」

他笑了。「妳不用今天就說好或不好，貝拉。很高興我們彼此又更瞭解了，妳不認為嗎？」

「所以你的條件……？」

「還是有效。我瞭解妳的觀點，貝拉，但如果妳要我來改變妳……」

「噹～～噹～～噹噹。」我低聲輕哼。我想哼的是婚禮進行曲，但不知怎的，卻像輓歌。

時間仍舊過得飛快。

無夢的夜過去，然後早晨來臨，畢業隨即到來。為了畢業考，我有一堆書得讀，而且我知道在這短短幾天裡，我連一半都讀不完。

當我下樓吃早餐時，查理已經出門了。他將報紙留在桌上，這讓我想起，我得去買些東西。我希望音樂會的廣告還有刊登，我需要電話號碼才能買那蠢票。現在既然驚喜已經消失了，就不能算神祕禮物了。當然，要讓艾利絲驚喜本來就不太可能。

我本來打算直接看娛樂版，但報上大大的黑標題字眼抓住我的注意力。我邊傾身靠得更近閱讀頭版新聞，邊恐懼的顫慄。

西雅圖遭受恐怖殺戮威脅

不到十年前，西雅圖曾是美國史上最恐怖連續殺人案件的獵殺地。當時的蓋瑞・利奇威，知名的綠河殺手，承認謀殺四十八名婦女。

現在，受困的西雅圖必須面對一個可能性，它目前正藏匿著一個可能是更可怕的殺人怪物。

警方對於目前連續發生的謀殺和失蹤事件，尚不願宣稱是出自同一位連續殺手所為。至少，現在還沒。警方不願相信，這樣的大屠殺是一人幹的。這位殺手——事實上，如果是一個人的話——要為這三個月內所發生的三十九件謀殺和失蹤案負責。相較之下，利奇威的四十八件謀殺案是在二十一年之間犯下的。如果這些死亡案件都是同一個人犯下的，那麼這個兇手將是美國歷史上最暴力的連續謀殺犯。

警方目前傾向是有幫派涉入。此理論的依據僅是來自於死亡人數，及事實上這些受害者之間沒有共通的關聯。

從開膛手傑克到泰德・邦迪，連環殺手的目標通常有相似處，例如年紀、性別、種族，或是三者皆具。但目前的受害者範圍相當廣大，從十五歲的好學生亞曼達・瑞德，到六十七歲的退休郵差歐瑪・簡克斯。死者間完全沒有關聯，共有十八位女性及二十一位男性。受害者種族各異：白人、非裔美籍、西班牙及亞洲人。

顯然被害者是被隨機挑選的。殺人的動機似乎就是殺戮。

那為什麼會認為是一位連續殺手幹的？

因為排除不相干的犯罪後，發現犯罪手法有足夠的相似性。所有的被害者都被嚴重燒毀，只能靠齒模資料判斷身分。兇手應該是使用了一些助燃物，像汽油或乙醇，造成大火，但是，現場卻找不到助燃物的成分。所有受害者的屍體似乎都被隨意丟棄，完全無意隱藏。

更可怕的是，多數的屍體都留有受到殘酷暴力對待的證據——骨頭碎裂折斷——顯示死者是被某種巨大的力量傷害的，而且法醫認為是在死前造成的，雖然考慮到證據的情況，這個看法目前無法確認。

另一個相似處也令人認為這些是連續謀殺案：所有的犯罪證據都被處理得乾乾淨淨，只剩下屍體。沒有指紋，沒有輪胎痕跡，沒有留下的毛髮等。證據完全消失，找不到一絲一毫線索。

還有受害者的失蹤狀況——一點也不低調。這些受害者都不是什麼好下手的目標。不是逃家或是遊民，這類的人本來就比較容易失蹤，也很少會有人來報案。這些受害者是從他們家中、四層樓公寓、從健身房、從婚禮接待處等地失蹤。可能最令人震驚的是；三十歲的業餘拳擊手羅伯特・瓦許，和約會對象進入一間電影院，電影開場幾分鐘後，他的女伴發現他不在座位上。他的屍體在三小時後被發現——當時救火隊趕往一個失火的垃圾箱，離電影院足足有二十哩遠。

另一個共通點是殺戮模式：所有的受害者都是在晚上失蹤。

最令人擔憂的模式則是速度加快。第一個月有六位受害者，第二個月有十一個。過去十天有二十二名受害者。從發現第一具燒成焦炭的屍體到現在，警方毫無線索，完全找不到該負責任的團體。

證據相互衝突，令人驚恐。是一個新的邪惡幫派？還是一個連續殺手個人的恐怖行動？還是連警方都不知道的東西幹的？

只有一點相當明白：有某種駭人聽聞的東西正在西雅圖猖獗橫行。

最後那一段我試了三次才讀完，然後我才察覺問題是出在雙手抖個不停。

「貝拉？」

就在我專心閱讀時，愛德華的聲音響起。雖然他的聲音很輕，我也早知道他會過來，還是讓我驚喘不已，頭昏眼花。

他靠在門廊邊，眉毛都皺在一起。然後他就突然來到我身邊，牽起我的手。

「我嚇到妳了？抱歉，我有敲門……」

「不，不，」我很快的說：「你沒看到嗎？」我指著報紙。

他前額多了幾絲皺紋。

「我還沒看今天的報紙。但我知道情況愈來愈糟了。我們得做些事……要快。」

我不喜歡這樣。我討厭他們必須這樣冒險，無論在西雅圖的這個兇手是什麼人或什麼東西，都開始真正讓我害怕。但佛杜里要來的這件事也一樣令我提心吊膽。

「艾利絲怎麼說？」

「這正是問題。」他眉皺得更深。「她什麼都沒看見……雖然我們一半以上的心力都在確認這件事。她已經開始失去信心。最近這些日子以來，她覺得她的能力好像消失了，事情不對勁。可能她的預見能力消失了。」

我睜大眼。「這有可能嗎？」

「誰知道？沒人做過研究……但我真的懷疑。這類的能力通常傾向於愈來愈強。看看厄洛和珍。」

「那麼，到底是哪裡不對？」

「我想，是因為所謂『預言的自我實現』。我們一直等著艾利絲看見未來，因此我們才能採取行動……然而她之所看不見任何事，可能因為我們要等到她看見後才有行動。但因為我們還沒決定，所以她看不見我們未來的行動——現在的情況是，我們可能得在沒有情報的狀況下採取行動。」

我抖個不停。「不。」

「妳今天真的很想上課嗎？我們離畢業考只剩幾天，不會再教什麼新東西了。」

「我想一天沒上課也不會怎樣，我們要做什麼？」

「我想跟賈斯柏談談。」

又是賈斯柏。這真奇怪，在庫倫家，賈斯柏一直是邊緣人，屬於他們但永遠不是核心。我沒說出口的猜測是，他之所以留下來全都是為了艾利絲。我有種感覺，無論天涯海角，他會永遠跟著艾利絲，但這種生活方式並非他的第一選擇。事實是，比起其他人，他對這樣的生活比較沒那麼堅定，可能也是他之所以較難忍受的原因。

無論如何，我從未看過愛德華這麼依賴賈斯柏過。我再次好奇，他說賈斯柏是專家，這究竟是什麼意思。我對賈斯柏的過去瞭解得不多，只知道在艾利絲發現他前，他在南方某處。不知為什麼，當我詢問關於賈斯柏的問題時，愛德華大多避重就輕不太回答。他這個高大的金髮吸血鬼，也一直讓我挺害怕，我一直覺得他就像被要求公開與影迷見面的電影明星，卻一臉不願的憂鬱。

當我們到達他家時，我們發現卡萊爾、艾思蜜和賈斯柏也專注的看著新聞，但電視聲音很低，我幾乎聽不見。艾利絲坐在大樓梯的梯角，雙手撐著臉，一臉洩氣。當我們進門時，艾密特緩緩穿過廚房門走過來，似乎很輕鬆。沒有什麼事能讓艾密特不自在。

「嗨，愛德華。蹺課喔，貝拉。」他笑著歡迎我。

「我們都是。」愛德華提醒他。

艾密特笑了。「沒錯，但這是她第一次讀高中。她說不定會錯過什麼。」

愛德華翻翻白眼。但不理會他這位無憂無慮的兄長。他將報紙遞給卡萊爾。

「你看見了嗎，人們現在認為是個連續殺手幹的？」他問。

卡萊爾嘆口氣。「CNN晨間新聞有兩個意見截然不同的專家正在爭論這件事。」

「我們不能袖手旁觀。」

「我們動手吧。」艾密特突然熱切的說：「我快無聊死了。」

樓上的樓梯傳來一陣嘶嘶聲。

「她真是悲觀主義者。」艾密特低聲自言自語。

愛德華同意艾密特。「有一天我們終究得動手。」

羅絲莉出現在樓梯上，緩緩下樓。她的臉很平靜，毫無表情。

卡萊爾搖搖頭。「我很擔心。我們之前不曾介入這樣的事。這跟我們無關。我們不是佛杜里。」

「我不想讓佛杜里來這裡，」愛德華說：「這讓我們的反應時間變短。」

「還有西雅圖這些無辜的人，」艾思蜜喃喃說：「讓他們死在這種方式下是不應該的。」

「我知道。」卡萊爾嘆口氣。

「喔，」愛德華尖銳地說，緩緩轉過頭，看著賈斯柏。「我倒是沒這麼想過。我懂了，你是對的，應該是這樣沒錯。嗯，這改變了一切。」

我不是唯一一個困惑的看著他的人，但我可能是唯一一個沒有惱怒的人。

「我想你應該解釋給大家聽，」愛德華對賈斯柏說：「這麼做有什麼目的？」愛德華開始踱步，眼睛盯著地上，陷入沉思。

我沒看見她起身，但突然艾利絲就出現在我旁邊。「他在胡說些什麼？」她問賈斯柏。「你在想什麼？」

賈斯柏似乎不喜歡成為大家的焦點。他猶豫著，看著這一大家子每個人的表情——大家都靠過來準備要聽他說，然後他雙眼盯著我。

「妳很困惑。」他對著我說，低沉的聲音很平靜。

他的假設並不是一個問題。賈斯柏知道我的感覺，知道在場每一個人的感覺。

「我們都很困惑。」艾密特咕噥說。

「你可以有點耐心，」賈斯柏告訴他。「貝拉也應該要瞭解這點。現在她是我們的一分子了。」

他說的話讓我驚訝。我和賈斯柏沒什麼交情，特別是我上一次生日時，他差點想殺了我，我沒想到他會這樣看我。

「妳對我有多瞭解，貝拉？」賈斯柏問。

艾密特誇張的嘆口氣，坐到沙發上，裝出超極不耐的神情等著。

「不多。」我承認。

賈斯柏瞪著愛德華，他迎上他的目光。

「不，」愛德華回答他腦中的問題。「我想你會瞭解我為什麼沒告訴她你的故事。但我想她現在應該聽一聽。」

賈斯柏沉思地點點頭，然後將他身上乳白色毛衣袖子捲起。

我看著，小心又困惑，想弄清楚他在幹什麼。他把手腕放在身邊的燈光下，靠近燈泡，手指指著他蒼白的肌膚上有一道新月似的疤痕。

我過了好一會才瞭解，為什麼那道疤痕如此眼熟。

「喔，」我一瞭解就輕聲說：「賈斯柏，你的疤痕和我的一樣。」

我伸出手，與他蒼白的肌膚相比，我奶油色肌膚上那道銀色新月形傷疤顯得更為明顯。

賈斯柏虛弱地笑笑。「我有很多像妳一樣的傷疤，貝拉。」

當賈斯柏將袖子推得更高，露出手臂時，他的表情深不可測。我的雙眼一開始認不出他手臂肌膚上那些層層厚重的紋路。半月形的曲線層層交錯隱隱可見，雖然和他肌膚一樣是白色的，但因為他身邊的燈泡的照明，讓這些疤痕邊緣隱隱有陰影，因此清晰可見。然後我突然領會到，因為每一道新月形傷疤都像他手腕上的一樣……和我手上的一樣。

我望回自己那道小小的、唯一的疤痕——回憶起這道傷疤是怎麼來的。我瞪著手上這道突起的疤痕，刻畫出詹姆斯的齒痕，永遠不會消退。

我喘著氣，抬頭瞪著他。「賈斯柏，你到底發生了什麼事？」

chapter 13

新手

班尼托創造了一支吸血鬼新手大軍。
他是第一個想到這個主意的人，
所以在一開始，
他的軍隊所向無敵。

「和妳手上得到這個疤發生的事一樣，」賈斯柏用靜靜的聲音說：「重複個一千次。」他悔恨的笑笑，撫著自己的手臂。「我們的毒是唯一會留下疤痕的。」

「為什麼？」我驚恐的喘氣，雖然無禮，但無法制止自己不看他那滿是疤痕的肌膚。

「我的出身不像我的……養兄弟那麼有教養。我的出身完全不同。」他聲音變得乾澀。

我目瞪口呆。

「在我告訴妳故事之前，」賈斯柏說：「妳要先瞭解，我們的世界有些地方，貝拉，不會老的生命是以週來計算，而不是以百年來計算。」

其他人都聽過這個故事了。卡萊爾和艾密特將注意力轉回電視。艾利絲沉默的走到艾思蜜腳邊坐下。但愛德華像我一樣專注聆聽，我知道他盯著我的臉，專心在我表情的所有變化。

「要知道為什麼，妳得先用不同的觀點來看這個世界。妳得想像用它對權力、對貪婪……有永遠的飢渴。

瞧，我們對這世界上的某些地方，比對其他地方更加渴望。那種地方能讓我們更不受約束，且能避免被發覺。」

「例如，想像一張西半球的地圖。想像所有的人類生活就像一個小紅點。紅點愈密，我們就愈容易……嗯，對我們同類而言——能不被注意的獵食。」

我腦海中這個影像讓我顫抖，因為那個字——獵食。但賈斯柏並不擔心嚇壞我，他不像愛德華那樣過度保護我。他沒停頓繼續說。

「南方的群體並不會在乎人們是否注意。佛杜里監視著他們。他們是南方那個群體唯一懼怕的對象。要不是佛杜里，我們其他人很快就會暴露身分。」

他說出佛杜里這名字的口吻——帶著尊重與感激——讓我不禁皺起眉頭。佛杜里是一群好人的這個概念很難讓人接受。

「相較之下，北方的群體就文明多了。我們多數人都是游牧者，白天夜晚自由自在與人類互動，不引起人類的疑心——匿名對我們來說很重要。

南方是截然不同的世界。我族只在夜晚出現。他們在白天計畫下個活動，或是預測敵人的動向。因為在南方曾經有過戰爭，持續了好幾個世紀的戰爭，從來沒有一刻休戰。那裡的各個群體不太注意到人類，就像士兵注意到路邊的牛群一樣——那些只是拿來吃的食物。他們隱藏自己不被牛群發覺的唯一原因，就是佛杜里。」

「那他們戰爭的目的是什麼？」我問。

賈斯柏笑了。「還記得充滿紅點的地圖嗎？」

他等著我反應，所以我點點頭。

「他們戰爭的原因，是要獲得最密的紅點的控制權。

妳瞧，事情是這樣發生的。有人某天突然想到，假如他是譬如墨西哥市唯一的吸血鬼，那麼他每晚都能獵食，兩次、三次，而且從來不會被人注意到。於是他計畫除掉競爭者的方式。

其他人也有同樣的主意。有些人想到的戰術比其他人厲害。

但最有效的戰術是一位年輕吸血鬼發明的，他名叫班尼托。一開始人們只聽說他來自達拉斯北方某處，他屠殺了兩個共享著休士頓鄰近地區的小家族。兩晚之後，他向一個更強的，統治墨西哥北方蒙特雷地區的家族聯盟宣戰，他再一次獲勝。」

「他是怎麼贏的？」我小心好奇的問。

「班尼托創造了一支吸血鬼新手大軍。他是第一個想到這個主意的人，所以在一開始，他的軍隊所向無敵。這些吸血鬼新手非常不穩定，又狂野，幾乎無法控制。只有一個新手時可以跟他講理，可以教他自我約束，但十個、十五個在一起，就變成夢魘。他們很容易彼此互相攻擊，就像你很容易叫他們去攻擊你指定的敵人一樣。因為他們會自相殘殺，也因為他所進攻的群體會在全數被屠殺掉之前先毀掉他大半的軍力，所以班尼托得製造更多。

妳瞧，雖然新手很危險，但只要妳知道該怎麼做，還是能擊敗他們。在第一年，他們身強體健得不得了，如果他們被允許能使用他們的力量，他們能輕易的摧毀年老的吸血鬼。但他們是自身嗜血本能的奴隸，因此可被預測的。通常來說，他們在打鬥上毫無技巧可言，只會使用蠻力和暴行。而在這個案例裡，更是以人海戰術取勝。

在墨西哥南方的吸血鬼們瞭解到前來對付他們的是一群新手，於是他們想出他們認為能打敗班尼托的唯一一個方法。他們製造出自己的大軍……

結果猶如地獄之門大開，群魔亂舞，情況變成一團混亂——我這算是輕描淡寫，實際情況遠超過妳所能想像。我們不朽者亦有自己的歷史，這場特別的戰役永不會被遺忘。當然，那也不是一個在墨西哥當人類的好時機。」

我打了個冷顫。

「當屍體的數目多到傳染病才能造成的數量後——老實說，人類的歷史將之形容成傳染病造成人口下降——佛杜里終於介入。他們整群保鏢出動，將北美洲下半邊所有的吸血鬼新手全部找出來。班尼托據守在普埃布拉，盡他所能的最快速度建立他的大軍，為了要拿下他的大獎——墨西哥市。佛杜里先處理他，然後才解決其他人。

任何被發現與新手在一起的，都被立刻處決，由於大家都想撇清自己與班尼托的關係，以至於墨西哥有好一段時間反倒成了沒有吸血鬼的城市。

佛杜里幾乎花了一整年的時間清理門戶。這是我們歷史的另一章，大家會永誌不忘，雖然倖存下來能敘述當時狀況的目擊者非常少。我有此機會和某個人談過，當他們前往庫利亞坎時，他曾遠遠看見當時發生的情況。」

賈斯柏打了個冷顫，我突然發現，過去我從未看過他害怕或驚恐，這是第一次。

「幸好，征服的狂熱並未從南方向外擴張。世界上的其他地方仍舊神智正常。能有現在這樣的生活，我們都欠佛杜里一份情。

但當佛杜里返回義大利後，倖存者很快便拿下南方的地盤。

沒多久，這些群體就又起了爭執。太多壞血統──請恕我這樣說。亟欲冤冤相報。新手的概念已經存在，有些人難以抗拒。但是，佛杜里並未被遺忘，南方的各群體這次更小心了。更小心的從人類中篩選新手，也給新手更多訓練。他們更謹慎的使用這些新手，絕大部分地區的人類數量顯然並未銳減，他們的創造者不會讓佛杜里有理由回來。

戰爭重新開始，但規模變小。三不五時，會有某個人過了頭，人類的報紙報導會開始推測，此時佛杜里就會回來把該城市清理乾淨。但他們會放過那些很小心的……」

賈斯柏的視線茫然空洞。

「這是你改變的由來。」我領悟過來，小聲地說。

「是的，」他同意。「當我是人類時，我住在德州的休士頓。我在一八六一年加入南北戰爭的南軍時已經快滿十七歲了。我欺騙當時的召募官，告訴他我已經二十歲。我個頭很高，很容易就過關。

我的軍旅生涯很短，但很有前途。人們都……很喜歡我，聽我說的話。我父親說這是一種魅力。當然，現在我知道不僅如此。但無論是什麼原因，我升官升得很快，比那些官階比我高、年紀比我大、比我有經驗的人還快。南軍是新的軍隊，組織並不健全，因此機會很多。在高文斯頓的第一役，嗯，比較像是場小規模衝突戰，我是德州最年輕的少校，就算是以我造假的年齡而言，也是最年輕的。

當聯邦的追擊船到達港口時，我負責撤退市內的女人及小孩。這要花好幾天來準備，然後我和第一小隊護送百姓離開，前往休士頓。

我還清楚的記得那一夜。我們在入夜後到達城市，我沒待很久，只待到確認所有人都平安入城為止。當情況一確定，我幫自己找了一匹精力充足的馬，往回騎向高文斯頓。沒時間休息。

就在離城約一哩處，我發現三位女人在走路。我以為她們走散了，於是立刻下馬想幫忙。但，當我在微弱的月光下看到她們的臉時，我目瞪口呆的沉默著。顯然，她們，那三個女人，毫無疑問是我看過最美麗的女人。

她們都有蒼白的肌膚，我記得我深感驚奇。就連那個頭最小的黑髮女子，臉龐很明顯是墨西哥裔，在月光下都像瓷器一樣。她們似乎都很年輕，全部都是，年輕得你可以稱呼她們是女孩。我知道她們不屬於我原本護送的那一群，要不然我一定會記得的。

『他說不出話來。』最高的那個女孩用可愛嬌嫩的聲音說——就像風鈴一樣。她髮色很淺，膚白如雪。另一位是金髮，肌膚像粉筆一樣白。她的臉龐像個天使。她傾身向我靠過來，雙眼微閉，深吸口氣。

『嗯，』她嘆氣說，『真甜美！』

個頭嬌小那一個，小小的黑髮女孩，將她的手放在那女孩手臂上，很快說著。她的聲音很輕柔，像音樂一樣高亢，但她似乎是故意這樣說話。

『專心，娜蒂。』她說。

我對於人們彼此間的關係，一直都有很敏銳的理解力，我馬上知道，那黑髮女孩在控制全局。如果她們是軍隊，我會說，她的階級最高。

『他看起來很合適——年輕、強壯，一個軍官……』黑髮的停了一下，我想說話，但開不了口。『還有其他的……妳們感覺到了嗎？』她問其他兩位。『他……很有說服力。』

『喔，是的。』娜蒂很快地同意，更傾身靠向我。

『有點耐心，』黑髮的告誡她。『我想留下這一個。』

那個叫娜蒂的皺著眉頭，似乎不太高興。

『妳最好自己來，瑪麗雅，』高個子的金髮說：『如果他對妳很重要的話。我第二次動手殺他們的機會與成功保留他們的差不多。』

『是的，我會自己來，』瑪麗雅同意。『我真的很喜歡這個。妳可以帶娜蒂走開嗎？當我專心時，我不想還要擔心我背後。』

我頸後汗毛直立，雖然我對這三位美麗女子所說的話，一點都不瞭解。但我的直覺告訴我有危險，當那天使般的女孩談到殺人時，她說的是真的，但我的判斷凌駕了我的直覺。我被教導成不害怕女人，而是保護她們。

『我們去獵食。』娜蒂熱切的同意，伸手拉起那高個女孩的手。她們旋轉——優雅極了！朝城內而去。她們似乎像飛一樣，走得好快好快，身上白色的衣裳在身後飛揚，宛如翅膀。我驚愕的眨眼，她們已經不見了。

我轉身看著瑪麗雅，她也好奇的看著我。

我這一生中從未有過迷信。直到那一刻，我一直不相信鬼怪之類的東西。但突然間，我不確定。

『請問大名，士兵？』瑪麗雅問我。

『賈斯柏・懷特洛克少校，女士。』我結結巴巴的說。無法對女性不禮貌，就算她是鬼。

『真希望你能活下來，賈斯柏，』她以溫柔的聲音說：『我對你的感覺很好。』

她又朝我走近一步，歪著頭朝我靠過來，好像她要親我似的。我僵住站著，雖然我的直覺尖叫著要我逃跑。」

賈斯柏停了下來，充滿沉思的神情。「幾天後，」他最後總算又開口，我不確定他是為了我的緣故重新編輯過故事情節，還是因為他感受到愛德華的緊張所做出的回應，連我都能感覺得出愛德華的緊張。「我就進入我的新生命了。

那三個女人的名字是瑪麗雅、娜蒂和露西。她們剛在一起沒多久——瑪麗雅召集她們兩個——這三人是不久前一次大戰的倖存者，她們是基於便利組成的團體。瑪麗雅想要復仇，她想要奪回她的領地。另兩位則是急切的想增加她們的……牲口領地——我想妳可以這樣說。她們打算組成一支軍隊，更小心的行動。那是瑪麗雅的主意。她想要有一支超優的軍隊，因此她尋找獨特具有潛力的人類。然後她給我們更多照顧、更多訓練；別的創造者不會有這樣的耐心。她教我們格鬥，教我們在人群中不為人注意。當我們做得很好時，她會獎賞我們……」

他停下來，再次編輯內容。

「但她很急切。瑪麗雅知道新手的力量會在一年後衰退，她要趁我們還強壯時行動。

當我加入瑪麗雅那一群時，成員已經有六位。她在兩週內又增加了四位。我們全都是男性——瑪麗雅要士兵——而這讓她要保持我們自己內部不開打稍微困難了些。我的第一場格鬥是對自己的戰友開打。我的動作比其他人快，格鬥技術比較好。瑪麗雅對我很滿意，雖然她得不斷再找人取代那些被我摧毀的。我常受到獎賞，這讓我更強壯。

瑪麗雅具有好判斷力的特質。她讓我帶領這一群人——好像我被升官似的。這的確適合我的天性。死亡人數立刻快速下降，我們的人數很快成長到大約二十人。

這在我們必須小心生活的當時，是個相當可觀的數量。我的能力——雖然當時還未完全開發——能控制圍繞在我身邊的人的情緒，這當然很有用。我們這群人很快便能以一種過去其他新手群體從來無法辦到的方式合作。就連瑪麗雅、娜蒂和露西都能更容易的一起合作。

瑪麗雅越來越喜歡我——她開始依賴我。而且，在某種程度上，我就像她的裙下臣。我從未想過，我會有其他不同的生活。瑪麗雅告訴我們事情一向如此，我們都深信不疑。

她要我告訴她，我的弟兄們何時能準備好開戰，而我急切的想證明自己。我最後組的大軍有二十三人，二十三位難以置信強壯至極的吸血鬼新手，有組織、技巧好，前所未有過。瑪麗雅欣喜若狂。

我們躡手躡腳地朝蒙特雷前進，那是她之前的家，她放出我們去對付她的敵人。他們當時只有九位新手，控制他們的是一對老吸血鬼。我們比瑪麗雅所想的更輕易的打敗了他們，過程中只失去四個弟兄。那是前所未聞的大勝利。

我們受過精良的訓練，不招人注意的行事。城內的人們完全沒發現主事者換人了。

勝利讓瑪麗雅更貪婪。不久後，她想要其他城市。第一年，她將她的控制力擴展到德州多數地方和墨西哥北邊。然後其他人從南方來，想要驅逐她。」

他用兩根手指撫摸著手臂上的傷疤。

「戰事很激烈。許多人開始擔心佛杜里會再回來。我們起初那二十三人，在頭一年半裡，我是唯一一個活下來的。我們有贏有輸。娜蒂和露西最後起而反抗瑪麗雅——但那一場我們贏了。

瑪麗雅和我堅守蒙特雷。局勢和緩了一陣子，但戰爭持續。征服的念頭已經消失，如今只剩下復仇和長期爭戰。許多人失去他們的伴侶，而這是我們這一族難以釋懷的……

瑪麗雅和我一直維持著約十二名左右的新生者。他們對我們沒有意義——只是爪牙，隨時可棄。當他們沒有用處後，我們就親自解決他們。我的生活就在這樣的暴力模式下過了好幾年。在任何事情發生改變之前，我已經覺得厭倦至極……

幾十年後，我和一位新手發展出友誼，他很有用，也活過了頭三年，這很少見。他名叫彼得。我喜歡彼得，他很……文明——我想可以這樣說。他不喜歡格鬥，雖然他這方面很強。

他被任命管理新手——像褓姆一樣，妳可以這樣說。那是全天候的工作。

然後又到了淨化的時候。新手的能力衰退，他們限期已到，要找人取而代之。彼得應該要幫我毀棄他們。我們將他們個別帶開，妳瞧，一個接一個……那真是漫長的夜。這一次，他想說服我，有幾個還有潛力，但瑪麗雅的指示是要我們將他們全都毀棄。我告訴他不。

當我們進行到差不多一半，我感覺得出來彼得感到很痛苦。當我召喚下一個犧牲者過來時，我心裡正在考慮是否該打發他去做別的事，由我自己來解決這些新手。令我驚訝的，他突然變得憤怒，狂暴。我立刻做好準備，防範他不穩定情緒的各種後果——他是位好鬥士，但他從來不是我的對手。

我召喚的新手是個女性，剛過第一年，名叫夏洛特。當她過來時，他的感覺變了——他洩露了情感，大叫著要她快跑，然後他也緊跟著她一起逃。我能追上去的，但我沒有，我覺得……不想摧毀他。

瑪麗雅對我這樣的行為相當生氣……

五年後，彼得溜回來找我。他挑了一個好日子。

瑪麗雅對我日漸低落的情緒大為困惑。她從未覺得沮喪，我也好奇自己為什麼與眾不同。我開始注意到當她靠近我時，她情緒的轉變——有時是恐懼……有時是敵意——這種相同的感覺曾經讓我事先獲得警訊，當娜蒂和露西叛變時。就在我準備好要摧毀我唯一的盟友，我存在的核心時，彼得回來了。

彼得告訴我他和夏洛特的新生活，告訴我可以有的選擇，那是我連作夢都沒想過的。五年中，他們雖然在北方遇見許多同類，卻從未開戰過。其他人都能不在持續的暴行下共同生存。

在我們的對話中，他說服了我。我已經準備離開，知道自己不用殺了瑪麗雅也讓我感到安心。我當她同伴的年日，就跟卡萊爾和愛德華在一起的時間一樣久，但是彼此的關係卻沒有那麼緊密。當你生活在戰事中，浴血而戰，你形成的關係很薄弱也容易破裂。我頭也不回的走了。

我和彼得與夏洛特一起旅行生活了幾年，慢慢習慣這個新的更和平的世界。但消沉並未退散。我不瞭解我到底哪裡錯了，直到彼得注意到我在獵食後總是更糟。

我苦思冥想過。這麼多年的獵殺和屠殺後，我的人性幾乎快要流失殆盡。我無可否認的是一個惡夢，一個怪物，最可怕的那一種。每當我又發現另一個人類犧牲者，回想起往日生活，就覺得錐心刺痛。看著他們因為我的俊美雙眼圓睜，我腦海中就想起瑪麗雅等人，當我還是賈斯柏‧懷特洛克的那一夜，遇見她們時，她們在我眼中就是那個樣子。那種刺痛對我來說更為強烈——當我回想起這些犧牲者的記憶——比其他東西還要讓我難受。因為我可以感覺到我的犧牲者的每一個感覺。當我殺死他們時，我整個人會活在他們死亡當下的情緒裡。

妳體驗過我如何操縱我周圍人們的情緒，貝拉。但我不知道妳是否瞭解周遭的感覺會如何影響我。我每天都活在情緒的風暴中。我的頭一個一百年，生活在嗜血復仇的世界裡，仇恨是我持續不變的同伴。當我離開瑪麗雅後，它平息了些，但我仍舊感受到自己的犧牲者那種驚恐與害怕。

那變得愈來愈嚴重。

絕望更加嚴重，我離開彼得和夏洛特。他們雖然很文明，但他們無法感覺到我開始感受到的那種嫌惡。他們只想遠離戰爭，和平度日。而我對殺戮是如此厭倦——任何的殺戮，即使對只是人類。

但是我還是得殺。我還能有什麼選擇？我試著殺少一點，但我會變得太過飢渴，然後就會屈服。經過一百年隨時都能滿足的歲月，我找到了節制……很具挑戰性。但我還做得不夠好。」

賈斯柏迷失在自己的故事中，我也是。當他孤寂淒涼的臉上露出和平的笑容，我甚感驚訝。

「我到了費城。有暴風雨，我在白天外出——那是我一直不太習慣的事。我知道站在雨中會吸引注意力，所以我進入一間小餐館，店內坐了半滿。我雙眼是黑色的，所以沒人會注意到，雖然那意思是我很飢渴，也讓我對自己有點擔心。

她就在那裡——當然，在等著我。」他輕笑起來。「我一走進去，她就從櫃檯旁的高腳椅跳下來，直接朝我走來。」

「我很震驚，不知道她是否要攻擊我。她的行為，依我過去生活的解釋，代表攻擊。但她帶著笑。她散發出的情緒是我之前從未感受過的。」

「你讓我等了好久。」她說。

我不知道艾利絲又站到我身後了。

「然後你點頭致意，像一位行為良好的南方紳士，對我說：『我很抱歉，女士。』」艾利絲笑著說出這段記憶。

賈斯柏低頭對她笑笑。「妳伸出手，我毫不猶豫的牽起妳的手，雖然不知道自己在幹什麼。這是近一百年來第一次，我感到了希望。」

賈斯柏邊說，邊牽起艾利絲的手。

艾利絲也笑了。「我才鬆了一口氣呢。我還以為你永遠不會出現。」

他們甜蜜的笑著對望，好久好久。然後賈斯柏回頭看著我，臉上輕柔的神情尚未退盡。

「艾利絲告訴我她所看見的卡萊爾和這一家人。我完全不敢相信這樣的存在竟有可能。但艾利絲使我樂觀。所以我們就找到他們了。」

「差點把我們嚇死了，」愛德華說，對賈斯柏翻翻白眼，然後才向我解釋。「艾密特和我外出獵食。賈斯柏出現，身上滿是戰爭的傷疤，手裡牽著這個小怪物——」他打趣的輕推艾利絲——「她念出每一個人的名字，知道大家的一切，還想知道她可以搬進哪一個房間。」

艾利絲和賈斯柏一起大笑，女高音和男低音卻很和諧。

「當我到家後，我全部東西都堆在車庫。」愛德華繼續說。

艾利絲聳聳肩。「你房間的視野最好。」

現在大夥全笑了。

「真是個好故事。」我說。

三對眼眸質問著我，以為我瘋了。

「我是說最後一段，」我辯解。「和艾利絲的快樂結局。」

「艾利絲讓這一切變得不同，」賈斯柏同意。「這是我享受的氣氛。」

但這一瞬間很快就消失。

「一支軍隊，」艾利絲低語。「你怎麼沒告訴我？」

其他人也變得急切，所有人雙眼都盯著賈斯柏的臉。

「我以為我對這事件的解釋錯了。因為動機是什麼？為什麼有人要在西雅圖創造一支大軍？那邊又沒有歷史，沒有世仇。也沒理由從征服的觀點來看——沒有人宣稱西雅圖是他的。游牧者來來去去，但沒有人為搶地盤打起來。也沒人防守。

但我之前看過這種情況，沒辦法有其他解釋。西雅圖有一支吸血鬼新手組成的大軍。我猜，不到二十人。最困難的部分是，他們全沒受過訓練。無論是誰製造他們的，只是把他們放出來。這會讓情況更糟，不用多久，佛杜里就會插手。事實上，我很驚訝他們等了那麼久還沒出手。」

「我們能做什麼？」卡萊爾問。

「如果我們不想讓佛杜里插手，我們得消滅這些新手，而且得快點進行。」賈斯柏臉色嚴肅。「如今知道了他的故事，我猜這樣的評估一定讓他很心神不寧。「我可以教你們怎麼做。在城內比較不容易，那些年輕的不會考慮到要保守祕密，我們得不為人知才行。這會限制我們的行動，不像他們那麼自由。也許我們得引誘他們出來。」

「也許我們不必，」愛德華聲音很陰鬱。「你們有誰想到這一點嗎？在這個區域內唯一可能的威脅，唯一會讓人製造出一支大軍來對付的，不就是……我們？」

賈斯柏瞇起眼，卡萊爾震驚的張大眼。

「譚雅家族也在附近。」艾思蜜緩緩的說，不情願接受愛德華說的事。

「新手作亂的地方不是安克拉治，艾思蜜。我認為我們該考慮想到，我們才是目標。」

「他們不會來找我們的，」艾利絲堅持，然後又頓了頓。「或者……他們不知道他們其實是在找我們。還不知道。」

「什麼意思？」愛德華小心又緊張的問。「妳想起什麼了？」

「閃動的畫面，」艾利絲說：「當我想看清楚發生什麼事時，看不見清楚的影像，不具體。但看得見一些奇怪的一閃而過的畫面。不足以辨識出意義。情況就像有人改變心意，很快的變來變去，所以我無法看清楚……」

「遲疑不定？」賈斯柏不敢置信的問。

「我不知道……」

「不是遲疑不定，」愛德華咆哮。「是認識、瞭解。有人知道除非計畫已定，不然妳看不見。某人在躲避我們。玩弄妳預見能力的漏洞。」

「誰會知道？」艾利絲低聲說。

愛德華的眼神像冰一樣。「厄洛很瞭解妳，像妳一樣瞭解妳自己。」

「但如果他們決定要來，我會看見……」

「除非他們不想自己動手。」

「或是條件交換，」羅絲莉建議，第一次開口。「從南方來的某人……這人已經違反了規矩，應該被摧毀，卻被給予了第二次的機會——如果他們處理了這個小問題……這可以解釋佛杜里這麼遲鈍的反應。」

「為什麼？」卡萊爾問，還是很震驚。「沒理由佛杜里——」

「其實有。」愛德華平靜的反駁。「我只是很驚訝事情來的這麼快，因為其他人的念頭更強烈。在厄洛腦中，他看見我站在他一邊，艾利絲在他另一邊。現在和未來，實質上的全知者。這主意讓他狂喜。我以為他還要好一陣子才會放棄這個念頭——他太想要了。但還有你的事情，卡萊爾，我們這一家人，成長的更強壯，數目更大。嫉妒和恐懼：你擁有的……雖然不比他多，但是，你有的也是他要的。他試著不去想，但他無法完全隱藏起來。排除競爭者的動機是存在的，除了他們自己，我們是目前他們所知最大的一個群體……」

我驚恐的瞪著他的臉。他從未告訴過我這點，但我猜我知道原因。現在我能在我腦中看見，厄洛的夢。愛德華和艾利絲身穿黑絲般的長袍，優雅地走在厄洛身旁，雙眼陰冷血紅……

卡萊爾打斷我的白日惡夢。「他們對自己的使命甚有承諾。他們永遠不會背離自己設下的規定。那和他們努力的方向背道而馳。」

「他們之後再來清理即可。雙重背叛。」愛德華用嚴厲的聲音。「不會造成傷害。」

賈斯柏傾身向前，搖搖頭。「不，卡萊爾是對的。佛杜里不會違反規定。再說，這種手段太不乾脆了。這個……人，這項威脅——他們完全不知道自己在做什麼。這人是第一次組軍隊，我敢說。我無法相信佛杜里在這件事情上有分。但他們一定會插手的。」

他們瞪著彼此，充滿壓力的凝結氣氛。

「那我們走吧，」艾密特幾乎是用吼的。「我們還在等什麼？」

卡萊爾和愛德華交換一個意味深長的眼神。愛德華馬上點點頭。

「我們需要你教我們，賈斯柏，」卡萊爾最後說。「學習如何摧毀他們。」卡萊爾的下巴堅毅，但我看得出當他說出這些話時，他的眼神充滿痛楚。沒人像卡萊爾那麼痛恨暴力。

有事情讓我不安，我說不上來。我嚇呆了，嚇壞了，怕得要死。還有，在這些情緒之下，我感覺得出來，我好像錯過了某件很重要的事。某件能讓這一團混亂理出頭緒的事。能解釋這一切的事。

「我們需要幫助，」賈斯柏說。「你認為譚雅家族會不會願意……？另五位成熟的吸血鬼會使情況大為不同，如果有凱特和以利沙在我們這一邊，會對我們有很大的助益。有他們的幫助，會容易些。」

「我們會問。」卡萊爾回答。

賈斯柏拿出電話。「我們得快點。」

我從未見過卡萊爾內蘊的平靜如此深受動搖。他拿起電話，朝窗邊走去。他撥了號碼，將電話拿在耳邊，另一隻手抵著玻璃。他望著窗外晨霧的景象，臉上是痛苦矛盾的神情。

愛德華牽起我的手，將我拉到白色的情人座。我坐在他身邊，當他看著卡萊爾，我則望著他的臉。

卡萊爾的聲音又低又快，很難聽見。我聽見他問候譚雅，然後他迅速解釋情況，快到我無法聽懂，不過我知道阿拉斯加的吸血鬼沒有忽視西雅圖發生的事。

然後，卡萊爾的聲音變了。

「喔，」他說，聲音因為吃驚而變得尖銳。「我們沒想到……艾琳娜會這樣認為。」

愛德華在我身邊呻吟著，閉上雙眼。「該死。該死的羅倫特，希望他去地獄深處。」

「羅倫特？」我低語，臉上血色褪盡，但愛德華沒有理我，專注在卡萊爾的腦海訊息。

我仍舊記得年初春天我遇見羅倫特的情形，這記憶絲毫沒有消退或遺忘。我還記得在雅各和他那一群朋友出現前，他說的每一個字。

我來這是為了幫她一個忙……

維多利亞。羅倫特是她的第一個計畫——她派他來觀察，看看要解決我會有多困難。他死在狼人手裡而無法向她回報。

在詹姆斯死後，他仍然與維多利亞有聯繫，他也又建立了新的聯繫與關係。他去了阿拉斯加，和譚雅家族一起生活——譚雅是淺莓金髮色——是庫倫家在吸血鬼世界最親近的朋友，幾乎像親戚一樣。在羅倫特死前，他和譚雅家族共同生活了快一年。

卡萊爾還在說話，他的聲音不再懇求，而是勸說，帶著些許尖銳，然後，突然地，銳利壓倒了勸服。

「這沒問題，」卡萊爾嚴峻的說：「我們有一個休戰協定。他們不會違反的，我們也不會。我很遺憾聽見……當然，我們會竭盡我們所能。」

卡萊爾沒等對方回答就掛斷電話。他還是望著窗外薄霧。

「什麼問題？」艾密特對著愛德華低聲問。

「艾琳娜和羅倫特的關係比我們想的還要親近。她懷恨那些為了拯救貝拉而殺死羅倫特的狼人。她要——」愛德華停頓，低頭望著我。

「說呀。」我盡可能平靜地說。

他雙眼緊繃。「她要復仇。要打倒狼人幫。她們要我們的許可，來交換幫助。」

「不！」我喘著氣說。

「別擔心，」愛德華用平板的語氣說：「卡萊爾不會同意的。」他猶豫了一會，嘆著氣。「我也不會。這是羅倫特自找的——」他這句話近乎咆哮——「對此我還欠狼人人情。」

「這不太妙。」賈斯柏說。「這一仗太勢均力敵了。我們有技巧，但人數不足。我們能贏，但代價是什麼？」他緊張的雙眼瞄一眼艾利絲然後又轉開。

當我瞭解賈斯柏的意思後，我想要大聲尖叫。

我們可能會贏，但我們也會失去——有人將無法倖存。

我看著房內每一張臉——賈斯柏、艾利絲、艾密特、羅絲莉、艾思蜜、卡萊爾……愛德華——我家人的臉。

chapter 14

聲明

「我愛上妳了，貝拉，」

雅各用堅定自信的聲音說：

「貝拉，我愛妳。我要妳選擇我而不是他。

我知道妳對我沒有這樣的感覺，

但我需要說出真相，讓妳知道妳有選擇。

我不想讓誤會阻擋在我們面前。」

「妳不是認真的，」星期三下午，我說：「妳一定是瘋了。」

「妳想怎麼罵我都行，」艾利絲回答：「派對還是照常進行。」

我瞪著她，雙眼圓睜，不敢置信，到了覺得自己的眼珠好像會掉到我的午餐盤裡。

「喔，得了，貝拉！沒理由不辦這件事。再說，邀請卡已經寄出了。」

「但……這……妳……我……真是瘋了！」我氣急敗壞的說。

「妳已經買好我的禮物了，」她提醒我。「妳什麼都不用做，只要出現即可。」

我努力讓自己平靜。「以現在事情進行的狀況來看，辦派對一點也不合適。」

「馬上就要畢業了，辦個派對再合適不過了。」

「艾利絲！」

她嘆口氣，試著認真點。「是有幾件事我們得整頓，得花一點時間。既然我們得坐在這裡等，何妨找點好事來慶祝慶祝。妳馬上就要從高中畢業了——第一次——也只有一次。妳不會再是人類，貝拉。這是終身唯有一次的事情。」

對於我們的小爭論，從頭到尾保持沉默的愛德華這時給她一個警告的眼神。她朝他伸伸舌頭。她說得沒錯——她輕柔的聲音在這吵雜的餐廳內，沒有人會聽見。就算有人聽見，也不會懂那背後的意義。

「有哪幾件事我們得整頓？」我問，不想被她改變話題。

愛德華低聲回答。「賈斯柏認為我們還是能有一些幫助，譚雅家族並非我們唯一的選擇。卡萊爾試著聯絡幾位老朋友，賈斯柏也在找彼得及夏洛特。他還在考慮是否要跟瑪麗雅談談……但沒人想讓南方吸血鬼插手。」

艾利絲優雅的打個冷顫。

「要說服他們來幫忙應該不難，」他繼續說：「沒有人希望有義大利來的訪客。」

「但這些朋友——他們不會都是……素食者吧？」我抗議，用庫倫家的暱稱來代表。

「不是。」愛德華回答，表情突然變得木然。

「這裡？在福克斯？」

「他們是朋友，」艾利絲要我放心。「一切都會沒事的。別擔心。還有，賈斯柏得教我們幾招，如何消滅這些新手……」

聽到這話，愛德華雙眼晶亮起來，臉上閃過一絲笑容。我胃突然一陣不舒服，像塞滿了一大團銳利的碎冰塊似的。

「你何時離開？」我用空洞的聲音問。我無法忍受——可能有人無法回來這個念頭。萬一是艾密特呢，那麼勇敢，不顧一切衝動行事的人，他總是最不小心的那個。或是艾思蜜？甜美，如同母親一樣，我甚至無法想像她打鬥的樣子。或是艾利絲？那麼嬌小，看起來那麼脆弱。還是……一想到會有那個可能性，我就不敢去想那個名字。

「一週，」愛德華隨意的說：「這應該給我們足夠的時間了。」

冰冷的感覺再次刺激著我的胃，讓我不舒服。我突然間反胃。

「妳臉色發青，貝拉。」艾利絲說。

愛德華用手臂環著我，讓我緊緊偎依在他身邊。「不會有事的，貝拉，相信我。」

當然。我告訴自己，相信他。他不是那個被留在家裡，坐等消息，拚命想著自身存在的核心會不會回來的人。

然後突然一個念頭湧起，也許我不必置身事外。一週的時間足夠了。

「你在找援軍。」我緩緩的說。

「是的。」艾利絲歪著頭，研究著我不同的語氣。

我回答時只看著她。我的聲音比低語大一些。「我能幫忙。」

愛德華的身體突然僵硬，他手臂緊緊環著我，吐氣的聲音像嘶吼。

但艾利絲還是平靜的回答。「這不能算是幫助。」

「為什麼？」我爭辯，我聽得出自己聲音中的絕望。「八個比七個好。還有足夠的時間。」

「沒有足夠的時間把妳變成幫得上忙，貝拉，」她冷冷的拒絕。「妳還記得賈斯柏如何形容新手？妳不夠強無法作戰。妳無法控制自己的本能，那會使妳更容易成為目標。然後愛德華會因為要保護妳而受傷。」她將手臂交疊在胸前，為自己這段無懈可擊的邏輯感到高興。

當她這樣說時，我知道她是對的。我癱在椅上，突生的希望破滅了。在我身邊，愛德華鬆了一口氣。

他在我耳邊低語。「不是因為妳害怕。」

「喔，」艾利絲說，臉上表情一陣茫然。然後表情變得乖戾。「我最討厭最後一刻取消的了。這讓派對的人數變成六十五……」

「六十五！」我的眼睛凸了出來。我沒這麼多朋友。我真的認識那麼多人嗎？

「誰取消了？」愛德華問，不理我。

「芮妮。」

「什麼？」我喘著氣問。

「她想瞞著妳出現在妳的畢業典禮，給妳一個驚喜，但被事情絆住了。等妳回家會有留言的。」

那一瞬間，我讓自己享受那種放鬆。無論我母親被什麼事絆住，我都很感激。如果她現在來福克斯……我不敢想下去，我的頭會爆開。

當我回到家，留言燈亮個不停。我聽著我母親形容費爾在球場上的意外，我又感到一陣寬慰——為了示範滑壘，他撞上捕手，大腿骨斷裂；他現在沒她不行，她無法離開他遠行。當留言時間已滿，我媽還在抱歉個不停。

「嗯，少一個了。」我嘆氣。

「一個什麼？」愛德華問。

「我少擔心一個人在這一週被殺。」

他翻翻白眼。

「你和艾利絲為什麼對這事一點都不認真？」我追問。「這很嚴重耶。」

他笑了。「信心。」

「好極了。」我咕噥。我拿起電話，撥給芮妮。我知道會跟她談很久，但我也知道多半都會是她說我聽。

我聽著，每次能有機會回答時，就不斷重複相同的字眼讓她放心：例如我沒失望，我沒生氣，我沒傷心。她應該專心照顧費爾讓他好轉。我請她轉告費爾，祝他早日康復。答應她，我一定會將福克斯畢業的大小細節都轉報給她聽。最後，我得用非去念書準備畢業考不可的藉口，才總算掛掉電話。

愛德華超有耐心的。他禮貌的等著整段對話結束，只是一直把玩我的頭髮，當我抬頭看他，就朝我笑。當有更多重要的事得關心時，我卻在注意這樣的小事，似乎很膚淺，但他的笑還是讓我無法呼吸。他如此俊美，有時讓我很難想到其他的，很難專心在費爾的問題，或是芮妮的抱歉，或是充滿敵意的吸血鬼大軍。我只是一個凡人。

我一掛斷，就踮起腳尖親他。他雙手摟住我的腰，將我舉到流理臺上，這樣我比較不費力。這有用。我用雙臂緊緊環著他頸子，貼在他胸口，整個人都快融化了。

像平常一樣，他很快就抽身。

我一發現他抽身，就嘟起嘴。他嘲笑我的表情，邊鬆開我的手臂和大腿使自己得以抽身。他靠在流理臺上，在我旁邊，用單手微微地摟著我肩膀。

「我知道妳認為我有很完美、很強的自我控制力，但其實並不然。」

「我希望。」我嘆息著說。

他也嘆氣。

「明天放學後，」他說，改變話題。「我會和卡萊爾、艾思蜜，還有羅絲莉去獵食。只有幾小時——不會走遠。艾利絲、賈斯柏和艾密特應該能照顧妳的安全。」

「呃。」我抱怨。明天是畢業考的第一天，只有半天。我要考微積分和歷史——所有科目中我最受挑戰的兩科——所以我有一整天看不到他，除了擔心又沒有事幹。「我討厭有褓姆。」

「只是臨時的。」他保證。

「賈斯柏會無聊死的。艾密特會取笑我。」

「他們會乖乖的。」

「好吧。」我咕噥說。

然後我突然想起一個主意，比有褓姆更好。「你知道……我從上次營火後就沒去過拉布席了。」

我小心看著他的臉，注意他神情的變化。他雙眼有微微的緊張。

「我在那邊會安全的。」我提醒他。

他想了一下。「妳可能是對的。」

他臉色很平靜，但有點太平和了。我幾乎要問他，他是否寧願我待在這，然後我想起艾密特的戲弄會沒完沒了，所以我改變話題。「你已經飢渴了嗎？」我問，伸手輕撫他眼下淡淡的陰影。他的眼珠還是深金色的。

「還好。」他似乎不想回答，這讓我驚訝。我等著他解釋。

「我們得盡可能更強壯些，」他解釋，但還是不情願。「前去的路上，我們可能還會找大一點的動物狩獵。」

「這讓你強壯？」

他研究我的神情，但只有好奇。

「是的，」他最後說。「人血讓我們變得最強，雖然只是輕微加強。賈斯柏想過作弊吸食人血——他不喜歡那個主意，可是他非常的實際——但他不會提出來，因為他知道卡萊爾會說什麼。」

「這有幫助嗎？」我安靜的問。

「這無所謂。我們不會改變自己。」

我皺眉。如果有人能幫忙扭轉情勢……我打了個冷顫，瞭解到我寧願有陌生人死，以求保護他。我被自己這念頭嚇壞，但卻無法全然否認。

他又改變了話題。「當然，這也是他們為何如此強壯的原因。新手充滿人血——他們自己的血，因改變而產生反應。人血留在他們身體組織中，讓他們變強。他們的身體會緩緩消耗掉這些血液，像賈斯柏說的，大約一年後力量開始變弱。」

「我會有多強？」

他笑了。「比我還強。」

「比艾密特還強？」

他笑得更開懷。「是的。幫我一個忙，找他單挑腕力。對他來說一定是個好經驗。」

我笑了。聽來真是不可思議。

然後我嘆口氣，從流理臺上跳下來，因為我真的不能再拖了。我得去死背硬記。感謝老天我有愛德華的幫助，愛德華是個很棒的家教——因為他知道一切。我自己最大的問題是如何專心考試。如果我不看好自己，我可能會在歷史考卷上寫下南方吸血鬼的戰役。

我趁空檔打電話給雅各，愛德華似乎和看我打電話給芮妮一樣覺得自在。他又把玩著我的髮。

雖然是午後時光，我的電話將雅各吵醒，他一開始不太高興。但當我問他，我明天能不能去看他，他又高興了起來。奎魯特學校已經開始放暑假了，所以他要我盡早過去。我很高興除了被褓姆看顧之外，還能有別的選擇。和雅各一起打發時間有尊嚴得多了。

當愛德華堅持載我去邊界時，我覺得自己像小孩被交換給另一位監護人似的，尊嚴又少了一些。

「妳覺得妳考得如何？」愛德華路上問我，與我小聊。

「歷史很簡單，但微積分我就不知道了。似乎還好，所以可能我會被當。」

他笑了。「我確定妳會過關的。或者，如果妳真的擔心，我可以賄賂瓦納先生給妳優等。」

「呃，謝了，但不用。」

他又笑了，但突然停住，此時我們經過最後一個轉彎，看見一輛紅色的車在等待。他專心的皺起眉頭，然後，當他停好車，他嘆口氣。

「有什麼不對嗎？」我手握著車門把問道。

他搖搖頭。「沒事。」他瞇著眼，視線穿過擋風玻璃看著前方那一輛車。我之前看過他這種神情。

「你不會是在偷聽雅各吧，是嗎？」我指控他。

「當人們大喊大叫時，很難不聽見。」

「喔，」我想了一會。「他在喊什麼？」我低聲問。

「我確定他自己會提起的。」愛德華以諷刺的語氣說。

我原本想繼續追問，但雅各按了喇叭，兩聲不耐的喇叭聲。

「真是不禮貌。」愛德華咆哮的說。

「這就是雅各。」我嘆氣，我匆匆下車，以免雅各又做出什麼會讓愛德華咬牙切齒的事。

我坐上小兔子之前，先向愛德華揮手，遠遠的，他看起來真的為這喇叭的事很沮喪……或者是因為雅各所想的事。但我眼力不好，可能看錯了。

我要愛德華過來我這邊。我想要他們兩個都下車，握手言和做朋友——就只是愛德華和雅各，而不是吸血鬼和狼人。就像我手上那兩塊倔強的磁鐵，我把它們緊握在一起，想強迫自然反轉其本性……

我嘆口氣，爬上雅各的車。

「嗨，貝拉。」小各的語氣很高興，但聲音很疲憊。當他專心看路時，我研究著他的臉，在開回拉布席的路上，他開得只比我快一些，但比愛德華慢。

雅各看起來有點不一樣了，可能生病了。他眼皮下垂腫脹，臉色扭曲。一頭亂髮還是一樣雜亂，有些地方已經快長到他下巴了。

「你還好嗎？小各。」

「只是很累，」他壓下一個大哈欠才說得出話來。當他說完，他問。「妳今天要做什麼？」

我看著他好一會。「我們就待在你家吧，」我建議。他看起來不像除了待在家之外還對別的有興趣。「晚點再騎車。」

「當然，當然。」他說，又打起哈欠。

雅各家沒人，感覺很奇怪。我發覺，我一直把比利當成是固定會出現的人。

「你爸呢？」

「去克利爾沃特家了。自從哈利死後，他就常去那裡。蘇很寂寞。」

雅各坐在舊沙發上，那沙發比情人雅座大不了多少，他往旁邊擠了擠，讓出位置給我。

「喔，那真好。可憐的蘇。」

「是呀……她有一些麻煩……」他猶豫了一下。「和她的孩子們。」

「當然，對賽斯和利雅來說一定很難受，失去父親……」

「嗯呃。」他同意，沉思著。他想也沒想就拿起遙控器打開電視。又打哈欠。

「你怎麼了，小各？你像殭屍一樣。」

「我昨晚只睡了兩小時，前一晚只睡了四小時。」他邊說邊緩緩伸長他的雙臂。我在他伸展時，聽見關節的聲音。他將左手臂放在我身後的沙發背上，人癱坐著，頭靠在牆上。「我累死了。」

「你幹麼不睡覺？」我問。

他扮個鬼臉。「山姆有點難搞。他不信任妳的吸血鬼們。我這兩週值雙班，根本沒人靠近我，但他還是不相信。所以我只得靠我自己。」

「兩班？是因為你在幫我警戒嗎？小各，這樣不對！你得睡覺。我不會有事的。」

「這沒什麼大不了，」他雙眼突然充滿警覺。「嗨，妳知道在妳房內的是誰了嗎？有什麼新消息嗎？」

我不理他的第二個問題。「不，對我那位訪客，我們沒找到任何東西。」

「那我繼續守。」他邊說，眼皮邊往下滑。

「小各……」我嘀咕。

「嗨，這是我至少能做的——我提供終身奴工服務，記得嗎？我是妳終身的奴隸。」

「我不要一個奴隸。」

他沒睜開眼。「妳要什麼？貝拉。」

「我要我的朋友雅各——我不要他半死半活的，因為某些錯誤的資料，害他受傷——」

他打斷我。「這樣想吧——我希望我能找到一個吸血鬼是我可以殺戮的，行嗎？」

我沒回答。他看著我，打量我的反應。

「開玩笑的，貝拉。」

我瞪著電視。

「那，下週有什麼新計畫？妳要畢業了。哇。這是大事耶。」他的聲音變得平板，他的臉已經往下垮，看起來好疲憊，眼睛又閉上了——這次不是因為筋疲力竭，而是否認。我知道畢業對他來說具有可怕的意義，想到這，原本的怒氣消失了。

「沒有**特別的**計畫。」我小心的說，希望他會聽出我聲音中那個強調的字眼，卻不會追問更多的細節。我現在不想說。第一，他不想有難熬的對話。再者，我知道他會從我的不安中察覺更多的事。「嗯，我得去參加畢業派對——我的。」我用噁心的聲音說：「艾利絲喜歡派對，她邀請了整個小鎮的人在畢業當晚去她家。一定會很可怕。」

我說時他睜開雙眼，放了心的笑容讓他的臉看起來不那麼累了。「我沒收到邀請卡，這對我來說打擊很大。」他打趣。

「就當作你已經受邀了吧。那是我的派對，我應該能邀人。」

「謝了。」他諷刺的說，眼睛又閉上了。

「我希望你能來，」我不帶希望的說：「一定會更有趣的。我的意思是，我會覺得有趣些。」

「當然，當然，」他喃喃說：「這真是……明智……」他沒說完。

一會後他就打呼了。

可憐的雅各。我研究他睡夢中的神情，喜歡自己看到的。當他睡著後，那些防備和尖酸刻薄的線條都消失了，突然間他又是那個男孩——在那些狼人的荒唐阻礙我們之前，我最好的朋友。他看起來年輕多了，就像我的雅各。

我坐在沙發上看他睡覺，希望他能多睡一會，補償他失去的。我不停轉著電視頻道，但沒多少台。我最後停在烹飪節目看著，心想我真的沒努力為查理做晚餐。雅各繼續打呼，愈來愈大聲。我將電視音量開大。

我有種奇怪的放鬆感，也有點睡意。這間屋子比我自己的房間更讓我覺得安全，可能因為沒有人會來這裡找我。我蜷臥在沙發上，心想自己也該睡個午覺。可能我真的會睡著，但雅各的鼾聲實在太大聲了，所以我沒睡，而是放任自己想個不停。

考完畢業考了，多數都不費力。只有微積分是唯一例外，但是也已經考完了，反正不是過關就是被當。我的高中教育結束了。我並不明確知道自己對此的感覺。當我的人類生活眼看即將結束時，我無法客觀的評估。

我不知道愛德華還要用「不是因為妳害怕」這個藉口多久。我得更堅定我的立場。

如果我務實點思考，我知道更合理的方法是去請卡萊爾改變我，就在我一畢業之後馬上進行。福克斯已經快要變成危險的戰場。不，福克斯就是戰場。更別提……這會是錯過派對的好藉口。當我想到這個普通的理由就能改變一切，自己不禁笑了。真傻……但還真有吸引力。

但愛德華是對的——我還沒準備好。

我也不想務實。我要愛德華做那個改變我的人。這不是個理性的要求。我很確定——在有人真的咬了我兩秒之後，在吸血鬼的毒液開始如火灼般席捲過我身體的血管之後——我真的不會在乎是誰動手的。所以，應該沒有差別才對。

就算是對自己，我也不瞭解為什麼由愛德華來做那麼重要。他應該是做出選擇的那個人——他想盡可能擁有我，但他不允許其他人改變我，所以他只得自己採取行動。真是孩子氣，但我一想到，他的唇是我人類身分所擁有的最後一個美好的感覺，就覺得很棒。雖然不好意思，雖然我不會大聲說出來，但我要他的毒液流在我的血管內，這讓我更具體的屬於他。

但我知道他會堅持他先結婚的那個想法——因為他知道我會拖延，他清楚的知道這一招有效。我試著想告訴我父母，我這個暑假就要結婚了。告訴安琪拉、班和麥克，但我做不到。我根本想不出該怎麼說出口——告訴他們我要變成吸血鬼還容易些。我很確定至少我母親——若我告訴她真相的每個細節——會是最賣力反對我結婚的人，比反對我成為吸血鬼還要賣力。當我想到她可能流露的驚恐神情，我的臉龐也為之扭曲。

然後，有那麼一下子，我又看見愛德華和我坐在門廊的鞦韆上的古怪畫面，穿著來自另一個世界的衣服，一個如果我戴上他給的婚戒，也不會讓人驚訝的世界。一個簡單的地方，愛以簡單的方式被定義。一加一等於二……

雅各打呼，翻個身。他垂在沙發背後的手臂滑下來，把我壓住緊靠在他身上。

老天，他真重！又熱。沒幾秒我就滿身大汗。

我想從他手底下滑出來而不吵醒他，但我得稍微推開他。當他壓在我身上的手臂垂落，他雙眼突地睜開。他跳了起來，焦慮的東張西望。

「怎麼了？怎麼了？」他茫然的問。

他轉身看著我，眨眼困惑。「貝拉？」

「是我，小各，抱歉吵醒你。」

「嗨，貪睡蟲。」

「喔，該死！我睡著了嗎？我真抱歉。我睡了多久？」

「睡過幾段知名主廚艾默利爾的節目吧，我沒算。」

他坐回我身邊的沙發上。「哇。真的很抱歉。」

我拍拍他的頭髮，順手把他的髮順一順。「別擔心。我很高興你能睡一下。」

他打個哈欠，伸展身子。「我這幾天真沒用，難怪比利一天到晚往外跑。我很無聊。」

「你很好。」我讓他安心。

「呃，我們出去吧。我得走走，不然我又會睡著。」

「小各，繼續睡吧。我很好。我會叫愛德華來接我。」我邊說邊拍拍口袋，發現是空的。「該死，我得借你的電話。我想我一定把手機留在他車子裡了。」我準備起身。

「不！」雅各堅持，抓住我的手。「不，留下。妳好久沒來了，我不敢相信自己浪費掉這些時間。」

他邊說邊拉我從沙發上起身，然後拖著我往外走，當他走過門框時得低頭。在雅各睡著時，天氣變得更冷了，空氣中有不尋常的寒冷，一定有暴風雨要來了。像二月，而不是五月。

寒冷的空氣似乎讓雅各更清醒。他在屋前來來回回踱步了好一會，拉我跟著他走來走去。

「我真是個白痴。」他喃喃自語。「怎麼了，小各？你睡著又怎樣。」我聳聳肩。

「我想跟妳談談。我不敢相信。」

「那就跟我談吧。」我說。

雅各看著我的眼一下子，很快轉開，看著森林。好像他臉紅了，但在他黝黑的膚色下很難判定。

我突然想起來，當愛德華讓我下車時他說過——雅各有話要告訴我，他在腦中大喊的話。我咬著唇。

「聽著，」雅各說。「我本來想用點別的方式。」他笑了，聽起來好像他在笑自己。「更流利的方式，」他補了句。「我想好好準備準備，但——」他看著雲層，及午後微亮的天空——「我沒時間了。」

他又笑了，緊張的笑。我們還在緩緩踱步。

「你想說什麼？」我追問。

他深吸口氣。「我要告訴妳一件事。妳已經知道……但我想，我應該大聲說出來。這樣才不會有任何的誤解。」

我停下腳步，他也停住。我甩開他的手，雙臂交疊在胸前。我突然確定，我不想知道他要說的話。

雅各的眉毛聚在一起，將他深邃的眼睛籠上了陰影，漆黑的雙眸直盯著我的眼睛。

「我愛上妳了，貝拉，」雅各用堅定自信的聲音說：「貝拉，我愛妳。我要妳選擇我而不是他。我知道妳對我沒有這樣的感覺，但我需要說出真相，讓妳知道妳有選擇。我不想讓誤會阻擋在我們面前。」

chapter 15

賭注

「很幼稚，」他聳聳肩。

「艾密特和賈斯柏喜歡打賭。」

「艾密特會告訴我。」我想轉身，

但他的手像鐵一樣，堅定抓著我，讓我無法轉身。

他嘆氣。

「他們打賭，妳……第一年會失控多少次。」

我盯著他好久好久說不出話來，我想不出該對他說什麼。

當他看著我驚愕的神情，他的神情不再嚴肅。

「好吧，」他笑著說：「就這樣。」

「小各──」好像有個大大的東西插進我喉嚨，哽住我，我努力清出這個障礙。「我不能──我是說我不……我得走了。」

我轉身，但他抓住我肩膀將我轉過來。

「不，等等。我知道了，貝拉。但是，聽著，回答我這個問題，好嗎？妳要我離開妳永遠不再見妳嗎？老實告訴我。」

很難專心在他的問題上，我花了好一會才有辦法回答：「不，我不想要那樣。」我最後承認。

雅各又笑了。「瞧。」

「但是我希望你在我身邊，跟你希望我在你身邊的理由是不一樣的。」我抗議。

「那確實告訴我，妳為什麼要我在妳身邊。」

我小心的想，斟酌著字眼。「當你不在時，我想念你。當你高興時，」我小心的描述：「也讓我高興。但我能對查理說一樣的話，雅各，你是家人，我愛你，但我並沒有愛上你。」

他點點頭，很平靜。「但妳要我在妳身邊。」

「是的。」我嘆氣。他真是無可救藥的樂觀，無法打消他的念頭。

「那我就會在妳身邊。」

「你是自找苦吃，」我咕噥。

「是呀。」他用手指輕碰我的右臉頰。我揮開他的手。

「你不認為你應該乖一點嗎？」我有點氣惱的問。

「不。我不要。妳來決定，貝拉。妳可以把我照單全收——包括我的壞行為在內——或是完全不要。」

我瞪著他，很沮喪。「這真壞。」

「妳也是。」

我脾氣來了，不自覺後退一步。他是對的。如果我不是這麼壞——又貪心——我應該告訴他，我不要他當朋友，然後離開。明知要他當我朋友會傷害他，卻還堅持，是不對的。我不知道我在這裡幹什麼，但我突然確定這樣不好。

「你是對的。」我低聲說。

他笑了。「我原諒妳。只是別對我太生氣，因為我最近決定不要放棄。無法挽救的事還真吸引人。」

「雅各，」我凝視著他漆黑的雙眸，想要他認為我是認真的。「我愛他，雅各。他是我的一切。」

「妳也愛我，」他提醒我。當我打算開口，他舉起手制止我。「不是一樣的方式，我知道。但他不是妳的全部，已經不是了。可能他曾經是，但他離開了。現在他得處理這個選擇的後果——我。」

我搖搖頭。「你真是不可理喻。」

突然，他變得認真。他用手抬起我的下巴，緊緊的撐住，我無法轉頭避開他的凝視。

「在妳的心停止跳動之前，貝拉，」他說：「我都在這裡——奮鬥。別忘了妳還有選擇。」

「我不要選擇，」我不同意，想掙脫但無法成功。「我的心跳很快就會停了，雅各。快沒時間了。」

他瞇起眼。「更有理由奮鬥了——更努力的奮鬥。趁我還可以的時候。」他低聲說。

他還是托著我的下巴——他的手指緊緊的握住，有點痛——我看見他眼中突然湧起的決心。

「不——」我想要反對，但來不及了。

他的唇印上我的，制止我的反對。他憤怒的親吻我，以粗魯的方式，他另一隻手環繞著固定我的後頸，讓我無法避開。我用全身的力量推他的胸膛，但絲毫動他不得。他的唇很柔軟，儘管他很憤怒。他以一種溫暖而陌生的方式親吻著我。

我抓住他的臉，想推開，但又失敗了。他這次似乎注意到了，結果卻變本加厲。他的唇強迫我的嘴張開，我感覺得到他熱騰騰的呼吸吐息在我的口中。

本能的，我垂下雙手，停止任何反應。我張開眼，沒有抗拒，沒有感覺……只等著他停止。

這有效。憤怒似乎散去，他退後看著我。他將唇輕柔的印在我的唇上，一次，兩次……第三次。我假裝是座雕像，等待著。

最後，他放開我的臉，退開。「你做完了嗎？」我用毫無感情的聲音說。

「是的。」他嘆氣，然後閉著眼開始笑。

我抽回手臂，然後猛然向前揮出，用盡全身力氣一拳打在他嘴上。

喀啦一響，很大聲。

「喔！喔！」我尖叫，氣惱地跳來跳去，痛苦地將手抱在胸口。骨頭斷了——我感覺得出來。

雅各震驚的看著我。「妳還好嗎？」

「不，該死！你害我的手斷了。」

「貝拉，是妳打斷了自己的手。不要再跳了，停下來讓我看看。」

「不要碰我！我現在要回家。」

「我去開車。」他平靜的說，甚至沒像電影裡那樣揉揉被我打的下巴，真氣人。

「不，謝了。」我嘶啞的說：「我寧願走路。」我轉身朝路上走。這裡離邊界只有幾哩遠。我一離開這裡，艾利絲就會看見，她會派人來接我的。

「讓我載妳回家。」雅各堅持。真令人不敢相信，他竟然有膽子用手臂環著我的腰。

我扭開身子。

「好吧，」我大吼。「去開車呀！我等不及要看愛德華怎麼對付你。我希望他扭斷你的脖子，你這可惡蠻幹低能的臭狗。」

雅各翻著白眼。他陪我走到車子的副駕駛座旁，替我拉開車門讓我上車。當他坐上駕駛座時，居然吹著口哨。

「我一點也沒傷到你嗎？」我沮喪又氣惱的問。

「妳在開玩笑吧？如果妳沒尖叫，我可能不會知道妳是想揍我。雖然我不是石頭做的，但我也不軟。」

「我討厭你，雅各・佈雷克。」

「這很好。討厭是種熱烈的情緒。」

「我會給你熱情，」我咬牙切齒的說：「謀殺，最終極的犯罪熱情。」

「喔，好啊！」他還是很高興，看起來又準備要吹口哨了。「那絕對比親石頭還好。」

「差遠了。」我冷酷的告訴他。

他抿著唇。「我看妳只是在逞強。」

「才不是。」

這似乎讓他不自在了好一會，但然後他又高興起來。「妳只是生氣。我沒有這種經驗。但我覺得自己挺厲害的。」

「呃。」我呻吟。

「妳今晚會想的。當他認為妳睡著時，妳其實是在想妳的另一個選擇。」

「如果我今晚會想到你，那是因為作了惡夢。」

他緩緩將車減速，睜大漆黑的雙眼，帶著誠意看著我。「只要想想那種可能，貝拉。」他以輕柔熱切的聲音說。「妳不必為我做任何改變。妳知道如果妳選擇我，查理會多高興。我能保護妳，就像妳的吸血鬼能做的一樣——可能更好。我會讓妳快樂，貝拉。我能給妳許多他無法給妳的。我敢說，他無法那樣親妳，因為他會傷害妳。我永遠不會，永遠不會傷害妳，貝拉。」

我舉起我受傷的手。

他嘆口氣。「這不是我的錯。妳應該知道的。」

「雅各，失去他我不會快樂的。」

「妳又沒試過，」他不同意，「當他離開，妳將妳一切精力寄託在他身上。如果妳能放手，妳就會開心的。和我在一起妳會快樂的。」

「我只想跟他一起快樂。」我堅持。

「和他在一起，妳永遠無法像和我在一起那樣確定。他離開過妳一次，他會再做的。」

「不，他不會的，」我咬著牙說。那痛苦的回憶咬噬著我，像鞭子一樣鞭打我。讓我更想傷害他。「你也離開過我一次。」我用冷酷的聲音提醒他，想起他躲我的那幾週，他在他家旁邊的樹林裡對我說過的話……

「我沒有，」他激烈的爭辯。「他們告訴我不能跟妳說——如果我們在一起的話，對妳來說不安全。但我沒有離開，從來沒有。我常在晚上跑到妳家巡視，像我現在這樣，想確定妳沒事。」

我才不會被他說的話，搞得自己感覺到內疚呢。

「帶我回家。我手痛。」

他嘆氣。看著路開始以正常速度開車。

「想一想，貝拉。」

「不。」我固執的說。

「妳會的。今晚。當妳想我時，我也會想妳。」

「就像我說的，是個惡夢。」

他朝我一笑。「妳回吻我。」

我喘了口氣，手不自覺又握成拳，但拉扯到傷口讓我忍不住呼痛。

「妳還好嗎？」他問。

「不好。」

「我想我知道其中的不同。」

「顯然你不知道——那不是回吻，那是為了要讓你放開我，你這白痴。」

他從喉嚨內發出低低的笑聲。「這麼兇？我敢說，妳是過度防備。」

我深吸口氣。沒必要和他吵，他會扭曲我說的一切。我專心在自己的手，試著伸展手指，想確定受傷的地方。指關節處傳來劇痛，我呻吟著。

「對妳的手，我真的很抱歉，」雅各說，聽起來很真誠。「下一次妳想打我時，用棒球棒或是鐵棍好嗎？」

「別以為我會忘記。」我喃喃說。

我沒注意他開的方向，直到我們已經到達目的地。

「你幹什麼帶我來這？」我追問。

他茫然的看著我。「我以為妳說要回家？」

「呃，我猜你沒法帶我到愛德華家，是吧？」我沮喪的咬著牙說。

他臉上閃過一絲痛楚，我清楚感覺到，這句話比我之前說過的任何一句話對他的影響都大。

「這是妳家，貝拉。」他平靜的說。

「是的，但有任何醫生住在這裡嗎？」我再次舉起我的手。

「喔。」他想了一會。「我帶妳去醫院。或者查理也行。」

「我不想去醫院，又糗又不必要。」

他慢慢的將小兔子停在屋前，以一種不確定的神情仔細思考著。查理的警車停在車道上。

我嘆口氣。「回家去吧，雅各。」

我笨拙地爬下車，往屋內走。我身後的引擎聲停止，我惱怒多於驚訝的發現雅各跟在我身邊。

「妳要幹什麼？」他問。

「我要冰敷我的手，然後打電話給愛德華，告訴他來這邊接我，帶我去見卡萊爾，這樣他才能治療我的手。然後，如果你還在這裡，我希望能用鐵棍打你。」

他沒回答，靜靜替我拉開前門陪我走進家裡。

我們沉默的走過前廳，查理躺在沙發上。

「嗨，孩子們，」他坐了起來。「真高興看到你，小各。」

「嗨，查理。」雅各隨意的回答，躊躇了一下。

我走向廚房。

「她怎麼了？」查理好奇的問。

「她認為她弄傷手了。」我聽見雅各這麼告訴他。我走到冰箱前面，打開冰庫，拿出製冰盒。

「她是怎麼傷到的？」身為我的父親，我以為查理應該更關心而不是這樣消遣我。

雅各笑了。「她打我。」

查理也笑了。我沉下臉，將製冰盒在水槽邊敲了幾下。冰盒內的冰落到水槽裡，我用沒受傷的那隻手抓起一把，再用流理臺上的擦碗布包起來。

「她為什麼打你？」

「因為我親她。」雅各一點都不害羞的說。

「幹得好，孩子。」查理鼓勵他。

我咬著牙，走向電話，撥給愛德華。

才響第一聲他就接起來。「貝拉？」聽起來不只是鬆了一口氣而已——他很高興。我隱隱聽見富豪車的引擎聲。他已經在車子裡了——這很好。「妳沒帶電話……我很抱歉，雅各載妳回家了嗎？」

「是的，」我咕噥著：「你可以來載我嗎？」

「我在路上，」他馬上說：「怎麼了。」

「我要卡萊爾看看我的手。我想我受傷了。」

前廳突然變得安靜，我不知道雅各什麼時候才會逃走。我露出一個冷酷的笑容，想像他的不安。

「怎麼了？」愛德華追問，但聲音平板。

「我打了雅各。」我承認。

「很好，」愛德華陰鬱的說：「雖然我很抱歉妳受傷了。」

我馬上笑了，因為他聽起來像查理一樣高興。

「我希望我有傷到他，」我沮喪的嘆口氣。「但一點都沒有。」

「我能處理。」他主動建議。

「我正希望你這樣說。」

沉默了一下。「這聽起來不太像妳，」愛德華這次很擔心。「他做了什麼？」

「他親我。」我大吼。

我只聽見電話另一頭傳來引擎加速聲。

在另一個房間裡，查理又開口。「可能你該走了，小各。」他建議。

「我想再待一會，如果你不介意的話。」

「不知死活的傢伙。」查理喃喃說。

「那隻狗還在嗎？」愛德華最後開口問。

「是的。」

「我就快到了。」他陰沉的丟下一句，然後掛斷電話。

我掛上電話笑了，聽見他車子加速從街上開過來的聲音。當他開到前門，猛地煞車，引擎怒吼一聲停下來。我走向門口去替他開門。

「妳的手怎麼樣了？」當我經過時，查理問。他看起來很不安，雅各則是慵懶地坐在沙發上，一派隨意。

我舉起臨時冰枕給他看。「腫起來了。」

「可能妳應該選跟妳體型差不多的人。」查理建議。

「可能。」我同意。我走去開門，愛德華在等我。

「我看看。」他低聲說。

他溫柔的看著我的手，如此小心，一點也沒弄痛我。他的雙手像冰一樣冷，貼著我的肌膚讓我覺得很舒服。

「沒錯，是受了點傷。」他說：「我為妳感到驕傲。妳一定用了很大的力氣。」

「我盡了全力，」我嘆氣。「但顯然還是不夠。」

他溫柔的親吻我的手。「我來處理。」他答應。然後他大喊，「雅各。」他的語調還是平靜同穩定。

「得了，得了。」查理警告。

我聽見查理離開沙發的聲音。雅各比他先來到門廊，也更悄無聲息，但查理離他背後不遠。雅各的表情充滿警戒與迫不及待。

「我不想看見打架，你們瞭解嗎？」查理邊說邊看著愛德華。「如果有需要，我會戴上警徽執行勤務。」

「沒有那個必要。」愛德華用自制的語氣說。

「你幹麼不逮捕我，爸？」我建議。「我才是惹起麻煩的人。」

查理挑起一邊眉毛。「你要控告她嗎？小各。」

「不，」雅各咧嘴笑了，真是無可救藥。「我隨時歡迎她打回來。」

愛德華皺起眉頭。

「爸，你屋裡有球棒之類的嗎？我想借用一下。」

查理平靜的看著我。「夠了，貝拉。」

「在妳被關進監牢之前，先讓卡萊爾看看吧。」愛德華說。他用手臂環著我，然後拉我走向門口。

「行。」我靠著他。既然愛德華和我在一起，我已經不那麼生氣了。我覺得自在，受傷的手已經不會讓我那麼困擾了。

我們走向人行道時，我聽見查理在我身後焦慮的低語。

「你在幹什麼？你瘋了嗎？」

「給我一分鐘，查理，」雅各回答：「別擔心，我馬上回來。」

我回頭，看見雅各跟著我們，然後在神情既驚訝又不安的查理面前把門關上。

愛德華一開始不理會他，牽著我走向車子。他扶我上車，關上車門，然後轉身面對站在人行道上的雅各。

我焦慮的從敞開的車窗看著他們。查理人在屋裡，從前廳的窗簾縫偷看。

雅各的站姿很隨意，雙臂交叉在胸前，但下巴緊繃的肌肉顯露出他的緊張。

愛德華的聲音很平靜，很紳士，但奇怪的是，卻讓他說的話聽起來反而更具威脅。「我不會現在殺你，因為這會讓貝拉沮喪。」

「嗯哼。」我咕噥。

愛德華微微轉身很快給我一個笑容。他的臉色又變得平靜。「會讓妳在早上的時候感到不安。」他手指撫著我的臉頰。

然後他轉身面對雅各。「但如果你再帶她回來時她受傷了——我不管是誰的錯，不管是她自己不小心跌倒，還是流星從天上掉下來打中她的頭——只要我發現你將她歸還給我時，不像我將她交給你那樣完美，我會讓你用三隻腳跑路。你聽懂了嗎？你這雜種狗。」

雅各翻翻白眼。

「誰要回去找他！」我低聲說。

愛德華似乎沒聽見我的問題，繼續說：「如果你敢再親她，我會為她拆了你的下巴。」他保證，聲音還是很紳士、迷人，卻帶著致死的力量。

「萬一是她要我那麼做呢？」雅各傲慢的說。

「哼！」我嗤之以鼻。

「如果那是她要的，我不會反對，」愛德華聳聳肩，不以為意。「但你應該要等她親口說出來，而不是憑藉著自以為是、亂解讀而來的所謂的肢體語言——如果你不在乎下巴被我打爛的話。」

雅各咧嘴笑了起來。

「你想得美。」我哼聲的說。

「是的，他是這樣想。」愛德華喃喃說。

「嗯，如果你偷聽夠了我腦海中的想法，」雅各用惱怒的聲音說：「你幹麼還不帶她去看醫生？」

「還有一件事，」愛德華緩緩的說：「我也會為她而戰，你應該知道這一點。我不會大意的，我會比你更加倍努力。」

「很好，」雅各咆哮著說：「贏一個棄權的人也沒什麼趣味。」

「她**已經**是我的，」愛德華低沉的聲音突然變得陰冷，不再像之前那樣沉著。「我沒說我要公平的競爭。」

「我也是。」

「祝好運。」

雅各點點頭。

「是的，祝最好的人贏。」

「這聽起來沒錯……小狼狗。」

雅各皺了一下眉頭，然後臉色平靜下來，歪著身子避開愛德華朝我笑笑。我怒視著他。

「我希望妳的手可以趕快好，真的很抱歉讓妳受傷。」

真孩子氣，我轉過頭不看他。

我一直沒抬頭，直到愛德華繞過車子，坐上駕駛座。我不知道雅各是否進屋去了，還是繼續站在那裡看著我。

「妳有什麼感覺？」我們邊開出去，愛德華問。

「生氣。」

他笑了。「我是說妳的手？」

我聳聳肩。「我有過更糟的。」

「這倒是。」他皺著眉頭同意。

愛德華繞過屋子開到車庫。艾密特和羅絲莉都在——羅絲莉修長的雙腿，從艾密特的大吉普車下伸出來，就算穿著牛仔褲也看得出來是她。艾密特坐在她旁邊，一手伸到吉普下，我過了好一會，才知道他在當千斤頂。

當愛德華幫助我下車時，艾密特好奇的看著我。他雙眼盯著我抱在胸前的手。

艾密特笑了。「又跌倒了，貝拉？」

我兇狠地怒視著他。「不是，艾密特，我打了一個狼人的臉。」

艾密特眨眨眼，突然爆出大笑聲。

當愛德華扶我經過他們，羅絲莉從車子底下開口。

「賈斯柏將會贏得打賭。」她打趣的說。

艾密特的笑聲馬上停止，用讚美的表情研究我。

「什麼打賭？」我停下腳步追問。

「我們先帶妳去見卡萊爾，」愛德華急切的說。他瞪著艾密特，頭微微搖了一下。

「什麼打賭？」我轉身面對他，堅持問清楚。

「謝了，羅絲莉。」他緊緊摟住我的腰，邊低聲說，邊拉我朝屋子走去。

「愛德華……」我咕噥著叫他。

「很幼稚，」他聳聳肩。「艾密特和賈斯柏喜歡打賭。」

「艾密特會告訴我。」我想轉身，但他的手像鐵一樣，堅定抓著我，讓我無法轉身。

他嘆氣。「他們打賭，妳……第一年會失控多少次。」

「喔，」當我瞭解他的意思後，我皺起眉頭，想藏起突然而生的驚恐。「他們打賭我第一年會殺多少人？」

「是的，」他不情願的承認。「羅絲莉認為妳的脾氣會提高賈斯柏贏的機會。」

我覺得有點頭暈目眩。「賈斯柏賭我會殺很多人。」

「如果妳有適應不良的困難時期，會讓他感覺比較好。他厭倦了老是當最脆弱的那個。」

「當然，當然是這樣。我猜我可以做出幾件額外的謀殺案，如果能讓賈斯柏高興的話，為什麼不？」我滔滔不絕，聲音極為單調。在我腦海中，我看見報紙頭條，姓名一覽表……

他推推我。「妳現在還不用擔心。事實上，如果妳不想要，妳永遠都不用擔心。」

我呻吟著，愛德華以為是我手痛讓我難受，拉我快速的進屋。

我的手的確是受傷了，但不嚴重，只是有節指骨上多了一點小裂縫。我不想上石膏，而且卡萊爾說用夾板固定住就好了，只要我答應不拿掉夾板的話。

我答應了。

愛德華看得出來，當卡萊爾小心的替我的手指上夾板固定時，我有點快承受不住。他幾次出聲對卡萊爾說我很痛，但我向他保證一切都沒事。

彷彿我還需要多一件事情來煩——我要煩的事情還不夠多嗎？

自從他解釋了他的過去後，賈斯柏關於新創造的吸血鬼新手的故事，就在我腦海中慢慢滲透。現在這些故事因為他和艾密特的賭注而更鮮明的跳出來。我胡亂想著他們的賭局。當你有了一切後，有什麼是可以激勵你的獎勵？

我一直知道自己會有所改變。我希望我能變得像愛德華說的那樣強壯——又壯又快，還有，最重要的——漂亮。一個站在愛德華身邊能配得上他，讓人覺得她屬於他的人。

我試著不去想在我變身之後同樣得面對的其他事情——狂野、嗜血。或許我將無法制止自己去殺戮。陌生人、從來不曾傷害過我的人。如同西雅圖那裡，數字不斷攀升的犧牲者，那些有家人有朋友有未來的人，活生生的人。而我將成為怪獸，奪走他們的生命。

但是，說真的，我能面對這部分——因為我相信愛德華，完全的相信他，他不會讓我做出我會後悔的事。我知道如果我要求他的話，他會帶我到南極獵企鵝。我會盡力做一個好人，一個好吸血鬼。要不是如今多了這新的擔憂的話，這個念頭真的會讓我笑出來。

因為，如果我真的像那樣——像我腦中賈斯柏所描繪出的那些新手的惡夢景象——我還會是我嗎？如果所有我要的只是殺人，那我現在要的事情又會變得如何？

愛德華一心一意希望我不要錯過任何身為人類時的體驗。這通常看起來很傻。沒有多少人類經驗是我擔心自己會想念的。只要我能跟愛德華在一起，我沒有什麼好要求的了。

我看著他的臉，他則望著卡萊爾固定我的手指。在這個世界，除了他，我什麼都不要。這會……有可能會……改變嗎？

會有我不願意放棄的人類經驗嗎？

chapter 16

新紀元

格林先生說了什麼，我沒注意聽，
然後我身邊全部的人都在大喊大叫。
黃色帽子滿天飛舞。
我也拿下我的帽子，
但晚了一步，只好丟在地上。

「我找不到可以穿的衣服！」我呻吟著。

我所有的衣服都攤在床上，衣櫃及衣櫥全部清空了。我看著空空的櫃子，真希望有件適合的衣服憑空出現。

我的卡其色短裙掛在椅子後面，等著我找到能搭配的上衣。能讓我看起來美麗又像女人，能適合某種特別的場合。我完全沒有頭緒。

該出發了，但我還是穿著我最愛的舊毛衣。除非我能在這找到更好的──但全都不夠好──我就得穿著這件去參加畢業典禮。

我對著床上這一堆衣服皺眉。

更討厭的是，我非常清楚自己該穿什麼，如果它還在的話──那件被拿走的紅色上衣。我用沒受傷的那隻手敲打牆面。

「愚蠢、小偷、討厭的吸血鬼！」我大叫。

「我做了什麼？」艾利絲問。

她隨意地倚靠在敞開的窗邊，好像她已經來了很久似的。

「有人在嗎？」她笑著補了句。

「等我走去應門有那麼難嗎？」

她將一個扁平的白色盒子扔到我床上。「我正好經過。我想妳缺衣服穿。」

我看著躺在那堆令我不滿意的衣服上的大盒子，扮了個鬼臉。

「承認吧，」艾利絲說：「我是妳的救命恩人。」

「妳是我的救命恩人，」我喃喃說：「謝謝。」

「嗯，很高興能有些好事改變一下。妳不知道這有多惱人——最近老是看不見東西。我覺得自己好沒用。好……平凡。」她語帶驚恐的畏縮著。

「我無法想像平凡的感覺有多糟？呃。」

她笑了。「嗯，至少這能讓我彌補，沒預見偷走妳衣服的賊這件事，現在我只需要弄清楚在西雅圖我看不見的東西究竟是怎麼回事。」

當她這樣說的時候——在一個句子中同時提到這兩件事——讓我茅塞頓開。這難以捉摸的事困擾了我好幾天，我一直無法將其中重要的關聯結合在一起，突然間變得清清楚楚。我瞪著她，臉上的表情凍結在前一刻的樣子。

「妳到底要不要打開？」我沒有馬上動作，於是她嘆口氣，自己將盒子打開。她從盒子裡拿出某樣東西，然後高高舉起，但我無法集中注意力去看到底是什麼。「很美吧？妳不覺得嗎？我選藍色的，因為我知道這是愛德華最喜歡妳穿的顏色。」

我沒在聽。

「是一樣的。」我低聲說。

「什麼都一樣？」她追問：「妳根本沒有這樣的衣服。老實說，妳只有一條還算像樣的裙子。」

「不，艾利絲！別管衣服了，聽著。」

「妳不喜歡？」艾利絲的臉色一沉，有點不高興。

「聽著，艾利絲，妳看不出來嗎？是一樣的。那個闖進來我房間，偷走我衣服的傢伙，和西雅圖的新手吸血鬼，他們是一夥的。」

衣服從她手中滑落，掉回盒子裡。

艾利絲現在專心了，她的聲音突然變得尖銳。「妳為什麼這樣認為？」

「還記得愛德華說過嗎？有人利用妳預見能力的漏洞，讓妳看不見新手？還有妳之前說過，時機太過巧合——說偷我衣服的那傢伙很小心地不接觸，好像他知道妳會監看似的。艾利絲，我想妳說得沒錯，他確實知道，我想他也利用這個漏洞。有兩個不同的人不但很瞭解妳，還決定同一時間行動，這樣的機會有多大？不可能！絕對是同一個人，同樣的人。那個製造出新手大軍的，也是偷走我味道的人。」

艾利絲顯然不常碰到能讓她感到吃驚的事情，她整個人僵住，久到我在腦中開始默默計數。她整整兩分鐘都沒動，然後才回過神來雙眼盯著我。

「妳的推論沒錯，」她聲音空洞的說：「當然妳是對的，當妳這樣說……」

「愛德華錯了，」我低聲說：「這是一個測試……看看能否成功。是否他只要不做什麼特定、會被妳看到的事，例如：意圖殺我……他就可以安全的來來去去。他拿走我的東西不是為了證明他找到我，他是要偷我的味道……這樣其他人就能找到我。」

她雙眼因為震驚睜得很大。我是對的，我知道她瞭解了。

「喔，不。」她無聲的動唇說。

我早已不再預期自己的情緒會有正常的反應。我邊想著有人創造出一隊吸血鬼大軍的事實——這隊大軍已經令人害怕地在西雅圖殺害了幾十個人——唯一的目的就是為了要摧毀我，就覺得一陣的放鬆。

部分原因是之前困擾我，讓我一直大惑不解的謎團，終於解開了。

但更大部分的原因，是某件完全不同的事。

「嗯，」我低聲說：「大家都能放鬆了，沒有人要消滅庫倫家。」

「如果妳認為這件事會因此有所改變，那妳就大錯特錯了。」艾利絲咬著牙說：「如果有人的目標是我們家人之一，那他得先過我們全部人這關。」

「謝了，艾利絲，但至少我們知道他們要的是什麼了。這一定有幫助。」

「可能。」她喃喃說，開始在我房內走來走去。

砰，砰——有人用拳頭重重的敲我房門。

我跳了起來，但艾利絲似乎沒注意到。

「妳好了沒？我們要遲到了。」查理抱怨，聽起來很急躁。查理跟我一樣討厭那些什麼重大場合，以他的情況，大部分他討厭的原因就是衣著打扮的問題。

「快好了，再給我一分鐘。」我嘶啞的說。

他安靜了半秒鐘。「妳在哭嗎？」

「不！我只是很緊張。走開啦。」

我聽見他腳步沉重的往樓下走。

「我得走了。」艾利絲低聲說。

「為什麼？」

「愛德華要來了。如果他聽見這……」

「走，走！」我立刻催她。愛德華如果知道會氣得發狂。我沒法隱瞞他多久，但畢業典禮可能不是他發怒的最佳時機。

「快穿上！」艾利絲邊跳出窗戶邊說。

我照做，茫然地快速更衣。

我本來打算好好把頭髮造型一下，但沒時間了，所以只好梳直，和平常一樣無趣，不過這無所謂。我連鏡子都懶得看，所以我根本不知道艾利絲幫我買的衣服和裙子的整套效果如何，這也無所謂。我將醜陋的黃色畢業禮袍掛在手臂，匆匆下樓。

「妳真漂亮，」查理壓住暴躁的脾氣問：「新買的？」

「是呀，」我咕噥著，試著專心。「艾利絲送我的。謝了。」

愛德華在艾利絲走後沒多久就到了，我來不及換上平靜的神情，但因為我們得坐查理的警車去學校，所以他沒機會問我怎麼了。

查理上週知道我打算坐愛德華的車一起去畢業典禮時，他變得有點固執。我瞭解他固執的原因——畢業典禮那一天是屬於父母親的日子。我很講道理的讓步了，而且愛德華也高興的建議我們一起去。因為卡萊爾和艾思蜜對這樣的安排完全沒問題，查理也不好反對，他只得不高興的同意。現在愛德華坐在我爸警車的後座，隔著玻璃，帶著逗趣的神情——可能是因為我父親的神情也很逗趣，每次他從後視鏡偷瞄愛德華，他臉上的笑容就擴大一些。這表示查理正在想的事，如果他敢大聲說出來的話，一定會惹我大發脾氣。

「妳還好嗎？」查理把車停在學校停車場，愛德華扶我從前座下車時關心的問。

「緊張。」我回答，這不算是謊言。

「妳很美。」他說。

愛德華似乎還想說些別的，但是查理——以他自以為很高明的明顯動作——插到我們兩個中間，並且用手環住我肩頭。

「還好。」我承認。

「妳覺得興奮嗎？」他問我。

「貝拉，這是大事。妳從高中畢業了。現在妳即將進入真實的世界——大學。過妳自己的生活……妳已經不再是我的小女孩了。」查理激動的說完最後那句。

「爸，」我呻吟著：「請別哭倒在我身上。」

「誰哭了？」他大叫。「現在，告訴我妳為什麼不覺得興奮？」

「我不知道，爸。我猜還沒到時候吧。」

「艾利絲幫妳辦派對真是好，妳需要一些事讓妳振奮起來。」

「當然。派對正是我需要的。」

我的語氣惹得查理笑了，他用手捏捏我肩頭。愛德華看著雲層，一臉沉思。

我父親得在體育館後門和我們先分開，和其他父母親一樣從前門進入會場。

當行政部的科普太太和數學老師瓦納先生試著要學生們依姓名筆畫順序排成一列時，現場混亂極了。

「庫倫先生，請到前面來。」瓦納先生對愛德華大吼。

「嗨，貝拉！」

我抬起頭，看見潔西卡・史丹利從那一列的後頭，滿臉笑容的向我揮手。

愛德華很快吻我一下，嘆著氣，走過去和其他的人站在一起。艾利絲不在。她去哪了？連畢業典禮也蹺掉？我弄清楚的真不是時候。我應該要等到這一切都結束後，才去想清楚究竟是怎麼回事。

「過來這邊，貝拉！」潔西卡又大喊。

我沿著隊伍走，站在潔西卡後面，心中略微好奇，她今天怎麼變得如此友善。當我走近些，我看見安琪拉排在我後面五個人之後，用同樣的好奇眼神看著潔西卡。

我還離她有點遠，小潔已經滔滔不絕的說了起來。

「……真迷人。我是說，好像我們剛遇見，現在我們就要畢業了，」她裝腔作勢的說：「妳能相信這一切就要結束了嗎？我覺得好想尖叫！」

「我也是。」我低聲說。

「這是不可思議。妳還記得妳來這裡的第一天嗎？我們馬上就成了朋友。就在我們見到彼此的第一面之後。真奇妙。現在我要去加州念書，妳要去阿拉斯加，我一定會很想妳的。妳一定要答應我們得找時間再聚聚。我很高興妳要舉行派對。這棒極了。因為我們有好一陣子都沒在一起，現在我們都要離開……」

她滔滔不絕的說著，我確定是因為畢業的離愁和她感謝受邀參加派對——雖然不是我邀請的，才會讓她突然覺得應該回報一下我倆之間的友誼。我盡力敷衍她，無趣的聽著，同時邊穿上禮袍。我發現自己很高興最後能與潔西卡好聚好散。

無論畢業生代表艾瑞克要在致詞時說些什麼，或其他致詞的人說了哪些陳腔濫調，對我來說都代表著結束。可能對我的意義比其他人還深，但今天結束之後，我們都得留下什麼帶不走。

儀式進行得很快，我覺得自己好像按到快轉鍵。我們應該這麼快速的往前走嗎？艾瑞克緊張快速的說著畢業感言，但他說的每個字和每句話都混在一起，搞得大家都不知道他在說什麼。格林校長開始喊學生的名字，一個接一個，中間幾乎沒有停頓，體育館前排的人龍忙著跟上。可憐的科普太太笨手笨腳的將正確的文憑證書遞給校長，再交給正確的學生。

我正看著，艾利絲突然就出現了，她優雅的走上舞台接過畢業證書，一臉專注。愛德華跟在她身後，他的表情很困惑，但不沮喪。只有他們兩人在穿上醜陋的黃色禮袍後，看起來仍舊像本人一樣。他們那超脫塵俗的美麗和優雅，在人群中還是一樣脫穎而出。我不知道自己這麼迷戀著他們有多可笑。一對天使般的安琪兒，就算戴著翅膀站在那裡，還比較不會有人起疑。

我聽見格林先生叫我的名字，我從椅上起身，等著我前面的隊伍移動。我發現體育館後方傳來喝采聲，我回頭看見雅各拉著查理站起來，兩個人大聲呼嘯鼓勵著，而比利的頭只出現在雅各的手肘邊。我勉強擠出一個微笑給他們。

格林先生念完所有的名字，然後繼續遞出畢業證書，當我們經過他面前時，他臉上帶著羞怯的笑容。

「恭喜，史丹利小姐。」當小潔接過她的時，他咕噥說著。

「恭喜，史旺小姐。」他對我喃喃說著，將畢業證書交到我沒受傷的那隻手中。

「謝謝。」我低聲說。

就這樣了。

我走去站在潔西卡身邊，和其他畢業生在一起。小潔眼眶都紅了，她不停用禮袍的袖子擦著臉。我過了好一會才明白原來她哭了。

格林先生說了什麼，我沒注意聽，然後我身邊全部的人都在大喊大叫。黃色帽子滿天飛舞。我也拿下我的帽子，但晚了一步，只好丟在地上。

「喔，貝拉！」小潔用突然嘶啞但感情豐富的口吻說：「我不敢相信我們畢業了。」

「我不敢相信就這樣結束了。」我咕噥著說。

她用手臂環著我頸子。「妳保證會和我保持聯絡。」

我也擁抱她，當我閃避她的問題時，覺得有點尷尬。「我很高興認識妳，潔西卡。這是很棒的兩年。」

「沒錯，」她嘆氣，用力吸吸鼻子，然後鬆開我。「蘿倫！」她尖叫，手高舉揮舞，擠過一大群身穿黃色禮袍的人群。家人們都聚了過來，緊緊擠著我們。

我看見安琪拉和班，但他們都被家人環繞著。我可以晚點再恭喜他們。

我伸長脖子，想找到艾利絲。

「恭喜，」愛德華在我耳邊低聲說，他手臂緊緊環住我的腰。他聲音很低，對我到達人生這特別的里程碑，他並無急切之情。

「呃，謝謝。」

「妳看起來還是很緊張，」他注意到。

「沒錯。」

「有什麼好擔心的？派對？沒那麼恐怖。」

「你可能是對的。」

「妳在找誰？」

看來我找人的動作比自己想像的要來得明顯多了。「艾利絲——她去哪了？」

「她一拿到證書就溜走了。」

他的語氣現在有點不同。我抬起頭看見他一臉困惑，他正看著體育館後門，我衝動之下開了口——我真的該多想兩次的，但我很少這樣做。

「你在擔心艾利絲？」我問。

「呃……」他不想回答這個問題。

「她在想什麼？我是說，她有什麼不讓你知道？」

他雙眼看著我，充滿猜疑的瞇了起來。「老實說，她在將共和國戰歌翻譯成阿拉伯文。等她翻完後，她還要把它翻譯成韓國手語。」

我緊張的笑了。「我想這會讓她腦子忙翻了。」

「妳知道她不想讓我知道的是什麼。」他指控。

「當然，」我虛弱的笑了笑。「是我想到的。」

他等著，表情很困惑。

我四處張望。查理一定正穿過人群走向我們。

「依我對艾利絲的瞭解，」我低聲急促的說：「她可能想瞞你到派對結束。但既然我是唯一反對這個派對的人——嗯，無論如何，別生氣，好嗎？知道的愈多愈好，總會有幫助的。」

「妳在說什麼？」

我看見查理在人群中伸長了脖子找我。他看見我，對我揮揮手。

「保持冷靜好嗎？」

他馬上點頭，唇線嚴厲的抿成一直線。

我匆匆低語向他解釋我的推論。「我想你的看法是錯的，並沒有多方勢力的敵人同時出現。我認為要來對付我們的只有一個……而且我認為是要來對付我。一切都有關聯，一定是的。只有一個人在混淆艾利絲的預見能力。到我房間的那個陌生人是來做測試的，想知道是否有人能通過她的監視。那個在腦中不斷改變想法的人、那些新手、偷我衣服的人——所有的線索都是一起的，主要是想把我的味道給他們。」

愛德華臉色變得如此蒼白，我覺得很難繼續說下去。

「但沒人要來找你們，你看不出來嗎？這很好——艾思蜜和艾利絲和卡萊爾，沒有人要傷害他們。」

他眼睛睜得很大，充滿驚慌，迷惑又恐懼。他像艾利絲一樣，知道我是對的。

我將手貼在他臉頰上。「冷靜。」我懇求。

「貝拉！」查理歡呼，擠過離我們最近的一群人們。

「恭喜，寶貝！」雖然他已經走近我身邊，還是大喊著。他伸手環抱著我，甚至藉機將愛德華推到一邊。

「謝了。」我低聲說，還是專心看著愛德華的神情。他還沒恢復自制，雙手還半伸向我，好像他打算抓住我轉身就跑似的。我只比他好一點，對我來說，跑走也不算是個壞主意。

「雅各和比利已經走了——妳有看到他們嗎？」查理退後一步問，但手還是環著我的肩膀。他背對著愛德華，可能想努力把他排除在外，但這時這樣反而好。愛德華張大嘴，雙眼還是因為擔心而圓睜。

「有，」我告訴父親，盡量維持對他的注意力。「也有聽見他們的聲音。」

「他們能來真是好。」查理說。

「嗯嗯。」

好吧，告訴愛德華果然是個糟糕的主意，艾利絲瞞住她的想法這一招是對的。我應該再等等的，等到只有我們倆獨處的時候，可能和他家人在一起時。也不能有任何易破的東西在附近——像是窗戶……車子……學校大樓等。他的表情讓我回想起我所有的恐懼。雖然他的表情現在已經沒有恐懼了——盛怒的表情明顯地出現在他的臉龐。

「妳想去哪吃晚餐？」查理問：「隨便哪裡都行。」

「我煮就行了。」

「別傻了。妳不想去印第安區棚屋嗎？」他帶著渴望的笑容說。

我沒有特別喜歡查理偏愛的那間餐廳，但，在這種時候，那有什麼不同？我根本吃不下。

「當然，棚屋很酷。」我說。

查理笑得更開心了，然後嘆氣。他半轉身子，朝向愛德華，但沒真的看他。

「你也來嗎？愛德華？」

我瞪著他，雙眼懇求。愛德華就在查理轉身要看他為何沒回答前回過神。

「不，謝了。」愛德華僵硬的說，臉色還是難看冰冷。

「你和你父母有計畫了嗎？」查理的聲音中有著不滿。愛德華一直對查理很有禮貌，這突然的拒絕讓他有點驚訝。

「是的，如果你不介意……」愛德華突然轉身，大步走向漸漸變少的人群。他走得有點太快了，無法維持他一貫的完美姿態。

「我說了什麼？」查理以內疚的表情問。

「別擔心了，爸，」我安撫他。「我不認為是你的關係。」

「你們兩個又吵架了嗎？」

「沒人吵架。這不關你的事啦。」

「妳就是我的事。」

我翻翻白眼。「吃飯去吧。」

棚屋擠滿了人。依我看來，這地方又貴又難吃，但這是鎮上唯一可上得了檯面的正式餐廳，所以只要有活動就挺受大家歡迎。我愁眉不展的瞪著牆上的麋鹿頭，查理吃著牛肋排，和背後坐的泰勒・克羅利的雙親在講話。餐廳很吵——全部都是參加完畢業典禮的人，大家都和查理一樣，隔著走道和座位隔間在聊天。

我背對前窗，知道有人在看我，但我抗拒那股想轉身看看是誰的衝動。我知道反正自己看不見的。就像我知道，他不會讓我有任何片刻機會是無人看守的，一秒都不會。尤其在剛剛跟他說了那些話之後。

晚餐拖了很久。查理忙著聊天，吃得很慢。我小口吃我的漢堡，當我確定他的注意力轉到別處時，就把食物偷塞進餐巾裡。時間似乎過了很久，但當我看向時鐘——我看得有點頻繁——時針好像根本沒動。

終於，查理拿回他的找零，將小費放在桌上。我站起來。

「急著走？」他問我。

「我想幫艾利絲布置會場。」我說。

「好吧。」他轉身和大家說再見。我走出門，到警車旁等他。

我靠在副駕駛座的車門上，等著查理從這場即興的晚餐宴席拖拖拉拉的走出來。停車場都快黑了，雲層好厚，無法知道太陽是否已經下山。空氣感覺很沉重，好像快下雨了。

有東西在陰影中移動。

當愛德華出現在黑暗中，我原本緊張喘不過氣來變成放鬆的嘆息。

一句話也沒說，他將我緊緊擁入懷中。一隻冰冷的手找到我的下巴，抬起我的臉，將他的唇印在我唇上。我感覺得出他的緊張。

「你好嗎？」當他鬆開我，讓我呼吸後我問。

「不怎麼好，」他喃喃說：「但我控制得住。很抱歉我這麼失態。」

「我的錯。我應該等等再告訴你的。」

「不，」他不同意。「這正是我得知道的事。我不敢相信我沒看出來。」

「你該煩的事已經夠多了。」

「妳又何嘗不是？」

他突然又親我，不讓我回答。但沒一會就推開我。「查理過來了。」

「我會要他載我去你家。」

「我跟在後面。」

「沒那個必要……」我想說，但他已經消失了。

「貝拉？」查理在餐廳門口大喊，瞇著眼在黑暗中找我。

「我在這。」

查理從容的漫步到車子邊，口中喃喃抱怨我的沒有耐心。

「嗯，妳的感覺如何？」當我們往北開時，他問：「這是大日子。」

「我還好。」我說謊。

他笑了，輕易的看穿了我。「擔心派對？」他猜。

「是呀。」我又說謊。

這次他沒發現。「妳果然不是參加派對的料。」

「真不知道我是遺傳誰。」我喃喃地說。

查理笑了。「嗯，妳真的很漂亮。我希望我有事先想到幫妳買件好衣服，抱歉。」

「別傻了，爸。」

「這並不傻。我總覺得我為妳做的不夠。」

「這太誇張了。你做得很好，是全世界最好的老爸。還有……」要和查理說這麼充滿感情的話，很不容易。但我清清喉嚨後硬著頭皮繼續說：「還有我真的很高興自己過來和你一起住，爸，這是我有過最棒的主意。所以別擔心——你不過是有點畢業後悲情作祟罷了。」

他哼了一聲。「可能。但我確定我有一些疏失。我是說，看看妳的手。」

我茫然地低頭看著自己的手。我的左手輕放在我很少去注意的深色固定夾板上。受傷的指關節已經不痛了。

「我從沒想過我得教妳如何打人。我想我錯了。」

「我以為你是站在雅各那一邊？」

「無論我在哪一邊，如果有人未經妳的允許親吻妳，妳應該能夠清楚地表達妳的態度，卻不至於傷了自己。妳該不會把大拇指藏在拳頭內吧？」

「不，爸。這感覺有點奇怪但令人窩心，但我不認為上點課會有幫助。雅各的頭真的很硬。」

查理笑了。「下次打他肚子。」

「下次？」我不敢相信的說。

「喔，別對那孩子太嚴厲，他還小。」

「他令人討厭。」

「他還是妳的朋友。」

「我知道，」我嘆氣。「我不知道怎樣做才是對的，爸。」

查理緩緩點頭。「是呀，對的事不一定都很明顯。有時對某人來說是對的事，對另一個人來說卻是錯的，所以……祝妳好運啦。」

「謝了。」我苦澀的喃喃說。

查理又笑了，突然皺眉。「萬一這派對玩瘋了……」他開始說。

「別擔心這個，爸。卡萊爾和艾思蜜也都會在。如果你想來，我確定你也可以的。」

查理扮個鬼臉，瞇著眼望著擋風玻璃前方，查理對於派對的感受和我一樣。

「在哪轉彎？」他問：「他們應該清清車道——這麼暗真的很難找。」

「我想，下一個彎道再轉。」我抿著唇。「你知道，你是對的——很難找到。艾利絲說她在邀請卡內放了地圖，但就算這樣，可能大家還是會迷路。」這個主意讓我有點高興。

「可能，」查理邊說，邊順著路朝東邊轉彎。「也可能不會。」

前方原本該是黑色夜幕的地方突然變了，就在原本庫倫家車道的位置。有人在兩旁的樹上裝了千萬盞一閃一閃的小燈泡，不可能錯過。

「艾利絲。」我壞脾氣的說。

「哇。」我們轉彎駛進車道時，查理不禁讚嘆。

入口處的兩棵樹不是唯一有裝飾的。每隔二十呎，就有另一個閃亮的樹篷燈火指引著我們向前，通往那棟白色豪宅。一路上，整整三哩路都是這樣。

「她絕不會半途而廢，是嗎？」查理敬畏的喃喃說。

「你確定你不進去？」

「當然了。玩得開心些，孩子。」

「謝了，爸。」

當我下車關上車門時，他對自己笑笑。我看著他開走，還是笑著。嘆口氣，我走上階梯，忍受我的派對。

chapter 17

同盟

艾利絲踮起腳尖，雅各朝她彎下身，
兩人臉上都充滿了興奮，
但同時，兩人的鼻子也都皺起來，
受不了對方的味道。

「貝拉？」

愛德華輕柔的聲音在我背後喊我。我轉身，看見他輕巧地躍上門廊的階梯，他的髮絲因為奔跑而飛揚。他馬上擁我入懷，就像他之前在停車場那樣，再次親吻我。

這個吻嚇壞我。太緊張，太強烈，他游移在我唇上的力量，好像他擔心我們時間不多似的。

我不容許自己想這件事──如果我接下來數小時要表現得合情合理，就不能想。我推開他。

「我們趕快把這蠢派對結束吧。」我低聲說，不敢看他的眼。

他雙手捧著我的臉，直到我抬起頭看他。

「我不會讓妳出事的。」

我用沒受傷的那隻手輕觸他的唇。「我不擔心自己。」

「我為什麼一點都不驚訝？」他對自己喃喃低語。他深吸口氣，然後微微一笑。「準備慶祝了嗎？」他問。

我呻吟。

他為我拉開門，但手緊緊環住我的腰。我僵在原地好一會，然後緩緩搖著頭。

「真不敢相信。」

愛德華聳聳肩。「艾利絲就是艾利絲。」

庫倫家裡搖身一變成了夜總會──那種在真實生活中不太會出現，只有電視上看到的那種。

「愛德華！」艾利絲從一個巨大的擴音器旁大喊。「我需要你的意見，」她比著一疊堆得有如高塔般的CD。「我們要放熟悉和自在的？還是──」她比著另一堆。「教育一下大家的音樂素養？」

「放自在的那種，」愛德華建議。「妳只能把馬牽到水邊（註3）。」

註3　領馬河邊易，逼馬飲水難，意指不要逼別人做不願做的事。

艾利絲點點頭，將那一堆富教育意義的ＣＤ扔到盒子裡。我注意到她已經換上亮片背心及紅色皮褲。在閃動的紅紫色燈光下，她的膚色看起來很怪異。

「我想我穿得太樸素了。」

「妳很棒。」愛德華不同意我的想法。

「妳還可以啦。」艾利絲附和。

「謝了，」我嘆氣。「妳真的認為人們會來嗎？」任誰都聽得出我語氣中的意思。艾利絲給我一個臉色。

「大家都會來，」愛德華回答我。「大家都想看看隱世獨立的庫倫家神祕大宅的內部真相。」

「好極了。」我呻吟。

我對這一切完全無能為力，我懷疑——就算我不需要睡眠，同時也能快速移動——我應該還是無法像艾利絲一樣把事情完成。

愛德華完全不讓我離開他身邊，拉著我一起去找賈斯柏和卡萊爾，告訴他們我的發現。我安靜驚恐的聽著他們討論要如何攻擊西雅圖這支大軍。我看得出來賈斯柏不喜歡兩邊人數不均的情況，但除了不願意幫忙的譚雅家族之外，他們並沒有聯絡上其他人。賈斯柏不像愛德華，他的絕望寫在臉上，很容易就看得出來他不喜歡冒這種高風險。

我無法讓自己袖手旁觀，空等待，暗自希望他們會平安歸來。我做不到，我會瘋掉。

門鈴響了。

全部人立刻恢復正常。完美的笑容，真誠又溫暖，在每位庫倫家人原本充滿壓力的臉上浮現。艾利絲將音樂的音量轉大，然後優雅的前去應門。

我近郊所有的朋友一起到了——要不是因為太緊張，要不就是太害怕，不敢自己一個人過來。潔西卡是第一個進門的，麥克在她身邊。泰勒、康納、奧斯汀、李、莎曼莎……連蘿倫都來了，她排在最後一個進來，挑剔的眼中充滿好奇。當他們看見屋內時髦流行的裝飾後，全都不知所措。屋內滿滿都是人，庫倫家所有人都各司其職，裝出他們人類的優雅儀態。今晚，我覺得自己也跟他們一樣在演戲。

我走上前去歡迎小潔和麥克，希望我聲音中的尖銳，會讓他們以為是因為興奮所致。我還來不及跟其他人打招呼，門鈴又響了。安琪拉和班到了，將門開得大大的，因為艾瑞克和凱蒂也正走上階梯。

我沒時間驚恐，我得和大家都說話，專心裝出歡樂的語氣，扮好女主人的角色。雖然這場派對名義上是為艾利絲、愛德華和我一起舉行的，但毫無疑問，我是全場最受到大家恭喜和感謝的人——可能因為庫倫家人的臉色，在艾利絲安排的派對燈光下，看起來有點奇怪；也可能是因為這樣的燈光讓這屋內更顯得昏暗神祕。站在艾密特這樣的大個子旁邊，即使氣氛再好，一般人都很難放輕鬆。我看見艾密特隔著放滿食物的桌子朝麥克咧嘴一笑，紅色燈光映照在他牙齒上，麥克不由自主後退一步。

可能艾利絲是故意這樣做的，強迫我成為大家注意的中心——她認為我應該享受這樣的場合。她一直試著要讓我的人類生活，過得和她想像人類該有的一樣。

派對顯然很成功，儘管因為庫倫家人在場，讓大家不自覺地有點焦躁——但說不定反而讓氣氛變得更刺激。音樂的感染力，有催眠效果的燈光，從食物消失的速度看來，這些食物一定很好吃。屋內很快就擠滿人，但不會覺得窒息。全部的高年級生幾乎都在這裡，還有好些低年級生。大家跟著轟隆隆的音樂節拍搖擺身體，扭動腳步，派對隨時都會變成舞會。

不像我想的那麼難。艾利絲帶著我一起和大家聊了一會。大家似乎都很高興。我確定這個派對一定是福克斯有史以來最酷的一場。艾利絲幾乎滿足的叫了出來，沒人會遺忘今晚的。

我只在屋內晃了一圈，然後回到潔西卡身邊。她興奮的滔滔不絕，不太需要專心聽她說話，因為她不需要我的反應。愛德華在我身邊——還是不肯讓我走。他手緊緊摟住我的腰，不時拉我更貼近他，回應那些我沒在聽的內容。

因此當他一鬆開手，轉身走時，我馬上起了疑心。

「待在這裡，」他在我耳邊低聲說：「我馬上回來。」

他優雅的穿越人群，似乎沒碰到任何一個人的身體，我還來不及問他為什麼要走，他就已經離開。我瞇眼看著他的背影。潔西卡抓住我的手肘，在震耳欲聾的音樂聲中大聲說著，完全沒發現我不專心。

我看著他，他已經走到廚房門口旁的陰影，燈光間歇性的會照到他。他傾身在跟某人說話，但隔著我們中間這些人的頭，我看不見是誰。

我踮起腳尖，伸長脖子。此時，一道紅燈閃過他背後，照在艾利絲的紅色亮片上衣。燈光照在她臉上不到半秒，但已經足夠。

「失陪一下，小潔。」我喃喃說，甩開她的抓握。我沒停下來理會她的反應，就算我的唐突會傷害她的感情。

我穿過擁擠的人群，衝來撞去的。有一些人在跳舞。我匆匆走向廚房門。

愛德華不見了，但艾利絲還在黑暗中，她臉色蒼白——那種某人看到可怕的意外後驚恐的神情。她一隻手抓著門框，好像需要有東西撐著她。

「怎麼了，艾利絲，怎麼了？妳看到什麼了？」我的雙手交握在胸前——不自覺地懇求。

她沒看我，整個人在凝視遠處。我順著她的目光，看見她盯著房間對面愛德華的雙眼。他的臉色像石頭一樣空白。他轉身，消失在樓梯下的陰影中。

此時，門鈴響了，距離上次響已經過了好幾小時，艾利絲神情疑惑地抬起頭來，隨即轉變成憎惡。

「誰邀請了狼人？」她對我發牢騷。

我臉色一變。「對不起。」

我想過收回邀請——但我沒想到雅各真的會來。

「嗯，妳自己處理，我得和卡萊爾談談。」

「不，艾利絲，等一下。」我想抓住她的手，但她早就走了，我的手只抓住一把空氣。

「該死。」我咕噥著。

我知道有狀況了。艾利絲看見她早就該看見的事，老實說，我不知道還能等多久不去應門。門鈴又響了，響了很久，有人一直按著鈴不放。我轉過身，堅決地向著門走去，並且在黑暗的房內尋找艾利絲。

我什麼都看不見。我開始朝樓梯擠過去。

「嗨，貝拉！」

雅各低沉的聲音在輕鬆的音樂中明顯可聞。我聽見有人喊我的名字，不由自主抬頭看。

我臉色一沉。

不只是一個狼人，是三個。雅各先進來，接著在左右護著他一同進來的是奎爾和安柏瑞。這兩人的神情很緊張，雙眼閃來閃去瞄著屋內，好像他們剛走進鬧鬼的地底墓穴似的。安柏瑞顫抖的手還扶著門，身體卻擺出一副隨時準備落跑的樣子。

雅各朝我揮手，他比其他兩人冷靜，雖然鼻子像聞到臭味似的皺了起來。我也朝他揮手——再見的揮手——轉身要找艾利絲。我擠過康納和蘿倫背後的空隙。

他就這樣突然冒出來，手按住我的肩頭，要將我拉回廚房旁的陰影中。我低頭想掙脫，但他緊緊抓住我沒受傷的手腕，將我從人群中拉出來。

「真友善的接待。」他注意到我的態度。

我甩開他的手，朝他咆哮。「你來這幹什麼？」

「妳邀我的，記得嗎？」

「如果我的右鉤拳你聽不懂的話，我姑且翻譯一下：我沒邀請你。」

「別那麼沒運動家精神，我幫妳買了一份畢業禮物。」

我將雙手交叉在胸前。我不想現在和雅各吵架，只想知道艾利絲看見什麼，想知道愛德華和卡萊爾在說些什麼。我伸長脖子避開雅各，找著他們。

「把禮物退回店裡，雅各，我有事要忙……」

他擋住我找人的視線，要我注意他。

「我沒法退回去，那不是從店裡買的——是我自己做的，花了很久的時間。」

我避開他繼續找，但我看不見庫倫家的人。他們都去哪了？我雙眼搜尋著黑暗的屋內。

「喔，得了，貝拉。不要假裝我不在這裡。」

「我沒有，」我到處都找不到他們。「聽著，小各，我現在有很多事要煩。」

他用手握著我的下巴，抬起我的臉。「能不能請妳專心個幾秒鐘，史旺小姐？」

我掙脫他的掌握。「拿開你的手，雅各！」我嘶吼著說。

「抱歉，」他馬上像投降似的舉起雙手。「我真的很抱歉。關於上一次，我是指，我不應該那樣親妳的。那是錯的。我猜……嗯，我猜我騙自己妳也要我。」

「矇騙——真完美的形容。」

「別這樣。妳可以接受我的道歉。」

「好吧。接受你的道歉。現在，恕我失陪一下……」

「好吧。」他低聲說，聲音變得有些不同，讓我不禁停下搜尋艾利絲的腳步，仔細看著他的臉。他看著地板，不讓我看他的雙眼，噘起嘴唇。

「我猜妳比較想跟妳真的朋友在一起，」他用同樣被打敗了的口氣說：「我懂了。」

我呻吟著。「噢，小各，你知道這樣不公平。」

「我是嗎？」

「你是。」我傾身向前，仔細地想看著他的雙眼。他抬起眼，但看著我頭上，還是避開我的凝視。

「小各？」

他不肯看我。

「嗨，你說你幫我做了東西？」我問：「還是你只是隨便說說？我的禮物在哪？」我假裝熱心的口吻其實很差勁，但它還是有效。他翻翻白眼，朝我扮了個鬼臉。

我維持這蹩腳的藉口，張開手，掌心向上。「我等著呢。」

「好吧，」他諷刺的咕噥說。但他將手伸到牛仔褲後口袋內，拿出一個小袋子，使用多彩的線鬆散織成的小袋，袋口用皮繩綁起來。他將小袋子放在我掌心。

「嗨，這很美，小各，謝了。」

他嘆氣。「禮物在袋子裡，貝拉。」

「喔。」

我試了半天卻解不開繩子。他又嘆氣，從我手上接過，輕鬆的找到線頭，一拉就打開了。我伸出手，但他將袋口向下，搖一搖，倒出一個銀色的東西在我掌心。金屬扣環般的東西互撞發出叮噹的聲音。

「鍊子不是我做的，」他承認。「只有那個護身符是。」手環鍊子上掛了個小小的木頭雕刻。我用手指拿起近看。小小的雕刻很精細，真是漂亮，是栩栩如生的迷你小狼，還塗上紅棕色，和他的膚色一樣。

「很美，」我低聲說：「你自己做的？怎麼可能？」

他聳聳肩。「比利教我的，他雕刻的本事比我好。」

「很難相信。」我低聲說，在手中把玩這小東西。

「妳真的喜歡？」

「是的！真迷人，小各。」

他笑了，進屋子後第一次顯露出高興的表情，但然後他的表情又變得苦澀。「嗯，我想這應該能讓妳偶爾想起我。妳知道的，不在眼前、不在心上。」

我不理會他的態度。「幫我戴上。」

我伸出左手腕，因為右手還戴著夾板。他很快的幫我戴上，雖然以他的大手來看，不太可能做到如此精細的動作。

「妳會一直戴著？」他問。

「當然。」

他朝我一笑，那是快樂的笑容，我喜歡看到他臉上露出這樣的笑容。

我也回他一個笑，然後，我雙眼又很快地在搜尋屋內，焦慮地在人群中尋找愛德華或艾利絲。

「妳怎麼這麼心不在焉？」雅各好奇的問。

「沒什麼，」我說謊，試著專心。「多謝你的禮物，真的，我很喜歡。」

「貝拉？」他眉毛擠在一起，雙眼也望著陰暗處。「有事發生了是嗎？」

「小各，我……不，沒什麼事。」

「別對我說謊，妳不擅長說謊。妳應該告訴我發生了什麼事。我們想知道。」他又用起複數名詞──我們。

他可能是對的，狼人一定也很有興趣知道是怎麼回事。但我還不確定，除非我找到艾利絲，不然我也無從得知。

「雅各，我會告訴你。但先讓我搞清楚是怎麼回事，好嗎？我得和艾利絲談談。」

他露出瞭解的表情。「那天眼通看見一些事了。」

「是，就在你來的時候。」

「是跟在妳房間那吸血鬼有關嗎？」他低聲說，聲音壓得比音樂還低。

「有關。」我承認。

他想了一會，歪著頭打量著我的臉。「妳知道一些事，但妳沒告訴我……一件大事。」

說謊有什麼意義？他很瞭解我。「是的。」

雅各瞪著我好一會，然後轉身看著他兄弟，他們站在門口，既尷尬又不自在。他們看見他的表情，然後開始移動，靈活地穿越人群，好像他們也在跳舞似的。不到半分鐘，他們已經站在雅各兩旁，像高塔一樣聳立在我面前。

「現在，請說明。」雅各要求。

安柏瑞和奎爾輪流看著我與雅各的神情，既困惑又戒備著。

「雅各，我還搞不清楚全部的事。」邊說我邊持續搜尋著房間，但現在比較像是在尋求救援。他們將我逼到角落。

「那妳知道些什麼？」

他們在同一瞬間將雙手交叉在胸前。有點好笑，但也深具威脅性。

然後我看見艾利絲從樓上下來，她白色的肌膚在紫色燈光中閃閃發亮。

「艾利絲！」我放鬆的尖叫。

當我一喊出她的名字，她馬上朝我這邊看，雖然低沉的樂音照理說應該蓋過我的聲音。我急切的揮手，並注意著當她看見我身邊三位狼人環繞著我，她會有什麼樣的神情。她瞇起眼。

但是，在聽到我的聲音之前，她的臉色充滿壓力和恐懼。我咬著唇，她走向我身邊。

雅各、奎爾和安柏瑞帶著緊張的表情避開她。她擁抱我。

「我得跟妳談談。」她在我耳邊低聲說。

「呃，小各，我們晚點見……」我們慢慢的走過他們身邊。

雅各伸出手擋住我們的路，手抵著牆面說：「嘿，別那麼快走。」

艾利絲瞪著他，雙眼睜大，不敢相信他的舉動。「搞什麼？」

「告訴我們怎麼回事。」他近乎大吼的追問。

賈斯柏突然安靜的出現。前一秒只有我和艾利絲靠著牆，雅各擋住我們的出口，然後賈斯柏突然就站在雅各另一邊，表情很嚇人。

雅各緩緩將手收回去——這似乎是最好的動作，像是他想保住手臂。

「我們有權利知道。」雅各低聲說，眼神還是盯著艾利絲看。

賈斯柏走進他們之間，三個狼人都顯得很緊繃。

「嘿，」我的語氣有點歇斯底里。「這是派對，記得嗎？」

沒人理我。雅各瞪著艾利絲，賈斯柏瞪著雅各。艾利絲臉色突然充滿沉思。

「沒關係的，賈斯柏，他說得對。」

賈斯柏並沒鬆懈。

我確定這樣的拖延會讓我的腦袋隨時爆炸。「妳看到什麼，艾利絲？」

她先瞪著雅各，然後轉身看著我，顯然打算讓他們聽。

「已經做出決定了。」

「你們要去西雅圖？」

「不。」

我覺得自己臉上血色盡褪，胃猛地一揪。「他們要來這裡？」我嗆住。

奎魯特的男孩們沉默的聽著，仔細研究我的神情。他們像生了根似的定住不動，但不是完全沒動，三雙手都在顫抖。

「是的。」

「來福克斯？」我低聲問。

「是的。」

「為了……」

她點點頭，瞭解我的問題。「其中一個拿著妳的紅色上衣。」

我嚥了一下口水。

賈斯柏的神情很反對。我知道他不喜歡在狼人面前討論這個，但他也有話要說。「我們不能讓他們來到這麼近。我們人力不夠，無法保護這個小鎮。」

「我知道，」艾利絲說，她的臉色突然變得哀戚。「但這跟我們要在哪裡阻擋他們無關。我們人力就是不夠，他們有些人會過來這邊搜尋。」

「不！」我低聲說。

吵雜的派對音樂淹沒了我的聲音。圍繞在我身邊這些，我的朋友、鄰居、討厭的人，在音樂的陪伴下吃吃喝喝，笑笑鬧鬧，但他們馬上就要面對驚恐危險甚至死亡——只因為我。

「艾利絲，」我喃喃念著她的名字。「我得離開，我得離開這裡。」

「這沒有幫助，我們不是在對抗追蹤客，他們還是會先過來這裡搜尋。」

「那我就去跟他們碰面！」如果我的聲音不是嘶啞及緊張，可能會像尖叫。「如果他們找到他們要的，可能他們就會回去，不會傷害其他人。」

「貝拉！」艾利絲不同意。

「等一下，」雅各以低沉有力的聲音打斷。「誰要來？」

艾利絲將她冰冷的雙眼轉向他。「我們同類，許多個。」

「為什麼？」

「為了貝拉。我們只知道這樣。」

「數量比你們還多？」他問。

賈斯柏生氣的說：「我們有一些優勢，小狗狗。會是勢均力敵的一戰。」

「不，」雅各臉上閃過奇怪憤怒的苦笑。「不會是勢均力敵的。」

「太好了！」艾利絲嘶聲說。

依舊嚇到無法動彈的我，瞪著艾利絲的新表情。她的神情充滿狂喜，那些絕望都從她完美的臉龐上一掃而空。

她朝雅各一笑，他也回她一笑。

「當然，一切都消失了，變得我看不到了，」她用得意的聲音說：「這真不方便，但是，考慮一切後，我接受。」

「我們得互相協調一下，」雅各說：「這對我們來說不容易，但是，這是我們的工作，不是你們的。」

「我不會那樣說，但我們需要幫助，我們不挑剔。」

「等一下，等一下，等一下。」我打斷他們。

艾利絲踮起腳尖，雅各朝她彎下身，兩人臉上都充滿了興奮，但同時，兩人的鼻子也都皺起來，受不了對方的味道。他們不耐的望著我。

「協調？」我咬牙問。

「妳不會真的以為我們會置身事外吧？」雅各問。

「你不准插手這件事。」

「妳這位靈媒可不這麼認為。」

「艾利絲——告訴他們不准！」我堅持。「他們會被殺的。」

雅各，奎爾和安柏瑞都大聲的笑了。

「貝拉，」艾利絲說，她的聲音很鎮定很溫柔。「分開的話我們都會被殺，但一起行動——」

「不會有問題的。」雅各替她把話說完。奎爾又笑了。

「有多少？」奎爾急切的問。

「不！」我大喊。

艾利絲根本不看我。「一直在變——今天是二十一，但數字一直在減少。」

「為什麼？」雅各好奇的問。

「說來話長，」艾利絲突然掃視了房間一圈說：「這地方不適合。」

「今晚晚一些？」雅各建議。

「行。」賈斯柏回答。「我們已經計畫一個……策略會議。如果你們要和我們並肩作戰，你們會需要一些指導。」

最後這句話惹得狼人們露出不高興的神情。

「不！」我呻吟。

「這真奇怪，」賈斯柏沉思的說：「我沒想過這樣合作，這應該是第一次。」

「毫無疑問。」雅各同意。他有點急。「我們得回去找山姆。幾點？」

「對你們來說幾點算太晚？」

他們三人都翻了翻白眼。「幾點？」雅各再問一次。

「三點。」

「哪裡？」

「賀何森林巡守站正北方約十哩處的森林中。你們從西邊過來，應該追蹤得到我們的味道。」

「我們會到的。」

他們轉身準備離開。

「等一下，小各，」我在他身後大喊。「拜託！不要這樣做！」

他停下腳步，轉身朝我一笑。奎爾和安柏瑞則不耐的走向大門。「別傻了，貝拉。妳給我的禮物，比我給妳的好太多了。」

「不！」我又大喊，但電子吉他聲掩住我的吶喊。

他沒理我，匆匆趕上他的朋友，那兩人已經走了。我只能無助的望著雅各消失在我的視線中。

chapter 18

指導

他們都很新——加入這種生活才幾個月。
就某方面而言，還是孩子。
他們沒有技法也沒有策略，只有蠻力。
今晚他們的人數高達二十，十個留給我們，
十個交給你們——這樣應該不難。

「這一定是世界上有史以來歷時最久的派對了。」我在回家的路上抱怨著。

愛德華似乎同意。「已經結束了。」他說，同時撫慰地揉揉我手臂。

因為我是唯一需要安慰的。愛德華沒事——庫倫家所有人都沒事。

當我離開時，他們都要我安心，艾利絲伸出手拍拍我的頭，用眼神向賈斯柏示意，他向我傳送出一股和平的暖流，艾思蜜親吻我額頭，告訴我一切都會沒事的，艾密特狂笑，問為什麼只有我才准跟狼人動手……雅各的解決方法讓他們全都鬆了一口氣，在這幾週漫長沉重的壓力下，變得心情愉快。信心取代了懷疑。派對結束在真正的歡慶氣氛下。

但對我而言不然。

真夠糟的——太可怕了——庫倫家要為我而戰。我必須允許這件事，對我來說已經太沉重，也快承受不了。

別連雅各也要來插一腳。他那群又傻又熱心的弟兄們也不行——他們大部分比我還年輕。只不過是個頭大了些，肌肉發達的孩子，他們卻把這件事當作要去海邊野餐似的。我不能讓他們也陷入險境。我的緊張到達最高點，快要爆炸了。我不知道自己還能忍多久不尖叫出聲。

我現在壓低音量說話，控制自己的語氣。「你今晚要帶我去。」

「貝拉，妳累壞了。」

「你以為我睡得著？」

他皺眉。「這是實驗。我不確定我們是否可能……合作。我不想讓妳夾在中間。」

這樣講反而讓我更焦慮、更想去了。「如果你不帶我去，我就打電話給雅各。」

他雙眼緊張。這招很賤，我也知道，但我絕對不會讓步。

他沒回答，我們已經抵達查理屋前。門前的燈還亮著。

「樓上見。」我喃喃說。

我躡手躡腳的走進前門。查理已經在客廳睡著了，整個人陷在太小的沙發內，大聲的打呼，聲音大到就算我發動電鋸也吵不醒他。

我用力搖他的肩膀。

「爸！查理！」

他咕噥著，還是閉著眼。

「我回家了——你睡在這會傷到背的。快點，回房間睡。」

又搖了好幾下，但他的眼還是沒睜開。我勉強讓他離開沙發，扶他上樓，他沒更衣就倒在棉被上，又開始打呼。

短時間內他應該不會醒來找我。

當我洗好臉，換上牛仔褲及棉衫，愛德華已經在房內等我了。他坐在搖椅上，不高興的看著我，我將艾利絲送我的衣服掛進衣櫥裡。

「過來這邊。」我牽著他的手，拉他到我床邊。

我推他在床上躺下，然後依偎在他懷中。可能他是對的，我累得快睡著，但我絕不讓他擺脫我溜走。

他用被子把我包好，緊緊抱住我。

「放鬆。」

「當然。」

「這一定能成功的，貝拉，我感覺得出來。」

我咬緊牙關。

他還是一派輕鬆的模樣。除了我，沒人關心雅各和他的朋友們是否會受傷。就連雅各和他的朋友都不關心這一點。他們尤其不會。

他感覺得出來我快忍不住了。「聽著，貝拉。這一定會變得容易得手的。這一定會出乎那些新手意料之外。他們和妳之前一樣，完全不曉得有狼人的存在。我從賈斯柏的記憶中看過新手如何團體行動，我真的相信狼人的狩獵技巧能完美的打敗他們。隨著他們被分散和困惑，留給我們去收拾的大概就不多了。可能有人根本不用動手。」他打趣的說。

「真容易。」我緊緊依偎著他的胸膛，沉悶的喃喃低語。

「噓，」他輕拍我的臉頰。「妳等著瞧。現在就別擔心了。」

他輕輕哼唱我的搖籃曲，但這次並沒讓我感覺平靜。

這些人——嗯，我是說吸血鬼和狼人——這些我愛的人，終究會受傷。再一次因為我而受傷。我希望我的惡運能夠不要波及到那麼多人。我好想對著天空大喊：**你要的是我——在這裡！來找我就好！**

我努力想我能做些什麼——強迫我的惡運集中在我身上就好。這不容易。我得等，等待時機……

我沒睡著。時間過得很快，出乎我意料之外，當愛德華拉著我一同坐起身時，我還是充滿警覺和緊張。

「妳確定不要留在房間睡覺？」

我不高興的看著他。

他嘆氣，抱起我，然後從我的窗戶跳了出去。

他將我背在背後，在黑暗安靜的森林中奔跑，雖然他跑著，但我能感受到他的歡欣。這和他上次帶我跑的方式一模一樣，只是為了享受奔跑的樂趣，只是為了風吹撫髮絲的感受。這是那種，在較不焦慮的時刻，能讓我快樂的事。

當我們抵達那片大空地，他的家人已經到了，自在的聊天，很放鬆。艾密特的大笑聲不時迴響在寬闊的空地。愛德華放我下來，我們手牽手走過去加入他們。

因為雲層遮住了月亮，四周很黑暗，所以我過了好一會才認出這裡，我知道這是上次打棒球的地方。同樣的地方，但已經是一年前的事了。和庫倫家第一次輕鬆愉快的夜晚，被詹姆斯和他的同夥打斷。再次來到這裡感覺有點怪——好像除非詹姆斯和羅倫特及維多利亞也加入，否則這場聚會就不算完整。但詹姆斯和羅倫特永遠不會再回來了，那樣的模式永遠不會重現，可能所有的模式都被打破了。是的，有人打破他們的模式。也許佛杜里是這場等式中最彈性的一方？

我懷疑。

對我來說，維多利亞似乎一直是種自然的力量——像直線侵襲海岸的颶風——無可避免，無法平息，但可預測。可能這樣限制她是錯的，她有適應的能力。

「你知道我在想什麼嗎？」我問愛德華。

他笑了。「不知道。」

我幾乎笑了。

「妳在想什麼？」

「我在想，這一切都是相關的。不只兩個，而是三個。」

「我不懂。」

「自從你回來後，發生三件壞事。」我伸出三根手指。「西雅圖的新手吸血鬼，我房內的陌生人，還有——第一件——維多利亞回來找我。」

他瞇起眼，想了想。「妳為什麼這樣認為？」

「因為我同意賈斯柏──佛杜里喜歡他們的規則，他們可能會做得更好。」如果他們要我死，我必死無疑，我在心中對自己說。「還記得你去年追蹤維多利亞那件事嗎？」

「我記得。」他皺起眉頭。「我不是很擅長追蹤。」

「艾利絲說你在德州，你是跟隨她的蹤跡到那兒的嗎？」

他眉頭全皺在一起。「是的。嗯……」

「她──她一定是從那邊得到這個主意的。但她不知道自己在做什麼，所以才會無法控制新手。」

他搖著頭。「只有厄洛知道艾利絲的預見能力是怎麼運作的。」

「厄洛知道的最多，但難道譚雅和艾琳娜，還有你們在德納利的其他朋友，不也知道部分嗎？羅倫特和他們住在一起那麼久。如果他和維多利亞一直維持朋友的友善關係，難道他不會做點人情告訴她？說不定他會將他知道的事全告訴她。」

愛德華皺著眉。「在妳房內的不是維多利亞。」

「她不會有新朋友嗎？想一想，愛德華，如果西雅圖的事是維多利亞做的，她一定有了許多新朋友。是她創造那群大軍的。」

他思考我的論點，前額因為專心而皺了起來。

「嗯嗯，」他最後說：「很有可能。雖然我還是認為佛杜里是最可能的……但妳的理論──也有一定的可信度。維多利亞的個性，妳的理論和她的個性完全吻合。她一開始就顯露出她自我保護的絕佳的天賦──可能是她的某種超能力。無論如何，她的這個計畫能讓我們無法傷她──如果她安全的待在後方，讓新手來這裡大肆破壞。可能還有來自佛杜里的小危險。可能她也預期到最後我們會贏，只是我們存活下來的人手一定不多，而她的軍隊也不會有倖存者會透露有關她的事。事實上，」他繼續說，深思著。「如果他們存活，我敢說她一定計畫要親自摧毀她的大軍……嗯。但是，她至少得留下一個比較成熟的朋友。任何新製造的新手都不會留妳父親活口……」

他皺眉看著空地好一會，然後突然對我笑笑，從他的神遊中回到現實。「絕對有可能。但無論如何，我們得準備應付一切，直到我們知道真相為止。妳今天很敏銳，」他補了句。「令人刮目相看。」

我嘆氣。「可能只是我對這個地方的反應吧。讓我覺得她就在附近……好像她看得見我。」

這個念頭讓他下巴緊繃。「我不會讓她動妳一根寒毛的，貝拉。」

雖然他這樣說，但他雙眼謹慎地巡視著黑暗的森林。當他搜尋樹林的陰影時，臉上閃過了最奇怪的表情。他噘起嘴，露出牙齒，他眼中閃著奇怪的光芒——帶著一種狂野、憤怒的希望。

「不過，我才不會讓她靠這麼近。」他喃喃說：「無論是維多利亞，或是任何想傷害妳的人。讓我有這個機會，親手了結他們。」

他聲音中那殘忍的口吻讓我不禁顫慄。我的手緊緊抓住他的手，希望我夠強壯，我們能永遠這樣牽著手。

我們已經快走到他的家人身邊了，我第一次注意到艾利絲不像其他人那樣樂觀。她站得有點遠，看著賈斯柏伸展手臂，好像運動前的暖身，同時噘著嘴。

「艾利絲怎麼了嗎？」我低聲問。

愛德華笑了，又回復到原來的他。「狼人正在路上，所以她什麼都看不見。讓她像瞎了眼似的，會讓她很不自在。」

艾利絲離我們最遠，但仍舊聽見他的低語。她抬起眼，朝他吐舌頭。他又笑了。

「嗨，愛德華，」艾密特歡迎他。「嗨，貝拉。他要讓妳也練習嗎？」

愛德華朝他兄弟抱怨。「拜託，艾密特，不要讓她有這樣的想法。」

「我們的客人何時會抵達？」卡萊爾問愛德華。

愛德華專心了一會，然後嘆氣。「再一分半。但我得翻譯，他們不相信我們，不願意用他們的人類形體與我們見面。」

卡萊爾點點頭。「這對他們的確不容易，我很感謝他們願意來。」

我瞪著愛德華，睜大眼。「他們要以狼的形體過來？」

他點點頭，小心的注意我的反應。我吞嚥一下，想起我見過兩次雅各的狼形——第一次是在草地遇見羅倫特時，第二次是在森林中，當保羅生我的氣時……都是很糟的記憶。

愛德華眼中亮起一股奇怪的光芒，好像他剛巧想起什麼似的，應該不是什麼高興的事。他很快轉開，我來不及看到更多，他望著卡萊爾和其他人。

「大家準備——他們包圍住我們了。」

「你這是什麼意思？」艾利絲問。

「噓。」他警告大家，瞪著她身後的黑暗。

庫倫家非正式的圓形突然擴大成看似鬆散的防線，賈斯柏和艾密特站在隊首，愛德華站在我身旁但傾身往前，我知道他希望自己站在他們身邊。我緊緊牽住他的手。

我瞇眼望著森林，但什麼都看不到。

「該死，」艾密特低聲說：「你有看過這樣的情況嗎？」

艾思蜜和羅絲莉雙眼圓睜，互看一眼。

「怎麼了?」我盡可能低聲問。「我什麼都沒看見。」

「狼群的數量變多了。」愛德華在我耳邊低聲說。

我不是告訴他奎爾也加入了嗎?我睜大眼在暗處搜尋那六匹狼的身影。最後,黑暗中出現光點——那是他們的眼睛、比他們應有的高度還高。我已經不記得狼人有多高了,就像馬一樣,只不過更強壯、更毛茸茸,利齒像刀一樣銳利,不可能忽視。

我只看得見他們的眼。當我巡視時,努力想看得更清楚些,我突然發現不只六對眼睛。一、二、三……我在腦中迅速地數著,重複兩次。

共有十隻狼人。

「好極了。」愛德華近乎低語的喃喃說。

卡萊爾緩緩、慎重的往前一步。動作很小心,刻意想讓對方放心。

「歡迎。」他向不露面的狼人打招呼。

「謝謝。」愛德華忽然改用奇怪單調的聲音回應,我猛地瞭解他是在翻譯山姆說的話。我望向隊伍中央那對閃亮的眼眸,最高的那一雙,他們當中身高最高的一隻。在黑暗中根本看不見大黑狼的身影,無法從一片黑中將他分別出來。

愛德華又用同樣單調的語氣說話,代替山姆發言。「我們會看著跟聽著,但就這樣。這是我們對自我控制的要求的極限了。」

「這樣已經夠了,」卡萊爾回答。「我兒子賈斯柏——」他比著賈斯柏所站之處,緊張並且準備好了——「他有這方面的經驗。他會教我們對方如何搏鬥,還有如何擊敗他們的方法。我確定你們可以將這一套運用在你們自己的狩獵方式中。」

「他們和你們不同？」愛德華代山姆問。

卡萊爾點點頭。「他們都很新──加入這種生活才幾個月。就某方面而言，還是孩子。他們沒有技法也沒有策略，只有蠻力。今晚他們的人數高達二十，十個留給我們，十個交給你們──這樣應該不難。他們的數目有可能還會降低，因為新手們會自相殘殺。」

狼人間傳來轟隆隆的吼聲，那些低沉的咆哮不知怎地聽起來很熱切。

「我們很願意動手多解決幾個，如果必要的話。」愛德華翻譯，他的語氣現在比較沒那麼冷漠了。

卡萊爾笑了。「我們先看情況再決定吧。」

「你們知道他們何時或是如何到來嗎？」

「他們會在四天後的清晨越過山脈抵達。當他們前來時，艾利絲會幫我們在他們行經的途中攔截他們。」

「多謝你們的資訊，我們會看守的。」

隨著一聲嘆息響起，那些眼睛一對接一對朝地面降低下來。

眾人只沉默了兩拍心跳的時間，然後賈斯柏往前一步，走進吸血鬼和狼人間的空地。我很容易就能看到他──他的膚色在黑暗中顯得光亮，就像隱藏在黑暗中，狼人們發亮的眼睛。賈斯柏向愛德華投以一個警惕的眼神，他點點頭，然後賈斯柏背對狼人。他嘆口氣，顯然很不自在。

「卡萊爾說得沒錯，」賈斯柏只對著我們說，他似乎想無視於他身後的那群觀眾。「他們打起仗來像孩子一樣。你們只要記得最重要的兩件事，第一，不要讓他們的手臂摟住你，第二，不要正面出招。他們只會這兩招。只要你從他們側面進攻，保持移動，他們就會困惑不已，無法及時反應。艾密特？」

艾密特走出隊伍，臉上帶著大大的笑容。

賈斯柏背朝敵我之間的空地北面，揮手要艾密特向前。

「好吧，艾密特第一個來。他是新手攻擊的最佳範例。」

艾密特瞇起眼。「我會試著不要傷害你。」他低聲說。

賈斯柏笑了。「我的意思是，艾密特仗著一身力量。他對攻擊相當直接了當。而新手也不會任何精巧的方式。只會採用最容易的殺戮手段，艾密特。」

賈斯柏往後退幾步，他全身緊繃。

「好吧，艾密特——試著抓我。」

我突然看不見賈斯柏——當艾密特像熊一樣咆哮地笑著衝向他時，他突然不見了。艾密特快得不得了，但比不上賈斯柏。賈斯柏看起來好像鬼一樣沒有形體——任何時候當艾密特的大手看似已經抓住他了，但艾密特抓到的只有空氣。在我身邊，愛德華緊張的傾身向前望著這場打鬥。接著，艾密特僵住了。

賈斯柏從背後制住了他，同時利牙離他喉嚨不到一吋。

艾密特咒罵。

觀看的狼人傳來一陣隆隆的低聲讚美。

「再一次。」艾密特堅持，他的笑容不見了。

「換我了。」愛德華抗議。我手指緊張的扣著他。

「再一下。」賈斯柏笑著說，後退一步。「我先讓貝拉見識一下。」

我眼帶焦慮的看著他揮手要艾利絲向前。

「我知道妳擔心她。」當她開心優雅地走進圓形時，他對我解釋。「我想讓妳知道這是沒必要的。」

雖然我知道賈斯柏不可能讓艾利絲出任何事，但看著他蹲伏下身面對她擺出撲躍之勢，還是讓人難以接受。艾利絲動也不動的站著，在艾密特之後出來當對手，她的模樣像個小洋娃娃，臉上帶著微笑。賈斯柏傾身向前，然後突然竄向她左邊。

艾利絲閉上眼。

當賈斯柏攻向艾利絲所站之地時，我心狂跳。

賈斯柏跳起來，不見了。突然他出現在艾利絲的另一側。她似乎動也沒動。

賈斯柏轉身，再次撲向她，但就像前一次一樣伏落在她身後，但全程只見艾利絲動也不動，閉著眼，帶著笑。

我現在更小心的看著艾利絲。

她確實有移動——只不過我之前被賈斯柏的攻擊分心沒注意到。她在賈斯柏身體撲向她原本所站之地的同時向前跨了一步。當賈斯柏出手想抓她的腰時，她又走了一步。

賈斯柏逼近，艾利絲移動得更快。她在跳舞——自己不停旋轉扭動。賈斯柏是她的舞伴，撲向她，想抓住他優雅的舞伴，但就是碰不到她，好像所有的移動都是編排好的一支舞蹈。最後，艾利絲笑了。

她突然就出現在賈斯柏身後，她的唇抵著他的頸子。

「抓到了。」她親吻他喉嚨。

賈斯柏笑了，搖搖頭。「妳真是個可怕的小怪物。」

狼人又竊竊低語，這一次聲音顯得更加小心翼翼。

「讓他們學會尊重挺不錯的，」愛德華以打趣的口吻低聲對我說。然後他大聲的喊：「換我了。」

艾利絲接替他在我身邊的位置。「酷吧？」她得意的問我。

「很酷，」我同意，但雙眼緊盯著愛德華，他正無聲的走向賈斯柏，他的移動很輕盈，像叢林的豹一樣充滿警惕。

「我會看著妳的，貝拉。」她突然低聲說。她的聲音好低好低，我差點聽不見，雖然她的唇就貼在我耳邊。

我瞄她一眼，很快又轉回愛德華身上。他急切的看著賈斯柏，兩人佯裝攻擊，愈走愈近。

艾利絲的表情充滿責備。

「一旦妳的計畫變得更確定，我會警告他的。」她用同樣低沉的聲調威脅的說：「讓妳自己陷入險境對事情沒有幫助。妳認為他們雙方會因為妳死而放棄嗎？他們還是會作戰，我們都會。妳無法改變任何事，所以乖一點，好嗎？」

我臉色扭曲，不理她。

「我會看著妳的，」她重申。

愛德華已經接近賈斯柏，這場戰鬥比較勢均力敵。賈斯柏有幾世紀的經驗能引導他自己，他盡可能用本能反擊，但他的念頭總是會早一步洩漏他的動作。愛德華略快一些，但賈斯柏的招式他並不熟。他們不斷試探出手，但無人能取得優勢，兩人本能地不停發出咆哮。我幾乎看不下去，卻更難移開眼神。他們移動的如此之快，我完全不知道他們在幹什麼。三不五時我會注意到狼人們銳利的眼神。我有種感覺，狼人們比我獲得的更多──或許比他們該得的更多。

最後，卡萊爾清清喉嚨。

賈斯柏笑了，退後一步。愛德華站直身子，朝他笑笑。

「繼續上課，」賈斯柏同意。「我們平手。」

大家一個接一個，卡萊爾，然後是羅絲莉、艾思蜜，再來又是艾密特。我瞇著眼看著賈斯柏攻擊艾思蜜，退縮不已。那是最讓人看不下去的。然後他慢下來，但我還是看不懂他的移動及他給的更多指示。

「你們看得出我在幹什麼嗎？」他問：「是的，就像那樣，」他鼓勵。「專心在側翼。不要忘了他們的目標是什麼。不斷移動。」

愛德華一直很專心，看著、聽著其他人沒注意到的地方。

我的眼皮愈來愈重，無法專注。我最近沒睡好，而且我已經快二十四小時沒睡了。我靠著愛德華，垂下眼皮。

「我們快結束了。」他低聲說。

賈斯柏確認這一點，他第一次轉過身對著狼人，這讓他的神情又變得不自在。「我們明天繼續，歡迎再來參觀。」

「好的。」愛德華以山姆酷酷的口吻回答。「我們會到。」

然後愛德華嘆口氣，拍拍我手臂，離開我身邊。他轉身面對家人。

「狼人認為如果能熟悉我們的味道會有幫助——這樣他們之後就不會搞錯。如果我們可以維持不動，會讓他們容易些。」

「當然，」卡萊爾對山姆說：「儘管來。」

當狼人起來走動，傳來發自喉嚨隱隱的低吼聲。

我又張大眼，完全忘卻原本的筋疲力竭。

漆黑的天色正要轉亮——太陽雖然還沒有升上地平線，還在遠方的山脈後，但陽光仍照亮了雲層。但當他們靠近時，我突然能辨識出他們的外型與……顏色。

領頭的當然是山姆。不可思議的巨大，像午夜一樣漆黑，那是我惡夢中的怪物——我第一次在草地看到山姆及他們這一群之後，他們都不只一次出現在我惡夢中。

現在我認出他們全部了，在一對對巨大的眼眸中，看起來不只十隻，這一群真多。

在我眼角，我看見愛德華也在看我，小心打量我的反應。

山姆走向卡萊爾，他領頭，其他巨大的狼人跟在他身後。賈斯柏僵住了，但站在卡萊爾另一側的愛德華，面帶笑容，整個人很放鬆。

山姆嗅嗅卡萊爾，當他這樣做時，好像有點皺了一下鼻子。然後他走向賈斯柏。

我雙眼瞄向滿懷警惕的狼群雙眼。我確定我認出哪些是新加入的。有一隻淺灰色的，個頭比其他都小，頸背的毛直直豎起。還有另一隻，顏色像沙漠的沙土，較為瘦高，和其他隻相比不太協調。當山姆走向左邊，使得他單獨暴露在卡萊爾和賈斯柏中間時，這隻黃土色的瘦狼嗚咽著。

我的眼光停在山姆身後這一隻。他紅棕色的毛髮比其他都還長，相較之下也比較濃密。他幾乎和山姆一樣高，是整群中第二巨大的。他的姿勢很隨意，不知怎的，有股冷靜的態度，相較之下，其他的都認為這是一場可怕的折磨。

那隻紅褐色的巨狼，似乎感覺到我的凝視，他抬起眼來用那熟悉的黑眼眸看著我。

我也瞪著他，試著說服自己相信自己已經知道的事。我知道臉上必定出現了好奇和著迷的表情。

那隻狼張開口，露出他的牙。應該是可怕的表情，但他伸出舌頭歪吐在一旁，像是狼的微笑。

我不禁傻笑。

雅各笑得更開心了，露出更多利牙。他離開隊伍，不理會其他同伴緊盯著他的眼神，小跑步地經過愛德華和艾利絲身邊，來到離我兩步遠處停住。他停在那裡，眼神很快的瞄向愛德華。

愛德華沒動，像座雕像，他的雙眼還是打量著我的反應。

雅各屈起前腿伏下身，低下頭，這樣他的臉便和我一樣高，看著我，像愛德華一樣打量我的反應。

「雅各？」我屏著氣說。

他胸口傳來一陣低沉的隆隆聲，像是笑聲。

我伸出手，手指微微顫抖，輕觸這紅褐色的狼臉側的毛髮。

黑色雙眸閉上，雅各的大頭靠在我手心，喉嚨傳來享受的嗯嗯聲。

他的毛髮又軟又粗，溫暖的抵著我的手心。我好奇地用手指輕刷，感受那觸感，撫摸他頸部，那是顏色最深的部位。我沒察覺自己有多靠近他，沒有預警，雅各突然間舔了我的臉，從下巴到太陽穴的髮線。

「呃，很噁心，小各！」我抱怨著往後一跳，然後打他一下，就像我當他還是人類一樣。他閃開，然後發出吠叫聲，那很顯然是笑聲。

我用衣袖擦臉，和他一樣笑了起來。

就在那時候，我發現所有人都看著我們，庫倫家和狼群——庫倫家的人一臉困惑與噁心的表情。狼人的表情很難辨認，但我想山姆不太高興。

還有愛德華，臉上神情顯然不太高興。我知道這不是他期望我會有的反應，我應該是尖叫嚇壞的跑開才對。

雅各又笑了。

其他狼人都退了回去，當他們移動時，雙眼仍緊盯著庫倫家。雅各站在我這邊看著他們行動。很快，他們就消失在黑暗的森林內。只有兩隻徘徊在樹叢間，看著雅各，那兩隻的姿勢都充滿焦慮。

愛德華嘆口氣，然後，不理會雅各，走過來站到我另一邊，牽起我的手。

「準備要走了嗎？」他問我。

我還沒回答，他雙眼越過我瞪著雅各。

「我還沒弄清楚細節。」他回答雅各腦中的問題。

雅各不高興的吠叫出聲。

「這比你想的複雜，」愛德華說：「不用操心。我會確定安全的。」

「你在說什麼？」我追問。

「只是討論策略。」愛德華說。

雅各頭前後轉動，看著我們的臉。然後，突然，他猛地衝向森林。當他跑開時，我第一次注意到，他的後腿綁了一件折好的黑色衣物。

「等一下！」我大喊，手自動伸出想拉住他。但他隨即消失在森林內，其他兩隻狼也跟著他走了。

「雅各為什麼離開？」我覺得有點受傷。

「他會回來的，」愛德華嘆口氣說：「他想要能夠自己開口說話。」

我看著雅各消失的森林邊緣，又靠在愛德華身邊。我快撐不住了，但我一直努力。

雅各又大步走出來，這次是以人類兩條腿的形體。他寬闊的上半身裸露，頭髮蓬亂，身上只穿了一條黑色運動褲，光著腳站在冰冷的地上。只有他一個人，但我懷疑他的朋友逗留在樹林內，只是看不見罷了。

他沒花多久時間就跨過廣場，雖然他還是和庫倫家維持很大的距離，庫倫家人鬆散地圍成一圈，安靜的談論著。

「好吧，吸血鬼，」雅各說，他離我們只有幾呎遠，顯然是想繼續我不懂的對話。「有什麼複雜的？」

「我得考慮各種可能，」愛德華鎮定的說：「萬一有人溜過了你們的防線呢？」

雅各哼著一聲，對這可能不屑一顧。「好吧，那讓她待在保留區。我們會要柯林和柏瑞帝留在當地駐守。她在那邊會安全的。」

我沉下臉。「你們兩個談的是我嗎？」

「我只想知道當他進行戰鬥時，他要怎麼安置妳。」雅各解釋。

「安置我？」

「妳不能待在福克斯，貝拉，」愛德華的聲音很平靜。「他們知道要去哪裡找妳。萬一有人溜過我們的防線呢？」

我胃一沉，臉上失去血色。「那查理呢？」我喘著氣問。

「他會和比利在一起，」雅各很快讓我安心。「就算我老爸得犯下謀殺案才能把查理帶去那邊，他也會動手的。但我想可能不會到這種程度。這個週六有比賽是嗎？」

「這個週六？」我的頭暈眩不已，已無法思考。我皺眉看著愛德華。「嗯，該死。那是你的畢業禮物。」

愛德華笑了。「心意到了就好，」他提醒我。「妳可以把票送人。」

我靈機一動。「安琪拉和班。」我馬上決定了。「至少能讓他們不在鎮上。」

他輕觸我臉頰。「妳無法撤離全部的人，」他溫和的說：「把妳藏起來只是一個預防措施。我告訴過妳——我們現在沒問題了。他們人數不夠，甚至無法讓我們享樂。」

「但為什麼不把她留在拉布席？」雅各不耐的打斷。

「她來來回回太多次了，」愛德華說：「她在各處都留下蹤跡。艾利絲只看見年輕的吸血鬼正要過來狩獵，但顯然是有人創造出這些新手。在這背後一定有位老手。無論他——」愛德華停頓一下看著我，「或是她，這一切都可能只是聲東擊西的策略。一旦他決定了，艾利絲就能預見，但到那時，我們可能會正在忙。可能某人正有此預謀，我不能將她留在她常去的地方。她一定得待在很難找到的地方，以防萬一。可能性或許不高，但是我不能冒任何風險。」

當他說明時，我瞪著愛德華，皺得前額都是皺紋。他拍拍我手臂。

「只是以防萬一。」他承諾我。

雅各比著我們東方的森林深處，那邊是奧林匹克山脈的廣大空地。

「那把她藏在那邊。」他建議。「那有幾百萬種可能——如果有需要，那地方我們只要幾分鐘就能趕到。」

愛德華搖搖頭。「她的味道太重，再加上我的，特別容易分辨。就算是我背她，也會留下蹤跡。雖然我們的蹤跡已滿布整個山區，但加上貝拉的味道，特別會引起他們的注意力。我們不確定他們會走哪一條路，因為他們還沒決定。如果他們在發現我們之前就聞到她的味道……」

他們兩人同時做了個苦臉，皺起眉頭。

「你知道困難了吧。」

「一定有辦法解決的。」雅各低聲說。他看著森林，噘著嘴。

我搖搖晃晃。愛德華用手臂環著我的腰，拉我靠著他，支撐著我的重量。

「我得送妳回家——妳累壞了，而且查理應該已經快要醒了……」

「等一下，」雅各說，轉回身面對我們，雙眼晶亮。「我的味道讓你覺得噁心對嗎？」

「嗯哼，這主意不壞。」愛德華已經知道了他要說什麼。「可能行得通。」他轉身面朝家人，大喊：「賈斯柏？」

賈斯柏一臉好奇走了過來，艾利絲緊跟在後，臉色又變得沮喪。

「好吧，雅各。」愛德華朝他點點頭。

雅各轉身面向我，臉上充滿古怪的神情。這新計畫顯然讓他很興奮，但他也因為和敵人聯盟如此靠近而不自在。當他朝我伸出手時，換我變得不安了。

愛德華深吸口氣。

「我們要試試看，我能不能混淆味道，藏起妳的蹤跡。」雅各解釋。

我懷疑的看著他張開的雙臂。

「妳得讓他抱妳走，貝拉。」愛德華告訴我。他的聲音很平靜，但是我聽得出他壓下心中的不願意。

我皺眉。

雅各翻翻白眼，不耐煩地伸出手猛地拉我入懷。

「別那麼孩子氣。」他低聲說。

但他雙眼瞄向愛德華，我也是。愛德華的臉色沉著平靜。他對著賈斯柏說：「貝拉的味道對我的影響力很強——如果有其他人來試，我覺得會比較可信。」

雅各轉身離開他們，大步走向樹林。當我們走進黑暗中後，我不發一語的噘起嘴，在雅各的手臂中很不自在，這感覺對我來說太過親密——他當然不用把我抱得這麼緊——我忍不住想他有什麼感覺。這讓我想起上一次在拉布席的午後，我不想再回憶。我交叉手臂，當我手上的夾板提醒我這段記憶時，我感到生氣。

我們沒走很遠，他轉個大彎，從不同的方向回來，可能離原先出發的地點有半個足球場那麼大。愛德華獨自在那裡，雅各朝他走去。

「你可以放我下來了。」

「我不想搞砸這次實驗。」他緩緩的走，手臂緊緊抱著我。

「你真令人生氣。」我喃喃說。

「謝了。」

不知從何處出現，賈斯柏和艾利絲就站在愛德華兩側。雅各往前一步，然後將我放下來，離愛德華約六呎遠處。我沒看雅各就走到愛德華身邊牽起他的手。

「如何？」我問。

「只要妳沒碰任何東西，貝拉，我想沒有人的鼻子靈到能夠追蹤得到妳的氣味，」賈斯柏扮個鬼臉說：「完全找不到。」

「大成功。」艾利絲皺皺鼻子，但同意的說。

「這讓我有個想法。」

「這一定有效。」艾利絲充滿信心的補充。

「聰明。」愛德華同意。

「妳怎麼受得了啊？」雅各朝我低聲說。

愛德華不理會雅各，看著我，對我解釋。「我們——嗯——妳——將會留下假的味道通往林中空地，貝拉。新手是狩獵者，妳的味道讓他們感到興奮，他們會跟隨著我們布置的味道追尋而去，毫不起疑。艾利絲已經遇見這一招會成功了。當他們捕捉到我們的味道，他們會散開，試著從兩側攻擊我們。一半會通過森林，這時她的預見能力突然間消失……」

「好耶！」雅各嘶聲說。

愛德華朝他笑笑，是真正同袍情誼的笑容。

我覺得噁心。他們怎麼能那麼迫不及待？我怎麼能讓他們兩人陷入危險？我做不到。

我不要。

「不可能。」愛德華突然說，他的聲音不太高興。我嚇了一跳，擔心他是不是聽見我腦海中的聲音、想法，但他雙眼看著賈斯柏。

「我知道，我知道，」賈斯柏很快地說：「我其實也不是真的這麼考慮。」

艾利絲重踩他的腳。

「如果貝拉真的在林中空地，」賈斯柏對她解釋，「會讓他們瘋狂。他們只能專心在妳身上，無法顧及其他。這樣攻擊他們就會更容易……」

愛德華憤怒的目光逼得賈斯柏退後了幾步。

「當然這對她來說太危險。只是不小心想到的。」他說得很快。但他從眼角瞄著我，看起來很嚮往。

「不！」愛德華的聲音充滿決斷。

「你是對的。」賈斯柏說，然後他牽起艾利絲的手，看著對方。「三戰兩勝？」我聽見他問她，接著兩人又開始練習。

雅各很不高興的看著他。

「賈斯柏是從軍方作戰的觀點來看事情，」愛德華安靜的替他兄弟說明。「他考慮各種可能性——思慮周密，不是麻木不仁。」

雅各輕蔑地哼了一聲。

他沒發現自己靠得太近，在全神貫注於計畫中時不知不覺靠過來。他現在離愛德華不到三呎遠，我就站在他們中間，我感覺得出空氣中的緊張。好像靜電，令人不自在。

愛德華回到正題。「我週五晚上會帶她來這邊布置假線索。你之後和我們碰面，帶她去我知道的地方。完全意想不到，而且容易防守的地方，雖然不見得會用得上。我會走另一條路。」

「然後呢？將手機留給她？」雅各苛刻的問。

「你有更好的主意嗎？」

雅各有點沾沾自喜。「老實說，我有。」

「喔……小狗，真不賴。」

雅各很快轉身面對我，好像在扮演好人的角色，告訴我他們在談什麼。「我們試著說服賽斯和那兩個年輕的留下來。他還太年輕，但他很固執，不肯。所以我想給他一個新任務——手機。」

我試著裝出聽懂的樣子，但沒騙過任何人。

「當賽斯・克利爾沃特變身成狼，他能跟狼群聯絡。」愛德華說：「距離不是問題嗎？」他朝雅各補問道。

「不。」

「三百哩？」愛德華問。「這很驚人。」

雅各又扮演好人。「那是我們實驗過最遠的距離，」他告訴我。「還是像鈴聲一樣清楚。」

我茫然的點頭。這個主意讓我暈眩，一想到小賽斯・克利爾沃特已經是個狼人了，讓我更難專心。在我腦海中，我彷彿能看見他陽光般的笑容，和年輕的雅各如此神似，他頂多只有十五歲，他參與營火邊議會的熱切突然間有了新的意義……

「這是個好主意，」愛德華勉強的稱讚。「有賽斯在我覺得好多了，就算沒有即時溝通。我不知道我是否能將貝拉獨自留下。沒想到最後會變成這樣！信任狼人。」

「和吸血鬼並肩作戰而不是對抗他們。」雅各模仿愛德華噁心的語氣。

「嗯，你還是得和某些吸血鬼作戰。」愛德華說。

雅各笑了。「這正是我們來此的原因。」

chapter 19

自私

此時我突然想到一個方法。

我不一定要到空地去，

我只要去愛德華在的地方就行了。

殘酷，我指控自己。

自私、自私、自私！

不可以這樣做。

愛德華將我抱在懷中，送我回家，預期到背著我的話，我睡著會掉下去。我一定是半路睡著了。

當我醒來，我躺在床上，窗外昏暗的光線，以奇怪的角度斜射進屋內。好像已經到下午了。

我打著哈欠，伸展身子，我手指搜尋著他，但他不在。

「愛德華？」我喃喃說。

我搜尋的手指碰了某個冰冷平滑的東西。他的手。

「妳這次真的醒了嗎？」他低聲說。

「嗯哼，」我同意的嘆氣。「有很多假警報嗎？」

「妳一直不肯休息——整天都在說夢話。」

「整天？」我眨眨眼，再次望向窗外。

「妳辛苦了好長一夜，」他安慰的說：「妳是該好好在床上睡一整天的。」

我坐起身，頭好暈。我窗外的光線來自西邊。「哇。」

「餓了嗎？」他猜。「妳想在床上吃早餐嗎？」

「我來吧，」我呻吟著再次伸展身子。「我得起來動一動。」

他牽著我的手陪我走到廚房，雙眼小心的看著我，好像我隨時會跌倒似的。也可能是他認為我在夢遊。

我簡單弄了一下，將兩包果醬餡餅放進烤箱。我在烤箱鏡面上看到自己的倒影。

「噢，我糟透了。」

「很長的一夜，」他又說。「妳應該留在家裡睡覺的。」

「對！然後錯過一切。你知道，你得接受這事實，我現在算是家裡的一分子了。」

他笑了。「我可以習慣這主意。」

我坐下來吃早餐，他坐在我旁邊。當我拿起果醬餡餅咬第一口時，我注意到他盯著我的手。我往下望，看見我還戴著雅各在派對上送我的禮物。

「我能看一下嗎？」他問，朝著小木偶狼伸出手。

我大聲的吞嚥。「呃，當然。」

他手放在手鍊下，讓小狼穩穩的站在他雪白的掌心。那一瞬間，我很害怕。他的手指只要一扭，就能捏碎那小傢伙。

但當然愛德華不會那樣做。我一想到自己會有這樣的念頭就覺得不好意思。他只是用掌心掂掂重量，然後就放開。小木狼在我手腕微微搖晃。

我試著想猜出他眼神的意思，但我只看見他在沉思。他把其他一切思緒都藏起來，如果有的話。

「雅各・佈雷克可以給妳禮物。」

這不是問題，也不是指控。只是陳述一個事實。但我知道他想起我上一次生日的事，我說我不要禮物。我一件都不想要，特別是不要愛德華給的。這完全不合邏輯，當然，反正也沒有人理我……

「你也給過我禮物，」我提醒他。「你知道我有多喜歡你做的那份禮物。」

他抿著唇好一會。「那如果是先人留傳下來的二手貨呢？妳會接受嗎？」

「你是什麼意思？」

「這條手鍊，」他手指在我手腕上畫圈圈。「妳會一直戴著？」

我聳聳肩。

「因為妳不想傷害他的感情。」他聰明的猜到。

「當然，我想是。」

「妳不認為這樣才公平嗎?」他低頭看著我的手,把它翻過來,掌心向上,用手指撫摸著我手腕的血管。「妳身上也該有個能代表我的東西。」

「代表你的東西?」

「一個飾品——讓我留在妳心裡。」

「我分分秒秒都想著你,不需要提醒。」

「如果我給妳一個東西,妳會戴著嗎?」他追問。

「一個二手的東西?」我確認。

「是的,我留在身邊好一陣子了。」他露出天使般的笑容。

如果這是他對雅各禮物唯一會有的反應,我會高興的接受。「只要你高興就好。」

「妳沒注意到其中的不平等嗎?」他以指控的語氣問。「因為我確實注意到了。」

「怎麼不平等了?」

他瞇起眼。「所有人都能給妳東西。所有人,除了我。我也想要給妳畢業禮物,但我不能。我知道和其他人比起來,我那麼做會讓妳更不高興,這完全不公平。妳要怎麼解釋?」

「簡單,」我聳聳肩。「你比其他人都重要。你已經把自己給了我,那已超過我應得的了,你再給我其他任何東西,只會使不平衡的狀況加劇。」

他想了一下,然後翻翻白眼。「妳這樣看重我真是太可笑了。」

我冷靜的吃早餐。我知道如果我告訴他,他那樣想不對,他也聽不進去的。

此時,愛德華的電話響起。

他先看來電號碼才打開接聽。「怎麼了,艾利絲?」

他聽著，我等著他的反應，突然緊張起來。但無論她說了什麼，都沒讓他吃驚，他嘆了好幾次氣。

「我有點猜到。」他邊跟她說話，邊凝視我雙眼，眉毛不高興的挑起。「她說夢話有提到。」

我臉紅了。**我說了什麼？**

「我會處理的。」他保證。

他掛斷電話，看著我。「有什麼是妳想跟我說嗎？」

我想了一下。根據艾利絲昨晚的警告，我猜得出來她為什麼來電。然後又想起我這幾天睡覺時作過的惡夢——夢見我追蹤賈斯柏，想跟著他，在迷宮般的森林中找出那片空地，知道我能在那邊找到愛德華……愛德華，還有想殺我的怪物，但我不在乎他們，因為我已經做出決定——我也猜得出來當我睡著時，愛德華聽見了。

我抿著唇好一會，不敢看他的雙眼。他等著。

「我喜歡賈斯柏的主意。」我最後說。

他發出一聲呻吟。

「我想幫忙。我得做點事。」我堅持。

「讓妳陷入危險一點都不算是幫忙。」

「賈斯柏認為可以。他在這一方面是專家。」

愛德華怒視著我。

「你不能讓我坐視不管，」我威脅。「我不要藏在森林裡，讓你們為我冒險。」

突然，他忍著不想露出笑容。「艾利絲沒看見妳在空地，貝拉。她看見妳迷失在森林中蹣跚而行。妳找不到我們，反而讓我因為要找妳，浪費更多時間。」

我試著讓自己和他一樣冷靜。「那是因為艾利絲沒把賽斯・克利爾沃特算進去。」我禮貌的說：「當然，就算她有，她也什麼都看不見。但聽起來賽斯和我一樣不想呆坐著等，很容易就能說服他帶我去找你們。」

他臉上閃過一絲憤怒，然後他深呼吸平靜自己。「這一招可能奏效……如果妳沒事先告訴我的話。現在我會要求山姆給賽斯下達明確的命令。無論他有多想去，賽斯無法忽視這樣的禁令。」

我維持愉快的笑容。「但山姆為什麼要下這樣的命令？如果我告訴他，我加入你們會有多大的幫助呢？我敢說山姆會比你更願意幫我的忙。」

他得讓自己再次平靜。「可能妳是對的，但我確定雅各會迫不及待下達同樣命令。」

我皺眉。「雅各？」

「雅各是副司令官。他沒告訴妳嗎？他的命令狼群們也得遵守。」

他贏了，從他的笑容我知道他也明白。我皺起眉頭，雅各會站在他那一邊——在這樣的情況下——我很確定。而且雅各從沒告訴我他是副司令官。

愛德華利用我被打敗的這段期間，持續以有點可疑的平穩和鎮靜的聲音說。

「我昨晚有機會一窺狼群的心思，真是有趣極了。比肥皂劇還精采。我不知道這一大群竟然如此多元。一個人和那麼多人的心靈互相牽引……真是迷人極了。」

他顯然想讓我分心，我瞪著他。

「雅各有很多祕密沒告訴妳。」他笑著說。

我沒回答，只是怒視著他，堅持我的論點，等著時機開口再辯。

「例如，妳昨晚注意到那個頭最小的灰狼嗎？」

我僵硬的點點頭。

他笑了。「他們對他們的傳說很認真。結果卻出現了他們的傳說未曾提過的事情。」

我嘆氣。「好吧，我上勾了。你在說什麼？」

「他們一直深信不疑，只有原本狼人的直系孫兒才有變身的力量。」

「所以有非直系後代的人變身？」

「不。那個女孩也是直系的。」

我眨眨，張大眼。「女孩？」

他點點頭。「她認識妳。她名叫利雅．克利爾沃特。」

「利雅是狼人？」我驚叫出聲。「怎麼會？多久了？雅各為什麼沒告訴我？」

「這樣的事他不被允許說出來──例如他們的數目。像我之前說的，當山姆下令時，狼人就是無法置之不理。當雅各靠近我時，他得很小心想其他事情。當然，經過昨夜，一切都真相大白。」

「我不敢相信。利雅．克利爾沃特！」突然間，我想起雅各談到利雅和賽斯的情形，他當時的樣子好像他說了太多似的──當他說山姆每一天都得看著利雅的雙眼，知道他打破了自己所有的承諾……利雅在懸崖上，當老奎爾述說著奎魯特兒孫共享的犧牲和負擔時，她臉頰上晶亮的淚珠……還有比利花時間陪蘇，因為她不知怎麼跟兩個孩子相處的問題……原來這個問題就是她兩個孩子都是狼人。

我不常想到利雅．克利爾沃特，只有在哈利去世時，為她感到哀傷，而後當雅各說她的故事時，為她感到可憐，關於山姆和艾蜜莉的命定傷了利雅的心。

現在她也是山姆的狼人群的一分子，能聽見他的想法……也無法藏起她自己心中的念頭。

我真的討厭這一部分，雅各說過。**所有你難為情的事，都攤在大家面前**。

「可憐的利雅。」我低語。

愛德華哼地一聲。「她讓其他人生活極其不好過，我不確定她值得妳同情。」

「你這是什麼意思？」

「他們得分享彼此的想法，光這點本身就已經很困難了。他們大多數都會彼此合作，讓事情變得容易。但如果其中有一個人心懷惡意，大家都會感到痛苦。」

「她有她的理由。」我喃喃說，還是支持她。

「喔，我知道，」他說：「在我這一生中，我見過最奇怪的事情之一就是命定，而且我可是看過不少奇怪的事呢。」他驚訝地搖搖頭。「山姆和艾蜜莉之間的緊密連結實在很難描述——或者我該說，她的山姆。山姆真的沒有選擇。這讓我想起《仲夏夜之夢》中因為精靈愛的咒語引發的混亂……像魔法。」他笑了。

「幾乎和我對妳的感覺一樣強烈。」

「可憐的利雅，」我又說：「但你說的惡意是什麼意思？」

「她不斷提起那些大家不願回想的事，」他解釋，「例如，安柏瑞。」

「安柏瑞怎麼了？」我驚訝的問。

「十七年前他的母親從馬卡保留區搬下來這邊，那時她懷著他，而她不是奎魯特人。大家都以為她將丈夫拋棄在馬卡保留區。沒想到，他也加入狼群。」

「所以？」

「所以他父親可能是老奎爾・亞德瑞，約書亞・烏利，也可能是比利・佈雷克，當然，他們三人當時都是已婚的狀態。」

「不！」我喘著氣說。愛德華說得沒錯——這真像肥皂劇。

「現在山姆、雅各和奎爾都懷疑他們哪一個和安柏瑞是親兄弟。他們喜歡認為是山姆，因為他父親一直很沒父親的樣，但還是有懷疑。雅各也不能去問比利這種事。」

「哇，你怎麼會在一晚知道那麼多？」

「狼人的思緒讓我著迷。他們的思考同步，卻又各自獨立作業，有好多事能聽。」

聽起來他似乎真的很懊惱，好像有人在看到故事情節最精采時得將書放下。我笑了。

「狼人是很迷人，」我同意。「幾乎和你試著讓我分心時一樣迷人。」

他表情變得禮貌，完美的撲克臉。

「我得去空地，愛德華。」

「不！」他用沒得商量的語氣說。

此時我突然想到一個方法。

我不一定要到空地去，我只要去愛德華在的地方就行了。

殘酷，我指控自己。**自私、自私、自私！不可以這樣做**。

我不理會我善良的本能。但我說話時無法看著他。內疚讓我雙眼視線黏著桌子。

「好吧，聽著，愛德華，」我低聲說。「事情是這樣的……我發瘋過一次。我知道我的極限所在。**如果你又拋下我離開，我無法承受**。」

我沒抬頭看他的反應，害怕知道自己將多少的痛苦施加在他身上。我聽見他突然猛吸一口氣，接下來是一片沉默。我看著深色的木頭桌面，希望我能收回那些話。但我知道我不會，因為這一招必定能奏效。

突然，他摟住我，雙手撫摸著我的臉、我的手臂。他要讓我安心。內疚馬上加劇，但我生存的本能更為堅定。毫無疑問他是我生存下去的基礎。

「妳知道不是那樣的，貝拉，」他喃喃說。「我不會走遠，很快就會結束的。」

「我無法承受，」我堅持，還是低著頭。「不知道你在哪裡，不知道你會不會回來，我要怎麼活下去？無論有多快結束都一樣。」

他嘆氣。「會很簡單的，貝拉。妳沒理由害怕。」

「一點都不用？」

「沒錯。」

「每個人都會沒事？」

「每個人。」他保證。

「所以我沒理由到空地去？」

「當然沒有。艾利絲剛告訴我他們的數目降到十九了。我們輕鬆的就能解決。」

「沒錯——你說很容易，甚至不用大家都出動，」我引用他昨晚說過的話。「你說的是真的嗎？」

「是的。」

感覺有點太容易了——他應該猜得到才對。

「容易到讓你能袖手旁觀？」

一陣長長的沉默，我終於抬起頭看他的表情。

他那張撲克牌又回來了。

我深吸口氣。「所以不是這樣就是那樣。要嘛就是事情其實比你跟我講的還要危險，那樣的話，我去空地反而是對的，盡我的能力幫忙。或者……情況真的會簡單到沒有你他們一樣做得到。是哪一種？」

他沒說話。

我知道他在想什麼——我也在想同樣的事。卡萊爾、艾思蜜，艾密特、羅絲莉、賈斯柏……還有，我強迫自己想出最後這個名字。還有艾利絲。

我不知道自己是不是也是怪物。不是他認為他是的那種，但是真的怪物。那種會傷人的。那種為達目的不擇手段的怪物。

我想要的就是他能安全，安全的和我在一起。我為了達到這個目的，真的能犧牲一切？我不確定。

「妳要求我袖手旁觀，看著他們作戰？」他以平靜的聲音問。

「是的，」我很驚訝自己的聲音很平穩。我的內心好掙扎。「不然就讓我也在那邊。兩者選一個，只要我們在一起。」

他深吸氣，然後緩緩吐氣。他將手移到我臉兩側，強迫我迎上他的凝視。他望著我雙眸好久好久。我不知道他在看什麼，也不知道他發現了什麼。浮現在我臉上的內疚和我肚子裡的一樣濃嗎——濃到讓我不舒服。

他雙眼緊緊含著某種情緒，我無法瞭解，然後他垂下手，拿出電話。

「艾利絲，」他嘆氣說。「妳能當褓姆來看著貝拉一會嗎？」他揚起一邊眉毛，諒我必定不敢反對。「我得和賈斯柏談談。」

她一定是同意了。他掛斷電話，看著我的臉。

「你要和賈斯柏談什麼？」我低聲問。

「我要討論……我要袖手旁觀。」

很容易就從他的表情看得出來，要他說出這樣的話有多不容易。

「我很抱歉。」

我確實很抱歉，我討厭迫使他這麼做。但是我依然沒法擠出笑容，告訴他儘管去，別理我。這我完全做不到。

「別抱歉，」他說，微微一笑。「永遠別害怕告訴我妳的感覺，貝拉。如果這是妳要的……」他聳聳肩。「妳是我考量的第一優先。」

「我不是這個意思——不是要你選擇我或你的家人。」

「我知道。再說，妳要求的也不是這個。妳給我兩個妳能接受的選擇，我選擇一個我能接受的。這應該就是妥協。」

我傾身向前，額頭抵住他胸口。「謝謝你。」我低聲說。

「不客氣，」他回答，親吻我的髮。「不客氣。」

我們這樣動也不動的好久。我將臉埋在他胸口，貼著他襯衫。心中兩股力量拉扯。一股是要當好人，要勇敢，另一股是要善良的那一邊住嘴。

「誰是第三個妻子？」他突然問我。

「嗯？」我沒聽懂。我不記得做過這個夢。

「昨晚妳一直喃喃說著第三個妻子。其他的我都懂，只有這個我沒搞懂。」

「喔，嗯，對了。是我在那一夜營火晚會聽到的故事之一。」我聳聳肩。「我猜我還記在心中。」

愛德華抽開身，歪著頭，可能因為我聲音中的不自在讓他感到困惑。

他還沒問，艾利絲就一臉不高興地出現在廚房門口。

「你會錯過一大堆樂趣的。」她咕噥。

「哈囉，艾利絲。」他歡迎她。他用一根手指挑起我下巴，揚起我的頭，給我一個再見之吻。

「我今晚晚點回來，」他向我保證。「我得和其他人談談把這事解決，重新安排。」

「好吧。」

「沒什麼好重新安排的，」艾利絲說：「我已經告訴他們了。艾密特很高興。」

愛德華嘆氣。「他當然高興。」

他走出門，留下我面對艾利絲。

她怒視著我。

「我很抱歉，」我又道歉。「妳認為這會讓妳更危險嗎？」

她哼了一聲。「妳擔心太多了，貝拉。小心頭髮變白。」

「那妳為什麼不開心？」

「當事情不如他意時，愛德華會鬧脾氣。我已經知道接下來幾個月和他住在一起的情況了。」她做個鬼臉。「我想，如果能保妳平安，這也算值得。但我希望妳能控制這種悲觀主義，貝拉。這沒有必要。」

「妳會讓賈斯柏離開妳單獨行動嗎？」我追問。

艾利絲做個鬼臉。「那不一樣。」

「當然一樣。」

「去梳洗一下吧妳，」她命令。「查理再十五分鐘就會到家了，如果妳看起來一副邋遢樣，他不會再讓妳出去的。」

哇，我已經錯過幾乎一整天。感覺好浪費。我很高興自己不用再將時間揮霍在睡眠上。

當查理回家時，我已經光鮮亮麗了——換好衣服，髮型整齊，在廚房內正將他的晚餐放在桌上。艾利絲坐在愛德華平常的位置上，這讓查理心情很好。

「哈囉，艾利絲！最近好嗎？」

「很好，查理，謝謝。」

「妳終於起床了，貪睡鬼。」當我坐在他旁邊時，他對我說，然後才轉頭看著艾利絲。「大家都在討論妳父母前晚策畫的派對。我敢說妳有一大堆清潔工作要做。」

艾利絲聳聳肩。我知道，這表示都弄好了。

「這值得，」她說：「派對很棒。」

「愛德華去哪了？」查理有點不情願的問。「他有幫忙清理嗎？」

艾利絲嘆口氣，臉色悲悽。有可能是演的，但完美得連我都不敢確定。「不，他忙著計畫整個週末都要和艾密特還有卡萊爾出去。」

「又去健行？」

艾利絲點點頭，臉色突然間變得淒涼。「是呀，他們都走了，除了我。我們每個學年結束時都會去健行，有點像是慶祝，但今年我決定要去購物而不要健行，結果沒人留下來陪我。我被拋棄了。」

她皺起臉，表情像是身心交瘁，查理本能的傾身向前，伸出手，想要幫忙的樣子。我懷疑的看著她，她要幹什麼？

「艾利絲，親愛的，妳為什麼不來跟我們住，」查理主動建議。「我一想到妳一個人留在那棟大房子就不高興。」

她嘆氣。在桌下有人踩我的腳。

「哇！」我大叫。

查理轉向我。「怎麼了？」

艾利絲給我一個沮喪的眼神。我看得出，她覺得我今晚變笨了。
「撞到腳。」我低聲說。
「喔。」他轉回艾利絲。「那，怎樣？」
她又踩我的腳，這次沒那麼用力了。
「呃，爸，你知道的，我們這裡的設備不算最好，我敢說艾利絲不想睡在我房間地板上……」
查理抿著唇。艾利絲又裝出那楚楚可憐的表情。
「或許貝拉能過去陪妳，」他建議。「等妳家人們回來。」
「喔，貝拉妳可以嗎？」艾利絲馬上笑著對我說：「妳不介意陪我逛街吧？」
「當然，」我同意。「逛街，行！」
「他們何時走？」查理問。
艾利絲又換個表情。「明天。」
「妳要我何時過去？」我問。
「晚餐後，我想，」她說，然後手指托著下巴，沉思著。「妳週六沒事吧？我想出鎮去別的城市逛街，一整天。」
「不可以去西雅圖。」查理打斷我們，擔心得眉毛都皺在一起。
「當然不，」艾利絲馬上同意，雖然我們都知道，本週六的西雅圖應該是最安全的地方。「我想的是奧林匹亞，可能……」
「妳會喜歡的，貝拉。」查理放心又高興地說：「去城裡好好玩。」
「好的，爸，一定會很棒的。」

透過這樣容易的對話，艾利絲解決了我的時間表問題。

愛德華沒多久就回來了。他毫不驚訝的接受查理對他即將出遊的祝福。他說他們要在一大清早就出發，所以比平常還早說再見。艾利絲跟著他離開。

當他們離開我馬上試圖溜上樓。

「妳不可能還累。」查理說。

「有一點。」我說謊。

「難怪妳不喜歡去派對，」他喃喃說：「得花好久時間妳才能恢復。」

樓上，愛德華躺在我床上。

「我們幾點和狼人碰面？」我邊走向他邊問。

「再一小時。」

「很好。小各和他朋友得睡一下。」

「他們不用睡得像妳一樣多。」他說。

我換個話題，假設他仍會想法子說服我待在家裡。「艾利絲是否告訴過你，她打算再度綁架我？」

他笑了。「老實說，她沒說。」

我困惑的瞪著他，神情惹得他輕笑。

「我才是唯一能決定要不要挾持妳的人，記得嗎？」他說：「艾利絲要和其他人一起出去狩獵。」他嘆氣。「我猜我現在不必去了。」

「是你要綁架我？」

他點點頭。

我很快想了想。沒有查理在樓下聽，經常查看我的情況。沒有聽覺超靈敏、滿屋子隨時清醒的吸血鬼在聽……只有他跟我——我們兩人獨處。

「這樣可以嗎？」他問，關心我的沉默。

「嗯……當然，除了一件事。」

「什麼事？」他眼神很焦慮。這讓我很驚訝，但是，不知怎地，他對於自身對我的吸引力似乎不是很有信心，可能我得把我的立場說得更清楚。

「那為什麼艾利絲不告訴查理你們今晚就要出發？」我問。

他笑了，鬆了一口氣。

這一次出發到空地的旅程，比昨晚還令我享受。我還是覺得內疚、擔心，但我已經沒那麼害怕了。我又能正常思考。我可以不再擔心即將來臨的事，而且幾乎相信一切都會沒事。愛德華對於不去作戰這件事的反應似乎還好……而且當他說這一仗會很容易時，很難不相信他。如果連他自己也不相信的話，他是不會離開他的家人的。可能艾利絲是對的，我擔心太多了。

我們是最後抵達空地的。

賈斯柏和艾密特已經在玩起摔角了——從他們的大笑聲聽來，是在暖身。艾利絲和羅絲莉躺坐在地上看著。艾思蜜和卡萊爾在幾碼遠處談話，頭緊靠在一起，手指相扣，沒注意其他人。

今晚天色比較亮，月光透過稀薄的雲層照下，我輕易就能看見三匹狼分開坐在這片練習場的旁邊，隔著遙遠的距離，從不同的角度觀看。

要認出雅各很容易；就算他沒抬頭回應我們抵達時發出的聲音，我也可以很輕易地認出他來。

「其他狼人呢？」我好奇的問。

「他們不需要全部都來，一個來就能完成這個工作，但山姆不夠信賴我們，無法只派雅各來，雖然雅各願意一個人來。奎爾和安柏瑞是他平日的……我猜妳可以說他們是他的僚屬。」

「雅各信任你。」

愛德華點點頭。「他相信我們不會殺了他們，但只有這樣。」

「你今晚要參加練習嗎？」我猶豫的問。我知道不讓他參與，對他而言必定很難受，就像我也討厭自己被拋棄了一樣。說不定還更難受。

「如果賈斯柏有需要，我會幫忙。他想試些獨特的安排，教他們如何對付多人攻擊。」

他聳聳肩。

我原本的信心，突然被一陣驚慌的浪潮打到。

敵人的數量還是比他們多，而且我又害他們差距變大了。我看著空地，想藏起我的感覺。

我不該看那個地方的，尤其此刻我想對自己說謊，要說服自己一切都會像我需要的那樣成功。因為當我強迫自己雙眼避開庫倫家時——他們此刻的打鬧在幾天內就會變成真實且致死的搏鬥——雅各笑笑迎上我雙眼。

那是之前給我的那種狼的笑臉，雙眼和他是人類時一樣會皺起。

很難相信，才沒多久之前，我還覺得狼人很恐怖，因惡夢不停而無法入眠。

不用問我就知道，另外兩隻誰是奎爾、誰是安柏瑞。因為安柏瑞顯然是那匹較瘦，背上有黑點的那隻，他耐心的坐著觀看，而奎爾——深巧克力棕色，臉上顏色比較淺——不時扭來動去，好像他恨不得自己也能下場參加這場模擬打鬥。他們不是怪物，就算變成這樣。他們是朋友。

這些朋友和艾密特和賈斯柏不一樣，沒有無堅不摧的好本領，移動得不像眼鏡蛇那樣快，他們的肌膚不像他們如花崗岩般強硬，不會在月光下閃閃發光。這些朋友似乎不知道這裡即將發生的事有多危險，這些朋友在某種程度上還是凡人，這些朋友會流血，可能會死……

愛德華的信心讓人覺得比較安慰，因為他顯然不擔心他家人。但如果狼人出事了，他會覺得內疚嗎？如果狼人出事的可能不會令他不安，那麼還有其他會令他焦慮的理由嗎？愛德華的信心只解決我一部分的恐懼而已。

我想抗拒哽在喉嚨的那個硬塊，回給雅各一個微笑，卻笑不太出來。

雅各輕輕一跳站了起來，龐大的身軀卻異常靈活。他小跑步走向站在邊緣的愛德華和我。

「雅各。」愛德華禮貌的歡迎他。

雅各不理他，黑色雙眸看著我。他低下頭與我同高，像昨天一樣，歪向一邊。口中發出低吠聲。

「我沒事，」我回答，不需要愛德華翻譯。「你知道的，只是擔心。」

雅各還是看著我。

「他想知道為什麼。」愛德華低聲說。

雅各吠叫——不是威脅，而是惱怒——愛德華的唇抽動了一下。

「怎麼了？」我問。

「他認為我的翻譯太保守。他真正想的是『這真的很蠢。有什麼好擔心的？』我修飾過了，因為我認為他想說的太粗魯。」

我苦笑，但因為太焦慮而沒辦法覺得好笑。「有太多需要擔心，」我告訴雅各。「像是有一愚蠢的狼人會害自己受傷。」

雅各用吠聲大笑。

愛德華嘆氣。「賈斯柏要我幫忙，沒有翻譯員妳可以嗎？」

「我可以的。」

愛德華沉思著看了我一會，我無法瞭解他的表情，然後他轉過身，大步走向賈斯柏。

我坐在原地，地面很冰很不舒服。

雅各往前一步，看著我，喉嚨傳來低低的哀鳴聲，接著又往前半步。

「去吧，別理我，」我告訴他。「我不想看。」

雅各歪著頭好一會，然後也趴在地上陪我，大大的嘆息。

「真的，你儘管去吧。」我向他保證。他沒反應，只是將頭枕在爪子上。

我抬頭看著明亮的銀色雲層，不想看打鬥，我的想像力已經太豐富了。一陣微風吹過廣場，我不禁發抖。

雅各移動身子靠近我，用他溫暖的毛髮貼在我左邊。

「呃，謝了。」我低聲說。

過了幾分鐘，我靠在他寬大的肩頭上，好舒服。

雲緩緩越過天空，隱隱約約，突然明亮，隨著月亮在雲層間忽隱忽現，空地時亮時暗。

心不在焉地，我用手指把玩著他頸上的毛髮。他喉中又像昨天一樣傳出低低的、奇怪的嗡嗡聲，比貓兒滿足時的嗚嗚聲還粗啞狂野，但是一樣滿足。

「你知道的，我從沒養過狗，」我若有所思的說：「我一直很想養，但芮妮會過敏。」

雅各笑了，我倚著他，他的身體因為笑而抖個不停。

「你一點都不擔心星期六嗎？」我問。

他巨大的頭轉過來看著我，這樣我能看見他翻了個白眼。

「真希望我也能那麼樂觀。」

他頭靠在我腿上，開始哼鳴，讓我覺得好些了。

「我們明天得健行，我猜。」

他低聲吠叫，聲音充滿渴望的急切。

「那一定是漫長的健行，」我警告他。「愛德華對距離的判斷和常人不同。」

雅各再次吠笑。

我更緊貼著他溫暖的毛髮，頭靠在他頸子。

這很奇怪。就算他處於這麼奇怪的形體，這感覺卻像我和小各的舊日時光──輕鬆、不費力的友誼，就像呼吸一樣自然──比起前幾次當小各還是人類時更讓我感到輕鬆。奇怪的是，就在我認為變成狼人這件事導致我們失去那段友誼時，竟然會在狼形的他身旁重新得回這感覺。

我望著朦朧的月亮，空地中的殺人練習持續著。

chapter 20

妥協

在我們兩個之間，到底是誰
比較不情願給另一方他們想要的東西？
妳剛答應要在做出任何改變之前嫁給我，
但如果今晚我讓步了，
我能獲得什麼保證，
妳會不會在早上跑去找卡萊爾？

一切都準備好了。

我打包了去拜訪「艾利絲」兩天所需要的物品，我的背包在我卡車的副駕駛座上等著我。我將音樂會的票送給安琪拉、班和麥克。麥克要帶潔西卡去，這正是我希望的。

比利向老奎爾・亞德瑞借了船，然後邀請查理過來，要在下午的球賽開始之前出海釣魚。柯林和柏瑞帝，兩隻最年輕的狼人，留守保護拉布席——雖然他們還是孩子，只有十三歲，但是，查理會比留在福克斯的人安全多了。

我能做的都做了。我試著接受，將我無法控制的事逐出腦海不要再想，至少今晚不要再想。無論如何，一切都會在四十八小時之內結束，一想到這就讓人心安。

愛德華要求我放鬆，我盡力。

「至少這一夜，我們試著忘掉一切，只有妳跟我好嗎？」他懇求我，凝視著我的雙眼充滿感情。「總覺得我的時間好像不夠。我要和妳在一起，只有妳。」

很難不同意他的要求，雖然我知道要我忘記恐懼，說的比做的還容易些。我心中有更重要的念頭，因為我知道今晚只有我們獨處，這點很有幫助。

有些事情改變了。

例如，我準備好。

我準備好加入他家人和他的世界了。我現在感覺到的恐懼、內疚和苦惱，教了我這件事。我有時間專心想這件事——當我在空地中依靠著一隻狼人，凝視著掩映在雲中的月亮時——我知道我不會再慌張了。下一次再有人想對付我們時，我會已經準備好。我會是一個資產，而不是一個負債。他永遠不需要再從我和他家人中做出選擇。我們會是夥伴，就像艾利絲和賈斯柏。下一次，我會盡我一份心力。

我會等著我頭上的刀被移開，這樣愛德華才會滿意。但沒有這個必要，我已經準備好了。只除了一件還沒完成的事。

一件事，因為其他那些事並沒有改變，包含我以如此絕望的方式愛他。我有一大堆時間能去思索賈斯柏和艾密特的賭注中的差異──想弄清楚有哪些東西是我願意隨同我的人性部分一起放棄的，有哪些部分是我不願意放棄的。在我變成非人之前，有一件人類經驗是我堅持一定要經歷的。

所以我們得在今晚解決一些事情。經歷過去兩年發生過的一切後，我再也不相信不可能這個字。現在，就連這個字也無法讓我停手。

好吧，嗯，老實說，可能會有點複雜。但我一定要試。

雖然我已經下定了決心，可是在我正一路開往他家時，我一點都不驚訝自己仍舊感到緊張──我不知道我想試的那件事該怎麼做，這讓我嚴重不安。他坐在乘客座，忍著不對我的低速行駛發笑。我很驚訝他沒堅持換他開，但今晚他似乎很滿意我的速度。

當我們到他家時天色已全黑。儘管如此，草坪很亮，因為屋內每盞燈都點亮了，燈光射出屋外。

我一熄掉引擎，他便已經站在我車門邊替我打開車門。他用單手扶我下車，將我放在卡車後的背包一把抓起，背在另一邊肩上。我聽見他用腳關上我身後的卡車門，唇印上我的。

我們還是深吻著，他抱起我，讓我躺在他懷中，抱我進屋。

大門已經開了嗎？我不知道。我們已經在屋內了，我整個人昏沉沉的。我得提醒自己呼吸。

這個吻並沒有嚇壞我。不像之前，我可以感受到從他的自制下流露出的恐懼和驚慌。他的唇一點都不焦慮，反而充滿熱情──我們今晚能在一起，讓他似乎和我一樣興奮。他就這樣站在進門處一直親吻著我，親了好幾分鐘，他似乎比平常更疏於防備，他的唇又冷又急切的緊貼著我。

我開始覺得有點小樂觀。可能要得到我要的，不會像我想的那麼難。

不，可能正是那麼難。

他低聲輕笑，將我稍微抱開一些。

「歡迎回家。」他說，雙眼像流金般溫暖。

「聽起來很棒。」我說，無法呼吸。

他溫柔的將我放下來。我用手臂環著他，不讓我們之間有空隙。

「我有東西要給妳。」他的語氣很隨意。

「喔？」

「妳的二手飾品，記得嗎？妳說這是可以的。」

「喔，沒錯。我想我說過。」

我的不情願惹得他笑了。

「在我樓上房間，我可以去拿嗎？」

他房間？「當然。」我同意，當我將我手指纏握住他的時，覺得這樣迂迴的方式有點不夠正當。「我們走吧。」

他一定很急著想將我非禮物的禮物拿給我，因為人類速度對他而言不夠快。他又再次抱起我，幾乎是飛奔的上了樓，來到他房間。他放我下來站在門邊，衝進衣櫥。

我才剛站穩他就回來了，但我不理他，逕自走向那張金色大床，砰地在床沿坐下，然後滑到床中央，我蜷成球狀，手臂環著膝頭。

「好吧。」我咕噥著說。現在我到了我想要的地方，我可以忍受小小的不情願。「給我吧。」

愛德華笑了。

他爬上床，坐在我身邊，我的心不規則的跳動起來。希望他能把我的緊張反應誤以為是因為他要給我禮物的關係。

「一個二手貨。」他堅決的說，將我的左手從我膝頭拉起，輕輕的碰了那銀色手鍊一下。然後將我的手放回去。

我細心的看著。在小狼墜飾的正對邊，如今多掛上了一顆明亮的心形大水晶。幾百萬個切割面，就算在隱約的燈光下仍舊晶亮。我喘不過氣般的猛吸氣。

「這是我母親的，」他不以為意的聳聳肩。「我繼承了好幾個像這樣的小東西，有些我送給艾思蜜和艾利絲，所以，這不是什麼大東西。」

他這麼急著讓我安心，讓我不禁露出苦笑。

「但我想這是很好的代表，」他繼續說：「又硬又冷。」他笑了。「在陽光下會有彩虹光芒。」

「你忘了最重要的相似處，」我喃喃說：「很美。」

「我的心像這一樣沉默，」他若有所思地說：「而且，也是妳的。」

我轉動手腕，因此那顆心閃閃發亮。「謝謝你，為這兩者。」

「不，謝謝妳。很高興妳這樣簡單就接受了禮物。對妳來說是很好的練習。」他露出牙齒笑了。

我靠向他，頭鑽進他臂彎中偎依在他身邊。感覺有點像是緊抱著米開朗基羅的大衛雕像，只不過我這尊完美的大理石生物用他的手臂緊緊摟住我，把我摟得更緊。

看來這是個開口的好時機。

「我們能討論一些事嗎？如果你能從打開心胸開始，我會很感激的。」

他猶豫了一會。「我會盡力。」他同意，但是小心翼翼。

「我不是要打破任何規矩，」我向他保證。「這是跟你和我有關。」我清清喉嚨。「所以……我對於那一晚我們能達到妥協方案感到印象深刻。我想著，我應將這樣的原則應用到不同的場合。」我不知道自己為什麼用這麼正式的語氣說話，一定是因為緊張。

「妳想協商什麼？」他語氣中帶著笑意。

我繼續努力，想找出正確的用字遣詞。

「聽聽妳的心跳聲，」他低語。「快得跟蜂鳥振翅的速度一樣。妳還好嗎？」

「我很好。」

「那繼續。」他鼓勵我。

「嗯，我猜，首先，我想跟你談談可笑的結婚條件這件事。」

「只有妳覺得可笑。怎麼了？」

「我在想……那有開放討論的空間嗎？」

愛德華皺眉，現在很認真。「我已經做出最大的讓步了——我同意違反我最佳的判斷，取妳的小命。這一部分妳至少應該妥協。」

「不，」我搖搖頭，努力讓我的表情維持平靜。「這一部分已經說過了。我們現在不是要討論我的……條件更新，我只是想要確定其他的細節。」

他狐疑的望著我。「妳說的細節究竟是指什麼？」

我猶豫。「我們先澄清前提。」

「妳知道我要什麼。」

「婚姻。」我的語氣很像這個詞有多噁心似的。

「是的，」他咧開嘴大笑。「這只是前提。」

震驚破壞了我努力維持的平靜表情。「還有更多的？」

「嗯，」他的表情很慎重。「如果妳是我的妻子，那我的就是妳的……像學費，妳去念達特茅斯就沒問題了。」

「還有嗎？你真是瘋了。」

「我不介意再等一些時日。」

「不！沒時間等了，這是底線。」

他渴切的嘆氣。「再一年或兩年？」

我搖搖頭，唇倔強的抿起。「換下一個話題。」

「好吧。除非妳想談談車子……」

我扭曲的神情讓他笑了。他牽起我的手，把玩著我的手指。

「我不知道除了把妳自己變成怪物之外，還有什麼事是妳要的，我真的很好奇。」他的聲音又低又輕柔。要不是我這麼瞭解他，一定會忽略他聲音中的急躁。

我頓了頓，看著他握著我的手，我不知道該怎麼開口。我感覺得出來，他雙眼凝視著我，讓我害怕的不敢看他。我覺得混身血液倒衝，臉都熱了。

他冰冷的手指撫過臉頰。「妳臉紅了？」他驚訝的問。我垂下眼。「拜託，貝拉，這樣子不講明白令人很痛苦。」

我咬著唇。

「貝拉。」他的語氣像是斥責我，這讓我想起，他無法聽見我腦中的想法，對他來說一定很痛苦。

「嗯，我有點擔心……之後。」我承認，總算抬頭看著他。

我感到他整個人繃緊。但他的聲音又溫柔又迷人。「妳擔心什麼？」

「你們似乎都很確信，在我改變之後，我唯一有興趣的事，是屠殺全鎮的人。」我吐露心聲，我用的字使他退縮。「我擔心我會對那樣的暴行入迷，變得不像我自己……那我就不會……我就不會像我現在這樣的要你。」

「貝拉，這個部分不會維持到永遠。」他向我保證。

他沒聽懂。

「愛德華，」我說，心情很緊張，雙眼看著我手腕上的雀斑。「在我變成非人之前，有些事我想先做。」

他等著我繼續說。但我沒說，我臉好燙。

「妳要什麼都可以。」他鼓勵我，焦慮又完全無頭緒。

「你保證？」我喃喃，知道我試圖用他說過的話來套住他這招是不會有用的，但我還是無法抗拒。

「是的，」他說。我抬頭望進他雙眼，認真又困惑。「告訴我妳要什麼，妳一定能得到。」

我不敢相信自己感覺有多尷尬和愚蠢。我完全沒有經驗——當然，而這正是這場討論的重點。我完全不知道該怎麼引誘他，我只知道自己臉紅了。

「你。」我只能喃喃說出這個字。

「我是妳的。」他笑了，還是不明就裡。他想看著我，但我避開他的眼神。

我深吸口氣，重心挪向前，這讓我整個人跪在床上。然後我用手臂圍繞著他的頸子，親吻他。

他回吻我，雖然迷惑，但是情願。他的唇溫柔地印在我唇上，我知道他的心在想別的——在想弄清楚我到底在想什麼，我知道他需要暗示。

當我鬆開圍繞著他頸項的手臂時，我的手微微顫抖。我的手指從他的頸子滑向他的衣領。當我急著試圖在他阻止我之前解開他的扣子時，顫抖的手完全沒有幫助。

他唇僵住，我彷彿能聽見他腦中卡答一聲，他終於把我的話和我的行動連在一起了。

他馬上將我推開，臉色相當不以為然。

「別鬧了，貝拉。」

「你答應過的——無論我要什麼。」我不帶希望的提醒他。

「我們沒討論這一部分。」他怒視著我，將我解開的兩顆扣子扣好。

我咬緊牙。

「我說我們有。」我大吼，雙手移向我的上衣，扯開最上面的扣子。

他抓住我的手腕，將我的手壓在我身體兩側。

「我說我們沒有。」他冷漠的說。

我們怒視著彼此。

「你想要知道。」我指出。

「我以為應該是比較實際的事。」

「所以你可以要求任何愚蠢可笑你要的事——像是結婚——我就不准談論——」

當我怒氣沖沖的大吼大叫，他將我雙手拉在一起，用單一隻手扣住，然後用另一隻手掩住我的嘴。

「不。」他臉色僵硬。

我深吸口氣穩定自己。當憤怒消退，我感覺到別的。

我過了好一會才知道為什麼我又垂下眼，我又臉紅了——為什麼我的胃不舒服，為什麼雙眼含淚，為什麼我突然想要奪門而出。

被拒絕的感覺向我襲來，直覺又強烈。

我知道這很不理性。他在其他場合說過，我的安全是唯一考量。但我從未如此自願委身過。我垂下臉看著金色棉被，那和他的眼珠顏色一樣，試著趕走他不要我跟我不值得要的反射性反應。

愛德華嘆口氣。原本遮住我的唇的那隻手移向我下巴，抬起我的臉，直到我雙眼迎上他。

「怎麼了？」

「沒事。」我喃喃說。

他仔細打量我的神色好久好久，我試著扭動身子避開他的凝視。他的眉皺攏，表情變得驚恐。

「我傷害了妳的感受？」他震驚的問。

「沒有。」我說謊。

接下來的事快得我不知道究竟是怎麼發生的，我已經在他臂彎內，我的臉枕在他肩頭和他手之間，他的大拇指輕輕撫觸我的臉頰。

「妳知道我為什麼說不，」他喃喃的說：「妳知道我也要妳。」

「真的嗎？」我低聲問，聲音中充滿懷疑。

「我當然是，妳這美麗又過分敏感的小傻子。」他笑了，然後聲音變得憂鬱。「誰不是？我覺得我身後有一列長隊伍，想取代我的位置，等著我犯大錯……妳好得令人渴望。」

「現在誰才是傻子？」我懷疑笨拙、忸怩和無能到底會讓誰覺得渴望。

「我得遞交請願書妳才會相信我嗎？我是否告訴過妳，這份請願書上誰的名字在第一位？妳知道有好幾個，但有幾個可能會讓妳吃驚。」

我神色忸怩，抵著他的胸口搖搖頭。「你只是想讓我分心。我們回到主題。」

他嘆氣。

「如果我錯了，請告訴我，」我試著不帶感情的說：「你想要婚姻——」我無法臉色不扭曲的說出這個字——「付我的學費，要更多時間，而且你不介意幫我換輛跑得更快的車子。」我揚起眉毛。「我說了一切嗎？這張表真重。」

「只有第一件事是我的需求。」他似乎難以一直維持平靜的神色。「其他的都是很小的請求。」

「而我唯一、單一的小小需求是——」

「需求？」他打斷我，突然變得認真。

「是的，需求。」

他瞇起眼。

「結婚對我來說是件大事，除非我獲得回報，否則我不會同意的。」

他傾身貼著我耳邊。「不，」他迷人的聲音說。「現在不可能。以後吧，當妳比較不那麼脆弱時。有點耐心，貝拉。」

我試著維持穩定理性的聲音。「但那正是問題。當我不那麼脆弱時，情況就不一樣了，我不是一樣的，我不知道我那時會是什麼樣。」

「妳還是貝拉。」他向我保證。

我皺眉。「如果我變得狂野到想殺了查理——或我只要有機會就會喝雅各或安琪拉的血——那我怎麼可能還是我？」

「會過去的。我也懷疑妳會想喝犬類的血。」他假裝這個念頭讓他打了個寒顫。「就算是新手，妳的品味也不該那麼差。」

我不理會他想讓我分心這招。「但那還是有可能會是我最想要的不是嗎？」我挑戰他。「血！血！更多血！」

「妳還活著就已經證明那不是真的了。」他指出。

「要經過八十年，」我提醒他。「我說的是生理上。心理上，我知道我應該能夠變回我自己……經過好一會兒之後。但只是純粹生理上——我會一直飢渴，飢渴壓倒了其他一切。」

他沒回答。

「所以我將會變得不同，」既然他沒反對，我說出結論。「因為現在，生理上，我只想要你，比想要食物、水、氧氣都還想。心理上，我的優先順序是比較合理，但生理上……」

我轉過頭親吻他掌心。

他深吸口氣，我很驚訝他的氣息如此不穩。

「貝拉，我會殺了妳。」他低聲說。

「我不認為你會。」

愛德華雙眼緊繃。他原本撫著我臉頰的那隻手舉起，很快將手伸到背後，我看不見，但隱隱傳來折斷的聲音，我們身下的床一陣顫動。

他手中有個黑色的東西，在我好奇的眼神下，他舉高。是一朵金屬花，是他床框鐵條上的一朵玫瑰花。他握上一會，手指緩緩用力，然後打開。

他一語不發，把被壓扁的黑色金屬塊遞到我面前。接著他將這塊金屬放在掌心，像孩子一拳握緊壓扁紙黏土似的，他握緊拳。過了半秒，黑色的金屬變得有如細沙般堆在他掌心。

我怒目注視著。「這不是我的意思。我已經知道你有多強壯，你用不著破壞傢俱。」

「那妳的意思是什麼？」他陰鬱的問，將手中的鐵沙撒向屋角，鐵沙粒打在牆面上像雨聲。

當我掙扎著想解釋時，他雙眼緊盯著我。

「當然不是說你沒有能力傷害我，如果你要的話……而是，你不會想要傷害我……我不認為你會。」

我還沒說完，他就搖頭。

「可能不會是那樣，貝拉。」

「可能，」我諷刺的說：「其實你根本也不清楚。」

「沒錯。但是妳覺得我會冒著那種傷害到妳的風險？」

我凝望著他雙眼好久好久。他眼中沒有妥協，沒有優柔寡斷。

「拜託，」我最後不帶希望的低聲說。「那是我要的，拜託。」我防禦的閉上眼，等著他又快又決斷的拒絕。

但他並沒有馬上回答。我不敢置信的猶豫著，驚訝的聽見他的呼吸聲再次變得不平穩。

我張開眼，他臉上的神情十分痛苦。

「拜託？」我又低語，我的心跳加速。我想利用他眼中突然的不確定，因此聲音充滿顫抖。「你不用給我任何保證。如果無法成功，那，就算了。讓我們試……只要試。我會給你你想要的一切，」我倉促的向他保證。「我會嫁給你。我會讓你付去達特茅斯的費用，我不會抱怨你為我支付的賄賂。如果能讓你高興的話，你甚至可以買輛快一點的車給我。只要……拜託。」

他冰冷的雙臂緊緊摟住我，唇貼在我耳邊，冰冷的呼吸讓我顫抖。「這真讓人難以忍受。我有好多東西想給妳——這卻是妳需要的。當妳這樣懇求我，我卻得拒絕，妳知道這讓我有多痛苦嗎？」

「那就不要拒絕。」我屏住呼吸建議。

他沒回應。

「拜託！」我再試一次。

「貝拉……」他緩緩搖搖頭，但臉色神情不像拒絕，他的唇在我喉嚨前後游移。好像要投降似的。我的心，本來就跳得夠快了，更像要迸出來似的。

再一次，我利用這個優勢。當他因為優柔寡斷將臉轉向我，我很快在他懷中扭動身子，直到我的唇能貼住他的。他雙手捧住我的臉，我以為他又要將我推開。

我錯了。

他的唇不再溫柔，他唇移動的方式帶著全新的衝突和絕望。我用手臂環繞著他頸子，我肌膚突然發熱，他的身體比平常更冰冷。我顫抖，但不是因為冷。

他一直吻我。我得推開他，喘著吸氣。儘管這樣，他的唇依舊流連在我肌膚上，然後移動移往我喉嚨。勝利的顫慄令人奇怪的情緒高漲，讓我覺得充滿力量。勇敢。我雙手現在很穩，我輕易的解開他衣服上所有的扣子，我的手指撫摸著他如冰的胸膛，他太俊美了。他剛說了那個字？令人無法忍受——就是這個字。他的俊美讓人無法忍受——

我再次吻上他，他似乎比我還急切。他一隻手還是捧著我的下巴，另一隻手緊緊摟住我的腰，讓我更緊的偎依著他。當我試著想解開我的上衣，有點困難，但不是做不到。

冰冷的束縛鎖住我手腕，他將我的手高舉過頭，放在突然間出現的枕頭上。

他的唇又貼在我耳邊。「貝拉，」他喃喃地說。聲音又溫暖又迷人。「妳能不能試著別脫妳的衣服？」

「你要自己來嗎？」我困惑的問。

「今晚不行。」他輕柔地回答。他的唇緩緩移走在我的臉頰和下巴間，那些急切已經消失。

「愛德華，別——」我想和他爭。

「我不是拒絕，」他向我保證。「我只是說今晚不行。」

當我呼吸漸漸平穩，我想著他的話中之意。

「給我一個好理由，為什麼今晚不行？」我還是喘不過氣，這讓我聲音中的沮喪比較不明顯。

「我又不是三歲小孩，」他在我耳邊輕笑。「在我們兩個之間，到底是誰比較不情願給另一方他們想要的東西？妳剛答應要在做出任何改變之前嫁給我，但如果今晚我讓步了，我能獲得什麼保證，妳會不會在早上跑去找卡萊爾？我——很顯然的——是比較願意給妳任何妳想要的東西的那個人。所以……妳先。」

我大叫出來。「我得先嫁給你？」我不敢置信的問。

「這是條件——要不要隨便妳。妥協，記得嗎？」

他雙臂緊緊摟著我，然後以違反規則的方式親吻我，想要說服我——強迫、高壓。我想釐清思緒——但很快就失敗，完全無力招架。

「我想這真的是個壞主意。」當他鬆開我，我喘著氣說。

「妳有這種感覺我一點都不驚訝。」他覺得逗趣的笑了。「妳的思緒很好猜。」

「怎麼會這樣？」我咕噥。「我以為我今晚能得逞——但突然間——」

「妳已經訂婚了。」他說。

「呃，拜託不要大聲說出來。」

「妳要反悔嗎？」他追問，抽身研究我的表情。他的表情像是被我逗樂，心情很好。

我怒視著他，想不理會他的笑讓我心跳加速這件事。

「妳是嗎？」他追問。

「呃，」我呻吟。「不，我沒有。你現在高興了吧？」

他的笑讓我眩目。「非常。」

我又呻吟。

「難道妳一點也不高興嗎？」

我還沒回答他又吻我。另一種說服的吻。

「一點點，」當我能說話時，我承認，「但不是關於結婚。」

他又親了我好一會。「妳會不會有種感覺，一切都倒過來了？」他在我耳邊笑著說：「傳統上，我應該是妳的立場，而妳應該是我？」

「我和你之間一點都不傳統。」

「沒錯。」

他又吻我，一直沒停，直到我心又怦怦跳，全身發燙。

「聽著，愛德華，」我喃喃說，當他親吻我的掌心時，我哄著他。「我說我會嫁給你，我一定會。我保證，我發誓，如果你要，我可以以血起誓。」

「不有趣。」他吻著我手腕喃喃說道。

「當我這樣說——我不是要拐騙你，你知道的。所以真的沒理由等待，現在只有我們兩人獨處——這很難得，你又提供這張又大又舒服的床……」

「今晚不行。」他又說。

「你不相信我？」

「我當然相信。」

抽開他仍在親吻的那隻手，我抬起他的臉，好看清他的表情。

「那問題是什麼？你知道你最後會贏的。」我皺眉低聲說。「你總是贏。」

「只是保證我的賭注。」他平靜的說。

「還有別的。」我瞇起眼猜測。他的表情說明一定還有別的，在他隨意的態度下，他想隱藏起某些祕密的動機。「你想反悔嗎？」

「不，」他堅定的說。「我向妳起誓，我們會試的。等妳嫁給我後。」

我搖搖頭，悶悶不樂的苦笑。「你讓我覺得自己像是通俗電影中的壞人——捻著小鬍子試著偷某個可憐女生的貞操。」

他雙眼機警的閃過我的臉，然後很快垂下眼，將唇印在我的鎖骨上。

「是這樣嗎？」我唐突的笑聲，是震驚而非打趣。「你想保護你的貞操？」我用手遮住嘴以免自己笑出來，這字眼真是……太古板了。

「不，傻女孩，」他抵著我肩頭喃喃說。「我是想保護妳的。妳讓這事情變得更棘手。」

「這些可笑的——」

「讓我問妳一些事，」他很快打斷我。「雖然我們之前討論過，但請妳再配合一次。在這間屋子內有多少人有靈魂？在一生結束後，會到天堂或無論是什麼地方？」

「兩個。」我馬上回答，我聲音很堅定。

「好吧。可能是真的。對於這點世界上有許多不同的意見，但大部分的人都認為有一些規則需要遵守。」

「吸血鬼的規則對你還不夠嗎？你還要擔心人類的嗎？」

「又不會受傷。」他聳聳肩。「只是以防萬一。」

我瞇起眼怒視著他。

「現在，當然，對我來說可能已經太遲了，就算妳對我靈魂的看法是對的。」

「不，不遲。」我憤怒的爭辯。

「『汝不可殺生』是多數信仰深信的定律，而我殺過許多人，貝拉。」

「只有壞人。」

他聳聳肩。「那可能算數也可能不算。但妳沒殺過任何人——」

「你又知道了。」我喃喃說。

他笑了，但不理會我。「我會盡我一切努力讓妳遠離這試探的過程。」

「好吧。但我們又不是在爭執謀殺這件事。」我提醒他。

「同樣的原則適用——唯一的不同是，這個領域我和妳一樣毫無瑕疵。我不能保留一個規則不去違背？」

「一個？」

「妳知道我偷過、說過謊，我貪戀過……我的童貞是我唯一剩下的。」他壞壞的笑。

「我經常說謊。」

「是的，但妳是個很糟的說謊者，所以不算。沒人相信妳。」

「我真的希望這一點你是錯的——要不然查理會帶著上膛的槍破門而入。」

「當查理假裝相信妳的故事時，他很快樂。他寧願對自己說謊也不願瞭解真相。」他朝我笑笑。

「但你貪戀過什麼？」我懷疑的問。「你已經什麼都有了。」

「我貪戀妳，」他的笑容變得陰鬱。「我沒有權利要妳——但我還是伸出手，將妳得到手了。現在，看看妳變成什麼樣子！想引誘一個吸血鬼。」他帶著嘲弄的恐懼搖搖頭。

「你可以貪戀已經屬於你的東西，」我提醒他。「再說，我以為是我的童貞比較令你擔心。」

「沒錯。如果對我來說已經太遲了……嗯，這話不是一語雙關——若我害妳上不了天堂，我會被打下十八層地獄，永世不得超生。」

「你不能強迫我去沒有你的地方，」我發誓。「那才是我的地獄。總之，我有一個簡單的解決方法：讓我們永遠都別死，好嗎？」

「聽起來夠簡單的了。我怎麼沒想到？」

他朝我笑笑，直到我放棄憤怒的哼了一聲。「原來如此，除非我們結婚，不然你不肯跟我睡。」

「技術上來說，我永遠都無法和妳一起**睡**。」

我翻翻白眼。「真成熟，愛德華。」

「但，別管細節，是的，妳說得沒錯。」

「我想你有別有居心。」

他睜大眼露出無辜的眼神。「怎麼說？」

「你知道這樣會讓事情更快。」我指控。

他努力掩飾笑意。「這是唯一我想加速的事，其他的都可以無限期等下去……但，沒錯，在這件事情上，妳不耐的人類荷爾蒙是我最有利的盟友。」

「我不敢相信我得這麼做。當我一想到查理……還有芮妮！你能想像安琪拉怎麼想嗎？或是潔西卡？

呃，我現在彷彿就能聽見他們談論我們的八卦。」

他揚起一邊眉毛看著我，我知道原因——既然我就要離開了，永不再回來，他們說些什麼又與我何干？我難道有敏感到無法忍受才幾週的竊竊偷瞄和成為大家的話題嗎？

如果今年夏天結婚的是別人的話，我大概也會跟其他人一樣，以高高在上的姿態八卦個不休；若我不知道會有這種狀況，我就不會那麼心煩了。

老天！在這個夏天結婚。光想都讓我發抖。

要不是一想到結婚這件事就讓我全身發抖，可能這件事也不會讓我那麼煩心。

愛德華打斷我的苦惱。「這不會是很大的婚禮，我不需要任何儀式，妳也不需要告訴任何人，更不需要改變什麼。我們可以去拉斯維加斯——妳可以穿舊牛仔褲，我們走得來速教堂。我只想要正式宣告——妳屬於我，而不是別人。」

「不可能比既定的情況再更正式了。」我咕噥。但他說的未嘗不是好主意，只是艾利絲不會同意的。

「我們看看，」他滿足的笑了。「我想妳現在不會想要妳的戒指吧？」

我得先吞口口水才開得了口。「你說對了。」

我的表情惹得他笑了。「好吧，反正很快就會套上妳手指的。」

我瞪著他。「你說得好像你已經準備好了。」

「沒錯，」他毫不羞怯的說：「早就準備好了，逮到機會就會硬逼妳戴上。」

「你真是令人不敢置信。」

「妳想看看嗎？」他問。他流金般的金色雙眸突然閃著興奮。

「不！」我幾乎是大喊。這是本能的反應，說完我馬上就後悔了。他臉色一沉。「除非你真的想讓我看。」我修補著，咬著牙，以免洩露我不合邏輯的恐懼。

「好吧，」他聳聳肩。「我可以等。」

我嘆氣。「給我看那個該死的戒指，愛德華。」

他搖搖頭。「不。」

我打量他的神情好一會。

「拜託？」我輕聲問，體驗我新發現的武器。我用指尖輕觸他的臉。「我能看看嗎？」

他瞇起眼，喃喃說：「妳是我所見過最危險的生物。」但他起身，以無比的優雅走動，跪在床旁的小桌前。接著他馬上又回到床上，坐在我身邊，一手環著我的肩。另一隻手中有個小小的黑色盒子。他將盒子放在我左膝上。

「打開來看。」他唐突的說。

要拿起這個無害的小盒子，讓我覺得好困難，但我不想又傷害他，因此我努力讓手不要抖。盒子表面是平滑的黑絲絨，我用手指輕撫著，很猶豫。

「你沒花很多錢吧？如果是的話，請騙我。」

「我什麼錢都沒花，」他向我保證。「這是另一個二手貨。我父親給我母親的戒指。」

「喔。」我聲音中滿懷驚訝。我用拇指和食指想打開盒子，卻打不開。

「我想有點過時，」他的語調帶著好玩的抱歉。「過時，就像我一樣。我可以給妳比較現代的。像是蒂芬妮？」

「我喜歡老東西。」我邊猶豫的打開邊喃喃說。

躺在黑色絲絨面上的，是伊莉莎白・梅森的戒指，在昏暗的燈光下隱隱閃亮。長橢圓形戒台，斜斜鑲著幾排閃亮的圓形寶石。戒環是金色的——雅緻纖細。金色讓鑽石周圍散發著細緻的光芒。我從未看過這樣的戒指。

不加思索的，我輕觸閃亮的寶石。

「好美。」我驚訝的對自己說。

「妳喜歡嗎？」

「真漂亮，」我聳聳肩，想裝出沒興趣的樣子。「怎麼可能不喜歡？」

他笑了。「看合不合手。」

我的左手握成拳狀。

「貝拉，」他嘆氣。「我又不是要把它焊在妳的指頭。只是試試看合不合，需不需要調整大小，然後妳就可以拿下來。」

「好吧。」我咕噥。

我伸出手去拿戒指，但他修長的手指比我快一步。他牽起我的左手，將戒指滑進我的無名指，然後把我的手抬起來，我們倆一起看著手上閃耀的光芒。戴在手上不像我害怕的那樣尷尬。

「剛好合手，」他的語氣沒有不同。「真好——我就不用去飾品店了。」

我知道在他隨意的語氣下，隱藏著多強烈的感情。我看著他的臉，他眼中也有同樣強烈的情緒。雖然他小心的維持平靜的神情。

「你喜歡，是嗎？」我懷疑的問，動動手指，心想，真可惜我受傷的怎麼不是左手。

他聳聳肩，「當然，」他還是很隨意。「戴在妳手上很好看。」

我凝視著他雙眼，想破解他平靜表情下悶燒的情緒。他也凝視著我，那假裝出的隨意突然消失。他眼神灼熱——天使般的臉龐充滿喜悅和勝利。他那光彩煥發的神情讓我無法呼吸。

我還來不及呼吸，他已經吻上了我，他的唇充滿狂喜。當他將唇移到我耳邊對我低語，我整個人昏沉沉的——但他的呼吸和我一樣不穩。

「是的，我喜歡，妳不知道我有多喜歡。」

我笑了，大口喘著氣。「我相信你。」

「妳介意我做件事嗎？」他喃喃說，雙臂緊緊摟著我。

「你想做什麼都行。」

但他鬆開我下床。

「什麼都行，唯獨這樣不行。」我抱怨。

他不理我，牽起我的手，將我從床上拉起。他站在我面前，雙手放在我肩上，神情認真。

「現在，我要好好做這件事。拜託，拜託，請妳別忘了，在妳心中已經同意了，請不要毀了這一切。」

「喔，不。」當他單膝跪下來時，我喘著氣說。

「乖一點。」他低聲說。

我深吸口氣。

「伊莎貝拉・史旺，」他雙眼從那長得迷人的睫毛下凝視著我，金色的雙眸很溫柔，但不知怎地，也很炙熱。「我保證我會永遠愛妳——永遠之中的每一天。妳願意嫁給我嗎？」

我有好多話想說，有些甚至不是什麼好話，還有一些更噁心、傷感和浪漫的話，是他作夢都想不到我說得出口的。但我不想用那些話來令自己尷尬，我低聲說：「我願意。」

「謝謝妳。」他簡單的說。牽起我的左手，親吻我左手的每根指尖，然後親吻那已經屬於我的戒指。

chapter 21

足跡

我緩緩走著，
用手指盡可能摸著所有的東西，
粗糙的樹皮、潮濕的蕨葉，
滿是青苔的岩石。

我討厭將晚上的時間浪費在睡眠上，但沒辦法。當我醒來時，屋外陽光明亮的映照著玻璃牆面，小小的雲朵很快地飄過天空。風狂勁地吹過樹梢，整個森林似乎都快被吹走似的。

他避開讓我獨自更衣，我感激能有這個機會獨自思索。不知怎麼，我昨夜的計畫似乎完全出了錯，我得想想後果。雖然我在不傷害他感情的情況下，想辦法將那顆家傳的戒指還給了他，但我的左手還是覺得好重好重，好像那顆戒指隱形似的還在原處。

這不應該讓我不安，我自我辯論著。又不是什麼大事——不過就是去趟拉斯維加斯，我可以穿比舊牛仔褲還好一點的衣服——我可以穿運動服就好。儀式不會很久，不會超過十五分鐘不是嗎？我應該撐得過。

然後，等一切完成後，他就得實現他說過的話。我應該專心在這一點，別理會其他的。

他說我不用告訴任何人，我打算要他說到做到。當然，我不是傻瓜，不可能沒想到艾利絲。

庫倫家人在中午時分回來。他們之間有股新的、公事公辦的氛圍，我的思緒隨即專心在那即將來臨的暴行。

艾利絲似乎心情特別不佳，她對愛德華說的第一句話是抱怨和狼人間的合作，這讓我心有同感。

「我想，」當她說出這不確定的字時，臉色微微扭曲。「你得提防壞天氣，愛德華，我不知道你究竟在哪裡，因為你下午將會和那隻狗在一起。然而即將來臨的暴風雨似乎在那個地區會特別嚴重。」

愛德華點點頭。

「山上會下雪的。」她警告他。

「呃，雪。」我對自己低聲說。已經是六月了，我想大喊。

「穿外套。」艾利絲對我說。她的聲音不怎麼友善，這讓我很驚訝。我想看她的表情，但她轉過臉避開我。

我看著愛德華，他在笑，無論艾利絲在煩什麼，都讓他覺得很樂。

愛德華有一大堆露營工具可供選擇——都是他偽裝人類身分的道具，庫倫家是紐頓商店的大顧客。他抓起一個羽絨睡袋，一頂小帳篷，幾包脫水食品——我對那些食品做鬼臉的樣子惹得他笑了——然後將這些一股腦裝進背包裡。

當我們在車庫忙時，艾利絲也漫步走進來，不發一語地看著愛德華準備。他沒理她。

當他都打包好後，愛德華將電話交給我。「妳為什麼不打電話給雅各，告訴他我們一小時後和他碰面。他知道要去哪裡見我們。」

雅各不在家，但比利答應他會請其他狼人轉達。

「妳別擔心查理，貝拉，」比利說：「我會盡力，一切都在我的控制之下。」

「是的，我知道查理不會有事的。」但對他兒子的安全我就不那麼有信心了，不過我沒說出來。

「我希望明天我能和其他人在一起，」比利抱歉的笑笑。「人老了，真難受，貝拉。」

衝動好鬥一定是男性染色體的特色。他們全都一樣。

「和查理玩得愉快。」

「祝好運，貝拉，」他回答：「還有……替我告訴庫倫家，祝他們也好運。」

「我會的。」我保證，對他的態度感到驚訝。

當我將電話交回給愛德華時，我看見他和艾利絲正在進行沉默的溝通。她瞪著他，眼神充滿懇求。他皺眉回應，對她的要求不太高興。

「比利說祝你好運。」

「他真大方。」愛德華說，避開她的凝視。

「貝拉，我可以和妳單獨談談嗎？」艾利絲突然問。

「妳就是打算讓我日子更難過，艾利絲，」愛德華咬著牙警告她。「我寧願妳別談。」

「這跟你無關，愛德華！」她大喊回嘴。

他笑了。她的反應中有些東西讓他覺得有趣。

「跟你無關，」艾利絲堅持。「這是女生的事。」

他皺眉。

「讓她和我談。」我告訴他，因為我很好奇。

「妳自找的喔。」他低聲說完又笑了——又好氣又好笑，然後大步走出車庫。

我轉向艾利絲，開始有點擔心，但她沒看我，她的心情還是很壞。

她走過去坐在保時捷的頂篷上，神情氣餒。我跟著她，靠在她旁邊的保險桿上。

「貝拉？」艾利絲用悲傷的聲音問，轉過身縮起身子靠著我。她的聲音如此悲悽，我不由自主用手環著她的肩膀，想安慰她。

「怎麼了，艾利絲？」

「妳不愛我嗎？」她用同樣悲傷的語氣問。

「我當然愛妳，妳知道的。」

「那為什麼我看見妳溜去拉斯維加斯結婚而沒有邀請我？」

「喔。」我喃喃說，臉都紅了。我聽得出來，這真的傷了她的感情，我急著為自己辯解。「妳知道我很討厭盛大的事，不過這是愛德華的主意。」

「我才不管是誰的主意。妳怎麼能這樣對我？我知道愛德華會這樣，但不會是妳。我愛妳，我把妳當成自己姊妹。」

「對我來說，艾利絲，妳永遠都是我的姊妹。」

「說說而已！」她大聲抱怨。

「好吧，妳可以來。但沒什麼好看的。」

她還是愁眉苦臉的。

「怎麼了？」我追問。

「妳有多愛我，貝拉？」

「為什麼問？」

她用懇求的眼神望著我，細長的黑眉毛往中間擠在一起，雙唇顫抖——那是心碎的表情。

「拜託，拜託，拜託……」她低聲說：「拜託，貝拉，拜託——如果妳真的愛我……讓我為妳籌備婚禮。」

「噢，艾利絲！」我呻吟，放下手站起來。「不！不要這樣對我。」

「如果妳真的愛我，貝拉。」

我雙手交疊橫在胸前。「這不公平，愛德華已經用這一招對付過我了。」

「如果妳願意採用傳統方式，我敢說愛德華會更喜歡的，雖然他永遠不會告訴妳。還有艾思蜜——想想這對她的意義。」

我呻吟著。「我寧願單獨面對新手吸血鬼。」

「我欠妳十年。」

「妳會欠我一百年！」

她雙眼晶亮。「這是好的意思嗎？」

「不！我不要這樣做。」

「妳什麼都不用做，只要走過幾碼的路，跟著牧師複述。」

「嗯，嗯，嗯。」

「拜託？」她開始在原地蹦蹦跳跳。「拜託？拜託？拜託？」

「我絕對絕對不會原諒妳的，艾利絲。」

「耶！」她尖叫著拍手。

「我沒說好。」

「但很有可能。」她歡唱著。

「愛德華！」我大喊，大步衝出車庫。「我知道你在聽，給我過來。」艾利絲就跟在我身後，仍然在拍手。

「謝了，艾利絲。」愛德華諷刺的說，從我身後走出來。我轉身面對他，但他的表情充滿擔心和沮喪，我的抱怨說不出口，只能用手臂摟著他，藏住我的臉，此時憤怒讓我雙眼濕潤，好像我在哭似的。

「賭城。」愛德華在我耳邊向我承諾。

「不行，」艾利絲大喊。「貝拉絕不會這樣對我，你知道的，愛德華，身為弟弟，你有時候真令人不滿。」

「別那麼壞，」我咕噥著對她說：「他只是想讓我快樂，不像妳。」

「我也是想讓妳快樂，貝拉。我更知道能如何讓妳快樂……到頭來，妳會因此感謝我的。可能不是五十年內，但有一天妳絕對會的。」

「我從不認為自己會有想跟妳打賭的一天，艾利絲，但那天似乎到了。」

她發出銀鈴般的笑聲。「妳要不要讓我看看戒指？」

她抓起我的左手又很快放下，我一臉厭惡的表情。

「嗯，我看到他幫妳戴上……我錯過了什麼嗎？」她問。專心想了一會，皺著眉，她又自己回答。「不，婚禮還是會進行。」

「貝拉對飾品有點意見。」愛德華解釋。

「多個鑽石會怎樣嗎？嗯，我想戒指上的鑽石已經夠多了，但我的意思是說他已經給了一個——」

「夠了，艾利絲！」愛德華突然打斷她。他怒視著她的樣子……看起來又像吸血鬼了。「我們在趕時間。」

「我不瞭解？鑽石怎麼了？」我問。

「我們晚點再談，」艾利絲說：「愛德華說得沒錯——你們該出發了。妳得在暴風雨來之前設下陷阱，紮好營。」她皺著眉，一臉焦慮，幾乎是緊張。「別忘了了妳的外套，貝拉，似乎……不合時令的冷。」

「我已經拿了。」愛德華要她放心。

「祝今晚順利。」她向我們道別。

到空地的時間比平常慢兩倍，愛德華繞遠路，確定我的味道不會在離雅各最後躲藏的地方留下。他將我抱在懷中，大背包在他背上。

在空地最遠的那一端，他停下腳步，放我下來站穩。

「好了，接下來只要往北走，妳要盡可能碰觸所有的東西。艾利絲清楚的告訴我他們會走的路，不用多久我們就能和他們會走的路交會。」

「北邊？」

他笑笑，比著正確的方向。

我漫步走進林內，將奇怪豔陽天的黃色亮光留在我身後的空地。也許艾利絲對下雪模糊不清的預視會出錯。我這麼希望著。天空很清澈，雖然空地的風猛烈地吹著。林中的樹叢平靜許多，但以六月來說的確太冷了點——就算穿著長袖和厚毛衣，我手臂還是起了雞皮疙瘩。我緩緩走著，用手指盡可能摸著所有的東西，粗糙的樹皮、潮濕的蕨葉，滿是青苔的岩石。

愛德華和我在一起，平行的走在離我二十碼處。

「我做的對嗎？」我大喊。

「很好。」

我有個主意。「這有幫助嗎？」我邊問邊用手指纏住髮絲拔起幾根，將髮絲扔在蕨葉上。

「是的，這讓能線索更強。但妳沒必要拔頭髮，貝拉，這樣已經很好。」

「我頭髮很多。」

樹林內愈來愈暗，我希望我能走近愛德華，牽他的手。

我將另一絡髮絲塞進斷裂的樹枝，那樹枝擋住我的路。

「妳知道妳可以不用讓艾利絲得逞的。」愛德華說。

「別擔心這個，愛德華，無論如何，我不會讓你一個人走上聖壇。」我有種虛脫感，艾利絲一定會得償所願的。因為當她想要任何東西時，她會不擇手段，再加上這偷偷摸摸的拉斯維加斯之旅讓我內疚不已，我很容易上當。

「我不是擔心這個，我只希望那是妳要的。」

我嘆口氣。如果我說出真相——真的無所謂，反正只是讓人不舒服的程度差異罷了——會傷了他的心的。

「嗯，就算她想一意孤行，我們能讓場面小一些。只有我們家人。艾密特可以從網路獲得牧師身分。」

我咯咯笑了。「這聽起來好多了。」如果是由艾密特帶領誓詞，就沒那麼正式。這有幫助，但是我的臉恐怕會正經不起來。

「瞧，」他帶著笑意說：「永遠有折衷方法。」

我花了好一會時間才走到新手軍隊一定會與我留下的線索交會的地點，但愛德華對我緩慢的腳步一點都沒有失去耐心。

在回程的路上，他得稍微走在前面，引導我走同一條路，讓那看起來像是我留下的。

當我們幾乎快走到空地時，我跌倒了。我看見前方那片大空間，可能這正是我之所以急切而忘了注意腳步的原因。我的頭差點撞到離我最近的那棵樹，還好我即時穩住自己，但一根被我壓斷的小樹枝還是刺傷我左手掌。

「噢噢！喔，好極了。」我喃喃說。

「妳還好嗎？」

「我沒事，離我遠點，我在流血。等一下就會停了。」

他不理我，我話還沒說完他已經出現在我身邊。

「我有ＯＫ繃。」他拉開背包。「我有種感覺，我會需要。」

「沒那麼嚴重。我自己來——你不用讓自己這麼不自在。」

「我沒有不自在，」他平靜的說：「這裡——讓我清潔一下。」

「等一下，我剛想到一個主意。」

我沒看血，也不敢吸氣，以免反胃，我將手壓在身邊的岩石上。

「妳在幹什麼？」

「賈斯柏會喜歡的。」我對自己低聲說。我朝空地走去，將我掌心的血痕印在我走過的路上，印得到處都是。「我敢說這真的會將他們引來。」

愛德華嘆氣。

「屏住你的呼吸。」我告訴他。

「我沒事，只是覺得妳鬧過頭了。」

「這正是我要做的。我想把工作做好。」

一邊說著，我們已走過最後一棵樹。我讓受傷的手掠過蕨葉叢。

「嗯，妳是，」愛德華向我確定的說：「那些新手會入迷的，賈斯柏對妳的奉獻會印象深刻。現在讓我治療妳的手──妳的傷口都髒了。」

「我自己來，拜託。」

他牽起我的手，笑著檢查。「這已經不會讓我不自在了。」

當他清理傷口時，我小心看著他，想在他臉上找到苦惱的神情，但他一直平靜的呼吸，唇邊掛著小小的笑容。

「為什麼？」當他將OK繃貼在我掌心時我問。

他聳聳肩。「我習慣了。」

「你……習慣了。何時？怎麼會？」我試著回想前一次他在我身邊憋住呼吸的情景。只想起去年九月那個一塌糊塗的生日派對。

愛德華抿著唇，似乎在思考該如何用字遣詞。「我經歷整整二十四小時，以為妳死了，貝拉。這改變了我對許多事情的看法。」

「這改變了我讓你聞起來的感覺？」

「不完全是這麼說。但……經歷那種我以為失去妳的感覺……我的反應改變了。現在我經得起任何會再帶給我同樣痛苦的考驗。」

我不知道該說些什麼。

我的神情讓他笑了。「我想，妳能說這是一種非常具有教育意義的經驗。」

風吹過空地，把我的髮吹得纏了滿臉，也讓我不禁顫慄。

「好了，」他的手再度伸進背包裡。「妳已經完成妳的工作了。」他拿出我厚重的冬季外套，遞給我，讓我把手臂穿進去。「現在我們該做的都做了，露營去吧。」

他聲音中佯裝的急切惹得我笑了。

他牽起我貼著OK繃的手——另一隻手還沒好，還包著夾板——朝空地另一邊走去。

「我們要在哪和雅各碰面？」我問。

「就在這裡。」他比著我們前方的樹，雅各正好從樹影中小心翼翼地走出來。

看見他以人形出現似乎不該讓我驚訝，但我不確定為什麼自己會期望看見一匹紅棕色的巨狼。雅各似乎又變高了——不懷疑那是我心中期待下的產物。我一定是不自覺的想看見我印象中個頭較小的雅各，那個容易相處的朋友，不會把一切事情搞得如此棘手。他雙手交叉橫在裸露的胸前，一手抓著外套。當他看著我們時，臉上毫無表情。

愛德華嘴角一沉。「一定有更好的處理方式。」

「太晚了。」我悶悶不樂的低聲說。

他嘆氣。

「嗨，小各。」當我們走近，我向他打招呼。

「嗨，貝拉。」

「嗨，雅各。」愛德華說。

雅各不打算和我們談天，一副公事公辦的樣子。「我該帶她去哪？」

愛德華從背包側袋拿出一張地圖交給他。雅各打開地圖。

「我們現在在這裡。」愛德華說，伸出手點著地圖上正確的位置。雅各立即反射性地縮開他的手，然後又穩住。愛德華假裝沒注意到。

「你帶她到這裡，」愛德華繼續說，沿著地圖上的等高線蜿蜒移動著。「大約九哩。」

雅各點一下頭。

「當你走到約一哩遠時，你會經過我的路線，那將會領著你到達。你需要地圖嗎？」

「不，謝了，那地方我很熟，我想我知道該怎麼走。」

雅各似乎要比愛德華更費力才能保持禮貌的語調。

「我會繞遠路，」愛德華說：「我們幾小時後見。」

愛德華不高興的看著我——他最不喜歡計畫中這個部分。

「待會見。」我喃喃說。

愛德華消失在樹叢間，往相反的方向走遠。

他一消失，雅各的心情就變好了。

「近來如何，貝拉？」他咧嘴大笑著問。

我翻翻白眼，「老樣子，沒啥變。」

「是呀，」他同意。「一堆吸血鬼想殺妳，很平常。」

「很平常。」

「嗯。」他邊說邊穿上夾克，以便好空出手。「我們走吧。」

做個鬼臉，我走一小步，靠近他。

他蹲下來，手從我膝下一掃讓我雙腳離地，另一隻手在我的頭撞到地面前抓住我，將我打橫抱起來。

「蠢蛋！」我抱怨。

雅各笑著在林中跑了起來。他的步伐很穩定，輕快的慢跑，一個健康的人類剛好能跟上……如果跑在平地上的話……如果他們身上沒像他抱著上百磅重的東西。

「你不用跑，你會累的。」

「跑步不會讓我累。」他的呼吸很平穩——好像速度固定的馬拉松選手。「再說，天氣很快就會變冷。我希望他在我們出現之前把營紮好。」

我用手指輕拍他厚重的毛皮大衣。「我以為你不會冷。」

「我不會，我是帶來給妳的，以防妳沒準備。」他看著我的外套，似乎不太滿意我穿的衣服。「我不喜歡這種天氣的感覺。讓我焦躁。注意到我們沒看見任何動物嗎？」

「呃，沒怎麼注意。」

「我猜妳不會注意，妳的感官太遲鈍。」

我不理他。「艾利絲也擔心暴風雨。」

「要讓森林變得如此安靜並不容易，妳選了最不適合露營的夜晚。」

「這不全然是我的主意。」

沒有路了，他開始爬上險峻的山路，但速度並未減緩。他輕鬆的在岩間跳躍，似乎不需要用手。他完美的平衡讓我想到山羊。

「妳的手鍊上怎麼會多了個東西？」他問。

我低下頭，發現心形水晶垂在手腕間。

我內疚的聳聳肩。「另一個畢業禮物。」

他大叫。「一顆鑽石，瞭解。」

一顆鑽石？我突然想起艾利絲在車庫外沒說完的話。我看著明亮的白色水晶，試著想起艾利絲那時究竟是怎麼說的……關於鑽石。難道她是想說，他已經給了妳一個？難道說，我已經戴上愛德華給我的一顆鑽石？不，這不可能。這一顆心形寶石至少有五克拉重，或者更重。愛德華不會——

「離妳上次來拉布席又過了好久。」雅各的話打斷我的胡思亂想。

「我有點忙，」我告訴他。「還有……反正我可能不會再去了。」

他臉色扭曲。「我以為妳是個寬宏大量的人，而我才是那個愛記仇的。」

我聳聳肩。

「妳常想起上一次的事嗎？」

「不。」

他笑了。「妳要不是說謊，就是全世界最倔強的人。」

「我對第二部分不太瞭解，但我沒說謊。」

在這樣的情況下我不太想談這個話題——被他溫暖的手緊緊抱著，而且我無能為力。他的臉靠得太近，我希望自己能後退些。

「一個聰明人會考慮各種可能。」

「我有。」我回嘴。

「如果妳完全沒有回想我們……呃，前次的對話內容，那就不是真的。」

「那對話內容和我的決定無關。」

「有些人會長期的欺騙自己。」

「我注意到狼人特別有這樣錯誤的傾向——你認為這是天生的嗎？」

「這表示他的吻功比我好嗎？」雅各突然露出不高興的神情。

「我真的沒法回答，小各。愛德華是我唯一吻過的人。」

「除了我。」

「但我不認為那是親吻，雅各，我認為那是騷擾。」

「噢，那真傷人。」

我聳聳肩，不打算收回我的話。

「我道歉過。」他提醒我。

「我原諒你……盡可能的，但這沒改變我的回憶。」

他低聲咕噥說著我沒聽懂的話。

安靜了好一會，只聽見他平穩的呼吸聲，還有風狂吹在我們頭頂樹梢的咻咻聲。我們身邊是陡直的崖壁，裸露粗糙的灰色岩石。我們沿著岩石，往上蜿蜒地離開森林。

「我還是認為這相當不負責任。」雅各突然說。

「無論你說的是什麼，你都是錯的。」

「想一想，貝拉，依妳說，妳整個人生中，妳只親過一個人——況且那還不能算是個人——妳就打算放棄？妳怎麼知道它就是妳要的？妳不應該再多看看嗎？」

我維持冷酷的聲音。「我清楚的知道我要什麼。」

「那再次確認也無妨吧？可能妳應該試著親吻其他人——比較一下……既然前幾天發生的事不算，那麼，妳可以親我，我不介意妳拿我來練習。」

他將我緊緊抱在他胸前，我的臉非常靠近他的。他自己說的笑話讓他笑了，但我不想冒險。

「不要惹我，小各。我發誓如果他要打斷你下巴，我不會阻止他。」

我聲音中的驚恐讓他笑得更開心。

「如果妳要我親妳，他就沒理由發火，他說他沒問題。」

「別屏息等待，小各——不，等一等，我改變主意了，你就憋住呼吸，直到我說你能吻我為止。」

「妳今天心情很不好。」

「真不知道是為什麼。」

「有時候我覺得妳比較喜歡我變成狼。」

「有時候是。可能是因為那樣你不能說話。」

他抿著嘴沉思。「不，我不認為是那樣。我想，當我不是人類時，妳比較容易靠近我，因為妳不用假裝自己沒被我吸引。」

我驚訝的張開嘴，然後很快閉上，咬緊牙。

他聽見了，臉上露出一抹勝利的笑容。

我緩緩吐口氣，然後才開口。「不，我相當確定是因為你不能說話。」

他嘆氣。「妳這樣一直說謊騙自己不累嗎？妳必須知道自己是多麼注意我，我指，生理上的。」

「怎麼可能有人會不注意到你，雅各？」我追問。「你是一個巨大的怪物，還不肯尊重其他人的私人空間。」

「我讓妳緊張，但只有當我是人類時。當我是一匹狼，妳在我身邊就很自在。」

「緊張和氣惱是不一樣的事。」

他看著我好一會，放慢速度用走的，興味盎然的表情開始消失。他瞇起眼，眼睛在眉毛皺起的陰影遮蓋下，看起來更深沉。他的呼吸在他跑步時一直保持平穩，現在卻開始加速。緩緩的，他將臉靠近我。

我怒目瞪著他，完全知道他想做什麼。

「反正要挨揍的是你的臉。」我提醒他。

他大笑，又開始跑。「我今晚不想和妳的吸血鬼開打——當然，我是說，另選一夜就可以。但我們明天都有工作要做，我不想讓庫倫家少了一個人。」

突然，我臉上湧起一陣羞愧的神情，讓我臉色扭曲。

「我知道，我知道，」他誤會了我的反應。「妳認為他會打敗我。」

我沒說話。是我害他們少了一個人，萬一有人因為我如此軟弱而受傷呢？但萬一我假裝英勇而愛德華……我不敢想。

「妳怎麼了，貝拉？」他臉上打趣的神情消失，我認識的雅各出現，像摘下面具。「如果是我說的話讓妳不開心，妳知道我是開玩笑的。我不是說真的——嗨，妳還好嗎？別哭，貝拉。」他懇求。

我試著保持鎮定。「我沒有要哭。」

「我說了什麼？」

「跟你說的無關。是，嗯，是我。我做了一些……壞事。」

他看著我，雙眼困惑，睜得很大。

「愛德華明天不會去參加打鬥，」我低聲解釋。「我要他留下來跟我在一起。我是個超級懦夫。」

他皺眉。「妳認為這不會成功？他們會在這裡找到妳？妳知道什麼我不知道的事嗎？」

「不，不，我不是擔心這個。我只是……我不能讓他去參加。萬一他回不來……」我顫慄，閉上眼想趕走這個念頭。

雅各沒說話。

我閉著眼低述。「如果有人受傷，都是我的錯。就算沒人受傷……我還是個爛人。我一定是，我說服他留在我身邊，他不會生我的氣，但我知道我做的事有多麼過分。」我覺得說出來舒服多了。即使，我懺悔的對象只能是雅各。

他哼了一聲。我雙眼緩緩張開，悲傷的發現他又露出戴上面具般的神情。

「我不敢相信他讓妳牽著鼻子走，我不會錯過這樣的事。」

我嘆氣。「我知道。」

「但這不表示任何事吧？」他突然回過頭來。「這不表示他愛妳比我深。」

「但就算我求你，你還是不會留在我身邊。」

他抿緊唇好一會，我不知道他是否想要否認，我們都知道真相。「那是因為我比較瞭解妳，」他最後說：「一切都會解決，不會有問題的。就算妳問了而我說不，妳之後還是不會生我的氣。」

「如果所有事都會解決，不會有問題，你可能是對的，我不會生氣。但當你不在的時間，我會擔心個不停，小各，我會瘋了。」

「為什麼？」他粗魯的說：「為什麼我有沒有出事妳會在乎？」

「不要這樣說，你知道你對我的意義。我很抱歉事情不像你要的那樣發展，但事情就是這樣。你是我最好的朋友，至少，你曾經是。現在有時候也還是……當你卸下防備時。」

他露出我喜歡的往日笑容。「我一直都是，」他向我保證。「就算當我……當我舉止失當時。在我心裡，我還是妳的朋友。」

「我知道。不然我為什麼要忍受你的胡扯？」

他朝我笑笑，然後眼神變得悲傷。「要到什麼時候，妳才會終於發現，妳也愛上了我？」

「別再說了，你真懂得破壞氣氛。」

「我不是說妳不愛他，我沒那麼傻。但一個人有可能一次不只愛上一個人，貝拉。我看過這樣的行為。」

「我不是奇怪的狼人，雅各。」

他皺皺鼻子，我正要為我說的話道歉，他卻改變話題。

「我們不遠了，我可以聞到他們。」

我放鬆的嘆氣。

他誤會我的反應。「我會很高興減速，貝拉，但在暴風雨來臨之前，妳得先躲在遮避所下。」

我們同時抬頭看著天空。

一大片紫黑的烏雲牆從西方奔騰而來，籠罩住它所經之處底下的森林。

「哇，」我低聲說：「你最好快點，小各。你得在暴風雨之前回家。」

「我不要回家。」

我瞪著他，被激怒了。「你不能和我們一起露營。」

「嚴格說來，不會──不會和妳分享你們的帳篷，我寧可吹風淋雨也不要聞他的味道。我確定妳的吸血鬼，為了雙方的目的，會想和狼人維持聯絡，所以我慷慨的提供服務。」

「我以為這是賽斯的工作。」

「他明天接手，在打鬥期間。」

他說的話讓我靜默了一會，我瞪著他，心中突然很擔心。

「雖然你人都在這裡了，但我想，應該沒有辦法讓你乾脆就留下來吧？」我建議道：「如果我求你或是免除你的終身奴工和你交換呢？」

「很誘人，但不。還有，我有興趣看看妳會如何懇求。妳喜歡的話，儘管放手做。」

「真的沒什麼可說的？」

「沒。除非妳可以給我另一場更棒的戰鬥。再說，這是山姆的命令，不是我。」

這提醒了我。

「愛德華有一天告訴了我一些……跟你有關的事。」

他很生氣。「可能是謊言。」

「喔，真的嗎？你不是狼人的副司令？」

他眨眨眼，臉色因為驚訝而變得茫然。「喔，這個。」

「你為什麼從未告訴我？」

「我為什麼要告訴妳？又不是什麼大事。」

「我不知道。為什麼不？這很有趣。所以，是怎麼運作的？為什麼山姆是阿爾發（首領），你是……貝塔（副手）？」

我說的話惹得他笑了。「山姆是第一個，年紀最大，由他統領是理所當然的。」

我皺眉。「但為什麼不是賈德或保羅當第二？他們是接下來變身的，不是嗎？」

「嗯……很難解釋。」雅各推諉的說。

「試試看啊。」

他嘆氣。「這跟家世有關，妳知道的，有點老派，跟你祖父是誰有關！」

我想起雅各很久之前曾告訴過我的事，當時我們都不知道狼人的事。

「你是不是說過埃夫萊姆・佈雷克是奎魯特最後一任大酋長？」

「是的，沒錯。因為他是阿爾發。妳知道嗎，嚴格說起來，山姆現在是整個部落的大頭目了。」他笑了。「可笑的傳統。」

我想了想，想拼湊出頭緒。「但你也說過，在議會中，人們比較聽你爸的，而不是其他人的，因為他是埃夫萊姆的孫子？」

「那又如何？」

「嗯，如果是依家世……不是應該由你當頭目嗎？」

雅各沒回答。他望著黑暗的森林，好像他突然需要專心自己在走向哪裡。

「小各？」

「不，那是山姆的工作。」他雙眼還是望著前方罕無人跡的方向。

「為什麼？他的曾祖父是李唯・烏利？李唯也是阿爾發嗎？」

「只有一個阿爾發。」他自動回答。

「那李唯是?」

「有點像是貝塔,我猜。」他諷刺的用我發明的名詞。「像我。」

「這說不通。」

「這無關緊要。」

「我只是想瞭解。」

雅各總算迎上我困惑的凝視,然後嘆口氣。「是的,我應該是阿爾發。」

我皺起眉毛。「山姆不肯退讓?」

「才不是,是我不想接。」

「為什麼不?」

他皺著眉頭,對我的問題覺得很不自在。嗯,也該換他嘗嘗不自在的滋味了。

「我一點都不想要,貝拉,我不想要改變,我不想要當傳說的族長。我不想要成為狼群的一分子,更別提當他們的領導了。當山姆提議時,我一點都不願意。」

我想了很久。雅各沒打斷我,只是默默的又看著森林。

「但我以為你很快樂,以為你對這件事接受得很不錯。」我最後低聲說。

雅各安慰的低頭朝我笑笑。「是的,這還不壞,有時候很刺激,像明天的事就是。但一開始的感覺,很像是你被徵召進入一場你毫不知情的戰爭。你沒有選擇,妳瞭解嗎?就是那樣。」他聳聳肩。「總之,我想我現在很高興。總得有人出來做這些事,我能把事情交給別人嗎?我得自己來確定才行。」

我看著他,對我這位朋友感到一種前所未有的敬畏,他比我想像的還要成熟。就像營火之夜的比利一樣，有一種我沒想過的威嚴。

「雅各酋長。」我低聲說，自己對這名稱都忍不住笑了出來。

他翻翻白眼。

就在那時，狂風猛烈地吹過我們身邊的樹叢，那種冷冽，感覺像是從冰河颳來的寒風。樹木發出尖銳的呼呼聲，在山間迴響著。雖然隨著濃重的烏雲遮蔽天空，光線全都消失了，我還是看見飛過我們身邊的白白雪花。

雅各加快腳步，雙眼看著地上，他現在全力衝刺地狂奔。我樂意的縮在他胸前，躲著不受歡迎的雪花。一分多鐘後，他衝刺繞過岩石群，來到背風處，我們已經能看見依靠在岩壁底下那小小的帳篷了。雪花不斷落在我們身上，但強風馬上將雪花吹走。

「貝拉！」愛德華安心激烈的大喊。他在小空地前後踱步時看見我們。

他衝到我身邊，動作如此之快，身影有點模糊。雅各頓縮了一下，然後將我放下來。愛德華不理會他的反應，緊緊抱住我。

「謝謝，」愛德華在我頭上說。聲音很真誠。「這過程比我想的還快，我真的很感謝。」

我轉身看雅各的反應。

雅各只是聳聳肩，雖然臉上友善的神情已經不再。「帶她進去。天氣會愈來愈壞——我汗毛都豎立了。帳篷穩嗎？」

「就差沒焊到岩石上了。」

「很好。」

雅各抬頭看著天空——現在天色已經全黑，暴風夾帶著狂捲的雪片。他鼻孔賁張。

「我得變身了，」他說：「我想知道家鄉發生的事。」

他將他的大衣掛在一根粗矮的樹幹上，頭也不回的走進黑暗的森林中。

chapter 22

冰與火

「——她冷到失溫，

身體無法自行變暖和，凍僵了。」

他將大衣丟在地上。

「你說她需要一個暖爐，我就是。」

狂風晃動著帳篷，我整個人抖個不停。

溫度不斷下降，我透過羽絨睡袋及我的外套都能感覺得到。我衣著完整，登山鞋也還在腳上，但絲毫沒有溫暖我。怎麼會這麼冷？怎麼會愈來愈冷？溫度降到底後總該會回升上去一點吧？

「幾……幾……點……點……了……了？」我從打顫的齒間勉強擠出聲音。

「兩點。」愛德華回答。

在這窄小的帳篷內，愛德華盡可能坐在離我最遠的地方，擔心在我已經這麼冷的情況下，他的呼吸會讓我更冷。帳篷裡黑的看不見他的臉，但他的聲音滿是擔憂、遲疑和沮喪。

「也許……」

「不。我……沒……沒……事，真……真……的。我……不……要……出……去。」

他已經跟我說了幾十遍，要我換個地方或什麼的，但我太害怕而不肯離開我的避風港。如果為我擋風的帳篷內都這麼冷，我更不敢想像出去外面找新地方，會有多難熬。

而且，這樣一來，我們整個下午的努力就都付諸流水了。當暴風雪結束後，我們能有足夠的時間重新布置嗎？萬一不會結束呢？現在沒有理由移動。我可以這樣顫抖著熬過一晚的。

我只擔心自己留下的線索會消失，但他向我保證，還是清楚的足以引來那些怪物。

「我能做什麼？」他近乎乞求的問。

我只是搖搖頭。

在外面的風雪中，雅各不高興的嗚叫。

「走……開。」我再次說。

「他只是擔心妳，」愛德華翻譯。「他沒事，他身體的特質足以讓他應付這種天氣。」

「嗯……嗯。」我想說他還是應該走開，但我說不出話來。我試著說話的時候差點咬到自己的舌頭。至少雅各在風雪中看起來沒問題，他那一身又長又濃的紅褐色毛髮，甚至讓他比其他兄弟更能應付寒冷的氣候。我不知道他的毛髮為什麼那麼長。

雅各又吠叫，高聲嗚咽，聽起來像是抱怨。

「你要我做什麼？」愛德華大吼，焦慮得無法維持他的禮貌。「帶她穿過外面的大風雪？我不認為你有幫上什麼忙。你為什麼不去拿個暖爐之類的東西過來？」

「我……沒……事。」我抗議。根據愛德華的大吼和帳篷外變小的吼聲，我說的話一點都沒讓他們倆相信。風狂襲著帳篷，我顫抖的頻率和風一樣猛烈。

突然風的怒吼聲中傳來一個號叫聲，我遮住雙耳想擋住聲音。愛德華臉色一沉。

「這一點都不必要，」他喃喃說道，接著大聲抗議：「這是我聽過最糟的主意！」

「但比你能提供的任何主意都還要好。」雅各回答，他突然出現的人類聲音讓我嚇了一跳。「去拿個暖爐？」他埋怨著。「我又不是聖伯納犬。」

我聽見帳篷門拉鍊被拉開，門簾被掀開。

雅各閃身進來，他把門拉開的幅度控制在最小的範圍內，但還是免不了帶進一股冷冽的空氣，幾片雪花掉在帳篷的地面上。我抖得更嚴重，簡直像是癲癇發作。

「我不喜歡這個主意。」當雅各關上帳篷門，拉起拉鍊時，愛德華對他嘶聲說。「把外套給她，然後滾出去。」

我的雙眼已經調適好能看見形體了——雅各帶著那件他掛在帳篷旁矮樹上的毛皮大衣進來。

我想問他們在討論什麼，但我口中只發得出噢噢的聲音。因為顫抖讓我無法克制的結結巴巴。

「毛皮大衣是為了明天——她冷到失溫，身體無法自行變暖和，凍僵了。」他將大衣丟在地上。「你說她需要一個暖爐，我就是。」雅各將雙臂張大到帳篷所能容納的寬度。一如往常，當他像匹狼一樣奔跑時，他只穿必要的衣物——一條褲子，沒上衣，沒鞋子。

「小……小……各，你會凍壞的。」我試著抱怨。

「不是我，」他高興的說：「我像烤箱一樣，這幾天都高達華氏一百零八點九度。我馬上就會讓妳流汗的。」

愛德華大吼，但雅各根本不理他。相反的，他爬到我身邊，開始拉開我睡袋的拉鍊。

愛德華雙手突然壓上他肩頭，但未施展全力，雪白的肌膚對比黝黑的肌膚。雅各下巴一緊，鼻孔賁張，身體自然縮開那冰冷的接觸。他手臂的肌肉自動收縮屈曲。

「把你的手拿開。」他咬著牙咆哮說。

「你的手離她遠點。」愛德華陰鬱的說。

「不……要……吵。」我懇求。全身閃過另一陣顫抖。我覺得牙齒都快碎了，因為它們實在撞得太用力了。

「等她腳趾都變黑得截肢後，我相信她一定會感謝你的。」雅各厲聲說。

愛德華猶豫著，然後他放下手，退回他原本在角落的位置。

他的聲音既死板又嚇人。「注意你的行為。」

雅各笑笑。

「挪旁邊一點，貝拉。」他將睡袋拉鍊拉得更開。

我憤怒的瞪著他。難怪愛德華剛才會那樣。

「噗……噗……噗……不！」我想反對。

「別傻了，」他很生氣。「妳不想繼續保有十根腳趾嗎？」

他將身體擠進這幾乎已沒有空間的袋內，強迫拉上在他背後的拉鍊。

而我無法反對——我再也不想說出反對的話語。他好溫暖，他的手臂在窄小的空間內摟著我，將我緊緊貼著他赤裸的胸膛。這樣的熱度讓人無法抗拒，就像在水底下過久之後呼吸到空氣似的。當我將冰冷的手指急切的貼在他肌膚上時，他畏縮了一下。

「老天，妳跟冰一樣，貝拉。」他抱怨。

「抱……歉。」我結結巴巴顫抖著說。

「試著放鬆，」他建議，又一陣猛烈的顫抖竄過我身體。「妳很快就會溫暖的。當然，如果妳脫掉衣服，會暖得更快。」

愛德華厲聲咆哮。

「這只是一個簡單的事實，」雅各為自己辯解。「求生守則說的。」

「別鬧了，小各。」我憤怒的說，雖然我身體拒絕離開他。「沒人真的需要十根腳趾。」

「別擔心吸血鬼，」雅各的聲音有點沾沾自喜。「他只是嫉妒。」

「我當然嫉妒，」愛德華的聲音再度變得迷人，很自制，在黑暗中像音樂般輕柔。「你完全不知道我多麼希望我能做你現在為她做的事，雜種狗。」

「算我好運，」雅各輕聲說，但突然間他的語氣變得苦澀。「至少你知道，她希望我是你。」

「沒錯。」愛德華同意。

在他們爭吵時，我的顫抖慢慢減輕，變得能忍受了。

「諾，」雅各高興的說：「覺得好些了嗎？」

我總算能清楚的說話。「是的。」

「妳的唇還是紫色的，」他若有所思的說：「要我也替妳暖個唇嗎？妳只要開口要求就行了。」

愛德華重重的嘆口氣。

「你給我乖一點。」我低聲說，將臉埋在他肩頭。當我冰冷的肌膚碰到他時，他縮了一下，我為這點成功的小復仇滿意的笑了。

睡袋內現在又溫暖又舒適。雅各的體熱似乎從四面八方散發出來——可能因為他太熱了。我踢掉登山鞋，將我的腳貼住他的腿。他微微驚跳了一下，然後低下頭，用他的熱臉頰貼著我凍僵麻木的耳朵。

我注意到雅各的肌膚有森林中樹木、麝香的味道——在森林中，這樣的味道很適合這裡，森林的深處。感覺很好。我不知道庫倫家和奎魯特的人是不是出於偏見而過分強調對方的體味，我覺得兩邊都很好聞。

暴風雪的呼嘯像隻動物在攻擊帳篷似的，但我現在已經不擔心了。雅各不在外面風雪中，而我也不冷了。此外，我也累壞了，沒力氣擔心別的——因為一直沒睡而筋疲力竭，肌肉也因為一直顫抖而疼痛。我身體凍僵的部位一個個逐漸變得暖和，身體緩緩放鬆，然後人變得虛弱無力。

「小各？」我充滿睡意的問。「我可以問你一件事嗎？我不是想讓你討厭或什麼的，我只是真的好奇。」我用的字眼，和他當時在我家廚房問我事情時一模一樣……那是多久之前？

「當然。」他也想起來，輕聲笑著。

「你的毛髮為什麼比你其他兄弟還多？如果你覺得我這問題太無禮，你可以不回答。」我不知道狼人文化的禮節。

「因為我頭髮比較長。」他頑皮的說——至少我的問題沒有冒犯他。他搖搖頭，一頭亂髮——現在都長到他下巴了——磨蹭著我臉頰。

「喔，」我很驚訝，但聽起來合理。難怪當他們剛加入狼群時，他們都理成小平頭。「那你為什麼不理掉？你喜歡蓬頭散髮嗎？」

這次他沒有馬上回答，而一旁的愛德華偷偷笑著。

「抱歉，」我打個哈欠。「我不是有意打探。你可以不用告訴我。」

雅各用氣惱的聲音說：「喔，反正他也會告訴妳，我乾脆……我留著長髮是因為……妳似乎比較喜歡。」

「喔，」我覺得有點尷尬。「我，呃，兩種都喜歡，小各。你不需要忍受……這樣的不方便。」

他聳聳肩。「結果在今晚這種氣候，這變得方便多了，所以就別擔心了。」

我不知道該說什麼。在長長的沉默中，我的眼皮漸漸垂下來，閉上，我的呼吸變得平緩穩定。

「這就對了，甜心，睡吧。」雅各低聲說。

我滿足的嘆了口氣，意識已經渙散。

「賽斯來了。」愛德華低聲對雅各說，我突然認出那咆哮的聲音。

「真好。現在你負責看守一切，我則負責為你照顧你女朋友。」

愛德華沒回答，我無力的呻吟，喃喃說：「別鬧了。」

帳篷內又安靜了一會。帳篷外，風狂吹著樹叢。帳篷的搖動令人很難入睡。支撐的桿子會突然搖晃抖動，每每讓我在快要入睡時，將我拉回現實。我對那狼人感到抱歉，那男孩得待在外面的風雪中。

我一邊等著睡意襲來，腦子卻想個不停。這溫暖的小地方，讓我回想起剛開始和雅各在一起的情形。

我想起當他是我的替代太陽時，幫了我多大的忙，他的溫暖讓我空洞的生命又能延續下去。我已經很久沒這樣想起雅各了，但如今他又在這，再次溫暖我。

「拜託！」愛德華斷聲說：「你克制一下吧！」

「怎麼？」雅各低聲說，聲音充滿驚訝。

「你能不能試著克制一下你的念頭？」愛德華生氣的低聲說。

「又沒人規定你一定要偷聽，」雅各喃喃的替自己辯護，但還是有點糗。「滾出我的腦子。」

「我希望我做得到。你不知道你的小幻想有多大聲，簡直像你大聲對我喊叫出來。」

「我會試著小聲點。」雅各諷刺的低聲說。

然後是一陣沉默。

「是的，」愛德華低聲回答一個沒問出來的問題，聲音低得我差點沒聽見。「我對那點也很嫉妒。」

「我想也是，」雅各高興的低聲說：「有點像是扳回了一城，不是嗎？」

愛德華笑笑。「你想得美。」

「你知道的，她還是有可能改變心意，」雅各奚落他。「想一下所有我能為她做而你卻不能的事。至少，我不用害她丟掉小命就能做到。」

「睡你的覺吧，雅各，」愛德華喃喃說：「你開始讓我覺得心煩了。」

「我想我會，我真的很舒服。」

愛德華沒回答。

我想告訴他們兩個，別一副我不在場的樣子來談論我，但我沒力氣說出來。他們的對話對我來說像在夢境似的，我不確定我是否真的醒著。

「可能我會。」一會後愛德華說，回答一個我沒聽見的問題。

「你說的是真心的嗎？」

「你永遠可以問看看。」愛德華的語氣讓我懷疑自己是不是錯過了一個笑話。

「嗯，你聽見我腦中的想法——今晚讓我看看你的，這樣才公平。」雅各說。

「你滿腦子都是問題。你要我回答哪一個？」

「嫉妒……一定咬齧得你很難受。你不可能看起來像你外表那般鎮定，除非你完全沒有感情。」

「當然難受，」愛德華同意，語氣不再充滿打趣。「現在就糟透了，我還能控制自己的聲音已經算是不錯了。當她不在我身邊，而是和你在一起，我又看不見她，當然讓我更難受。」

「你一直這樣想嗎？」雅各低聲問：「當她不在你身邊時，會讓你更難專心嗎？」

「是，也不是。」愛德華說，他似乎決定要誠實回答。「我的腦和你的運作方式不太一樣。我可以同時想不只一件事。當然，那表示我可以一直想到你，當她安靜又沉思時，我會好奇地想她是不是在想你。」

他們兩人都沉默了一會。

「是的，我會猜她經常會想到你。」愛德華低聲回應雅各的思緒。「太常想了，我不太喜歡這樣。她擔心你不高興。你知道，而且你利用這個優勢。」

「我必須盡可能的利用。」雅各低聲說。「我不會占你便宜——像她知道她愛你這種便宜。」

「這有幫助。」愛德華溫和的說。

雅各放大膽。「她也愛我，你知道的。」

愛德華沒有回答。

雅各嘆氣。「但她不知道。」

「我無法告訴你，你想的對不對。」

「這會讓你不安嗎？你會希望能知道她在想什麼嗎？」

「是的……也不是。她比較喜歡這樣，雖然這有時讓我快瘋了，但我只希望她快樂。」

風狂吹著帳篷，讓帳篷搖得像地震一樣。雅各的雙臂保護性地緊緊摟住我。

「謝謝你，」愛德華低聲說：「這聽起來或許很奇怪，但我想我很高興你在這裡，雅各。」

「你的意思是『我雖然很想殺了你，但我很高興她很溫暖』，是吧？」

「真是個令人不自在的停戰協定，是吧？」

雅各突然高興的低聲說：「我知道原來你也像我一樣嫉妒到快瘋了。」

「我沒傻到像你一樣明顯的表現出來。這對你的情況沒有幫助，你知道的。」

「你比我有耐心。」

「應該的。我活了一百年磨練出來的，等她等了一百年。」

「那……是從什麼時候開始，你決定要當個有耐心的好人？」

「當我看到要她做出選擇讓她有多痛苦的時候。通常沒有這麼難控制。大部分時候，我都能輕易地撫平自己想要對你……動粗的感覺。有時候，我認為她能看穿我，但我不確定。」

「我想你只是擔心，當你強迫她做出選擇時，她可能不會選你。」

愛德華沒有馬上回答。「這是一部分原因，」他最後承認。「但只是一小部分，我們都有對自己感到不確定的時候。多數時候我只擔心她會因為要溜去見你而傷了她自己。當我接受她和你在一起多多少少算是安全之後——跟貝拉往常一樣的安全——我想最好是不要過分逼她。」

雅各嘆氣。「我告訴過她這些話，但她不相信我。」

「我知道。」聽聲音，愛德華應該是在笑。

「你認為你知道一切。」雅各喃喃說。

「我不知道未來。」愛德華說，語氣突然變得不確定。

兩人好一陣子沒說話。

「如果她改變想法，你會怎麼做？」雅各問。

「我不知道。」

雅各小聲的笑笑。「你會試著殺了我嗎？」語氣變得諷刺，好像他懷疑愛德華沒本事做到。

「不。」

「為什麼不？」雅各的語氣還是充滿嘲諷。

「你真的以為我會那樣傷害她嗎？」

雅各猶豫了一會，嘆口氣。「是呀，你是對的。我知道你是對的。但有時……」

「有時這是一個令人著迷的主意。」

雅各將臉埋在睡袋內，藏住他的笑聲。「沒錯。」他完全同意。

多奇怪的夢。我不知道是不是因為持續的風聲讓我想像出這些低語。但風聲是尖叫聲，不像是低語……

「那是什麼感覺？失去她……」過了一會雅各輕聲的問，他突然嘶啞的聲音中有種幽默。「當你以為你永遠失去她時？你怎麼……面對？」

「我真的很難形容。」

雅各等著。

「曾經有兩次，我以為已經永遠失去她。」愛德華每一個字都說得比平常還慢。「第一次，我以為我可以離開她……那……還算忍得住，因為我以為她會忘記我，好像我從未出現在她生命中。在那段超過六個月的時間裡，我還能不出現在她的生活中，維持我的承諾，不再介入。那種感覺很接近——我正在打一場自知不可能贏的仗；我一定會回來……只是來看看她的狀況。至少，我是這樣告訴我自己的。如果我發現她真的快樂……我想，我可以再次離開。

但她不快樂，於是我只好留下來。當然那也是她用來說服我留下來，明天和她在一起的原因。你之前好奇過這點，是什麼激發我……就是她不必要的內疚感。她提醒我，我的離開對她造成的傷害——即使如今，每當我離開時，她還是會害怕。她只要一提起這件事就會覺得自責，但她說得一點也沒錯，我永遠無法彌補這一點，但我永遠不會停止嘗試彌補。」

雅各好一會都沒回應，不知是聽著暴風雪，還是在消化他剛聽見的話，我不知道。

「還有另一次——當你以為她死了？」雅各粗啞的低聲問。

「是的，」愛德華回答一個截然不同的問題。「事情對你來說可能是那樣，對嗎？你是這樣看我們的，你可能再也無法把她當作是貝拉。但她還是她。」

「我不是問這個。」

愛德華的聲音變得又快又重。「我無法告訴你那是什麼感覺，沒有任何文字可以形容。」

雅各摟著我的手臂收緊了一下。

「但你之所以離開，是因為你不願意讓她變成吸血鬼。你要她維持人類。」

愛德華緩緩的說：「雅各，當我一明白自己愛上她的那一刻，我就知道只有四種可能方案。第一個方案，對貝拉也是最好，就是如果她對我的感覺沒有那麼強烈——如果她能忘記我，繼續過日子。我能接受，但這永遠不會改變我的感覺。你認為我是一個……活雕像——又硬又冷。這是真的。我們天生被設計成如此，我們很少有人會再經歷到真正的改變。當改變發生，就像貝拉進入我的生命，那是一種永恆的改變。不會再回頭……

第二個方案，也是我原本的選擇，和她在一起，但讓她維持人類的生活。但對她來說不是個好選擇，讓她浪費她的一生，和一個非人的人過一輩子，但這是我最容易面對的方案。我一直都知道，一旦她死亡，我也會找到方法讓自己死亡。無論是六十年，七十年——對我來說都是很短暫的時間……但事實證明，和我的世界過於親近，太過於危險。情況看來就像所有可能會出錯的地方都出錯了。或是一直威脅著我們……等著要出錯。我很怕當她一直是人類而我又和她如此接近，我恐怕連這六十年都不會有。

所以我選擇方案三。像你知道的，結果變成我漫長的一生中最大的錯誤。我選擇讓自己從她的生活中消失，希望能強迫她回到方案一。但沒有用，還差點害死我們兩個。

所以，除了方案四，我還有什麼選擇？這一直是她要的——至少，她以為是她要的。我一直試著拖延她，給她時間，讓她找出理由改變心意，但她一直……很固執。對此你很瞭解。我若能再往前多拖幾個月，算我運氣好了。她很害怕變得再老一點，她的生日在九月……」

「我喜歡方案一。」雅各喃喃說。

愛德華沒有回應。

「你完全知道我有多討厭接受這個，」雅各緩緩低聲說。「但我看得出來你真的愛她……以你的方式，這點我無法爭辯。

但就算這樣，我不認為你應該放棄方案一，還不該放棄。我想她有很大的機會會沒事的。隨著時間經過，你知道的，如果她沒在三月從懸崖上跳下去……如果你再等六個月再來確認她的情況……嗯，你可能會發現她相當快樂。我有行動策略。」

愛德華輕輕笑了。「可能會有效。是相當縝密考慮過的計畫。」

「是呀，」雅各嘆氣。「但……」突然，他說得好快，每個字都糾結在一起。「給我一年，吸——愛德華，我真的認為我能讓她快樂。她很固執，我比任何人都還要瞭解她這點，但她會康復的。她之前本來是會康復的。她可以一直是人類，和查理和芮妮在一起，她可以長大，有孩子，永遠是……貝拉。

你很愛她，所以你必定能看出這計畫中的優點。她認為你是個慷慨無私的人……你真的是嗎？你能否考慮一下這個想法，對她來說，我可能比你更適合她？」

「我的確想過，」愛德華平靜的回答：「就某些角度而言，比起其他人類，你可能是最適合她的。貝拉需要人照顧她，你夠強壯，能保護她，不讓她出事。你已經證明過這一點了，我這一生都欠你一個人情——永遠——直到我死……

我甚至問過艾利絲她是否看見——看見貝拉和你在一起是否能更好。她當然看不見。她看不見你，然後貝拉確信自己要的，直到現在。

但我不會蠢到再犯下和之前一樣的錯誤，雅各。我不會再強迫她選擇方案一。只要她要我，我就會在她身邊。」

「那如果她決定選擇我呢？」雅各挑釁的問：「好吧，雖然我覺得希望不大。」

「那我會讓她走。」

「就這樣？」

「是的，在那樣的情況下，我永遠不會讓她知道這讓我有多難受。但我會監看你。你瞧，雅各，你有一天也許會離開她，就像山姆和艾蜜莉一樣，你別無選擇。我會永遠在旁邊等著，希望這樣的事有一天會發生。」

雅各輕哼了一聲。「嗯，你比我想的誠實多了……愛德華。謝謝你讓我知道你腦中的想法。」

「就像我說的，我很感激你今晚出現在她生命中，這有點奇怪。至少這是我能做到的……你知道，雅各，要不是我們是天生的死敵，以及你一直試著要偷走我存在的理由，我其實還滿喜歡你的。」

「也許吧……如果你不是噁心的吸血鬼，計畫要吸走我心愛女孩的性命……嗯，不，這樣也不可能。」

愛德華輕笑。

「我可以問你一些事嗎？」過了一會愛德華說。

「你為什麼會需要開口問？」

「我只能聽見你所想的。我只是想知道一個故事，貝拉似乎不願意告訴我。有關第三個妻子……」

「第三個妻子怎麼了？」

愛德華沒回答，聽著雅各腦中關於第三個妻子的故事。我聽見黑暗中傳來他低沉的嘶吼聲。

「怎麼了？」雅各追問。

「當然了。」愛德華很激動。「當然了！我真希望你們的長老不要把這個故事公開，雅各。」

「你不喜歡故事中的吸血鬼被描述成壞人？」雅各嘲笑。「你知道的，他們本來就是，一直都是。」

「我才不關心那一部分，你難道猜不出來貝拉現在想扮演的角色嗎？」

雅各想了好一會才懂。「喔，糟糕！第三個妻子。好，我現在懂了。」

「她打算現身在空地，盡她微薄的能力，她是這麼說的。」他嘆氣。「這是我明天之所以要和她在一起的第二個理由。當她想要什麼的時候，她的鬼點子就變得超級多。」

「你知道，你那擅軍事的弟兄給了她這個主意，效果就像聽了那故事一樣。」

「我們雙方都不是有意的。」愛德華低聲說。維持善意。

「我倆這個小和解何時會結束?」雅各問。「黎明?還是我們能撐到戰鬥結束?」

兩人想了一下,都沒開口。

「黎明。」他們同時低聲說,又平靜的笑了。

「好好睡,雅各,」愛德華低聲說。「享受這片刻。」

一切變得安靜,帳篷動也不動的過了好一會。風似乎決定它終究不能打倒我們,於是放棄了。

愛德華輕聲抱怨。「我不是要你真的照我說的那樣去享受。」

「抱歉,」雅各低語。「你知道的,你可以離開——給我們一點隱私。」

「你要我幫你入睡嗎,雅各?」愛德華提議。

「你可以試試看,」雅各漠不關心的說。「看看是誰先輸應該挺有趣的,不是嗎?」

「別激我,小狼。我沒那麼有耐心。」

雅各低聲笑。「如果你不介意,我現在不打算移動。」

愛德華開始哼著曲調,比平常大聲——想壓過雅各的念頭,我想。而他哼的是我的搖籃曲,儘管我被這低語的夢境弄得不安,我還是沉入更深的無意識昏睡……進入另一個更合理的夢中……

chapter 23

怪物

雅各從未表現得如此強烈——
失去他那過度自信的信心，
露出如此深切的痛苦。
就在那個傷口旁，還有另一個痛苦更深，
比對雅各的痛苦還深，
那是傷害了愛德華的痛苦。

當我早晨醒來，天色亮極了——即使是在帳篷內，陽光仍讓我感到刺眼。我汗如雨下，正如雅各之前預料的。雅各在我耳邊輕柔的打呼，他雙臂還是摟著我。

我的頭從他發熱溫暖的胸口抬起，汗濕的臉頰立刻感受到早晨冷冽的空氣，沉睡的雅各嘆口氣，雙臂不自覺的還是緊緊環著我。

我扭來動去，還是無法掙脫他的摟抱，我勉力掙扎著要抬起頭好看見……

愛德華平靜的迎上我雙眸。他的表情很平靜，但眼中的痛苦卻藏不住。

「外面有暖一些嗎？」我低聲問。

「是的。我想今天應該不需要這個暖爐了。」

我想拉開拉鍊，但手臂完全無法動彈。我掙扎著，想掙脫雅各沒反應的力量。雅各喃喃低語，還是熟睡著，他的雙臂又收得更緊。

「可以幫一下忙嗎？」我輕聲問。

愛德華笑了。「妳要我拆下他的手臂嗎？」

「不。謝了，只要把我弄出來就行，我快中暑了。」

愛德華突然迅速地拉開睡袋拉鍊，雅各滾出來，裸露的後背撞到冰冷的帳篷地面。

「嘿！」他抱怨，雙眼飛快地睜開。冰冷的地面讓他本能的退縮滾向我，他的重量壓得我快不能呼吸，我倒抽一口氣。

突然他的重量就不見了。我感受到雅各飛出去撞上某根帳篷支柱的砰然撞擊，帳篷一陣震動。

咆哮聲從四面八方席捲而來。愛德華蹲伏擋在我身前，我看不見他的臉，但他發出憤怒的吼聲。雅各也半蹲，全身顫抖，咬緊的牙關中傳出隆隆的怒吼聲。帳篷外，賽斯・克利爾沃特凶惡的吠叫聲在岩石間迴盪著。

「住手，住手！」我大喊，笨拙蹣跚地爬到他們倆中間。空間太小，我不用伸直手臂，就能將兩手各抵在他們胸前。愛德華用手環著我的腰，準備要將我扯開。

「住手，現在就住手。」我警告他。

在我的接觸下，雅各開始慢慢平靜。他的抖動變慢，但還是露出牙齒，雙眼狂怒地瞪著愛德華。賽斯還在吠叫，悠長毫無間斷，在帳篷突然的靜默中，像是激烈的背景聲。

「雅各？」我喚，直到他終於放棄怒視，垂眼看著我。「你受傷了嗎？」

「當然沒有！」他不屑的說。

我轉向愛德華。他看著我，表情冷酷又憤怒。「這不好，你應該道歉。」

他作嘔的睜大眼。「妳開什麼玩笑——他差點壓扁妳。」

「因為你害他摔到地板上。他不是故意的，而且他沒傷到我。」

愛德華厭惡的呻吟。緩緩地，他用充滿敵意的雙眼看著雅各。「抱歉，小狗。」

「沒事。」雅各回答的聲音中充滿奚落。

還是很冷，雖然不像之前那麼冷。我用雙臂環著自己。

「過來。」愛德華說，已經平靜下來了。他撿起地上的毛皮大衣，裹在我的外套上。

「這是雅各的。」我反對。

「雅各自己有毛外套了。」愛德華暗喻。

「我還是用這個睡袋，如果你不介意的話。」雅各不理他，爬過我們身邊，滑進地上的睡袋內。「我還沒睡夠。這不是我有過最好的睡眠。」

「那是你的主意。」愛德華無情的說。

雅各曲起身子，已經閉上眼，嘴裡打著哈欠。「我沒說這不是我有過最好的夜晚。只是我沒睡夠。貝拉一直說個不停。」

我畏縮，不知道我說了什麼夢話。這種可能性令人很驚駭。

「我很高興你自己很享受。」愛德華喃喃說。

雅各一雙黑眸突地睜開。「難道你這一夜不好？」他看好戲般的問。

「這不是我生活中最糟的一夜。」

「算前十名嗎？」雅各的口吻相當自得其樂。

「可能。」

雅各笑著閉上眼。

「但是，」愛德華繼續說：「如果昨夜換成是我在你的位置，也不會是我生命中前十名最佳的夜晚。儘管作夢吧。」

雅各睜開眼，憤怒的看著他。他突地坐起，雙肩緊繃。

「你知道嗎，我想這裡太擠了。」

「我非常同意。」

我用手肘輕撞愛德華肋骨——這可能會讓我自己瘀青。

「我想我可以晚點再補眠，」雅各做個鬼臉說：「反正我得去跟山姆談談。」

他從坐變跪，抓起帳篷門的拉鍊。

痛苦貫過我背脊墜進我胃裡，我突然瞭解到，這可能是我最後一次看到他。他要回到山姆那邊，回去對抗一大群吸血鬼新手大軍。

「小各，等——」我在他身後伸出手，我的手滑過他手臂。他的手臂在我手指能抓住他之前一扭避過。

「拜託，小各？你不能留下來嗎？」

「不。」

他說的字又冷酷又堅硬。我知道我的表情一定滿是痛苦，因為他吐口氣，臉上露出苦笑。

「別擔心我，貝拉。我不會有事的，就像我一直說的。」他擠出一個笑容。「再說，妳以為我會讓賽斯取代我——享受所有的樂趣又偷走所有的榮耀嗎？門都沒有。」他嘲諷的說。

「小心——」

我話還沒說完，他已經衝出帳篷外了。

「別擔心，貝拉。」當他再度拉上拉鍊時，我聽見他低聲說。

我聽著他遠去的腳步聲，但完全無聲。沒有風。我聽見遠處山間的清晨鳥鳴聲，但只有這樣。雅各沉默的移動。

我躲在我的外套內縮成一團，靠在愛德華肩頭。我們倆沉默了好一會。

「還有多久？」我問。

「艾利絲告訴山姆，應該再一小時。」愛德華輕柔淒涼的說。

「無論如何，我們都在一起。」

「無論如何。」他同意，但眼神緊繃。

「我知道，」我說：「我也擔心他們。」

「他們知道如何保護自己，」愛德華要我放心，故意裝出輕快的口吻。「我只是討厭錯過這場趣事。」

又用有趣這個字。我鼻孔賁張。

他手臂環著我肩頭。「別擔心。」他說，然後親吻我額頭。

好像真不會有問題似的。「當然，當然。」

「妳要我讓妳分心嗎？」他輕聲說，冰冷的手指沿著我的顴骨往下遊走。

我不由自主的顫抖，清晨還是很冷。

「可能現在不適合。」他自言自語的抽開手。

「有其他方法能讓我分心。」

「妳喜歡什麼？」

「你可以告訴我你的前十名最佳夜晚，」我建議。「我很好奇。」

他笑了。「猜猜看。」

我搖搖頭。「有太多夜晚是我不知道的，一百年耶。」

「我可以幫妳把範圍縮小。我最好的夜晚都是在遇見妳之後。」

「真的？」

「是的，真的——但這樣範圍也挺大的。」

我想了一會，然後承認。「我只能想到我的。」

「可能會是一樣的。」他鼓勵我。

「嗯，第一夜。你留下來的第一夜。」

「是的，也是我的十大之一。當然，我最喜歡睡著的妳。」

「沒錯，」我想起來了。「我那一晚也在說夢話。」

「是的。」他同意。

我臉紅發熱，心想當我睡在雅各臂彎裡時不知說了些什麼。我想不起來自己作了什麼夢，或我是否有作夢，所以絲毫沒有幫助。

「我昨晚說了什麼？」我比之前更低聲的說。

他聳聳肩，沒回答，我為之退縮。

「這麼糟？」

「沒什麼可怕的。」他嘆氣。

「請告訴我。」

「跟平常一樣，妳多數時間說的都是我的名字。」

「這不算糟。」我小心的說。

「不過，到最後，妳開始喃喃一些無意義的話，像是『雅各，我的雅各。』。」即使只是低語，我仍聽得出他聲音中的痛苦。「妳的雅各挺享受這一部分的。」我伸長了脖子，用我的唇貼近他的下巴。我看不見他的雙眼，他望著帳篷頂。

「抱歉，」我喃喃說：「這是我區別的方式。」

「區別？」

「區分傑奇醫生和海德先生（註4）。區分我喜歡的那個雅各，和會讓我氣惱極了的那個雅各。」我解釋。

註4　出自羅勃・路易士・史帝文生（Robert Louis Stevenson, 1850-1894）的《化身博士》（The Strange Case of Dr. Jekyll and Mr. Hyde）一書，書中主角傑奇醫生在喝下變身藥水後，會變身成人人憎惡的猥鄙男子海德。

「這就說得通了，」他似乎略微寬心。「告訴我妳喜歡的其他夜晚。」

「從義大利飛回來那一夜。」

他皺眉。

「這不在你的排行榜上嗎？」我好奇。

「老實說，是有在我的榜上，但我很驚訝竟會在妳的排行榜上出現。妳當時不是認為我問心有愧，所以故意示好，只要飛機門一打開我就會衝出去？」

「是的，」我笑了。「但是，你還在那裡。」

他親吻我的髮梢。「妳愛我的程度，遠超過我應得的。」

這不可能的想法惹得我笑了。「接下來是從義大利回來第二晚。」我繼續說。

「是的，也在我的排行榜上。妳真有趣。」

「有趣？」我反對。

「我不知道妳的夢竟如此生動鮮明。我好像永遠無法說服妳，妳已經醒了。」

「到現在我還是不確定，」我喃喃說：「你一直比較像是夢境而不太真實。告訴我你其中一個。我有猜中第一名嗎？」

「不──那應該是兩天前那一夜，妳終於決定嫁給我。」

我做了個鬼臉。

「這不在妳的排行榜上？」

我邊想他當時親我的方式，我獲得的讓步，於是我改變想法。「是的……在我榜上。但有點保留。我不瞭解這對你為什麼如此重要。你已經擁有我永生永世。」

「從現在起一百年之後，當妳獲得了真正能瞭解這個答案的見解時，我再解釋給妳聽。」

「我會提醒你要解釋的——等一百年後。」

「妳現在夠暖嗎？」他突然問。

「我很好，」我讓他安心。「為什麼問？」

他還沒回答，原本寂靜的帳篷外突然傳來震耳欲聾的痛吼聲。那聲音從面山的岩石群間迴盪反射，聽起來好像來自四面八方。

這嘶吼聲像龍捲風一樣撕扯過我的心，又奇怪又熟悉。奇怪是因為我從未聽過這樣備受折磨的泣吼聲；熟悉的是因為我立刻知道這是誰的聲音——我認出這聲音，瞭解這聲音的意義，彷彿這是我自己發出來的一樣。雅各的泣吼聲跟他是否具有人形並無差別。我不需要翻譯。

雅各在附近，他聽見我們所說的每一個字，他很痛苦。

這哭號變成奇怪的啜泣，然後又再次安靜。

我沒聽見他沉默逃離的聲音，但我感覺得出來——我可以感覺到我之前錯以為存在的那個空洞，他拋在身後的一片空寂。

「因為妳的暖爐終於受不了了，」愛德華平靜的解釋。「休戰協定結束了。」他補充，聲音如此低沉，讓我都不確定他真的說出來。

「雅各在聽。」我低聲說，這不是一個問題。

「是的。」

「你知道。」

「是的。」

我雙眼茫然，視而不見。

「我沒保證要公平戰鬥，」他平靜的提醒我。「他有權知道。」

我垂下頭埋在手中。

「妳生我的氣嗎？」他問。

「不是你，」我低聲說：「我氣自己。」

「別折磨自己。」他懇求。

「好的，」我苦澀的同意。「我該留點力氣，多折磨雅各，我想讓他碎屍萬段。」

「他知道自己在做什麼。」

「你覺得有差別嗎？」我眨眨眼想忍住淚，但聲音中滿是淚意。「你認為我關心是不是公平，他有受到充分的警告嗎？我在傷害他。每一次我回頭，我就再傷他一次。」我愈說愈大聲，更歇斯底里。「我是個大壞蛋。」

他緊緊摟住我。「不，妳不是。」

「我是！我到底有什麼問題？」我想掙脫他的摟抱，他鬆開。「我得去找他。」

「貝拉，他已經在好幾哩遠外，外面又冷。」

「我不在乎。我不能只坐在這裡，」我甩開雅各的毛皮大衣，把腳伸進靴子裡，僵硬的爬向帳篷門，雙腿麻木。「我得——我得……」我不知道該怎麼把話說完，不知道該怎麼辦，但我還是拉開拉鍊，爬向外頭明亮、冰冷的清晨。

經過昨夜暴風雪的肆虐，留下的雪比我想像的還少。可能都被吹走了，而不是在陽光下融化，現在的太陽在東南方照耀著，我雙眼尚未適應，只見閃亮白雪的反光。空氣還是凍人，但在太陽高高的照射下，平靜和緩多了。

賽斯・克利爾沃特蜷臥在一棵粗大的雲杉木下一片乾燥的松針堆上，頭枕在雙爪上。他黃沙色的毛髮在枯黃的松葉堆上幾乎是同色般的不易察覺，但我看見他睜開的雙眸內映出晶亮的白雪。他看著我，我瞭解他眼中的指控。

當我跌跌撞撞的衝向樹林，我知道愛德華就跟在我身後。我聽不見他的腳步聲，但陽光映照他肌膚上，反射出彩虹般的閃光，在我面前舞動。他並沒試圖阻止我，直到我走進森林內。

他抓住我左手腕。當我試著掙脫時，他不理我。

「妳追不到他的，今天不行，時間快到了。再說，讓妳自己在森林內迷路，對任何人都毫無幫助。」

我扭動手腕想掙脫，但完全沒用。

「我很抱歉，貝拉。」他低聲說：「我很抱歉我這樣做。」

「你什麼都沒做。是我的錯。是我做的。我每一件事都做錯了。我可以……當他……我不應該……我……我……」我啜泣著。

他摟著我，我的淚浸濕他上衣。

「貝拉，貝拉。」

「我應該──告訴他──我應該──告訴他──」該說什麼？要如何才能讓這一切變對？「他不應該──這樣發現。」

「妳要我去看看能否帶他回來嗎，讓妳和他談談？還有一點時間。」愛德華喃喃說，嘶啞的聲音滿是痛苦。

我依著他胸口點點頭，不敢看他的臉。

「留在帳篷這，我很快就回來。」

他雙臂突然消失。他走得如此之快，我才剛抬頭，他人已經不見了。只剩我一個。

我心口有另一個新的心碎啜泣聲。我今天傷害了所有的人。凡我觸及之人有誰倖免於難嗎？

我不知道這項領悟何以在此刻傷我如此之深，我又不是不知道這一定會發生。但雅各從未表現得如此強烈——失去他那過度自信的信心，露出如此深切的痛苦。他痛苦的聲音折磨著我，在我心底最深處。但就在那個傷口旁，還有另一個痛苦更深，比對雅各的痛苦還深，那是傷害了愛德華的痛苦。因為我無法冷靜地眼看著雅各這樣，雖然我知道這是對的事，這是唯一的方法。

我太自私了，我是有害的。我折磨每個我愛的人。

我就像凱西，就像《咆哮山莊》中的主角，只是我的選擇對象比她好，都不是邪惡的人，也不是軟弱的人。我坐在這裡哭著，不知道該做些什麼才能讓事情變正確。就像凱西一樣。

我不能夠再讓會令我傷心的事去影響我的決定了。這事很小，也已經來不及了，但我現在一定得做出對的事。也許這事已經成為定局了。也許愛德華會無法帶他回來。那我會接受，繼續過我的生活。愛德華永遠不會再看見我為雅各‧佈雷克掉一滴淚。不會再有淚了，我用冰冷的手指擦去最後一滴。

但如果愛德華真的帶著雅各回來，那就說吧。我必須告訴他，要他走開，永遠別再回來。

為什麼這麼難？為什麼比對我其他的朋友，例如安琪拉、麥克說再見還要難？為什麼會讓我心傷？這不對。這不應該能傷我這麼厲害才對，我已經得到我要的了。我不能兩個都要，因為雅各不能只是我朋友。是時候放棄我的這個希望了。一個人怎麼能如此貪心？

我之前一直認為雅各屬於我，這種感覺根本不合理，我得拋開這樣的念頭。當我屬於別人時，他便不可能屬於我，不可能是**我的**雅各。

我緩緩走回那片小空地，腳步蹣跚。當我走進寬闊的空地，眨眼適應著明亮的陽光，我朝賽斯很快瞄一眼——他還是躺在針葉堆上——然後轉開頭，避開他的凝視。

我知道我頭髮亂成一團，一束束糾結著，像蛇髮女怪梅杜莎。我用手指猛力拉扯整理，但很快就放棄。反正，誰在乎我現在看來是什麼樣子？

我抓著帳篷門旁掛著的水壺，搖一搖。好像裝滿了水，於是我轉開蓋子，倒了些像冰一樣冷的水潤潤口。附近還有食物，但我不餓，所以沒理會。我又開始在這小地方踱步，感覺賽斯雙眼一直盯著我。因為我不願意多看他，在我腦中，他又是那男孩的模樣，而不是這頭巨狼。有點像年輕的雅各。

我想問賽斯，讓他用吠叫回答我，雅各會不會回來，但我阻止自己。雅各會不會回來都不重要，他如果不回來可能容易些。我希望我有方法叫回愛德華。

就在這時，賽斯嗚了一聲，站了起來。

「怎麼了？」我愚蠢的問他。

他不理我，跑向森林邊，鼻頭朝西方。他開始嗚嗚的低吠。

「他們來了嗎？賽斯。」我追問。「在空地那邊？」

他看著我，輕吠一聲，然後又機警地把鼻頭轉向西方。他雙耳向後貼，又再次嗚吠。

我怎麼這麼笨？我在想什麼，怎麼會讓愛德華離開？我如何能知道發生了什麼事？我又沒法和狼人溝通。

我背脊開始發涼。萬一沒時間了呢？萬一雅各和愛德華太接近了呢？萬一愛德華決定加入戰鬥呢？

我胃一緊。萬一賽斯沮喪的嗚吠和空地無關，他的吠叫純粹只是否定的回答呢？萬一雅各和愛德華兩人打起來了呢？遠遠的在森林內某處？他們不會這樣做的，是吧？

突然間，在全身的顫慄中，我瞭解到他們會——如果有人說出錯誤的話。我想起今晨帳篷內的緊張僵持，我不知道自己是否低估了，今早差點就開戰。

萬一我失去他們兩個，是我活該。

我心都涼了。

就在我被這恐懼壓倒之前，賽斯輕聲哼叫，發自喉嚨的低沉聲音，然後轉身脫離警戒，慢步走回他原本棲息的地方。這讓我平靜下來，但很氣惱。他就不能把要說的話在泥地上寫出來嗎？

在這一身衣服下，不斷踱步的我開始流汗。我將外套丟進帳篷內，然後轉身打算沿著橫過這小塊空地中心的小路朝森林裡走。

賽斯突然跳起來，他頸後的毛髮直豎。我四處張望，但什麼都沒看見。如果賽斯再不停止，我會拿松果丟他。

他吠叫，低低的警告聲，並悄步潛行往西邊的樹叢，我重新想想自己的不耐。

「是我們，賽斯。」雅各從遠方大喊。

我想對自己解釋為什麼當我一聽見他的聲音，我的心就像切入了四檔一樣加速跳動。只是對我剛才想採取的行動的恐懼罷了，我決不允許自己因為他回來而鬆一口氣，這一點都沒有幫助。

愛德華先走進我視線內，他臉色木然平靜。當他從陰影下走出來，陽光突然照在他肌膚上，就像照在雪地上一樣多彩。賽斯前去迎接他，專注地望著他雙眼。愛德華緩緩點點頭，前額擔心的皺起。

「是的，正是我們需要的，」他自言自語說，然後才對著巨狼開口。「我想我們不應該驚訝。但沒時間了。請山姆問問艾利絲，把時間說得更準確一點。」

賽斯點了一下頭，我希望我能大叫。這傢伙現在就會點頭？我氣惱的轉過頭，察覺雅各就在那邊。

他背對著我，面朝他來的方向。我小心的等他轉過身子。

「貝拉。」愛德華輕聲說，人突然就出現在我身邊。他看著我，雙眼充滿關切。他總是那麼慷慨，我現在比之前更配不上他。

「有點複雜，」他告訴我，控制聲音小心的不洩露擔憂。「我要帶賽斯走遠些，去澄清些事情。我不會走遠，但我也不會偷聽。我知道妳不想要有聽眾，無論妳做出什麼決定。」

只有最後那一句洩漏出他的痛苦。

我絕對不能再傷他了，這是我此生的使命，我永遠不要再讓他眼中為了我出現這樣的神色。

我太沮喪，無法問他新的問題是怎麼回事。我現在不需要知道。

「快點回來。」我低聲說。

他輕吻我的唇，然後和賽斯一起消失在森林內。

雅各還是站在樹蔭下，我無法看清他的表情。

「我在趕時間，貝拉，」他以一種呆滯的聲音說：「妳要我過來幹什麼？」

我吞嚥，喉嚨突然變得好乾，我不確定自己能否發出聲音。

「有話就快說吧。」

我深吸氣。

「我很抱歉我是這樣一個卑劣的人，」我低聲說：「我很抱歉自己這麼自私。我希望自己從來沒遇見你，這樣我就不會像過去這樣傷害你。我不會再這樣做了，我保證。我會離你遠遠的。我會離開這一州，這樣你就永遠不會再看到我了。」

「這不是道歉。」他苦澀的說。

我的聲音還是很低。「告訴我要怎麼做才對。」

「如果我不要妳走呢？如果我寧願妳留下，無論自不自私？如果妳想補償我，我有說話的餘地嗎？」

「這沒有幫助，小各。當我們想要的是不同的事情時，和你在一起便是錯的。事情不會轉好的。我只是一再傷害你。我不想再傷害你了，我討厭這樣。」我的聲音都碎了。

他嘆氣。「夠了。妳什麼都不用說，我瞭解。」

我想告訴他我會有多想他，但我閉緊嘴。這一樣沒有幫助。

他安靜的站了一會，兩眼盯著空地，我極力抗拒著想跑過去抱住他、安慰他的衝動。

然後他突然抬起頭。

「嗯，妳不是唯一一個能夠自我犧牲的人，」他聲音變得強壯。「一報還一報。」

「什麼？」

「我的行為舉止也很糟。我讓妳很難受，我不需要這樣的。我一開始就應該優雅的放棄，但我也傷了妳。」

「這是我的錯。」

「我不會讓妳承擔所有的錯，貝拉，或者所有的榮耀。我知道如何贖罪。」

「你在說什麼？」我追問。突然間，他雙眼中狂亂的晶亮嚇壞我。

他看一眼陽光，然後朝我一笑。「那裡即將發生激烈的打鬥，我想，讓自己在戰局中消失應該沒什麼困難的。」

緩緩的，一字一字，我聽懂了他說的話，我無法呼吸。雖然我一心一意要將雅各從我的生命中切除，但我一直不瞭解，直到這一秒我才知道這把刀得切得多深才辦得到。

「喔，不，小各！不！不！不！」我驚恐的大叫。「不，小各，不，拜託，不！」我雙膝抖個不停。

「有什麼不同，貝拉？這會讓大家都方便許多。妳甚至不用搬走。」

「不！」我聲音更大聲了。「不，雅各！我絕不准你這麼做。」

「妳要如何制止我？」他輕鬆的嘲諷道，但臉上那抹笑容讓他語氣中奚落的成分不存在。

「雅各，我求你。和我一起留在這裡。」如果我動得了的話，我會已經跪下來了。

「在這裡待十五分鐘，錯過如此棒的打鬥？然後等妳一認為我安全了，妳馬上就會再度離開我？妳別開玩笑了。」

「我不會離開你的，我改變心意了。我們一起解決，雅各。一定有辦法妥協的。別走！」

「妳說謊。」

「我沒有，你知道我不擅長說謊。看著我的眼，如果你要，我就留下來。」

他臉色嚴厲。「然後要我當**妳婚禮的伴郎**？」

好一會兒我說不出話來，當我開口，我唯一能說的仍是，「拜託。」

「我想也是，」他臉色變得平靜，但眼中還是狂潮洶湧。

「我愛你，雅各。」我心碎的低聲說。

「我愛妳，貝拉。」他喃喃說。

他笑了。「我比妳更清楚。」

他轉身走開。

「什麼都行，」我用哽咽的聲音在他身後大叫。「你要什麼都行，雅各，只要你別這麼做。」

他停下來，緩緩轉身。

「我不認為妳是真心的。」

「留下來。」我求他。

他搖搖頭。「不，我要走了。」他停頓一下，好像決定了什麼。「但我會交給命運。」

「你這是什麼意思？」我哽咽地問。

「我不會做任何蓄意的事——我會為我的狼群們盡最大的力，然後讓該發生的去發生。」他聳聳肩。「如果妳能說服我，妳真的要我回來——比做無私的事還想。」

「怎麼說？」我問。

「妳只要開口。」他建議。

「回來。」我低聲說。他怎麼能懷疑我這話的真心？

他搖搖頭，又笑了。「我不是這個意思。」

我過了好一會才知道他的意思，他用那種高傲的表情看著我——對我的反應相當確定。當我一明白他的意思，我馬上脫口而出，完全沒有考慮到後果。

「你可以親我嗎，雅各？」

他雙眼驚訝的張大，然後又懷疑地瞇緊。「妳在唬人。」

「親我，雅各，親我，然後回來。」

他在陰影中猶豫了一下，和自己爭議。他又半轉身朝西，想離開我，但他的腳無法移動。目光仍望著別處，他朝我的方向不確定的走上一步，然後又一步。他轉過臉來看著我，雙眼中仍舊充滿懷疑。

我看著他，不知道自己臉上是什麼表情。

雅各身子前後晃著，然後大步往前，三大步就走到我面前。

我知道他會利用此刻的情勢。我預期到了。我沒動——閉上眼，手握成拳垂在兩側——他的手捧起我的臉，他的唇印在我的唇上，很急切，幾乎是暴力的。

當他的唇發現我被動的抗拒時，我知道他很憤怒。他一手移動到我頸背，握成拳狀抵在我髮根處。另一手抓住我肩頭，搖晃我。然後將我更摟緊些。他的手繼續往下游移到我手臂，找到我的手腕，拉起我的手，讓我環著他的頸子。我將手留在那裡，但我的手還是緊緊握成拳，不確定在我這麼絕望的情況下，我能做到什麼地步才能讓他答應我活著回來。他的唇，又軟又溫暖，令人倉皇，一直想強迫我有反應。

他一確定我不會垂下手臂，就鬆開我手腕，他的手往下滑到我的腰。灼熱的手深入貼在我的背凹處，他猛拉我向前，讓我的身體緊貼著他。

他的唇略微放開我，但我知道他還沒親完。他的唇沿著我的下巴，然後一路往下探索我的頸項。他鬆開我的髮，拉起我另一隻手環著他頸部，像剛才一樣。

然後他雙臂摟著我的腰，他的唇貼著我的耳。

「妳可以做得更好的，貝拉。」他嘶啞的低語。「妳想太多了。」

當我感覺到他的牙齒輕咬著我耳垂時，我全身顫慄。

「沒錯，」他喃喃說：「就一次，跟隨妳的感覺。」

我機械地搖搖頭，直到他的手插進我髮中制止我。

他的聲音變得苦澀。「妳確定妳要我回來嗎？還是妳要我死？」

憤怒撼動我整個人，就像遭到重擊之後又被用力鞭打似的。太過分了——他沒有公平競爭。

我手臂已經環著他的頸部，所以我雙手抓住他的髮——不理會我右手的疼痛——開始抵抗，想讓自己掙脫他。

但雅各誤會了。

他太強壯了，他不知道我的手想抓住他的頭髮拉址，是要讓他疼痛。他不知道那是憤怒，反而以為是激情。他以為我總算回應他了。

帶著狂野的喘息，他的唇又回到我的唇上，他的手指狂熱的觸摸我的腰身。

憤怒的震盪使我勉力維持的自制失去了平衡；而他突如其來的狂喜反應將我的自制完全推翻。如果存在的只有獲勝的得意，我可能可以抗拒他。但他乍現的、赤裸裸的全然喜悅，粉碎了我的決心，讓它潰散。我的頭腦脫離了我的身體，我開始回吻他。無視所有的理性，我的唇以從未有過奇怪、困惑的方式隨著他的游移著——因為我可以對雅各放心，他對我也不用小心。

我手指緊緊抓住他的髮，但這回是我主動拉他更緊貼我。

他到處都是。熾亮的陽光照得我眼瞼一片紅，那顏色很對，正合這熱氣。熱氣到處都是。我看不見聽不見感覺不見，只有雅各。

我腦中還保持著清醒的那一小部分尖叫著問我。

為什麼我還不停止？更糟的是，為什麼我甚至連想要停止的欲望都沒有？我不要他停止的意思是什麼？我的手抓著他肩頭，他的肩又寬又強壯？他的手拉著我緊貼著他的身體，而我卻覺得還不夠緊？

這些問題很蠢，因為我知道答案。我一直對自己說謊。

雅各是對的，他一直是對的。他不只是我的朋友，這正是為什麼和他說再見如此困難——因為我愛上他了。我也愛他。我愛他，比我所應該的還愛，但卻又遠遠不夠。我是愛上他了，但卻不足以改變任何事，只夠傷害彼此，比我想的傷他還深。

除了他的痛苦，其他我都不關心。我引發的這些痛苦應該由我來承受才是。我好希望能這樣，我希望我會真的痛不欲生。

在這瞬間，感覺起來像我們是同一個人。他的痛苦一直是，也將永遠都會是我的痛苦——此刻，他的喜悅也是我的喜悅。我也覺得喜悅，然而，他的快樂不知怎地也是痛苦。幾乎是有形體、可觸及的——像鹽酸一樣灼傷我的肌膚，緩緩的折磨。

在這永恆的一瞬間，一條截然不同的道路在我含滿淚水的雙眼後延展開來。我彷彿透過雅各的思路濾網來觀看，我能清楚看見我要放棄的究竟是什麼，清楚看見這個新的自我認知無法拯救我免於失去。

我看見查理和芮妮，與比利和山姆及拉布席拼貼成一幅抽象畫。我看見時光飛逝，某些事物隨之改變，那改變了我。我看見我深愛的這匹紅棕色巨狼，在我需要他時，始終起身扮演著保護者的角色。在這小小的瞬間，我看見兩個黑髮小孩，從我身邊跑開，奔入熟悉的森林。當他們消失時，他們也帶走其餘所有的影像。

就在此時，相當清楚的，我感覺自己的心沿著那條裂縫碎裂開來，而較小的那一半狠狠地將自己從整全中拔出去。

雅各的唇比我先停下來。我張開眼，他雙眼帶著驚喜和高興的神采看著我。

「我得走了。」他低聲說。

「不。」

他笑了，很高興我有這樣的反應。「我不會去很久的，」他保證。「但先做一件事……」

他又親吻我，沒理由抗拒。何必抗拒？

這次的吻不同。他的手輕柔的捧著我的臉，他溫暖的唇很溫柔，出乎我意料之外的遲疑。這個吻很短促，但是非常、非常甜美。

他的手臂仍環著我，穩妥地擁緊我，在我耳邊說：「這才應該是我們的初吻。亡羊補牢，為時未晚。」

依偎在他胸口，我知道他看不見，我的淚水潰堤，流個不停。

chapter 24

倉促決定

我夠強壯嗎？我夠勇敢嗎？

我能用多大的力氣將這個石塊刺進自己的身體？

這能帶給賽斯足夠的時間，讓他站起來嗎？

我的犧牲能否為他換來足夠的時間恢復，

讓他完成他的使命？

我臉朝下趴在睡袋上，等著正義的審判來找我。可能雪崩會把我活埋，我希望能這樣，我再也不想在鏡中看見自己。

毫無聲音預警。不知打那出現，愛德華冰冷的手就輕觸我打結的髮。在他的撫摸下我愧疚地打顫。

「妳還好嗎？」他焦慮的輕聲問。

「不。我想死。」

「這不會發生的，我不會允許。」

我呻吟著低聲說。「你可能會改變主意。」

「雅各呢？」

「他去參加戰鬥了。」我對著地板咕噥說。

雅各充滿喜悅的離開這小小的紮營之地——帶著興奮的「我會馬上回來」的心情——傾身奔往作戰的空地時，已經全身顫動準備變身。現在所有的狼人都會知道。賽斯．克利爾沃特在帳篷外面踱步，看見我做的這件丟臉的事。

愛德華沉默了好長一會兒。「喔。」他最後說。

他的語氣讓我擔心我要的雪崩來得不夠快。我偷瞄他一眼，他雙眼茫然，因為他在聆聽某件我寧願死也不要他聽見的事。我垂下臉貼著地面。

當愛德華不情願的輕笑時，真的嚇壞我了。

「我還以為只有我不擇手段，」他帶著不情願的讚美說。「這下子他讓我看起來像是道德的聖人。」他手輕撫我露出的臉頰。「我沒生妳的氣，吾愛。雅各比我想的還狡猾。當然我希望妳沒主動開口。」

「愛德華，」我對著粗糙的尼龍睡袋囁嚅著：「我……我……我……」

「噓」，他要我噤聲，他的手指輕柔的撫慰著我的臉頰。「我不是這個意思。他反正會親妳——就算妳沒落入他的計畫——現在我沒藉口打爛他的臉了。我應該會很享受那麼做的說。」

「落入什麼？」我幾乎無法理解地問。

「貝拉，妳真的相信他有那麼高貴嗎？他出去迎戰，只是為了替我掃除障礙嗎？」

我緩緩抬起頭，迎上他耐心的凝視。他的神情柔和，雙眼充滿瞭解，而不是我只配見到的嫌惡。

「是的，我的確相信了。」我喃喃說，然後避開他望著別處。但我不生氣雅各拐了我。我身體裡面沒有足夠的空間來容納除了對自己的痛恨之外的東西。

愛德華輕聲笑了。「妳真是個很差勁的說謊者，妳這麼容易就聽信別人？」

「你為什麼不生我的氣？」我低聲問。「你為什麼不討厭我？你還沒聽完整個故事嗎？」

「我想我看得相當清楚，」他語帶輕鬆的說：「雅各在腦海中形容的栩栩如生。我幾乎替他的狼群覺得不好意思。可憐的賽斯覺得噁心，而山姆現在要雅各專心。」

我閉上眼，痛苦的搖搖頭。粗糙的帳篷地板摩擦我的肌膚。

「妳只是個人類。」他低喃著，再次撫摸著我的頭髮。

「這是我聽過最可悲的辯解。」

「但妳是人類，貝拉，而且，雖然我希望不是這樣，他也是……妳生命中有些洞是我無法填滿的。我瞭解這一點。」

「但這不是真的。這只是讓我更壞。根本沒有洞。」

「妳愛他。」他溫和的輕聲說。

我身體中每個細胞都痛苦的想否認。

「我愛你更多。」我說。我頂多只能這樣說。

「是的，我也知道。但是……當我離開妳，貝拉，我讓妳受傷流血，是雅各把妳縫補好的。這注定會留下痕跡——在你們兩個身上。我不確定這些縫線會不會自己溶解。是我做的好事，我無法責怪你們任何一方。我或許能得到諒解，但那不能讓我逃離後果。」

「我早該知道你總是能找出方法責怪自己。請你別說了，我無法忍受。」

「妳要我說什麼？」

「我要你用你知道的所有語言中最惡毒的話罵我。我要你告訴我，你對我厭惡之至，你要離開我，這樣我才能跪下來求你別走。」

「我很抱歉，」他嘆氣。「我做不到。」

「至少不要試著讓我感覺比較好。讓我受苦，我應得的。」

「不。」他喃喃說。

我緩緩點頭。「你是對的，繼續太過體貼，這可能更糟。」

他沉默了一會，我感受到氣氛的轉變，新的急迫氛圍。

「更近了。」我說。

「是的，只剩幾分鐘。剛好夠說另一件事……」

我等著。當他終於開口，他聲音很低。「我可以是那個有高尚情操的人，貝拉。我不要讓妳在我們之間選擇。妳可以選擇妳要我的哪一部分都可以，只要妳高興就好，或是完全都不要，如果那讓妳覺得比較好過。不要讓妳對我的虧欠感影響到妳的決定。」

我從地板上起身，跪在地上。

「該死，住口！」我朝他大喊。

他驚訝的睜大雙眼。「不——妳不瞭解。我不是想讓妳好過，貝拉。我是真心的。」

「我知道你是，」我呻吟。「你反擊行不行？現在別那麼高貴的一副自我犧牲樣。搶回去！」

「怎麼搶？」他問，雙眼變得蒼老，充滿悲傷。

我爬上他膝頭，用手臂環著他。

「我不在乎這裡有多冷，我不在乎自己現在聞起來臭得像條狗。讓我忘記我有多糟，讓我忘記他，讓我忘記我的名字。把我搶回去！」

我沒等他決定——或讓他有機會告訴我，他對我這樣一個殘酷不忠實的怪物沒有興趣。我緊貼著他，把唇壓上他冰冷的唇。

「小心點，吾愛。」他在我急切的親吻下喃喃的說。

「不！」我咆哮。

他溫柔地微微推開我的臉。「妳用不著向我證明任何事。」

「我不是要證明任何事。你說我可以要你的任何一部分，我要這部分，我要每一部分。」我雙臂環著他的頸子，伸長脖子去親他的唇。他低下頭回吻我，但隨著我的不耐愈發明顯，他的唇開始猶豫。我的身體暴露出了我明顯的意圖。無法避免的，他伸出雙手制止我。

「或許這個時機不適合做這件事。」他建議，他太冷靜了，完全不是我要的。

「為什麼？」我抱怨著。如果他這麼理性，爭論是沒有用的。我垂下手。

「第一，因為很冷。」他伸出手撿起地上的睡袋，像毛毯一樣包住我。

「錯，」我說：「第一，因為以吸血鬼而言，你的道德感強得很奇怪。」

他笑。「好吧。妳說了算。冷是第二。第三……妳真的很臭，吾愛。」

他皺起鼻子。

我嘆氣。

「第四，」他喃喃說，低下頭，好在我耳邊私語。「我們會試的，貝拉。我會信守承諾。但我不希望是因為雅各・佈雷克的關係。」

我畏縮，將臉埋在他肩頭。

「還有第五……」

「這張單子很長。」我喃喃說。

他笑了。「是的，但妳要不要聽戰場的情況？」

當他說話時，賽斯在帳篷外尖聲號叫。

這聲音讓我整個人僵住。我不知道我的左手握成了拳，指甲刺入我裹著繃帶的掌心，直到愛德華牽起我的手，溫柔的將我的指頭掰開。

「會沒事的，貝拉。」他保證著。「我們這一邊有技巧、訓練，還有奇襲的優勢，很快就會結束。如果我不是真的相信，我早就加入戰鬥——然後把妳鍊在這邊某棵樹上或什麼的。」

「艾利絲那麼嬌小。」我呻吟著說。

他笑了。「這可能是問題……如果有人抓得到她的話。」

賽斯開始嗚咽。

「怎麼了？」我追問。

「他只是生氣，他跟我們一起被卡在這裡。他知道狼群不讓他加入是為了保護他。但他渴望加入極了。」

我沉著臉看著賽斯的方向。

「新手已經到達我們布置的線索的尾端——這果然奏效，賈斯柏真是天才——他們已經找到了草地中的氣味，所以他們分成兩群，就像艾利絲說的。」愛德華喃喃說，雙眼專注看著遠方。「山姆帶領我們繞過去攔截埋伏的那一群。」他如此專注的聆聽狼群的對話，不知不覺用起狼群的複數人稱。

突然他低頭看著我。「呼吸，貝拉。」

我掙扎著聽他的話。我聽見賽斯在帳篷外沉重的喘氣聲。我想維持肺部平穩的呼吸，這樣我才不會缺氧過度。

「第一組已經到達空地了，我們聽見戰鬥聲。」

我咬緊牙關。

他笑了。「我們聽見艾密特——他很自得其樂。」

我讓自己隨著賽斯呼吸。

「第二組已經準備好——他們沒注意，他們還沒聽見我們。」

愛德華咆哮。

「怎麼了？」我喘不過氣。

「他們在談論妳。」他咬著牙。「他們應該要確定妳沒逃走……閃得好，利雅。嗯，她真快。」他贊同的輕聲說：「其中一個新手注意到我們的氣味，利雅在他還沒轉身之前就打倒他。山姆幫助她解決了那傢伙。保羅和雅各逮到另一個，但其他人開始抵抗了。他們不知道自己面對的是什麼，兩邊都進行虛攻——不，讓山姆領頭。別擋路，」他喃喃說：「讓他們分開——不要讓他們背對背保護彼此。」

賽斯哀鳴。

「好多了，趕他們朝空地去。」愛德華贊同的說。當他聆聽且觀看雙方的動作時，身體不自覺的轉動。他的手還是牽著我；我手指一緊，抓著他的手，至少他不在那邊。

突然消失的聲音是唯一的警告。

賽斯低沉的呼吸聲中斷了——我一直和他同步呼吸——我注意到。

我也停止呼吸——當我瞭解到我身邊的愛德華僵得像座冰雕時，我怕得不敢呼吸。

喔，不，不，不！

是誰出事了？他們那一邊還是我們這一邊？我這邊，全都屬於我這邊。我失去了誰？

接下來的事快得我不確定發生了什麼事，我站在地面上，帳篷在我周圍塌散破裂了一地。愛德華拉著我衝破帳篷出來嗎？為什麼？

我震驚的眨眼望著明亮的陽光。我只看見賽斯，就在我們旁邊，他的臉離愛德華只有六吋遠。他們以絕對的專注瞪著彼此一秒，卻長似永恆。陽光從愛德華肌膚上折射出彩虹般的光芒，跳躍在賽斯的毛髮上。

然後愛德華急切的對賽斯低語：「去吧，賽斯！」

巨狼轉身消失在森林黑暗處。

才過了兩秒？我覺得好像幾小時。我一想到空地那邊出了事就噁心反胃。我張開口想要愛德華帶我過去，現在就去。他們需要他，他們需要我。如果我得流血犧牲來救大家，我都會做。要我死也行，就像第三個妻子。我手中沒有銀色小刀，但我可以找到方法——

我還沒說出第一個字，我覺得自己被甩過半空。但愛德華一直沒放開我的手——我被他拉著移動，速度快到感覺像是要側身摔倒似的。

我發現自己的背緊貼著峭壁的岩面。愛德華站在我面前，擺出的姿勢我一看就明白了。

我腦中大大鬆一口氣的同時，胃也往下一沉跌到了底。

我搞錯了。

放鬆——空地上沒出事。

驚恐——危機在這裡。

愛德華擺出防禦的姿勢——半蹲，手臂微伸——我明白、肯定到想吐。我背後的岩石可以是古老的義大利小巷中的磚牆，而他站在我和穿著黑斗篷的佛杜里武士之間。

有人來拜訪我們了。

「是誰？」我輕聲問。

他牙齒間發出的咆哮語句比我預期的還大聲，太大聲了。這表示不用躲藏。我們被困住了，無論是誰聽見他的答案都沒有差別。

「維多利亞，」他吐出這名字，像是咒罵。「她不是一個人。她經過我的氣味，跟著新手卻作壁上觀——她從頭到尾都無意與他們一同作戰。她突然間下了個決定只想找到我，猜想不管我在哪裡妳都會跟我在一起。她是對的。妳是對的。一直都是維多利亞。」

她一定很近，所以他聽得見她的念頭。

我安心了。萬一是佛杜里，我們倆都得死。但是維多利亞，就不必是兩人了。愛德華會活下來的。他是個作戰好手，和賈斯柏一樣好。只要她幫手不多，他會打贏的，回到他家人身邊。愛德華比所有人都快，他能做到的。

我真高興他要賽斯離開。當然，賽斯找不到人可以求援。維多利亞把時間算得剛剛好。但至少賽斯很安全，當我想著他名字時，我腦中看不見那黃沙色的狼——只看見一個瘦高的十五歲男孩。

愛德華身子微微轉動——極細微，但這告訴了我該往哪邊看。我瞪著森林中的黑暗處。

那就像我的惡夢前來向我問好。

兩個吸血鬼緩緩走進我們紮營的小空地，雙眼專注，絲毫不錯過。他們在陽光下像鑽石閃亮。

我簡直無法注視那金髮男孩——是的，他只是個男孩，雖然他全身肌肉結實，個子又高，當他被改變時，可能才跟我一樣大。他的雙眼——比我之前看過的都還要鮮紅——無法令我注視。雖然他離愛德華較近，最近的危險，我卻無法正眼看他。

因為，就在他旁邊幾呎遠幾步後的地方，維多利亞正瞪著我看。

她火紅的髮比我記憶中還要閃亮，更像火焰。現在沒有風，但火紅的髮圍繞著她的臉，好像散發著光芒，栩栩如生。

她雙眼漆黑充滿飢渴。她沒笑，不像在我惡夢中那樣——唇緊抿成一直線。她曲起身子的姿勢像要發動攻擊的貓一樣，一隻等候破綻要躍起撲擊的母獅。她焦躁狂野的凝視來回掃視著愛德華和我，但從未在他臉上停留超過半秒。她無法將視線挪開我的臉，就像我無法不看著她。

她渾身散發出一股近乎有形的緊張氣息。我感覺到她的渴望，她整個人被攫在毀滅性激情的手裡。好像我也能聽得見她在想什麼，我知道她在想什麼。

她是如此接近她要的了——在這一年多裡，她存在的唯一目的，如今她快要得手了。

我的死亡。

她的計畫很明顯、實際。金髮男會攻擊愛德華。只要愛德華一分心防禦，維多利亞就會解決我。

會很快——在這裡她沒時間玩遊戲——但會絕對徹底。會做到絕不可能挽回的地步。就連吸血鬼的毒液也挽救不了。

她必須使我的心停止跳動。也許是伸手穿破我的胸膛將我的心壓碎。某種這類的方法。

我心跳得極快，很大聲，彷彿要讓她能更明顯地得知目標所在。

在遠遠的距離之外，橫跨黑暗的森林，一匹狼的號叫聲迴盪在凝結的空氣中，響徹林間。賽斯走了，沒辦法解釋這聲音發自誰。

金髮男孩用眼角看著維多利亞，等著她的命令。

他從許多方面來看都好年輕。我從他鮮紅的眼角膜猜得出來，他剛當吸血鬼不久。他一定很強壯，但是很笨拙。愛德華會知道如何解決他。愛德華會活下去的。

維多利亞用下巴比比愛德華，沒說一字，命令那男孩向前攻擊。

「萊利。」愛德華用輕柔懇求的聲音說。

金髮男孩僵住了，紅色的雙眼睜得老大。

「她騙了你，萊利，」愛德華告訴他。「聽我說。她騙了你，就像她騙了其他人，那些死在空地中的人。你知道她騙了他們，是她要你騙他們的，你們兩個都不會去幫忙他們。要你相信她騙了你有那麼難嗎？」

萊利臉上出現困惑的神情。

愛德華向一旁微微轉身幾吋，萊利自動跟著調整他自己的位置。

「她不愛你，萊利，」愛德華輕柔的聲音充滿強迫性，近乎催眠。「她從未愛過你。她愛的人叫做詹姆斯，你只是她的工具。」

當他說出詹姆斯的名字時，維多利亞的唇嘛起，露出利牙。她雙眼緊鎖著我。

萊利很快看她一眼。

「萊利？」愛德華說。

萊利自動又看著愛德華。

「她知道我會殺了你，萊利。她要你死，這樣她就不用再假裝。是的——你也看見過，不是嗎？你在她眼中看見那不情願，在她的承諾中懷疑帶有欺騙。你是對的。她從來就不要你，每個吻，每個撫觸都是謊言。」

愛德華又移動，朝那男孩移動幾吋，同時又離我遠了幾吋。

維多利亞的凝視集中到我和愛德華之間的距離。她不用一秒就能殺了我——她只需要一點點機會。

緩緩的，萊利重新調整姿勢。

「你不用死，」愛德華保證，他雙眼盯著這男孩。「還有其他方法能過日子，不必像她教你的。那些都是謊言和血腥，萊利。你現在就能離開，你不必因為她的謊言而死。」

愛德華腳往前一步，挪向側邊。我們倆中間現在有一呎的空隙。萊利這次挪得太遠，調整過頭了。維多利亞傾身向前，補上他的位置。

「最後的機會，萊利。」愛德華低聲說。

萊利一臉絕望的望向維多利亞，等候答案。

「他在說謊，萊利。」維多利亞說，我第一次聽見她的聲音，震驚的張大口。「我告訴過你這讀心術傢伙的詭計。你知道我只愛你。」

她的聲音不強壯，不狂野，不像貓，我無法將她的聲音和她的臉及她的姿勢連在一起。她的聲音很輕柔，很高——像小孩子，女高音似的銀鈴聲。那種聲音應該有金色鬈髮和粉紅色泡泡糖連在一起。從她閃亮、裸露的齒間發出來真是奇怪。

萊利下巴一緊，他拱起雙肩。眼神空洞——不再困惑、不再猜疑，根本完全沒有思想。他繃緊自己準備要攻擊。

維多利亞的身體似乎在顫抖，她繃得實在太緊太想要了。她的手指已經像爪一樣，等著愛德華移動，再離開我一吋。

乍現的咆哮聲不是他們任何人發出來的。

一道巨大的黃褐色身影掠過空地的中心，將萊利撲倒在地上。

「不！」維多利亞大喊，她嬰孩似的尖銳嗓音充滿不敢相信。

我們前方一碼半的地方，巨狼撕扯著他身下的金髮吸血鬼。某種又白又硬的東西啪地一聲甩在我腳邊的岩石上。我縮著避開它。

維多利亞不再瞥一眼她說她愛的那個男孩。她雙眼緊盯著，當中充滿了劇烈的失望，使她看起來像是精神錯亂一般。

「不！」她又說，咬著牙。愛德華朝她移動，擋住她朝我攻擊的路徑。

萊利站起來了，看起來畸形又憔悴，但他還能猛力一踢賽斯肩頭。我聽見骨頭碎裂的聲音，賽斯退後，繞著圈圈，一跛一跛的。萊利伸出雙臂準備再次行動，雖然他好像失去了一隻手……

在這場打鬥的幾碼外，愛德華和維多利亞像跳舞般正在交手。

——不是真的繞圈圈，因為愛德華不讓她有機會接近我。她滑向後，從一側移往另一側，想找出他防守的漏洞。他靈活地盯著她的腳步，專心一意盯緊她。他在她移動前就先移動，因為他聽見她的念頭，知曉她的意圖。

——賽斯從側邊撲向萊利，某種可怕刺耳的撕裂聲傳來。另一大塊白色物體飛進森林內發出砰地一聲。萊利狂怒的嘶吼，用受了重傷的那隻手猛力揮擊賽斯，賽斯往後躍開——以他的身軀來說，真是驚人的靈活。

維多利亞在這片小空地最遠的那一端，迂迴在樹叢間行進。她的心思意念在互相拉扯著，她的雙腳拉著她往安全的方向奔跑，同時她的雙眼卻留戀的看著我，好像我是塊磁鐵，吸引著她。我看得出來她想殺我的渴望與她求生的本能正在交戰。

愛德華也看出來了。

「別走，維多利亞，」他用之前相同催眠的語氣低聲說：「妳永遠不會再有第二次像這樣的機會了。」

她露出牙，朝他嘶聲。但她似乎無法離開我。

「妳永遠都可以晚點逃走，」愛德華輕輕哄道：「多的是時間。這就是妳擅長的，不是嗎？這就是為什麼詹姆斯留下妳的原因。當妳想玩致命遊戲時，會很有用。一個擁有不尋常的逃跑本能的夥伴。他不應該離開妳——當我們在鳳凰城追上他時，他應該利用妳的能力的。」

她口中發出咆哮聲。

「然而，這就是妳對他的全部意義。何苦傻得浪費這麼多精力，為一個愛妳的程度還不及獵人愛他的馬的人展開復仇。對他來說，妳不過就是個好用的工具罷了。我知道的。」

愛德華邊說邊點點自己的太陽穴，嘴角揚起一絲微笑。

隨著一聲哽咽的尖叫，維多利亞從樹林中衝出來，偽裝攻擊。愛德華回應，兩人又開始像舞蹈般移動。就在這時，萊利一拳打中賽斯側邊，賽斯痛苦的吠叫，整個人退後，他肩膀抖動，好像想甩開痛苦似的。

拜託，我想懇求萊利，但我虛弱得無法張開口，我無法從肺中抽出空氣。拜託，他只是個孩子。

賽斯為什麼不跑走？他現在為什麼不跑？

萊利再次拉近他們之間的距離，將賽斯逼到我旁邊的峭壁岩面。維多利亞突然對她同伴的命運產生興趣。我看見她從她的眼角，衡量著萊利和我之間的距離。賽斯撲向萊利，強迫他後退，維多利亞嘶吼。

賽斯已經沒有一拐一拐了。他繞著圈圈移動，離愛德華很近，他的尾巴掃過愛德華的背，維多利亞雙眼圓睜。

「不，他不會攻擊我。」愛德華回答維多利亞腦中的問題。他利用她的分心朝她更靠近。「妳提供了我們共同的敵人。妳讓我們聯盟。」

她咬緊牙，想專心在愛德華身上。

「看仔細點，維多利亞，」他低聲說，拉扯著她注意力的毛邊。「他是不是真的很像詹姆斯在西伯利亞追蹤的怪物？」

她睜大眼，雙眼來來回回瞄著愛德華、我和賽斯。「不一樣？」她用小女孩的尖聲號叫著。「不可能。」

「凡事都有可能，」愛德華輕聲說，迷人聲音很輕柔，他又朝她挪近一吋。「只除了妳所要的。妳永遠碰不到她。」

她用力地快速甩了甩頭，想趕走他的聲東擊西，然後試著閃避他，但他已經占據了那個只要她一想到任何計畫，他就會反應堵死她的位置。她的面容因沮喪而扭曲，然後她挪動蹲伏下身，擺好她的攻擊姿勢，又像一頭母獅一樣，從容不迫地往前直行。

維多利亞不是沒有經驗、被本能驅動的新手。她是致命的。就連我都看得出她和萊利的不同。我知道如果讓賽斯和這個吸血鬼對打的話，用不著多久就會被打敗。

愛德華也換成了迎戰的姿勢，當他們接近彼此，像雄獅對抗母獅。

兩人的速度加快。

就像艾利絲和賈斯柏在草地中一樣，一片模糊的快速旋轉，只是這段舞蹈不是完美編排的。每當有人失手犯錯，就會有尖銳得像輾過的嘎吱聲和碎裂聲，迴盪在峭壁岩石表面。但他們移動的速度對我來說太快，我看不出是誰失手……

萊利被這場激烈的打鬥分心，他雙眼焦慮的看著他的夥伴。賽斯攻擊，咬下這吸血鬼身上的一小部分。萊利怒吼，使出巨大的反手揮擊，打中賽斯寬大的胸口。賽斯巨大的身體飛離十呎高，撞到我頭頂的岩石牆上，力道之強，似整座峰都為之震動。我聽見他肺裡空氣被擠壓出來的聲音，當他在岩石上彈起身子，我迅速低下頭躲開，他墜落在我面前幾呎遠的地上。

賽斯口中傳出低低的抽噎聲。

無數尖銳的灰色石屑從我頭頂落下，畫過我裸露的肌膚。一塊尖銳的岩石滾落在我右手，我本能的接住。我手指抓住這塊長長的碎片，求生本能高漲；既然沒機會逃走，我的身體——不關心我的能力是否徒勞無功——準備戰鬥。

我全身充滿腎上腺素。我知道夾板陷入我的掌心，我知道我的指關節裂傷正在抗議。我知道，但我不覺得疼痛。

在萊利身後，我只看見維多利亞火焰般飛揚的髮和模糊的白色身影。金屬般的斷裂聲、喘氣聲和震驚的嘶吼聲的頻率愈來愈密，顯然這場打鬥快要有人出局了。

但會是誰？

萊利蹣跚的朝我走來，他發紅的雙眼充滿暴怒的狂熱。他怒目注視我倆之間癱軟在地的黃沙色巨狼，他的手——斷裂傷得很重的雙手——曲成爪狀。他張開口，很大，利牙閃著亮光，準備要撕裂賽斯的喉嚨。

另一股腎上腺素像觸電一樣襲來，一切突然變得清楚。

兩場戰鬥都快接近尾聲。賽斯快要輸了，我不知道愛德華是贏還是輸，但他們需要幫助，一個分心。一個能給他們優勢的分心。

我手緊緊抓住石塊尖端，抓得太緊，一片夾板都被我折斷了。

我夠強壯嗎？我夠勇敢嗎？我能用多大的力氣將這個石塊刺進自己的身體？這能帶給賽斯足夠的時間，讓他站起來嗎？我的犧牲能否為他換來足夠的時間恢復，讓他完成他的使命？

我把厚重的毛衣衣袖往上捲，露出皮膚，將石塊尖端朝著手臂，抵著手肘。我上次生日時，那裡已經獲得一道長疤痕。那一晚，我流動的熱血吸引了所有吸血鬼的注意，讓他們馬上愣住。我祈禱這一招能奏效。我下定決心，深深吸口氣。

我吸氣的聲音讓維多利亞分心。她的眼，在那一瞬間迎上我的。她臉上交雜著憤怒和好奇的神情。

我不確定在所有石牆反射回來的吵雜回聲及我腦海奔騰的思緒中，我怎麼會聽見那道低低的聲音。我自己的心跳聲已經大到足以淹沒它了。但是，在我望進維多利亞雙眼的剎那，我認為我聽見一個熟悉的、惱怒的嘆息。

在這同樣短暫的瞬間，原本的打鬥之舞猛裂的分開。一切發生得如此之快，我還沒看清楚事情的先後順序就結束了。我試著在腦中理清一切。

維多利亞從那團模糊中飛了出去，撞上一棵高大雲衫木的樹腰。她落在地上時已經又蹲伏好要撲躍。與此同時，愛德華——還是看不清他的速度——扭身向後，抓住未料想到的萊利的手臂。看起來好像愛德華早就計畫好後退攻擊萊利的後背，用力一拉一甩——

小小的營區全都是萊利痛苦的尖叫聲。

在此同時，賽斯跳了起來，遮住了我大部分的視線。

但我還是看得見維多利亞。雖然她看起來古怪地畸形——好像她無法完全站直身子——但我看見她狂野的臉上閃過一抹我夢見過的微笑。

她曲身一躍而起。

一個小小蒼白的東西嘶地畫破半空撞上躍到一半的她。撞擊的聲音像爆炸，力道又將她甩出去撞上另一棵樹——那棵樹攔腰斷成兩截。她再次雙足落地穩住，伏身預備好，但愛德華已經就定位。當我看到他筆直完美的站著時，我大鬆口氣安心了。

維多利亞用光腳輕踢她腳旁的東西——那個飛彈般破壞了她的攻擊的東西。那東西朝我滾來，我認出了那是什麼。

我胃一緊。

上頭的手指仍然扭曲，抓住地上的草葉，萊利的手臂開始無意識的拖著身體在地上爬來爬去。

賽斯又繞著萊利打轉，現在萊利在撤退。他後退避開這步步逼進的狼，他的臉充滿痛苦，舉起一隻手臂防禦。

賽斯衝向萊利，吸血鬼顯然失去平衡。我看見賽斯的牙咬住萊利肩頭，一撕，又往後跳開。

一陣震耳欲聾、金屬般的尖銳撕裂聲，萊利又失去一隻手臂。

賽斯搖頭將那隻手臂甩進樹林中。賽斯齒間發出嘶吼聲，像是竊笑。

萊利尖叫著，像被嚴刑折磨的聲音懇求。「維多利亞。」

維多利亞聽見他喊她的名字，卻完全不為所動。她雙眼完全沒看她的夥伴。

賽斯像個大鐵球似的，再度展開攻擊衝過去。這衝力讓賽斯和萊利都滾進樹林內，金屬般的尖銳撕扯聲伴隨著萊利的尖叫聲。尖叫突然停止，然而岩石被撕裂成碎片的聲音持續著。

雖然她沒給萊利再見的一眼，維多利亞似乎知道只剩她一人了。她開始步步後退離開愛德華，眼中滿是狂熱的沮喪。她投給我短暫、痛苦的渴望一瞥，然後退後得更快。

「不，」愛德華柔情的說，他的聲音充滿誘惑。「再待一下下。」

她像枝離弦的箭，轉身衝向森林想要躲避。

但愛德華更快——像槍口射出的子彈。

他在樹林邊抓住她毫無防備的後背，這最後簡單的一步，打鬥之舞完結。

愛德華的口畫過她的頸子，好像在愛撫她。賽斯發出尖叫的喧鬧聲遮住了其他所有的聲音，因此沒有可辨識的聲音來讓人想像其中的暴力。

他可能只是在親吻她。

然後那火焰般的髮不再與她的身體相連。顫抖的橘紅色髮浪落在地面，彈了一下，滾向樹林內。

chapter 25

鏡

野獸般兇猛的紅色雙眸是最明顯的——

讓人移不開目光。

她充滿敵意的看著我，不時顫抖扭動。

我瞪著她，被她迷住了，

猜想我是否正看著自己未來鏡中的倒影。

我強迫自己震驚而張大僵住的雙眼，移開視線，這樣我才不用太仔細觀看那被火焰般顫抖的髮絲纏繞住的橢圓形物體。

愛德華又移動了。快速冷靜，公事公辦的態度，將那無頭屍體進行肢解。

我無法走向他——我無法移動腳步，它們像是被牢牢的鎖在地上。但我仔細看著他每個動作，想知道他是否受傷。當我發現他完好如初後，我的心跳才緩緩恢復平穩的節奏。他的輕盈優雅一如以往，我甚至無法在他衣服上找到一絲裂痕。

他沒有看我——我仍僵立在峭壁前，充滿驚恐——他將那一堆仍在抖動的屍塊堆好，蓋上乾燥的針葉。當他跟在賽斯身後衝進森林中時，他還是沒朝我震驚的凝視望上一眼。

我還沒回過神，他們兩人已經又回來了，愛德華手上都是萊利的屍塊。賽斯口中咬著最大塊的軀幹。兩人將這堆東西疊在松針上，然後愛德華從口袋內拿出一個銀色的長方形物品。他輕彈一下這個打火機，讓打火機的火舌靠近易燃的松針堆，瞬間點著，長長的橙紅火舌逐步燃燒起那堆東西。

「每一塊都得撿回來。」愛德華悄聲對賽斯說。

吸血鬼和狼人一起行動，兩人搜尋整個營區，不時撿起白色的肉塊扔進火堆。賽斯用牙齒撿。我的腦筋還是無法順利思考，我不太清楚賽斯為什麼不變回人形用手來處理。

愛德華雙眼專注在他的工作上。

然後他們做完了，猛烈的火焰揚起令人窒息的紫色濃煙。濃煙緩緩盤旋升起，看起來比實際上更濃稠紮實，聞起來像焚香，但味道讓人不太舒服，又濃又嗆。

賽斯又發出竊笑聲，從他胸腔深處傳出。

愛德華緊繃的臉上也露出一絲笑容。

愛德華伸直手臂，手握成拳。賽斯笑了，露出長長的利齒，湊過去用他的鼻子抵住愛德華的手。

「很棒的團隊合作。」愛德華低聲說。

賽斯吠聲笑了。

然後愛德華深吸口氣，緩緩轉身面對我。

我不瞭解他的神情。他雙眼還是小心翼翼，好像我是另一個敵人——不只是小心，還有害怕。當他面對維多利亞和萊利時他完全不害怕……我的大腦還僵著，像我的身體一樣，太震驚而無法轉動。我迷惑的看著他。

「貝拉，吾愛。」他輕柔的說，以過分誇張的緩慢走向我，他高舉雙手，掌心朝前。我雖然茫然，但他這樣走來的姿勢，卻讓我覺得像是嫌犯走向警察，顯示他沒有武裝……

「貝拉，妳可以丟掉那塊石頭了嗎，拜託？小心點。別傷了自己。」

我完全忘記這個簡陋的武器，到現在才發現自己還是緊握著，我的指關節疼痛的抗議。又斷了嗎？卡萊爾這次一定會幫我打上石膏的。

愛德華猶豫地停在我前方幾呎處，雙手還是高舉，眼神還是充滿恐懼。

我過了好一會才能夠鬆開手指。然後石頭掉到地上，但我的手還是僵硬的維持著原本的姿勢。

當我手上空無一物後，愛德華才微微放鬆，但沒有走近我。

「妳不用害怕，貝拉，」愛德華輕聲說：「妳很安全。我不會傷害妳。」

他的承諾只讓困惑的我更加大惑不解。我像傻子一樣瞪著他，想弄懂是怎麼回事。

「一切都將會沒事的，貝拉。我知道妳現在很害怕，但一切都結束了。沒有人會傷害妳。我不會碰妳的，我不會傷害妳。」他又說。

我猛烈的眨眼，我能發出聲音了。「你為什麼一直這樣說？」

我朝他的方向，踏前一步，腳步不是很穩，而他則往後退一步。

「怎麼了？」我低聲說：「你是什麼意思？」

「妳……」他金色雙眸的眼神突然和我一樣困惑。「妳不是怕我？」

「怕你？為什麼？」

我掙扎著再往前一步，然後被東西絆住——可能是我自己的腳。愛德華接住我，我將臉埋在他胸口，開始啜泣。

「貝拉，貝拉。我真的很抱歉。結束了，都結束了。」

「我沒事，」我喘著氣說：「我沒事。我只是，嚇壞了。給我，一分鐘。」

他緊緊摟著我。「我很抱歉。」他一再喃喃的低聲說。

我緊抓著他，直到我能正常呼吸，然後我親吻他——他的胸口、他的肩、他的頸子——他身上每個我能碰到的地方。緩緩的，我的腦袋又能思考了。

「你還好嗎？」我邊吻他邊問。「她有傷到你嗎？」

「我好的不得了。」他保證，將臉埋在我髮絲間。

「賽斯呢？」

愛德華竊笑。「比沒事還好。老實說，他樂得很。」

「其他人？艾利絲、艾思蜜？還有狼人？」

「大家都沒事。都結束了。就像我保證的一樣順利結束。我們這邊是最激烈的。」

我想了一會，讓他說的話慢慢在我腦中發酵、沉澱。

我的家人和我朋友都安全了。維多利亞永遠不會再來找我。都結束了。

我們全都沒事了。

但我還是很困惑，無法完全接受這個好消息。

「告訴我為什麼？」我堅持。「為什麼你認為我怕你？」

「我很抱歉，」他再次道歉——為了什麼？我毫無頭緒。「真的很抱歉。我不想要妳看到這些，看到我這個樣子，我知道我一定嚇壞妳了。」

我必須再花另一分鐘想一想，想到他猶豫地走向我，他高舉雙手，好像萬一他走得太快，我就會跑走……

「真的？」我最後問。「你……怎麼？認為你會嚇壞我？」我哼地一聲。這樣哼很好，用哼的不會洩露出顫抖或是結巴。聽起來像是很隨意。

他用手抬起我的下巴，將我的頭朝後仰，研究我的臉。

「貝拉，我才剛——」他猶豫了一下，然後強迫自己說出來——「我才剛剛咬斷一個離妳不到二十碼的怪物的頭，並且將之肢解。這沒讓妳不安？」

他皺眉看著我。

我聳聳肩。聳肩也很好，像是厭倦這個話題似的。「沒有，我只是擔心你和賽斯會受傷。我想要幫忙，但是我能幫的忙實在很有限……」

他突然間大怒的表情讓我沒法再說下去。

「是的，」他語氣很強硬。「妳要怎麼用那石塊的驚險動作。妳知道妳差點讓我心臟病發作嗎？這不太容易。」

他憤怒的怒視，讓我很難回答。

「我想要幫忙……賽斯受傷……」

「賽斯是假裝受傷，貝拉。那是誘敵之計。結果妳……」他搖搖頭，無法把話說完。「賽斯看不見妳打算做什麼，所以我只好插手。賽斯有點不高興，現在他無法宣稱，這是他自個兒單槍匹馬打贏的。」

「賽斯是……偽裝？」

愛德華斷然地點點頭。

「喔。」

我們都看著賽斯，他專心看著火焰，故意不理會我們。但他全身上下都洩露出他的得意之情。

「嗯，我不知道，」我說，現在覺得犯錯了。「做為在場唯一一個無助的人，這滋味並不好受。等我變成吸血鬼後你等著看。下一次我才不要袖手旁觀。」

他臉上閃過幾十種不同的情緒，然後他以打趣的口吻回答我。「下一次？妳希望很快再來一仗嗎？」

「有我這種運氣？誰知道？」

他翻翻白眼，但我看得出他很高興——安心讓我們都輕飄飄的。都結束了。

還是……真的結束了嗎？

「等一下。你之前不是說過——」我畏縮，完全想起之前的事——我將要對雅各說什麼？我破碎的心痛苦的跳動一下。很難相信，幾乎是不可能，但今天最難熬的一部分對我還沒完——然後我頑強的繼續說下去。「關於什麼複雜情況的？還有艾利絲，需要和山姆敲定時間表。你說將要到了。是什麼將要到了？」

愛德華雙眼瞄向賽斯，然後他們交換意味深長的眼神。

「是什麼？」我問。

「沒什麼，真的，」愛德華很快回答。「但我們得回去……」

他要拉我上他的背要背我，但我倔強的不肯。

「怎樣叫沒事？」

愛德華用雙手捧起我的臉。「我們只有一分鐘，所以別慌，好嗎？我告訴過妳，妳沒理由害怕。相信我，好嗎？」

我點點頭，想藏起突然的驚恐——在我崩潰之前，我還能承受多少？「沒理由害怕。瞭解。」

他抿著嘴片刻，在決定該說什麼。然後他突然看一眼賽斯，好像這狼人在呼喊他似的。

「她做了什麼？」愛德華問。

賽斯哀鳴，發出焦慮不安的聲音。讓我頸後汗毛直立。

在這無盡漫長的一秒之間，一切死寂。

然後愛德華喘著氣說，「不！」他伸出一隻手，彷彿要抓住某個我看不見的東西。「不要——！」

賽斯身體一陣抽搐，接著發出極其痛苦的一聲號叫。

愛德華在同一時間跪倒在地，雙手抓住兩側太陽穴，臉色充滿痛苦。

我迷惑驚恐的尖叫，也跪在他身邊，愚蠢地想拉開他遮住臉的手，我的掌心都是汗，在他光滑的肌膚上滑過。

「愛德華！愛德華！」

他雙眼費力的回神看著我，從打顫的齒間勉強開口。

「沒事了。我們馬上就沒事了。是——」他說不下去，神情再次扭曲。

「發生什麼事了？」我哭喊著，賽斯痛苦的哀鳴。

「我們沒事。我們馬上會沒事的。」愛德華喘著氣說：「山姆——幫助他——」

當他一說出山姆的名字，我立刻瞭解了，他不是對自己或賽斯說。沒有什麼看不見的力量攻擊他們倆。這一次，危險不在這裡。

他用的是身為狼群一分子的複數人稱。

我的腎上腺素全都耗完了。我的身體再沒力氣了。我整個人軟軟癱倒，愛德華在我撞到岩石前抱住我。他猛地站起來，抱著我。

「賽斯！」愛德華大喊。

賽斯蹲伏著，還是痛苦緊張。好像他打算衝進樹林內。

「不！」愛德華下令。「你馬上直接回家。現在，盡快！」

賽斯哀嗚一聲，猛烈的搖頭。

「賽斯，相信我。」

巨狼望著愛德華痛苦的雙眼好一會，然後他直起身子，衝進林中，像鬼魅般消失。

愛德華將我抱緊在胸前，然後我們也衝進漆黑的森林內，走的是和狼人不同的路。

「愛德華，」我勉強擠出聲音。「發生什麼事了，愛德華？山姆出事了嗎？我們要去哪裡？怎麼了？」

「我們要回到空地，」他低聲告訴我。「我們知道有可能發生這樣的事。今天早晨稍早時，艾利絲看見並透過山姆把話傳給賽斯。佛杜里決定出面仲裁。」

佛杜里。

太多了。我的腦拒絕聽懂，假裝不瞭解。

樹林從我們身邊飛馳而過。他狂奔下山，快得好像我們筆直落下，快要失速似了。

「別慌，他們不是針對我們而來。只是守衛的正常巡視，通常是出面收拾這類的混亂。沒什麼大不了的，他們只是做他們該做的工作。當然，他們似乎非常小心算準到達的時間。這使得我相信，如果這些新手讓庫倫家的人數變少，那些在義大利的人不會有誰傷心的。」他嚴厲又陰鬱的咬著牙說：「當他們到達空地時，我會清楚知道他們在想什麼的。」

「這是我們現在要回去的原因嗎？」我低聲問。我怎麼承受得住？我腦中不自覺浮現了這些身穿黑袍的傢伙，我縮著身子想揮開這些影像。我快要不行了。

「這是部分的原因。不過，如果我們此時能與家人聯合成統一戰線，我們會比較安全。他們沒理由騷擾我們，但是……珍和他們在一起。如果她認為我們落單，沒和其他人在一起，對她可能會是種誘惑。就跟維多利亞一樣，珍可能會猜到我和妳在一起。狄米崔當然和她在一起。如果珍要求的話，他會找到我的。」

我不要想到那名字。我不要在腦海中看見那個美得令人眩目，精緻的像天使小童般的臉龐。我喉嚨中發出奇怪的聲音。

「噓，貝拉。一切都會沒事的，艾利絲看得見。」

艾利絲看得見？但……那狼人呢？他們去哪了？

「狼人們呢？」

「他們得快點離開。佛杜里不會遵守我們和狼人間的停戰協定。」

我聽見自己呼吸變快，但我無法控制。我開始喘氣。

「我發誓他們不會有事的，」愛德華向我保證。「佛杜里不會認得那些味道——他們不會知道有狼人在這裡，這不是他們熟悉的物種。狼人不會有事的。」

他的解釋我聽不進去。我的恐懼讓我心思散亂。我們將會沒事的，他之前這樣說……還有賽斯，痛苦的哀鳴……愛德華迴避了我的第一個問題，用佛杜里的事讓我分心……

我像即將摔落崖壁的人——只靠指尖攀著崖壁的邊緣。

他呼嘯似的穿過樹林，樹木就像一條綠色的河流。

「發生什麼事了？」我又低聲問。「之前。當賽斯號叫時？當你痛苦時？」

愛德華猶豫了一下。

「愛德華！告訴我！」

「都結束了，」他低聲說。當他加速時，在風速中我幾乎聽不見他的聲音。「狼人沒有統計數量……他們以為已經解決全部了。當然，艾利絲看不見……」

「發生了什麼事？」

「其中一個新手躲了起來……利雅找到了他——她太笨又太狂妄，想證明自己。她獨自進攻……」

「利雅，」我重複著，而我太過軟弱，無法為自己突然湧起的放鬆心情感到羞愧。「她會沒事嗎？」

「利雅沒受傷。」愛德華喃喃說。

我瞪著他好久。

山姆——幫助他——愛德華喘著氣說。他，不是她。

「我們快到了。」愛德華說，他看著天空中某個固定的點。

我雙眼自動追隨他看的方向。樹叢上方是極重的烏雲層。一朵雲？但之前還反常的陽光充沛……不，不是一朵雲——我發現那是濃濃的煙霧，就像在我們營區的那個一樣。

「愛德華，」我的聲音幾乎聽不見。「愛德華，有人受傷了。」

我之前聽見賽斯的悲鳴，看見愛德華痛苦的神情。

「是的。」他低聲說。
「誰？」我問，雖然我已經知道答案了。
我當然知道。當然。
我們身邊掠過的樹影慢了下來，我們到達目的地了。
他花了好一會兒時間才有辦法回答我。
「雅各。」他說。
我勉強點了一下頭。
「當然。」我低聲說。
我腦中緊攀著崖壁邊緣的手指鬆脫，跌了下去。
一切都變黑了。

＊　＊　＊

我先感覺到有冰冷的手正觸摸著我，不只一雙手，有些手臂扶著我，一隻手掌撐著我臉頰，有手指輕撫著我額頭，還有更多手指輕壓我的脈搏。
然後我聽見聲音。一開始只是嗡嗡聲，然後音量和清晰度漸漸提高，像是有人在調整收音機似的。
「卡萊爾——已經五分鐘了。」愛德華的聲音很焦慮。
「等她準備好，她會甦醒的，愛德華，」卡萊爾的聲音一如以往冷靜確定。「她今天要承受的事太多了。讓她自己的心靈保護自己。」

但我的心靈沒有受到保護。它陷在沒有離開我的事情裡，即使是在我昏迷無意識時——痛苦是我黑暗的一部分。

我感覺不到自己的身體。好像我被關在我腦中一個小角落，不再能控制自己。我無能為力。我無能思考。這悲苦太過於強烈。無處可逃。

雅各。

雅各。

不，不，不，不……

「艾利絲，我們還有多少時間？」愛德華追問，他的聲音還是很緊張。卡萊爾安慰的話沒有幫助。

遠遠地傳來艾利絲的聲音。明亮爽朗。「再五分鐘，貝拉會在三十秒內睜開眼，我相信她現在應該聽得見我們。」

「貝拉，親愛的？」這是艾思蜜輕柔安慰的聲音。「妳聽得見我嗎？妳現在安全了，親愛的。」

是的，我是安全了。但這要緊嗎？

然後冰冷的唇貼著我的耳，愛德華說的話終於讓我能夠逃離那把我困在自己腦中的折磨。

「他會活下去的，貝拉。在我說話時，雅各・佈雷克正在康復。他會沒事的。」

當痛苦與懼怕消退，我能感覺得到自己的身體回來了。我眼皮抖動。

「喔，貝拉。」愛德華放心的輕嘆，他親吻我。

「愛德華。」我低聲說。

「是的，我在這裡。」

我睜開眼，望見溫暖的金色雙眸。

「雅各沒事？」我問。

「是的。」他保證。

我小心打量著他眼中的神情，擔心他是否只是在安慰我，但他的眼神很清澈。

「我親自替他診斷的。」這是卡萊爾在說話，我轉過頭想找到他的臉，就在幾呎遠處。卡萊爾的表情既嚴肅又可靠，不容懷疑。「他的生命一點都沒有危險。他正以不可思議的速度康復，不過他的傷的範圍很大，就算康復的速度相當穩定，也要等個幾天他才能正常行動。一旦我們在此地的事結束，我會盡可能幫助他。山姆正試著幫他恢復成人形，讓他接受治療時能容易些。」卡萊爾微微笑。「我沒念過獸醫系。」

「他怎麼了？」我低聲問。「他的傷有多糟？」

卡萊爾表情又變得嚴肅。「當時另一匹狼遇到麻煩——」

「利雅？」我輕聲說。

「是的。雅各撞開了利雅，但沒時間自保。那個新手撲上去抱住了他，他上半身右側多半的骨頭都碎了。」

我縮著身子。

「山姆和保羅及時趕到。在他們帶他回到拉布席時，他已經在慢慢康復了。」

「他會回復正常嗎？」我問。

「是的，貝拉。他不會有任何永久性的傷害。」

我深吸口氣。

「三分鐘。」艾利絲平靜的說。

我掙扎著想站直。愛德華知道我要做什麼，扶我站好。

我瞪著前方的景象。

庫倫家圍著燃燒的火堆站成鬆散的半圓形。幾乎已經看不見火光，只剩下濃密的黑紫色煙，像疾病盤旋在鮮明的草地上。賈斯柏站在靠近像半實體的煙霧旁，在濃煙的陰影中，他的肌膚不像其他人在陽光下那麼閃閃發亮。他背對著我，雙肩緊張，手臂微微張開。在陰影中有個東西。他小心警戒地蹲伏著，朝著那東西……

我太麻木，以至於當我看出那是什麼時，只感到微微的震驚。

在空地上一共有八位吸血鬼。

在火焰旁，有個女生縮成小小的球狀，她手臂緊緊環抱著她的雙腿。她很年輕，比我還年輕——看起來大約只有十五歲，黑髮瘦小。她雙眼緊盯著我，眼眸是驚人的、鮮亮的紅色，比萊利的眼眸還要紅，幾乎像在發光。她雙眼狂野的轉動，無法自制。

愛德華看到我迷惑的神情。

「她自己投降的，」他平靜的告訴我。「我之前從來沒見過這種事。只有卡萊爾想同意，但賈斯柏不贊成。」

我雙眼無法從營火旁的景象移開。賈斯柏心不在焉地揉揉左前臂。

「賈斯柏還好嗎？」我低聲問。

「他沒事，毒液有點刺痛。」

「他被咬了？」我驚恐的問。

「他想顧好全局。老實說，他是想確定艾利絲不用動手。」愛德華搖搖頭。「艾利絲根本不需要任何人幫忙。」

艾利絲朝她的愛人做個鬼臉。「過度保護的笨蛋。」

那年輕的女性吸血鬼突然仰起頭，像動物一樣尖聲嚎啕大哭。

賈斯柏對她咆哮，她畏縮，但她的手指抓著地面，像爪子一樣，她的頭痛苦的前後甩動。賈斯柏朝她走近一步，蹲伏得更低。愛德華假裝隨意的移動，將我們倆的身體轉個方向，讓他自己擋在我和那女孩之間。我從他手臂旁偷看那形容散亂的女孩和賈斯柏。

卡萊爾馬上站到賈斯柏旁邊。他一隻手放在他兒子手臂上制止他。

「妳改變主意了嗎，年輕人？」卡萊爾問，聲音仍舊平靜。「我們不想摧毀妳，但如果妳無法控制自己，我們不得不動手。」

「你怎麼忍得住？」那女孩以又高又清脆的聲音呻吟。「我要她。」她鮮紅的雙眼盯著愛德華，穿透他、越過他盯著我，她指甲又刨著硬土。

「妳必須忍受，」卡萊爾嚴肅的告訴她。「妳必須自我控制。這是可能的，也是現在能拯救妳的唯一方法。」

女孩用骯髒的手抓住自己的頭，輕聲號叫。

「我們是不是應該離她遠一點？」我低聲說，輕拉愛德華的手臂。當那女孩聽見我的聲音時，她噘起嘴露出牙齒，臉上神情飽受折磨。

「我們必須待在這裡，」愛德華喃喃說。「他們現在已經從空地北端過來了。」

我看著空地，心跳的飛快，但在一片濃煙中，我什麼都看不見。

經過片刻無益的搜尋，我雙眼再度轉回這年輕的女吸血鬼身上。她還是看著我，雙眼接近半瘋狂。

我迎上那女孩的凝視好一會。長到下巴的黑髮攏著她那像大理石一樣雪白的臉。當她的臉龐充滿憤怒和飢渴時，很難說她到底漂不漂亮。野獸般兇猛的紅色雙眸是最明顯的──讓人移不開目光。她充滿敵意的看著我，不時顫抖扭動。

我瞪著她，被她迷住了，猜想我是否正看著自己未來鏡中的倒影。

然後卡萊爾和賈斯柏開始朝我們其餘的人的方向後退。艾密特、羅絲莉和艾思蜜匆匆聚到愛德華和我及艾利絲所站的地方。一個統一戰線，就像愛德華之前說的，讓我待在中心，處在最安全的位置。

我的眼光從狂野的女吸血鬼轉到搜尋逐漸接近的怪物。

還是什麼都看不到。我瞄著愛德華，他雙眼緊盯著正前方。我試著順著他凝視的方向，但只有濃煙──很濃很濃，在地上翻滾，緩緩升起，在草地上波浪似的起舞。

濃煙飛向前，在中間的部分變得更濃密。

「嗯。」從濃煙中傳來死氣沉沉的聲音。我馬上認出那股冷漠。

「歡迎，珍。」愛德華的語氣冷酷有禮。

黑色身影更接近，從濃煙裡現身，逐漸變得清楚。我知道領頭的是珍──深色斗篷，幾乎全黑，還有矮小的身軀，比旁邊的人都矮了兩呎以上。在斗篷兜帽的籠罩下，我勉強認出珍那天使般的臉龐。

在她身後，有四位身著灰衣的高大人影，也很熟悉。我很確定我認出個子最大那位，當我凝視著，想確認我的猜測時，菲力克斯抬起頭。他讓兜帽微微往後滑開一點，因此我能看見他朝我眨眼微笑。愛德華在我身邊絲毫不動，牢牢的控制他自己。

珍的雙眼緩緩巡視著庫倫家每個人晶亮的臉龐，然後看見火堆旁的新手女孩，那新手又用手抱住頭。

「我不瞭解。」珍的聲音很死板，但並不像之前那樣沒有興趣。

「她是投降的。」愛德華解釋，回答她腦中的問題。

珍黑色雙眼轉過來望著他的臉。「投降？」

菲力克斯和另一個灰衣人交換一個眼神。

愛德華聳聳肩。「卡萊爾給她選擇。」

「那些破壞規則的人沒有選擇。」珍斷然的說。

卡萊爾開口了，語氣還是很溫和。「那是你們的想法。只要她願意停止攻擊我們，我看不出有必要摧毀她。她沒被教化。」

「這不相干。」珍堅持。

「隨便妳。」

珍驚愕的看著卡萊爾。她微微搖頭，然後鎮靜。

「厄洛希望我們能遠到西邊來看你，卡萊爾。他要我問候你。」

卡萊爾點點頭。「若妳能將我的問候帶回給他，我很感謝。」

「當然。」珍笑笑。當她笑起來時，她的臉很可愛。她眼神回到煙霧。「顯然你今天替我們完成工作了……大部分。」她雙眼又回到人質身上。「純粹出自專業的好奇，有多少個？他們在西雅圖幹了不少好事。」

「十八，包含這個。」卡萊爾回答。

珍睜大眼，她雙眼又看回火光處，似乎在評估。菲力克斯和另一個灰衣人交換意味深長的一瞥。

「十八？」她重複，她聲音中第一次出現不確定。

「都是新手，」卡萊爾輕蔑的說。「他們沒有戰鬥技術。」

「全部？」她聲音突地尖銳。「是誰創造他們的？」

「她曾叫維多利亞。」愛德華回答，聲音中沒有感情。

「曾經？」珍問。

愛德華的頭朝東邊森林點了點。珍猛地抬眼看，專注的看著遠方。另一道平行的濃煙？我並沒轉頭確認。

珍看著東方好一會，然後轉回來看較近的煙火。

「這個維多利亞——她是十八人之外的嗎？」

「是。還有另一個和她在一起。他不像這一個那麼新，但應該不到一年。」

「二十。」珍低聲說：「誰對付那創造者？」

「我。」愛德華告訴她。

珍瞇起眼，她轉向營火旁的女孩。

「妳！」她單調的聲音比之前更嚴厲。「妳的名字。」

那新手惡意的看珍一眼，緊緊抿著唇。

珍露出天使般的笑容。

新手女孩痛苦尖叫的回答讓我耳膜都快破了，她的身體拱起僵成一個扭曲、不自然的姿勢。我轉開頭，努力不遮住雙耳。我咬緊牙，希望能控制胃中的痙攣。尖叫聲愈來愈強。我想專心在愛德華的臉，平靜又無情緒，但這讓我想起上一次在珍折磨的凝視下的愛德華，我覺得噁心想吐。我只好看著艾利絲，及她旁邊的艾思蜜。兩人的臉都像愛德華一樣空白。

終於，安靜了。

「妳的名字。」珍又問一次，聲音沒有抑揚頓挫。

「布莉。」女孩喘著氣說。

珍笑了，女孩又尖叫。我屏住呼吸，直到她痛苦的聲音結束。

「她會告訴妳妳想知道的一切，」愛德華咬著牙說：「妳不用這樣做的。」

珍抬起頭，死寂的雙眼突然出現幽默。「喔，我知道了。」她對愛德華說，先朝他笑笑，才又轉回那年輕的吸血鬼，布莉。

「布莉，」珍說，聲音又變得冷酷。「他說的是真的嗎？你們有二十個？」

女孩喘著氣躺在地上，臉側貼著地面。她說得很快，「十九或二十，可能更多，我不知道！」她畏縮，擔心自己的疏忽人數不知道會不會再招來另一次折磨。「莎拉和我不知道名字的那個在半路打了起來……」

「還有維多利亞——是她創造了妳嗎？」

「我不知道，」她又退縮。「萊利從不說她的名字。我那一晚沒看見……好暗，好痛……」布莉發抖。「他不要我們想起她。他說，我們的念頭不安全……」

珍雙眼瞄向愛德華，然後回到那女孩。

維多利亞這次的計畫很周全，要不是她追蹤著愛德華，可能沒法知道果然是她在背後……

「告訴我關於萊利的事，」珍說：「他為什麼要帶妳來這裡？」

「萊利告訴我們，我們要來這裡摧毀一群有奇怪黃眼睛的傢伙。」布莉說得很快，心甘情願。「他說，這很容易。他說，這城市是他們的，他們會來解決我們。他說一旦解決了他們，整個城市的鮮血都屬於我們。他給我們她的味道。」布莉抬起一隻手，用手指比著我的方向，「他說我們會知道我們找到對的這一群，因為她會和他們在一起。他說誰能先逮到她就能擁有她。」

我感覺身邊的愛德華下巴抽緊。

「顯然萊利說很簡單這部分是錯的。」珍說。

布莉點點頭，對於她說的話沒引發再一次痛苦感到安心。她小心的坐起來。「我不知道發生了什麼事。我們分開，但其他人都沒有回來。萊利離開我們，他沒像他承諾的回來幫助我們。然後一切都很混亂，全部人都變成碎塊，」她又發抖。「我好怕，我想要逃走。那一個——」她看著卡萊爾。「說如果我不戰鬥，他不會殺我。」

「嗯，但那不是他能給的禮物，年輕人。」珍喃喃說，她的聲音有種奇怪的溫和。「破壞規則需要承受後果。」

布莉瞪著她，一臉不瞭解。

珍看著卡萊爾。「你確定你把全部都解決了嗎？另外一半呢？」

卡萊爾臉色平靜的點點頭。「我們也分成兩邊行動。」

珍似笑非笑地說：「我不否認我很佩服。」她身後的那些大個子灰衣人喃喃同意。「我從未看過有家族可以贏過這麼大規模的攻擊仍毫髮未損。你知道這代表什麼嗎？就你們在這裡生活的方式來說，這樣的反擊行動相當激烈。為什麼這女孩是關鍵？」她雙眼不情願的停留在我這兒一下。

我顫抖。

「維多利亞怨恨貝拉。」愛德華告訴她，聲音毫無感情。

珍笑了——那清脆的聲音像快樂孩童的笑聲。「這一位似乎為我們這一類族群帶來奇怪的強烈反應。」她觀察，對我微笑，臉色喜氣洋洋。

愛德華僵住。我抬頭剛好看見他轉開，望著珍。

「可以請妳不要那麼做嗎？」愛德華緊張的問。

珍又輕輕笑了。「只是確認一下。顯然，沒有傷害。」

我顫抖，深深感激我奇怪的小缺點——上次我們相遇時保護我免受珍的傷害——還是有效。愛德華的手臂緊緊摟著我。

「嗯，顯然沒什麼需要我們做的。奇怪。」珍說，聲音又變得冷漠。「我們從未如此不被需要過。我們錯過這場戰鬥真是可惜，聽起來應該會很好看才對。」

「是的，」愛德華很快回答，聲音尖銳。「你們差點就看到了。真可惜你們沒提早半小時到，可能那樣妳就能得償心願。」

珍雙眼堅定的凝視著愛德華的怒視。「是，真可惜事情這樣發展，不是嗎？」

愛德華點一下頭，確認了他的猜疑。

珍再度看著那新手布莉，一臉無聊的臉色。「菲力克斯？」她說。

「等一下。」愛德華打斷。

珍揚起一邊眉毛，但愛德華看著卡萊爾，邊以急切的聲音說。「我們可以向這位年輕人解釋規則。她並不是不願意學習，她只是不知道自己在做什麼。」

「當然，」卡萊爾回答。「我們準備好負責布莉的一切。」

珍的表情介於逗趣和不敢置信。

「我們從不例外，」她說：「我們不給第二次機會，這對我們的名聲不好。這倒提醒了我……」突然，她雙眼又看著我，她天使般的臉龐出現酒窩。「凱撒會很高興聽到妳還是人類，貝拉，可能他會決定前來拜訪。」

「日期已經決定了，」艾利絲告訴珍，她第一次開口。「可能我們再過幾個月會去拜訪你們。」

珍的笑容消失了，她不置可否的聳聳肩，並沒看艾利絲，然後轉身面對卡萊爾。「很高興見到你，卡萊爾——我一直以為厄洛說的話誇張了些。嗯，再見了……」

卡萊爾點點頭，表情很苦惱。

「解決掉那個，菲力克斯，」珍邊說邊朝布莉點點頭，她的聲音突然透露出厭倦。「我想回家。」

「別看。」愛德華在我耳邊低聲說。

我急著遵照他的指示，我今天已經看夠了——遠超過了一輩子所該看的。我緊緊閉上眼，將臉埋在愛德華胸前。

但我還是聽得見她。

一個深沉震耳的咆哮，然後是一個尖銳的哀號，嚇人的熟悉。那聲音很快就結束了，然後唯一聽見的聲音是噁心的嘎吱聲和斷裂聲。

愛德華手焦慮的揉著我肩頭。

「走吧。」珍說，我剛好抬起頭看見這一群高大灰衣人的背影，朝盤旋的濃煙方向離去。味道變重了——加入新的東西燃燒的味道。

灰衣人消失在濃霧中。

chapter 26

道德

「可能只是一種感覺……也許是迷信，

我一整天都看著比利的怪異行為。

但我有……直覺。我覺得好像……很快就會失去妳。」

「別傻了，爸，」我內疚、結巴的說：「你要我去念大學不是嗎？」

「只要答應我一件事。」

我猶豫，準備撤回。「好吧……」

「妳要做什麼大事前可以先告訴我嗎？

譬如在妳跟他私奔前之類的？」

艾利絲浴室的化妝檯上堆滿成千上萬種東西，全都是美容保養和個人用品。既然這間屋子裡全部的人都完美無瑕，我只好在心中假設她買這些東西的原因是為了我。我麻木的閱讀瓶瓶罐罐的標籤說明，為浪費錢買了這些東西而大感震驚。

我小心的避開長鏡。

艾利絲以緩慢充滿韻律的動作替我梳髮。

「夠了，艾利絲，」我單調的說：「我想回去拉布席。」

我究竟等了多少個鐘頭，查理才會終於離開比利家，而我才能去看雅各？不知道雅各是否還活著，等候的每一分鐘都像十輩子那麼久。然後，當我終於被允許能離開，能親眼去看看雅各是否仍活著時，時間卻過得好快。艾利絲正在打電話給愛德華，堅持要我繼續保持那可笑的過夜證明。我快要無法呼吸了，那根本一點也不重要……

「雅各仍陷入昏迷，」艾利絲回答：「等他醒過來，卡萊爾或愛德華會通知我們的。總之，妳得先去見查理。他在比利家看見卡萊爾和愛德華從健行之旅回來，一定會關心妳何時回家的。」

我已經背好故事，不會有問題的。「我不在乎。當雅各醒來時，我要在場。」

「妳得先專心想想查理的事情，妳這一天很漫長——抱歉，我知道這樣還不足以形容——但這不表示妳可以不負責任。」她語氣嚴肅，近乎責備。「現在最重要的是不能讓查理發現。先扮演好妳的角色，貝拉，然後妳才能做妳想要做的事。要成為庫倫家的一分子，意味著要十二萬分地負責。」

她當然是對的。要不是因為這個原因——這原因比我的恐懼、痛苦及內疚都還要強烈——卡萊爾才無法讓我離開雅各身邊，無論他是昏迷還是醒著。

「回家，」艾利絲命令。「和查理談談。先說出妳的不在場證明，讓他覺得安心。」

我起身，血液回流到我雙腳，好像有幾千根針刺似的。我坐著不動太久了。

「妳穿這樣很可愛。」艾利絲輕柔的說。

「嗯？喔。呃——感謝妳幫我打理衣服。」我喃喃說些客套話，而非真的感激。

「妳需要證據，」艾利絲說，雙眼無辜的圓睜。「如果沒買新衣服，怎麼能說是購物之旅？我不得不說，我自己做得可真好。」

我眨眨眼，不記得她幫我穿了什麼衣服。我滿腦子只想去看他，就像飛蛾撲向燈光……

「雅各沒事的，貝拉，」艾利絲說，輕易的猜出我的心事。「不用急。如果妳知道卡萊爾給他打了超量的嗎啡——因為他的體溫升高得太快——妳就會知道，他會昏上好一陣子。」

至少他不會感到痛苦……還不會。

「在妳離開之前，妳有什麼想說的嗎？」艾利絲語帶同情的問。「妳一定多少受到了些驚嚇。」

我知道她很好奇想問的是什麼，但我有別的問題。

「我會像她那樣嗎？」我問她，努力壓抑自己的聲音。「像草地上那個叫布莉的女孩？」

有好多事我得想想，但我無法將她從我的腦海中逐出，那個新手的生命就這樣突然結束了。她的臉，神情扭曲的渴望著我的血，我閉上眼就能看見。

艾利絲拍拍我的手臂。「每個人都不同。但發生類似那樣的事，是的。」

我沒動，試著想像。

「會熬過去的。」她向我保證。

「多快？」

她聳聳肩。「幾年，可能不用那麼久。對妳來說可能不同。我之前沒看過自願者的情況，看看這對妳的影響應該會很有趣。」

「有趣？」我重複。

「我們不會讓妳惹上麻煩的。」

「我知道。我相信妳。」我的聲音很單調、麻木。

艾利絲前額皺起。「如果妳是擔心卡萊爾和愛德華，我確定他們沒事。我相信山姆逐漸開始信任我們……嗯，至少信任卡萊爾。這也是好事。當卡萊爾必須再打斷斷骨時，我認為氣氛有點緊張……」

「拜託，艾利絲。」

「抱歉。」

我深呼吸好穩定自己。雅各癒合的速度太快，有些骨頭的位置不正確，幸好整個過程中他都沒有意識，但一想到他的遭遇，還是覺得很難受。

「艾利絲，我可以問妳一個問題嗎？關於未來？」

她突然變得小心翼翼。「妳知道我不會看見一切。」

「老實說，我不是這個意思。但有時候妳的確看得到我的未來。妳認為，為什麼那些能力對我沒有影響？像是珍、愛德華或厄洛……」我的話隨著好奇心的轉移漸漸消逝，因為此刻有更多迫切的情緒排山倒海的襲來。

但艾利絲對這問題卻很感興趣。「賈斯柏也是，貝拉——他的天賦能力對妳身體的影響，和其他人一樣有效。妳看不出不同嗎？賈斯柏的能力是實際影響身體。他是真的讓妳的神經系統平靜或是興奮。這不是幻象。我看到的影像是結果，不是決策背後的理由或念頭。那不屬於心靈的領域，也不是幻象，是真實的，或至少是某個版本的真實。但珍、愛德華、厄洛和狄米崔——他們的能力是心靈的力量。珍只是製造出痛苦的幻象。她並不會真的傷害妳的身體，妳只是認為妳受傷了。妳看出來了嗎，貝拉？妳在妳的內在心靈中是安全的。沒有人能在那邊接近妳。難怪厄洛對妳未來的能力如此好奇。」

她看著我的臉，想知道我是否聽懂了。事實上，她的話全都混成了一大團，話語和聲音都失去意義。我無法專心，但是我點點頭，想裝出我聽懂的樣子。

她沒有上當，拍著我的臉頰，喃喃說：「他會沒事的，貝拉。我不需要預見就能知道。妳準備好要走了嗎？」

「再一件事。我能問妳另一個關於未來的問題嗎？我不要細節，只要大概。」

「我盡力。」她說，不禁又懷疑起來。

「妳還是看見我變成一個吸血鬼？」

「喔，這簡單。當然，我看見了。」

我緩緩點頭。

她研究我的神情，眼神深不可測。「妳不知道自己的決定嗎，貝拉？」

「我知道。我只是想確認。」

「我不會比妳還確定的，貝拉。妳知道的，如果妳改變想法，我看見的也會改變……或是消失，在妳的案例中正是如此。」

我嘆口氣。「我想，這應該不會發生。」

她用手臂環著我。「我很抱歉。我沒辦法理解。我第一個記憶是看見賈斯柏的臉出現在我的未來，我馬上知道他就是我人生的目標。我能將心比心體諒妳，很遺憾妳必須在兩個好人之間做出選擇。」

我甩開她的手臂。「不要替我覺得難過。」有別人更值得體諒。我不屬於他們其中之一，而且我也沒有選擇要做——只是得再讓一顆心心碎。「我會處理查理的。」

我開自己的卡車回家。查理正如艾利絲說的，狐疑的等著我。

「嗨，貝拉。妳的購物之旅如何？」當我走進廚房，他歡迎著我。他雙手交叉胸前，雙眼看著我的臉。

「漫長的一天，」我無精打采的說：「我們剛回來。」

查理打量著我的情緒。「我猜妳已經聽說雅各的事了吧？」

「是的，庫倫家其他人比我們早回家。艾思蜜告訴我們，卡萊爾和愛德華在那邊。」

「妳還好嗎？」

「很擔心雅各。我一做完晚餐就要去拉布席。」

「我告訴過妳，摩托車有多危險。我希望這能讓妳知道我不是說笑的。」

我邊點頭，邊從冰箱拿東西出來。查理坐在桌前，他似乎比平常更愛說話。

「我不認為妳需要太擔心雅各。任何能那樣精力充沛罵髒話的人都會康復。」

「你看見雅各時，他醒著？」我轉身看著他問。

「喔，是的，他醒著。妳該聽聽他說的——老實說，還好妳沒聽見。我不認為在拉布席有誰沒聽見。我真不知道他打哪學來那些字眼，但我希望他和妳在一起時不會說那些話。」

「他今天有相當好的藉口能說那些話。他看起來如何？」

「糟透了。他朋友抬他回去的，還好他們個頭都很大，因為他可不是一個人抱得起來的。卡萊爾說他摔斷右腿，還有右手臂。當他騎著摩托車出事時，可能整個右邊都受傷了。」查理搖搖頭。「我如果再聽見妳騎車，貝拉——」

「沒問題，爸。你不會聽見的。你真的認為雅各沒事嗎？」

「當然，貝拉，別擔心。他還有辦法跟我打趣。」

「打趣？」我震驚的說。

「是呀——介於無禮的問候某人的母親和冒犯主的大名之間，他說：『我想你今天一定很高興貝拉愛的是庫倫家的而不是我吧，查理？』」

我轉身面對冰箱，這樣他才看不見我的臉。

「我無法爭辯。但當與妳的安全有關時，愛德華比雅各成熟多了，這點我可以確定。」

「雅各也很成熟，」我防禦的喃喃說：「我確定這不是他的錯。」

「今天真奇怪，」查理過了一會後打趣說：「妳知道的，我不怎麼迷信，但真的很怪……好像比利知道雅各會出事似的。他緊張得像感恩節早晨的火雞。我不認為他聽見我告訴他的任何話。」

「還有，更怪的是——記得在今年二、三月時，我們談過關於狼群的麻煩嗎？」

我蹲下來，從碗櫃中拿出平底鍋，同時多拖延了一兩秒隱藏好感覺。「是呀。」我喃喃說。

「我希望我們不會再有那樣的問題。那天早上，我們搭船出海，比利根本沒專心跟我說話，也沒專心釣魚，突然，你可以聽見狼群在森林內號叫的聲音。不只一隻，老天，真大聲，聽起來像是牠們就在村子裡。最怪的是，比利將船調頭，直接開回港口，好像狼群在呼叫他似的。根本沒聽見我問他在做什麼。

我們還沒到港口，狼號聲就停了。但突然間，比利又急著說會錯過球賽，雖然我們還有好幾個小時。他嘀嘀咕咕一些像是開賽前的表演之類的……現場轉播球賽耶？我跟妳說，貝拉，真是怪。

然後，他說他發現有些球賽他想看，但他根本沒專心。他一直在講電話，打給蘇、艾蜜莉，還有妳朋友奎爾的祖父。搞不清楚他到底想找誰或做什麼，他只是跟他們隨便亂聊。

然後，屋子外面又響起號叫聲。我從沒聽過那樣的聲音——手臂上都起了雞皮疙瘩。我問比利——得大聲問才能蓋過那些聲音——他是不是在院子裡設了捕獸器。聽起來好像動物正在受苦的聲音。」

我退縮，但查理專心在自己的敘述中沒注意到。

「當然我現在才想起來，因為就在那時雅各回到家了。前一分鐘像是狼號聲，然後就安靜什麼都聽不見了——只有小各不停大聲咒罵的聲音，那孩子肺活量還真大。」查理停了一會，臉色充滿沉思。「有趣的是，在這一團混亂中也會有些好事。我本以為他們對庫倫家的偏見永遠不會消除。但有人打給卡萊爾，當他出現時，比利是真的很感激。我認為我們應該送雅各去醫院，但比利要他留在家，卡萊爾也同意了。我猜卡萊爾知道怎麼做最好。他真是好心，願意花這麼長時間待在比利家進行治療。」

「還有……」他停了一下，好像不太願意說出來。他嘆口氣，然後繼續說：「愛德華真的很……好。他似乎和妳一樣擔心雅各——好像躺在那裡的是他的兄弟。他的眼神……」查理搖搖頭。「他是個很正直的人，貝拉。我會試著記住這點。但不保證。」他朝我笑笑。

「我不會要你記得的。」我喃喃說。

查理伸展雙腿，呻吟。「真高興回家。妳不會相信比利那間小屋內有多擠。小各的七個朋友全擠在那個小客廳——我差點無法呼吸。妳有沒有注意到奎魯特那些孩子個頭有多大？」

「是呀，我有。」

查理瞪著我，雙眼突然變得認真專注。「真的，貝拉，卡萊爾說小各很快就會好的。他說情況沒看起來那麼糟。他會沒事的。」

我只是點點頭。

早先查理一離開，我馬上就趕去看過他了。雅各看起來……很虛弱，他身上到處都是固定用的夾板——卡萊爾說沒必要上石膏，因為他復原的速度很快。他的臉蒼白又無血色，當時仍在昏迷中。很脆弱，雖然他個頭很大，卻看起來很脆弱。可能那只是我想的，尤其是我知道，我又將要再度傷害他。

如果我能遭到天打雷劈，被劈成兩半，愈痛苦愈好。這是我第一次感到，放棄成為人類，感覺像是真正的犧牲。可能會失去太多。

我將查理的晚餐放在他手肘旁的桌上，隨即朝門口移動。

「呃，貝拉？妳可以等一下嗎？」

「我忘了什麼嗎？」我問，雙眼瞄向他的餐盤。

「不，不，我只是……想請妳幫一個忙，」查理皺眉看著地板。「請坐下——不會太久的。」

我坐在他對面，有點困惑。我想專心。「你需要什麼，爸？」

「是這樣子的，貝拉，」查理臉紅的說：「可能只是一種感覺……也許是迷信，我一整天都看著比利的怪異行為。但我有……直覺。我覺得好像……很快就會失去妳。」

「別傻了，爸，」我內疚、結巴的說：「你要我去念大學不是嗎？」

「只要答應我一件事。」

我猶豫，準備撤回。「好吧……」

「妳要做什麼大事前可以先告訴我嗎？譬如在妳跟他私奔前之類的？」

「爸……」我呻吟。

「我是認真的。我不會大驚小怪緊張不安的。只要提早跟我說一聲，給我機會讓我抱抱妳，說再見。」

我的心為之畏縮，我伸出手。「這真傻，但是，如果能讓你高興……我答應。」

「謝了，貝拉，」他說：「我愛妳，孩子。」

「我也愛你，爸。」我輕觸他肩頭，然後轉身離開桌子。「如果你還需要什麼，我會在比利家。」

當我跑出門時，沒回頭望。這真完美，正是我現在需要的。我一路對自己抱怨到拉布席。

卡萊爾的黑色賓士不在比利屋前。這有好有壞。顯然，我需要單獨和雅各談談。但我還是希望能握著愛德華的手，就像我之前來，雅各仍在昏迷中時一樣。這是不可能的。但我想念愛德華——和艾利絲在一起的下午好漫長。我想這讓我的答案顯而易見。我已經知道，沒有愛德華我活不下去。但這個事實並不會讓我的行動比較不痛苦。

我輕敲前門。

「進來，貝拉。」比利說。我卡車的嘶吼聲很容易辨認。

我自己進門。

「嗨，比利，他醒了嗎？」我問。

「他大約半小時前醒了，就在醫生離開前。進來吧，我想他在等妳。」

我畏縮，然後深吸口氣。「謝謝。」

我在雅各房門口猶豫著，不確定該不該敲門。我決定先偷看，希望——我這個膽小鬼——他已經又睡著了。我覺得這樣我可以多撐幾分鐘。我將門微微打開一條縫，偷偷往內看。

雅各在等我，他的臉色很平靜。憔悴、淒涼的神情不見，只剩下小心的茫然。他黑色雙眸死氣沉沉。在知道自己愛他後，很難看著他的臉。這改變比我想的還要來得大。我不知道一直以來這對他來說是不是都這麼難。感謝老天，有人幫他蓋上被子。不用看他的傷口真讓人鬆一口氣。

我走進去，輕輕關上門。「嗨，小各。」我輕聲說。

他一開始沒回答，只是看著我的臉很久。然後，他吃力地調整自己的表情，擠出一個嘲弄的笑容。

「是呀，其實我已經有一點預感會變成這樣，」他嘆氣。「今天真是糟透了。我一開始選錯地方，錯過最棒的打鬥，讓賽斯獲得所有的光榮。然後利雅蠢到想證明她和我們其他人一樣厲害，我又傻得去救她。看看我的下場……」他朝著我揮揮左手，我猶豫地站在門邊。

「你感覺如何？」我結巴的問。這是什麼蠢問題？

「有點恍神，獠牙醫生不確定我需要多少止痛劑，所以他一直試驗，一再犯錯。我想他用量太多了。」

「但你不痛了。」

「沒錯。至少我感覺不到我的傷口。」他又露出嘲弄的笑容。

我咬緊唇，我永遠無法熬過去。當我真的想死時，為什麼沒人來殺我？

他臉上苦澀的笑容不見了，雙眼溫暖，前額皺起，好像他很擔心。

「妳怎麼樣了？」他問，聽起來是真的關心。「妳還好嗎？」

「我？」我瞪著他。可能他的藥量真的太多了。「為什麼這麼問？」

「嗯，我是說，我很確定他不會真的傷妳，但我不確定情況有多糟。當我醒來後，我就不斷擔心妳，有一點快瘋了。我不知道妳是否能再過來這裡之類的。情況不明的感覺真是可怕。狀況如何？他對妳很壞嗎？如果很壞，我很抱歉。我無意要妳一個人承受。我本來以為自己會在場陪妳……」

我過了好一會才瞭解他在說什麼。他滔滔不絕說著，愈來愈尷尬，直到我聽懂。然後我急著要他放心。

「不，不，小各。我沒事。真的沒事。當然他不會對我壞。雖然我很希望。」

他雙眼驚恐的大睜。「為什麼？」

「他根本沒生我的氣——也沒生你的氣。他太無私了，那樣卻讓我覺得更難過。我希望他能朝我大吼大叫或什麼的，我應該被罵……嗯，應該比大罵更嚴重才是。但他不在乎，他只要我快樂。」

「他沒生氣？」雅各不相信的問。

「不，他……真的太過善良了。」

雅各瞪著我好一會，然後突然皺起眉頭。「嗯，該死！」他大吼。

「怎麼了，小各？傷口痛了嗎？」我的手沒用地亂揮，四處要找他的藥。

「不，」他用不屑的語氣說：「我不敢相信。他沒給妳下最後通牒什麼的嗎？」

「完全沒有。你到底在說什麼？」

他沉下臉，搖搖頭又說：「我原本還期望他有所反應。該死的。他比我想的還高明。」

他這樣說，雖然憤怒，卻提醒我今天早晨在帳篷內時，愛德華說過雅各缺乏道德感的話。這表示小各還是抱著希望，還是堅持要競爭。我被這事實給深深刺痛。

「他沒玩任何把戲，小各。」我安靜的說。

「他當然有。他和我一樣認真，只是他知道他在做什麼而我不知道。別怪我，因為他是個比我厲害的謀士——活得夠久學到夠多的招數。」

「他才沒有操縱我！」

「有，他有！妳什麼時候才會清醒過來，發現他不像妳想的那麼完美啊？」

「至少他沒威脅要殺死自己來讓我親他，」我厲聲說。這話一說出口，我就立刻感到懊惱、臉紅。「等等。假裝我沒說剛剛的話。我發了誓不會再提那件事的。」

他深吸氣。當他再開口，整個人很平靜。「為什麼？」

「因為我不是來這裡責怪你的。」

「但那是真的，」他平靜的說：「我的確做了。」

「我不在乎，小各。我沒生氣。」

他笑了。「我也不在乎。我早知道妳會原諒我，我很高興我做了。我還會再做，至少我試過。至少我讓妳看見妳是真的愛我。這就值得了。」

「是這樣嗎？如果我還是不知道，不會比較好嗎？」

「妳不認為妳應該知道自己的感覺嗎——這樣才不會有一天突然驚訝地發現，卻太遲了，已經嫁給一個吸血鬼了？」

我搖搖頭。「不——我不是說這對我比較好。我是說對你比較好。讓我知道我愛上你，有讓你變得更好或更糟嗎？這並沒有讓一切變得不同。如果我從來不知道，對你來說不是比較好，比較容易？」

他認真的想了一下我的問題。然後才回答。「不，還是讓妳知道比較好，」他最後決定。「如果妳從未發現……我會一直好奇妳是否會做出不同的決定。現在我知道，我已經盡力了。」他不平穩的深吸一口氣，然後閉上眼。

這一次我沒有——不能——抗拒想安慰他的衝動。我在這小房間裡往前走了幾步，跪在他床頭旁邊，怕自己若坐上床的話，會令床墊震動而傷了他。我傾身向前，用前額輕觸他臉頰。

雅各嘆口氣，手輕撫我的髮絲，抱住我。

「我很抱歉，小各。」

「我一直知道這是場硬仗，不是妳的錯，貝拉。」

「不要連你都這麼說，」我呻吟。「拜託。」

他稍微推開我，好看著我說：「什麼意思？」

「這是我的錯，而我已經厭倦所有人一直告訴我不是我的錯。」

他笑了，但眼中沒有笑意。「妳要我逼妳走火燒木炭懺悔嗎？」

「老實說……我想我需要。」

他抿緊唇，思索著我是否是認真的。臉上微微揚起一抹笑容，然後他臉色扭曲成強烈的怒容。

「像那樣回吻我是不可原諒的，」他口出惡言。「如果妳知道妳要收回，妳不應該表現得如此有說服力。」

我畏縮點點頭。「我很抱歉。」

「抱歉沒讓情況好轉，貝拉。妳在想什麼？」

「我沒想。」我低聲說。

「妳應該叫我去死，那才是妳要的。」

「不，雅各，」我抽噎，想忍住淚。「不，永遠不會。」

「妳沒哭吧？」他追問，聲音突然變得正常。不耐的在床上扭來扭去。

「是呀。」我喃喃說著，試著想由淚眼啜泣聲中擠出虛弱的微笑。

他轉換重心，移動沒受傷的腿，似乎想下床。

「你在幹什麼？」我帶著淚問。「躺下去，你這白痴，你會傷了自己的。」我跳起來，用雙手推他沒受傷的肩膀，要他躺回去。

他放棄，痛苦喘氣地躺回去，但他摟住我的腰，拉下我躺在床上，在他沒受傷的那一邊。我蜷起身子，在他炙熱的肌膚旁想抑止住淚。

「我不敢相信妳哭了，」他咕噥著說：「妳知道我說這些話是因為妳要我說。我不是真心的。」他揉著我的肩頭。

「我知道。」我深吸一口不平穩的氣，試著控制自己。為什麼變成我在哭而他反過來安慰我？「你說的都是事實，謝謝你這樣大聲說出來。」

「我害妳哭有加分嗎？」

「當然，小各，」我想笑。「要幾分有幾分。」

「別擔心，貝拉，親愛的。一切的問題都會解決的。」

「我想像不出來。」我喃喃說。

他拍拍我頭頂。「我會讓步，當個好人。」

「又在出招？」我好奇，抬高下巴，這樣才看得到他的臉。

「可能，」他有點費力的笑了，然後畏縮。「但我會試試看。」

我皺眉。

「別這麼悲觀，」他抱怨。「對我有點信心。」

「你說要『當個好人』是什麼意思？」

「我會當妳的朋友，貝拉，」他平靜的說：「就這樣，我不會有非分之想。」

「我想現在這麼做已經有點太遲了，雅各。當我們像這樣愛著彼此時，要怎麼只當朋友？」

他看著天花板，專注的凝視，好像上面寫了字他想看懂似的。「可能……會是遠距離友誼。」

我咬緊牙關，很高興他沒看我的臉，強忍住即將潰堤的淚水。我得變強，我不知道該如何……

「妳知道聖經裡的故事嗎？」雅各突然問，還在研究空無一物的天花板。「那個有國王，以及兩個婦人爭奪一個孩子的故事？」

「當然，所羅門王。」

「沒錯，所羅門王。」他重複。「他說，把那孩子切成兩半……但那只是測試。只是想知道誰會放棄，好保護那個孩子。」

「是的，我記得。」

他的凝視轉回我的臉上。「我再也不會試著把妳切成兩半，貝拉。」

我知道他的意思。他是要告訴我，他比較愛我，他的放棄證明了這一點。我想幫愛德華說話，告訴雅各，只要我要求，愛德華也會為我做出一樣的事，如果我容許他做。我才是那個不讓他那樣做的人，但現在吵這件事只會更傷他。

我閉上眼，希望能忍住痛苦。我不能再把痛苦加諸在他身上。

我們安靜了一會。他似乎在等我說話，我試著擠出話題。

「我能告訴妳最糟的一件事嗎？」當我一直沒說話後，他猶豫的說：「妳介意嗎？我會乖乖的。」

「這會有幫助嗎？」我低聲問。

「可能。至少不會有什麼傷害。」

「那最糟的事是什麼？」

「最糟的事就是知道如果我們在一起會有多幸福。」

「可能會幸福。」我嘆氣。

「不，」雅各搖搖頭。「我是最最最適合妳的，貝拉。我們在一起毫不費力──舒服、輕鬆的就像呼吸一樣。我是妳生命中最自然的軌道……」他看著房間但視而不見，我等著。「如果世界照常理運轉，如果沒有怪物和魔力……」

我知道他的意思，我知道他是對的。如果世界是照原來該有的樣子正常運作，雅各和我會在一起，我們會很快樂，他會是我在這世界的心靈伴侶──也一直會是我的心靈伴侶，如果不是有另一個更強烈的存在讓他相形失色──強烈到不可能存在於正常世界的情感。

雅各也會有機會擁有這種情感嗎？這種遠超越心靈伴侶的存在？我必須相信他會有。

兩個未來，兩個心靈伴侶……對任何人來說都太多了。而我不是那個唯一要為這付出代價的人，實在太不公平了。雅各的痛苦似乎代價太高。我一想到這代價就畏縮，如果我沒失去過愛德華的話，我不知道自己是否會這麼猶豫不決。如果我不知道沒有他的生活會是什麼樣子。我不確定。那認知已經成為我很深的一部分，我無法想像沒有他的感覺。

「他就像妳的毒品，貝拉，」他的聲音突然變得溫和，不帶批判的意味。「我看得出來，妳現在沒有他便活不下去。太遲了。原本我對妳而言會是更健康的選擇，不像毒品。我會是妳的空氣、太陽。」

我嘴角抽搐，但只化為苦笑。「我一直這樣看待你，你知道。就像太陽，我個人的太陽，你掃除了我的烏雲。」

他嘆氣。「我能處理烏雲，但我無法對抗日蝕。」

我輕觸他的臉，將手放在他臉頰上。我的撫觸讓他放鬆吐息，閉上眼。很安靜，好一會我能聽見他的心跳聲，緩慢平穩。

「告訴我妳最糟的部分。」他輕聲說。

「我想這是一個壞主意。」

「拜託。」

「我想你不會好受。」

「拜託。」

我此時如何能拒絕他的要求？

「最糟的部分……」我猶豫，然後決定讓實話自然流洩而出。「最糟的部分是我看見這一切——我們的生活。我好想要，雅各，我全部都要。我想要留在這裡，永遠不要離開。我想要愛你，讓你快樂。但我做不到，這讓我比死還難受。就像山姆和艾蜜莉，小各，我永遠沒有選擇。我一直知道事情不會改變，這也許就是為什麼我一直強烈的拒絕你。」

他似乎專心在維持平穩的呼吸。

「我知道我不應該告訴你的。」

他緩緩搖搖頭。「不，我很高興妳告訴我，謝謝妳。」他親吻我頭頂。然後又嘆氣。「我會當好人的。」

我抬起頭，看到他的笑容。

「所以妳快要結婚了是嗎？」

「我們不必討論這個。」

「我想知道一些細節。我不知道還有沒有機會和妳說話。」

我等了好一會才能開口。當我確定聲音不會沙啞，我才回答他的問題。

「這真的不是我的主意……但是，是的，這對他意義深遠。所以我想，為什麼不？」

小各點點頭。「這倒沒錯。這又不是什麼大事——和另一件事比較起來。」

他的聲音很平靜，非常實際。我看著他，好奇他怎麼能夠控制，但此舉毀了此刻。他迎上我的凝視，一下，就轉過頭去。我等著他的呼吸變得平穩後，才再開口。

「是的，比較起來。」我同意。

「妳還剩多少時間？」

「要看艾利絲籌備婚禮需要多久。」我努力不發出呻吟，想像著艾利絲可能會做的事。

「婚禮前或婚禮後？」他平靜的問。

我知道他的意思。「之後。」

他點點頭。似乎放鬆了些。我不知道我畢業這件事讓他有多少個失眠的夜。

「妳害怕嗎？」他輕聲問。

「是的。」我輕聲回答。

「妳怕什麼？」我幾乎聽不清他的聲音。他低頭看著我的手。

「許多事，」我努力維持輕快的語調，但保持誠實。「我不是被虐待狂，我一點都不期待痛苦的那部分。我希望有辦法能讓他離開——我不要他陪我忍受，但我不認為有其他方法。還得處理好查理以及芮妮……還有之後，我希望能很快控制自己。可能我會變得具威脅性，狼人只好把我幹掉。」

他抬起頭，一臉不同意的表情。「誰敢動手我就廢了他。」

「謝了。」

他苦笑，然後皺眉。「但不是更危險嗎？所有的故事都這麼說，他們都說很難忍受……他們失去控制……人們死亡……」他大口吸氣。

「不，我不擔心這個。傻雅各——你不是該比任何人都還清楚，吸血鬼講的故事是不可信的嗎？」

他顯然不欣賞我的幽默。

「嗯，總之，有很多要擔心的。但最後，一切都值得。」

他不情願的點點頭，我知道他不同意。

我伸長脖子，在他耳邊低語，臉頰貼著他溫暖的肌膚。「你知道我愛你。」

「我知道，」他輕聲說，手臂自動緊緊摟著我的腰。「妳知道我多希望這樣就夠了。」

「是的。」

「我會永遠等妳，貝拉，」他發誓，裝出輕快的語氣，放鬆手臂。我抽身，隱隱有種失落的感覺，好似有種力量正將我撕扯開來，遺留某一部分的我在他床邊。「如果妳要，我永遠是妳的備用選擇。」

我努力擠出笑容。「直到我的心停止跳動之前。」

他回我一笑。「妳知道的，我認為到時我還是會想和妳在一起——也許。要看妳有多臭而定。」

「你要我再回來看你還是不要？」

「我會想一想再告訴妳，」他說：「我可能需要有人陪才不會瘋掉。吸血鬼醫生特別交代，除非他說好，否則我不能變身——變身可能會弄壞他固定好的骨頭。」雅各臉色扭曲。

「乖一點，聽卡萊爾的話。你很快就會好的。」

「當然，當然。」

「我猜想什麼時候會發生，」我說：「什麼時候對的女生會出現抓住你的目光。」

「別抱太大希望，貝拉，」雅各的聲音突然苦澀。「雖然我確定那樣會讓妳鬆了一口氣。」

「可能會，可能不會。說不定我認為她不夠好，配不上你。我不知道自己會有多嫉妒。」

「這一部分可能很有趣。」他承認。

「如果你要我再過來，讓我知道，那我就會過來的。」我保證。

嘆著氣，他將臉頰轉過來朝著我。

我靠向前，輕柔的吻著他的臉。「我愛你，雅各。」

他輕輕笑了。「我愛妳更多。」

他看著我走出他的房門，漆黑雙眸中的眼神，我無法瞭解。

chapter 27

需求

如果世間的一切都被毀滅，
只有他獨存，我也會繼續活著。
但是如果世間一切照舊運轉，
而他卻被毀滅，
這宇宙只是一片荒漠。

我並沒有走多遠，開車就變成一項不可能的事。

當我視線模糊再也看不見，我將車開到路肩，緩緩停下來。我癱在座位上，之前在雅各房內一直忍住的軟弱，如今排山倒海地湧出來。這比我預期的還糟——那力道強得出乎我意料。是的，我在雅各面前藏起來是對的。不應該有人知道。

但我沒獨處太久——時間剛好讓艾利絲看到我在這，沒幾分鐘後他就到了。門被打開，他擁我入懷。

一開始很糟。因為有一小部分的我——最小的一部分，雖然小，但每一分鐘都愈來愈大聲，愈來愈憤怒，對我其餘的部分尖叫——渴望抱著我的是另一雙手臂。於是，新的內疚混雜著原本的痛苦。

他什麼話都沒說，只是讓我啜泣，直到我含糊說出查理的名字。

「妳真的準備好要回家了嗎？」他懷疑的問。

我想說話，但試了好幾次，還是說不出來。我需要快點回去見查理，免得拖太久，他會打電話給比利。所以他開車載我回家——第一次比我卡車的限速還慢——一手緊緊摟著我。一路上，我試著自制，一開始的努力好像徒然無益，但我沒放棄。再等一會就好，我這樣告訴自己。只要多想幾個藉口，說幾個謊，然後我可以再次崩潰。我必須有辦法做到這樣。我在腦中拚命翻找，絕望的想找到尚存的力量。

我找到的只足以讓我忍住啜泣——忍住但不是停止。淚還是流個不停，我幾乎看不出有方法能制止。

「到樓上等我。」當我們到達家門前，我咕噥著對他說。

他抱緊我好一會，然後就消失了。

一進門，我就衝上樓。

「貝拉？」我經過查理身邊，他坐在平常坐的沙發上，在我身後大喊。

我轉身看著他沒說話。他睜大眼，起身。

「怎麼了?雅各……」他追問。

我用力的搖搖頭，想找出聲音。「他沒事，他沒事。」我的聲音低沉又沙啞。雅各的身體沒事，查理目前只擔心這個。

「那怎麼了?」他抓著我的肩膀，雙眼因焦慮而睜得很大。「妳怎麼了?」

我一定比自己想的還糟。

「沒什麼，爸，我只是剛和雅各談過……一些很困難的事。我沒事。」

他的焦慮平息了，取代的是不同意的表情。「這是談這些的最佳時機嗎?」他問。

「可能不是，爸，但我沒有選擇——事情就是到了我得做出選擇的時候——有時候，事情沒辦法妥協。」

他緩緩搖搖頭。「他能接受嗎?」

我沒回答。

他看著我的臉好一會，然後點點頭。我的臉上一定給了他答案。

「我希望妳沒害他復原情況變差。」

「他好得很快。」我喃喃說。

查理嘆氣。

我感覺得到自制力逐漸減弱。

「我會在房間裡。」我告訴他，聳聳肩掙開他的手。

「好吧。」查理同意。他可能看出我快哭了。查理最怕眼淚了。

我想辦法走回房間，淚眼模糊，腳步蹣跚。

一進門，我就扯著手鍊的扣環，想用顫抖的手解開它。

「不，貝拉，」愛德華抓住我雙手，低聲說：「那是部分的妳。」

他擁我入懷，抱起我，我開始啜泣。

這漫長的一天似乎還沒結束。我開始懷疑它永遠不會結束。

雖然這夜晚似乎永無止盡，但這不是我這輩子最糟的夜。想到這點讓我稍覺安慰。我不是一個人，這也讓我很安心。

查理對情緒失控的恐懼讓他沒上樓查探我，雖然我不太平靜——但他可能和我一樣沒睡好。

今夜我的思緒似乎變得更加清楚。我看得出自己犯的許多錯，我所做出的傷害，那些小事和大事。我造成雅各的每個痛苦，我給愛德華的每個傷口，清楚地堆在眼前，我無法忽視和否認。

我知道我對磁鐵的看法一直都錯了。我想強迫貼近的不是愛德華和雅各，而是我自己的兩個部分，愛德華的貝拉和雅各的貝拉。但這兩個無法同時存在，我不應該嘗試的。

我造成諸多傷害。

在今夜的某個時刻裡，讓我想起了在今晨稍早對自己許下的承諾——我永遠不會讓愛德華看見我為雅各．佈雷克再落下一滴淚。這念頭讓我馬上變得歇斯底里，比起我原本的哭泣，更嚇壞了愛德華。但只要順其自然等待，它會平復的。

愛德華沒有說話，只是抱著我躺在床上，讓我用鹹鹹的淚水蹧蹋他的襯衫，任淚水將其浸濕。

要讓我心中破碎的那個小小部分哭到再也流不出淚，比我想像中的還要久。但最後我還是累得睡著了。入睡並不能完全減輕我的痛苦，只是像服了藥般麻木、昏沉，讓痛苦更容易忍受。但就算睡著了，痛苦還在；即使在睡夢中，我還是感覺得到，這幫助我做出我需要的調整。

早晨來臨，雖然心情還沒平復，但至少我已經能控制自己做某種程度的接受。我的直覺告訴我，在我心中那道新的傷口將會永遠疼痛，它將會成為我的一部分。時間會淡化一切——大家都這樣說。但我不在乎時間能否治癒我，只要雅各能康復。只要他能再度快樂。

當我醒來，已經不再感到迷惘。我睜開眼——淚總算乾了，迎上他焦慮的雙眸。

「嗨！」我說。我聲音嘶啞地清清喉嚨。

他沒回答。他看著我，等我再度掉淚。

「不，我沒事，」我保證。「不會再發生了。」

我說的話讓他瞇起眼。

「我很抱歉你得目睹這一切，」我說：「這對你不公平。」

他將雙手放在我臉龐兩側。

「貝拉……妳確定嗎？妳做的是正確的決定嗎？我從沒看妳這麼痛苦過——」他最後一句根本無法說完。

但我已經知道什麼是最糟的痛。

我輕觸他的唇。「是的。」

「我不知道……」他皺著眉。「如果這讓妳如此受傷，對妳來說怎麼會是對的？」

「愛德華，我知道失去了誰我還是能依舊過活。」

「但是……」

我搖搖頭。「你不瞭解。你也許夠勇敢，夠強壯，沒有我你仍舊能活下去，如果那是最好的選擇。但是，我永遠無法那樣自我犧牲。我得跟你在一起。這是我唯一能活下去的方法。」

他還是一臉懷疑。我昨晚不應該讓他跟我在一起的。但我太需要他了……

「把書給我，好嗎？」我比著他肩頭後方問。

他雙眉困惑地擠在一起，但他很快將書拿給我。

「又是這一本？」他問。

「我只是想找到我記得的一個段落……看她是怎麼說的……」我翻著書，很快就找到我要的地方。書角有個折口，我太常在這裡停下來。「凱西是個怪物，但有幾件事她是對的。」我喃喃地說，輕聲讀著，幾乎是對著自己自言自語。「如果世間的一切都被毀滅，只有他獨存，我也會繼續活著。但是如果世間一切照舊運轉，而他卻被毀滅，這宇宙只是一片荒漠。」我對自己點點頭。「我完全瞭解她的意思。我知道沒有誰，我會活不下去。」

愛德華將我手中的書拿開，甩過房間——它碰地一聲輕落在我的書桌上。他緊緊摟著我的腰。

他完美的臉上有一抹微笑，雖然前額還是充滿擔心的線條。「希思克利夫也說過。」他不需要書也能完美的背出那些句子。他擁我更緊，在我耳邊低語。「妳是我的靈魂與性命，沒有妳我不能活！」

「是的，」我輕聲說：「這正是我的看法。」

「貝拉，我不能眼睜睜看妳受罪，也許……」

「不，愛德華，我搞砸了一堆事，後果我得自己承擔。但我知道我要什麼，我需要什麼……以及**我**現在要做什麼。」

「**我們**現在要去做什麼？」

他做的小小修正，讓我稍微露出了笑容，然後我嘆氣。「我們要去見艾利絲。」

艾利絲坐在前廊最低的階梯上，太過興奮而等不及出來迎接我們。她一副高興到快要跳起舞來似的，興奮的知道我要跟她說的話。

「謝謝妳，貝拉。」當我們從卡車內出來後，她歡唱的說。

「等一下，艾利絲，」我警告她，舉起一隻手，制止她的歡欣。「對妳，我有一些限制規定。」

「我知道，我知道，我知道，我最多只能等到八月十三號，妳有權利決定賓客名單，如果我太過頭，妳就永遠不會跟我說話。」

「喔，好吧。嗯，是的。妳知道規則了。」

「別擔心，貝拉。一切都會很完美的。妳要不要看妳的禮服？」

我得深呼吸好幾次。只要能讓她開心——我對自己說。

「當然。」

艾利絲露出得意的笑容。

「嗯，艾利絲，」我說，維持隨意的語氣，聲音很平靜。「妳什麼時候幫我買的禮服？」

抗議大概也沒什麼用，愛德華輕輕擠壓我的手。

艾利絲帶路進屋，朝樓梯上走。「這些事很花時間，貝拉。」艾利絲解釋。她的語氣似乎……想迴避。

「我是說，我不確定事情是否會像我看到的那樣發展，但還是有可能……」

「何時？」我又問。

「沛林・布呂耶爾的候補名單很長，妳知道的，」她說，一副為自己辯解的語氣。「好的布料不會一天就找到。要不是我提前計畫，妳就得穿大賣場買的俗氣貨了。」

我們聽到我要的答案。「沛——那是誰？」

「他不是頂有名的設計師，貝拉，所以用不著發脾氣。不過他的作品保證好，而他的專長正是我所需要的。」

「我沒發脾氣。」

「不，妳沒有。」她雙眼懷疑的看著我平靜的臉色。然後，當我們走進她房間時，她轉身面對愛德華。

「你——出去。」

「為什麼？」我追問。

「貝拉，」她呻吟。「妳知道習俗的。他在婚禮之前不可以看到禮服。」

我又深吸口氣。「我不在乎。而且妳知道他已經在妳腦子裡看到了。但如果妳這麼要求……」

她把愛德華推出門外。他沒看她——他雙眼小心翼翼的看著我，擔心放我一個人。

我點點頭，希望我平靜的臉色能讓他安心。

艾利絲當著他的面關上門。

「好吧，」她低聲。「來吧。」

她抓住我手腕，拖著我走到她的衣櫃前——比我的臥室還大——然後將我拖進最後面的角落，有一件長長的白色衣袋占據了一整道衣桿。

她流利的拉開衣袋拉鍊，小心的從衣架上取下禮服。她向後一步，雙手伸直，好像她是展場小姐似的。

「如何？」她輕聲問。

我打量了好一會，故意逗她。她的表情變得擔心。

「嗯。」我的笑讓她安心。「我懂了。」

「妳認為如何？」她追問。

那是我幻想中的「清秀佳人」模樣。

「當然，真完美，完全是我要的。妳真是天才。」

她笑了。「我知道。」

「一九一八年的？」我猜。

「差不多，」她點頭說：「有些是我的設計，下襬、面紗……」她邊說邊撫摸著白色緞布。「蕾絲是復古的。妳喜歡嗎？」

「很漂亮，很適合他。」

「但是也很適合妳吧？」她堅持。

「是的，我想是適合的，艾利絲，我想這正是我要的，我知道妳會做得很好……如果妳能稍微控制自己一點。」

她臉上露出大大的笑容。

「我能看妳的禮服嗎？」我問。

她眨眨眼，一臉茫然。

「妳沒同時訂妳的伴娘服嗎？我才不會讓我的伴娘穿大賣場的衣服！」我假裝驚恐的說。

她手臂環著我的腰。「謝謝妳，貝拉。」

「妳怎麼會沒看到這個？」我逗她，親吻她的秀髮。「虧妳還是個靈媒！」

艾利絲優雅的後退，她雙眼因為新的熱情而變得晶亮。「我有好多事要忙。去跟愛德華玩吧。我有工作要做。」

她衝出門，大喊「艾思蜜！」然後就不見了。

我用我自己的速度走著。愛德華靠在玄關的木牆上等我。

「妳真的、真的很善良。」他告訴我。

「她似乎很快樂。」我同意。

他輕觸我的臉，雙眼——太漆黑，離他上次離開我的時間太久了——無聲的研究著我的神情。

「我們出去吧，」他突然建議。「去我們的草地。」

聽起來很吸引人。「我猜我不用再躲誰了吧？」

「不，我們沒有危險了。」

他邊跑邊安靜沉思。風溫暖地撫過我的臉，暴風雪已經遠離。天空像平常一樣都是雲。

今天的草地很安詳，是個快樂的地方。夏日的雛菊花開，黃白相間好似散落在草地上。我躺下，不理會微微潮濕的地面，搜尋著雲朵間的圖案。雲朵太平整，太平靜，沒有圖畫，只是一張輕柔灰色的毛毯。

愛德華躺在我旁邊，牽著我的手。

「八月十三日？」過了一會讓人舒適的寧靜後，他小心的問。

「離我生日還有一個月。我不想太接近。」

他嘆氣。「艾思蜜比卡萊爾大三歲——嚴格說來。妳知道嗎？」

我搖搖頭。

「這沒讓他們之間有任何不同。」

與他的焦慮相比之下，我的聲音很寧靜。「我的年齡沒那麼重要。愛德華，我準備好了。我選擇了我的生命——現在我要開始過活。」

他輕撫我的髮。「賓客名單的決定權？」

「我不在乎，但我……」我猶豫，不想解釋，但最好還是說出來。「我不確定艾利絲是否覺得需要邀請……幾個狼人。我不知道，是否……小各會不會想……他會認為他應該來，好像這是該做的事，如果他沒來，我會傷心。他不應該經歷這些。」

愛德華沉默了好一會。我看著樹梢，在灰色的天空下，樹影更顯得漆黑。

突然愛德華摟住我的腰，將我翻過身，躺在他胸前。

「告訴我妳為什麼這麼做，貝拉，為什麼妳會現在做出這個決定，讓艾利絲幫妳打理一切？」

我告訴他我去見雅各前一夜，和查理的對話。

「不讓查理知道就太不公平了，」我說出結論。「還有對芮妮及費爾的意義。同時也能讓艾利絲玩得開心。對查理來說，如果他能獲得一個恰當道別的機會，這整件事對他來說，感覺會好過一些。就算他認為這有點太早，我仍然不想騙他，讓他失去機會陪我走上紅毯。」說出這幾個字讓我臉色扭曲，然後我深吸一口氣。「至少我媽、我爸和我朋友都會知道我的選擇中最好的部分，我可以告訴他們的部分。他們會知道我選擇了你，他們會知道我們在一起。他們會知道我們會快樂，無論我在哪裡。我想這是我能為他們做的最好的事。」

愛德華捧起我的臉，看了一下。

「交易取消。」他突然說。

「什麼？」我喘著氣問。「你後悔了？不！」

「我不是後悔，貝拉。我還是維持我的條件。但是妳不必再遵守規則。無論妳想要什麼，隨便妳吧。」

「為什麼？」

「貝拉，我看得出妳在做什麼。妳想讓大家都快樂。但我不在乎其他人的感覺。我只要妳快樂。不要擔心傷害艾利絲，我會處理的。我保證，她不會讓妳覺得內疚。」

「但我——」

「不。我們依妳要的方式做，因為我的方法行不通。我說妳很固執，但看看我做的。我是個傻瓜，我以為我做的都是為妳好，卻只是在傷害妳。把妳傷得那麼深，一次又一次。我不再相信自己了。妳可以用妳的方法快樂。我的方法一直是錯的。所以，」他在我身下動動身子，挺直肩膀。「我們用妳的方法來，貝拉。今晚，今天。愈快愈好。我會和卡萊爾談，我想可能我們能給妳足夠的嗎啡，不會很糟的。值得試試。」他咬緊牙。

「愛德華，不——」

他用手指遮住我的唇。「別擔心，貝拉，吾愛。我沒忘記妳其他的要求。」

在我聽懂他的意思、明白他在做什麼之前，他的手已經輕撫著我的髮，他的唇移動得如此輕柔——但很認真——吻著我。沒有時間反應。如果我等太久，我就會記不起來為什麼自己要阻止他。我已經無法正常呼吸。我的手抓住他手臂，讓自己更緊緊依偎著他，我的唇緊吻著他，回答一切他沒問出來的問題。

我想在腦中釐清思緒，想找到方法開口。

他輕柔地翻身，將我壓在冰冷的草地上。

喔，別管那麼多了。我較不矜持的那一面歡欣鼓舞，腦中全都是他甜美的氣息。

不，不，不！我對自己說。我搖搖頭，他的唇移到我頸子，讓我有機會呼吸。

「住手，愛德華，等一下。」我的聲音和我的意志力一樣薄弱。

「為什麼？」他在我喉窩中低嘆。

我努力從聲音中擠出一絲堅持。「我不要現在做。」

「妳不要嗎？」他問，聲音中帶著笑意。他將唇移到我唇上，讓我又說不出話來。我的血管內熱氣流動，讓我的肌膚在他的輕觸下灼熱。

我強迫自己專心。花了好大的努力，我的手才能不再撫摸他的髮，移到他胸口。我做到了，然後我推開他。想推開他，只靠我自己是無法成功的，但他的反應就如我所預期的。

他抽開身子離我幾吋遠，看著我，他的眼神對我的決心一點幫助都沒有。雙眸中像黑色的火焰，燃燒著狂熱。

「為什麼？」他又問，聲音低沉又沙啞。「我愛妳，我要妳，現在。」

我胃中的狂喜輕顫湧到喉嚨。他利用我說不出話來的優勢又吻我。

「等一下，等一下。」我試著在他的吻中找到機會說話。

「我不想等。」他不同意的喃喃說。

「拜託！」我喘著氣說。

他呻吟，抽開身，翻過身躺在地上。

我們都躺著好一會，想讓呼吸變慢。

「告訴我為什麼不，貝拉，」他追問。「最好不是因為我。」

當然所有一切都是為了他，這還有什麼好懷疑的？

「愛德華，這對我很重要。我要一切都做對。」

「誰來定義對或錯？」

「我。」

他用手肘撐起，看著我，一臉不同意。

「妳要怎麼確定一切都做對？」

我深吸口氣。「有責任的。每一件事都有正確的順序。除非我能給查理和芮妮一個好的解決之道，不然我不會離開。如果我一定要有個婚禮，那我就不剝奪艾利絲的樂趣。我以人類的方式和你結合，在我要求你將我變成不朽之前。我會跟著順序進行，愛德華。你的靈魂比我還重要，我絕不冒這個險。你不能跟我討價還價。」

「我賭我能。」他喃喃說，雙眸充滿熱情。

「但你不會這麼做，」我說，想讓聲音平穩鎮定。「你很清楚這是我要的。」

「妳不公平。」他指控。

我笑了。「我從沒說我會公平。」

他回我一笑，帶著渴望。「如果妳改變想法……」

「你會是第一個知道的。」我保證。

此時，雨點穿過雲層落向大地，雨滴打在草地上發出微弱的叮咚聲響。

我不高興的瞪著天空。

「我帶妳回家。」他撫拭我臉頰上的雨滴。

「雨不是問題。」我咕噥。「只是現在得去做一件可能令人不高興，而且可能極危險的事。」

他雙眼警覺的睜大。

「子彈不會傷害你這點，現在倒是挺好的。」我嘆氣。「我需要那枚戒指。是該告訴查理的時候了。」

我的表情惹得他笑了。「極度危險。」他同意，然後又笑笑，將手伸進牛仔褲口袋內。「至少我們不需要特意繞遠路。」

他再一次將我的戒指戴上我左手的無名指。

它將永遠停留在它的歸屬之處——直到無盡的永恆。

epilogue

選擇

這跟貝拉選擇我以外的人無關。

我的痛苦和這無關。

在我愚蠢、漫長、永無止盡的一輩子中，

這點痛楚我還撐得過。

雅各・佈雷克

「雅各，你認為這會再更久嗎？」利雅追問，沒耐心地發著牢騷。

我緊咬著牙。

像其他狼人一樣，利雅也知道一切。她知道我為什麼來到這裡——到這遺世獨立的地方。我想要一個人獨處。她知道這就是我要的——獨處。

但利雅還是強迫自己陪著我。

除了吵得我快瘋了之外，其實我有點高興，因為我甚至不用去想控制自己的脾氣。現在很容易，很自然。我眼前不再看到紅霧，我全身不再因為發熱而顫慄。當我回答她時，我的聲音已經恢復平靜。

「跳下懸崖，利雅。」我用我的腳比著。

「別鬧了，真孩子氣。」她不理我，躺在我旁邊的地上。「你不知道這對我有多難。」

「對妳？」我過了好一會才知道她是認真的。「妳是全世界最自私的人，利雅。我討厭粉碎妳生活的那個夢想世界——太陽是依妳站立的地方運轉——所以我不會告訴妳，我一點都不關心妳的問題。走吧。滾遠點。」

「試著從我的觀點來看這一切，只要一下子，好嗎？」她裝作我沒說話似的繼續說。

如果她想改變我的心情，她成功了。我笑了，聲音很奇怪的令我痛楚。

「不要那麼輕率，專心點。」她發飆。

「如果我假裝聽，妳會離開嗎？」我問，瞄她一眼，她還是一如以往的一臉怒容。我不確定她是否有其他表情。

我回想起，我以前一直認為利雅是個可愛，甚至美麗的女子。那是很久以前的事了。現在沒人認為她美了，除了山姆。他永遠不會原諒自己，好像她變成這個殘酷的妖怪都是他的錯。

她更生氣了，好像她猜出來我腦海中的想法。可能。

「這真讓我快吐了，雅各。你能想像若你是我會有什麼感覺？我一點都不喜歡貝拉・史旺。你卻害我得為這個血蛭愛人悲痛的好像我也愛上了她似的。你看不出這有多讓人困惑嗎？我昨晚還夢見親吻她。我為什麼要忍受這些？」

「我像是在乎嗎？」

「我再也受不了你腦中的念頭了。早點忘了她！她馬上就要嫁給那傢伙了。他馬上就要把她變成跟他們那一夥一樣的了。是時候該繼續過生活了，孩子。」

「閉嘴！」我咆哮。

這樣回嘴是錯的。我知道。我閉上嘴。但如果她不走開的話，她會後悔的。現在。

「反正他可能會乾脆殺了她，」利雅的口吻滿是嘲諷。「所有的故事都說這種情況發生的機率很高。可能喪禮會是個比婚禮更合適的結局。哈。」

這一次我得極力忍耐。我閉上眼，努力壓抑住口中的嫌惡話語。我努力又推又擠的，想消除我背後滑動的灼熱感，我全身都像要碎開似的，我盡力想讓自己的形體維持完整。

當我能夠控制自己後，我對著她怒吼。她盯著我雙手——抖動漸漸平緩——笑了。

真好笑。

「如果妳因為性別的困惑感到沮喪，利雅……」我說。緩慢、故意地強調每一個字。「妳以為我們其他人透過妳的眼看著山姆，又是什麼感覺？艾蜜莉要應付妳的執念已經夠糟了。她不需要我們這群人也在他身後喘氣心跳。」

我雖然氣炸了，但我一看到她臉上閃過的痛苦神情，馬上就後悔了。

她蹣跚的站起來——但先朝我這邊吐了一口唾液——跑向森林，身影像把調音叉似的抖個不停。

我陰沉的笑。「妳沒吐到。」

山姆會把我剝皮的，但很值得。利雅不會再來煩我了。我要有機會就會再做一次。

因為她說的話還停留在我腦中刻畫著，那痛苦如此強烈，我幾乎無法呼吸。

這跟貝拉選擇我以外的人無關。我的痛苦和這無關。在我愚蠢、漫長、永無止盡的一輩子中，這點痛楚我還撐得過。

重要的是她放棄了一切——她要讓自己的心跳停止，要讓她的肌膚變得像冰一樣冷，她的心智扭曲變得像某種水晶化的獵食動物一樣。一個怪獸。一個陌生人。

我以為這世上不會有比這更糟的了，不會有比這更痛苦的了。

但，如果他殺了她……

再一次，我得趕走憤怒。可能，要不是因為利雅，應該要讓我的怒氣把我變成一個怪物，這樣我才能處理得比較好。一個怪物，本能比人類強烈。一個動物，就不會感受到同樣的痛苦。一種不同的痛苦。至少，有些變化。但利雅跑開了，我不想分享她的思緒。我輕聲咒罵她那樣跑走。

我雙手還是抖個不停。為什麼要抖？憤怒？痛苦？我不確定我現在要對抗的感覺是那一種。

我得相信貝拉會活下來。但這需要信任——我不想感覺的信任，信任那吸血蟲的能力，能讓她活下來。

她會變得不同，我不知道這對我會有什麼影響。這會像她死了一樣嗎？看到她像石像、像冰一樣站在那邊？當她的味道讓我不舒服，驅動我想撕毀她的本能時……那會變成什麼樣子？我會想要殺她嗎？我會不想殺死他們其中一個嗎？

我望著海面上愈打愈高的浪。浪頭在懸崖下方消失，但我聽得見浪潮打在沙灘上的聲音。我一直看著，直到天色完全變暗。

回家也許是個壞主意。但我很餓，我想不出其他計畫。

當我從這白痴的吊腕伸手抓住我的枴杖時，我臉色扭曲。要是查理那天沒看到我的樣子，沒到處宣傳我這「摩托車意外」就好了。愚蠢的道具。我討厭這些東西。

當我走進屋內看見我爸的臉時，肚子餓似乎是個還不壞的念頭。他腦中在想事情。很容易就知道——他每次都演得太過火。行為舉止太過隨意了。

他也說得太多了。我還沒走到餐桌，他就迫不及待說著他一天的情況。他只要一有事想瞞著我，就會這樣亂說個不停。我盡可能不理他，專心吃東西。我吞得很快……

「……蘇今天有來，」我爸的聲音突然變大。無法不理會。一如以往。「真迷人的女性。她比灰熊還堅強。雖然我不知道她要如何應付她女兒。要是蘇的話，變成狼人一定很厲害，而利雅比較像隻狼獾。」他的玩笑話讓他自己笑了起來。

他等著我回應，但他對我茫然無趣的神情似乎視而不見。之前這會讓他煩惱。我希望他不要再談利雅的事，我一直試著不去想她。

「賽斯就容易多了。當然，你也比你姊姊容易些，直到……嗯，比起他們，你有更多事得應付。」

我嘆氣，又長又深，看著窗外。

比利安靜了很久。「今天收到一封信。」

我知道這正是他一直不想談的話題。

「一封信？」

「一封……婚禮邀請函。」

我全身肌肉緊繃。熱氣像羽毛一樣撫過我背後。我扶住桌子，穩住雙手。

比利假裝沒注意到，繼續說下去。「裡面還有一封信是給你的。我沒看。」

他拿出一個塞在他的腿和輪椅間的厚重乳白色信封，然後將信封放在我們之間的桌上。

「你可能不需要看。上面說什麼都不重要。」

愚蠢的激將法。我一把將桌上的信封搶過來。

是某種厚重硬挺的紙質，一定很貴，在福克斯算過度隆重。裡面的卡片也是一樣太過高級、正式，這一定不是貝拉的主意。裡面那一層層透明花瓣般的印刷紙，完全沒有她個人的品味，我敢說她一定也不喜歡。我沒看那些字，不想看見日期。我不在乎。

有一張對折的厚厚的象牙白信紙，上面用黑色墨水寫著我的名字，手寫字體。我認不出是誰的字，但和其他的一樣花俏。那一瞬間，我懷疑是那吸血蟲在耀武揚威。

我打開。

雅各，

我打破規則寄這封信給你。她擔心傷害你，不想讓你覺得有義務參加。但我知道，如果事情是有不同的發展，我會希望有個選擇。

蝕

我發誓我會照顧她，雅各。感謝你——為了她——為了一切。

愛德華

「小各，我們只有一張桌子。」比利看著我的左手說。

我的手指用力抓著木桌子，桌子看起來快垮了。我連忙將手指一根根鬆開，專心在這個動作上，然後握起拳，以免弄壞任何東西。

「好了，無所謂。」比利喃喃說。

我起身離開桌子，邊站起來邊扯下襯衫。希望利雅此刻已經回家了。

「別太晚。」當我一路衝出前門時，比利咕噥著說。

在進入樹林前我已開始飛奔，我的衣服落在我身後，像留下碎屑的痕跡——好像我希望能找到路回來。如今變身對我而言太容易了，我想都不用想。我身體完全知道我要去的方向，我不需要開口，就給我我想要的。

我用四條腿奔跑，像飛一樣快。

我身邊的樹海像黑色海水似的環繞著我。我的肌肉隆起收縮，完全無須費力。我可以這樣跑一整天都不會累。也許這一次，我不會停下來。

但我不是一個人。

抱歉。安柏瑞在我腦中低聲說。

我透過他眼睛看出去。他很遠，在北邊，但他加速朝我過來，要加入我。我咆哮著，奔得更快。

等等我們。奎爾抱怨。他比較近，剛剛衝出村子。

不要管我！我大吼。

我在腦中感覺得到他們的擔心，我試著用樹林和風中的呼嘯聲將這些擔心壓過去。這是我最討厭的——從他們的雙眼看到自己，最糟的是，他們的雙眼內充滿同情的眼神。他們知道我不喜歡，但他們還是在我身後追趕著。

我腦中出現另一個新的聲音。

讓他去吧。山姆的思緒很輕柔，但仍舊是一道命令。安柏瑞和奎爾減慢速度變成步行。

希望我能停止不再聽見，不再看見他們所看見的。我的腦子太擁擠，但唯一能獨處的方法就是變回人形，而我受不了那樣的痛苦。

變身回去吧，山拇指導他們兩個。**我會追上他的，安柏瑞**。

先是一個，然後其他的意識也漸漸消失了。只剩山姆還在。

謝謝你！我努力的想。

等你準備好了就回家來吧。話語逐漸淡去，隨著他的離開消逝在黑暗之中。我又是一個人。

這樣好多了。現在我能聽見腳底落葉的沙沙聲，頭頂貓頭鷹幾不可聞的振翼聲，海洋——在遠遠的西邊——打著沙灘的浪聲。專注聽著這些，沒有別的。除了速度，感覺不到別的，隨著肌肉、肌腱、骨頭的和諧拉扯，漸漸將距離拉開。

如果我腦中的沉默可以持久，我永遠不會回去。我不是第一個選擇以這個形體活下去的。也許，如果我跑得夠遠，我就永遠不用再聽見……

我加速，讓雅各・佈雷克消失在我身後。

acknowledgments

謝詞

如果我沒有感謝以下這些人，我就太不小心了，他們幫助我度過了又一本小說的誕生：

我的雙親是我的磐石，如果沒有父親的忠告及母親的肩膀讓我依靠，我不知道如何能做到。

我丈夫和兒子不可思議的長久忍耐——其他人早就將我送進精神病院了。大夥，感謝你們讓我繼續下去。

我的伊莉莎白——伊莉莎白・尤柏格，傑出的公關——讓我一路上保持清醒。只有少數幸運的人能和他們的BFF（Best Friend Forever）如此親密的共事，我心懷無比的感激這位喜愛起司又可愛的中西部女孩對我的幫助。

茱蒂・李默仍舊持續以其才華和手腕指導我的事業。知道能依賴這樣的人讓我感到安心。

知道我的手稿能交由高手來處理也是一件美好的事。麗貝卡・戴維斯如此深入我腦中的故事，幫助我修改以及找出最佳的表達方法。

感謝梅根・丁格萊，第一是對我作品未曾動搖的信心，第二是修飾我的作品，直到成為傑出佳作。

Little, Brown and Company 青少年讀物部門的每一位工作同仁都令我驚訝的相當關心我創造的角色。我看得出來大家對我的厚愛，我的感激無法言喻。感謝克里斯・莫菲、邵恩・佛斯特、安卓・史密斯、史蒂芬妮・佛若斯、蓋爾・杜賓因、蒂娜・麥金太爾、艾姆斯・歐尼爾，以及其他所有人，讓暮光之城的續集能如此成功。

我不敢相信我如此幸運，能找到洛莉・喬霍斯，她既是最快也是最嚴格的讀者。我很高興能有這樣的一位朋友，這麼具有洞察力、天分，對我的牢騷又充滿耐心的一個同伴。

除了洛莉・喬霍斯，還有羅拉・克里斯帝亞諾、米凱拉・查爾德以及泰德・喬霍斯，創造出暮光之城的網站及語典（Twilight Lexicon），並維持網站內容如此優異。我衷心感謝他們的辛苦，讓我的讀者能有一個這麼棒的地方可以瀏覽。也感謝我在Crepusculo-es.com上的國際友人，他們驚人的網站突破了語言的藩籬。

夙負盛名的布萊特妮・加德納，感謝她對暮光之城及史帝芬妮・梅爾在MySpace.com的談話部落格的用心，這個粉絲網站規模之大，讓我驚異不已。

布萊特妮，妳讓我驚訝。

凱蒂和奧黛麗，貝拉・培儂柏拉的網站真是美麗。

海瑟，網站棒極了。

我無法在此地說完所有網站以及他們的創造者，但感謝你們所有的人。

感謝我最酷的讀者，羅拉・克里斯帝亞諾，蜜雪兒・韋拉、布莉姬・克里溫斯頓、金柏莉・彼得森，他們無價的投入及鼓勵的熱情。

所有的作者都需要一間獨立書店作為朋友；我在此感謝我家鄉的支持者，位於坦普（亞歷桑那州）的手遞手書店（Changing Hands Bookstore），還有特別感謝菲斯・霍赫特，他對文學的品味無以倫比。

我欠你們一個人情，搖滾樂團之神繆思合唱團，又創造出賜我靈感的一張專輯。感謝你們繼續創造我最喜愛的文學音樂。我感激這些樂團，幫助我走過腸枯思竭的日子，給我新的發現。搖滾吧，高梅茲樂團，百憂解樂團、藍色十月樂團。

最最感謝的是所有的讀者朋友。我堅信我的讀者是全世界最具吸引力、最聰明、最令人興奮也最專注的讀者。

我希望我能給你們一個大擁抱，和一輛保時捷９１１敞篷車。

奇炫館

暮光之城：蝕

（原名：Eclipse）

作者／史蒂芬妮・梅爾（Stephenie Meyer）
譯者／瞿秀蕙
執行長／陳君平
協理／洪琇菁
文字編輯／洪琇菁
企劃宣傳／陳品萱
審校／鄧嘉宛・Sabrina Liao
榮譽發行人／黃鎮隆
國際版權／黃令歡、梁名儀
美術編輯／李政儀
文字校對／施亞蒨

出版／城邦文化事業股份有限公司　尖端出版
台北市中山區民生東路二段一四一號十樓
電話：（〇二）二五〇〇—七六〇〇
傳真：（〇二）二五〇〇—二六八三
E-mail：7novels@mail2.spp.com.tw

發行／英屬蓋曼群島商家庭傳媒股份有限公司城邦分公司　尖端出版
台北市中山區民生東路二段一四一號十樓
電話：（〇二）二五〇〇—七六〇〇（代表號）
傳真：（〇二）二五〇〇—一九七九

中彰投以北經銷／楨彥有限公司
（含宜花東）電話：（〇二）八九一九—三三六九
傳真：（〇二）八九一四—五五二四

雲嘉經銷／威信圖書有限公司　嘉義公司
電話：（〇五）二三三—三八五二
傳真：（〇五）二三三—三八六三

南部經銷／威信圖書有限公司　高雄公司
電話：（〇七）三七三—〇〇七九
傳真：（〇七）三七三—〇〇八七

香港經銷／一代匯集
香港九龍旺角塘尾道六十四號龍駒企業大廈十樓B&D室
電話：（八五二）二七八三—八一〇二
傳真：（八五二）二七八二—一五二九

新馬經銷／城邦（馬新）出版集團Cite (M) Sdn. Bhd.
E-mail：cite@cite.com.my

法律顧問／王子文律師　元禾法律事務所
台北市羅斯福路三段三十七號十五樓

二〇〇九年二月一版一刷
二〇二三年八月一版五十刷

■中文版■

郵購注意事項：
1. 填妥劃撥單資料：帳號：50003021戶名：英屬蓋曼群島商家庭傳媒(股)公司城邦分公司。2. 通信欄內註明訂購書名與冊數。3. 劃撥金額低於500元，請加附掛號郵資50元。如劃撥日起 10～14日，仍未收到書時，請洽劃撥組。劃撥專線TEL：(03)312-4212 ・ FAX：(03)322-4621。E-mail：marketing@spp.com.tw

國家圖書館出版品預行編目資料

暮光之城：蝕 / 史蒂芬妮・梅爾（Stephenie Meyer）
著；瞿秀蕙 譯.
—1版.—臺北市：尖端出版，2009.02
面；公分.—(奇炫館)
譯自:Eclipse
ISBN 978-957-10-4002-8(平裝)

874.57　　　　97023185